정인택, 그 생존의 방정식

박경수

제이앤씨
Publishing Company

본서는 국운이 풍전등화와도 같았던 1909년 태어나 일제의 식민치하 36년, 해방이후 정치적 혼란기 5년, 한국전쟁 3년을 통째로 겪어낸 작가 정인택(1909~1953)의 행적과 작품을 총합적으로 재조명한 것이다.

필자가 처음 친일작가 정인택을 주목하였던 동기는 일제말기 양산되었던 수 백편에 달하는 '조선인 일본어소설'을 접하면서 일부 유명작가를 제외한 대다수의 작가와 작품이 조명되지 못한 채 사장되어있었다는데 있었다. 여기에는 일제치하에서 일본어글쓰기를 하였다는 것을 '친일'로 보는 시각과 언어의 접근성에서 용이하지 못했던 점도 작용하였을 것이다.

정인택은 20여 년 정도의 활동기간에 비해 소설, 동화, 수필, 평론, 르포, 잡문 등 전 장르에 걸쳐 170여 편에 달하는 수많은 문학적 족적을 남겼음에도 작가 정인택의 존재를 알고 있는 사람은 그리 많지 않다.

일제말기 '친일'의 흔적 외에는 이렇다 할 문학적 업적을 남기지 못했던, 게다가 가족과 함께 '월북'을 선택했던 정인택이 세인들의 관심권 밖으로 밀려났다는 것은 당연한 일일지도 모른다. 그러나 이러한 이유로 그 동안 도외시하였던 작가와 작품을 재조명하는 일은 오늘날 우리세대가 감당해야 할 몫이라고 본다.

필자는 석·박사과정 전 기간에 걸쳐 문학자 정인택과 그의 작품연구에 심혈을 기울이는 동안 묘한 마력에 빠져들었다. 그 이유는 작가의 개인사, 즉 드라마틱한 출생과 결혼과정 그리고 무엇보다도 한국 역사상 가장 암울했던 시기 급변하는 역사의 흐름과 문학적 맥을 같이하였던 그의 삶이 한국 역사의 자화상이라 할 만큼 당시 한국의 모습과 너무도 닮아 있었다는 점에서였다.

생몰년도에서 짐작하였듯이 정인택은 태어나서 사망할 때까지 한 번도 주권다운 주권을 가져보지 못한 채 굴곡진 역사의 소용돌이 속에서 격변의 삶을 살다 간 비운의 작가였다.

예사롭지 않았던 그의 출생(구한말 권력지향형 아버지와 일본여인 사이에서 '庶子'로 태어남)이 말해주듯 그는 가족이 있었음에도 늘 고독하였고, 식민지기 내내 자신의 정체성문제로 혼란스러운 세월을 보냈다. 그 때문에 정인택은 작가로서 전혀 주체적인 행위를 하지 못하였고, 홀로 자기만의 문학세계를 구축해갔으며, 이를 위하여 차라리 시세의 흐름에 편승하는 안이함을 선택하였다. 그러나 정치적으로 급변하던 일제말기와 해방이후 좌우익대립기는 자신의 선택과는 무관하게 정치권의 움직임에 따른 희생양이 되지 않을 수 없었다. 그 아슬아슬한 줄타기를 거듭하면서도 다수의 문학적 족적을 남겼다는 것은 정인택에 있어서 '삶의 의미' 혹은 '생존의 이유'가 자신만의 문학세계에 있지 않았나 싶은 것이다.

한국병합 100주년, 한국전쟁 발발 60주년에 즈음하여 어쩌면 역사의 희생양이었을 그들과 그들이 남긴 작품도 이제는 아우르고 수용하는 성숙한 자세가 요구된다. 일제강점기와 이념대립으로 얼룩진 참으로 어려운 시대를 작가로 살아오는 동안 다수의 문학적 발자취를 남긴 정인택과 같은 문인들의 존재 또한 격동기 한국문학의 또 다른 잔상으로 받아들여야 하는 것도 오늘날 우리가 감내해야 할 문학적 운명이라 여겨지기 때문이다.

끝으로 여기까지 이끌어주시고, 이 책이 출판되기까지 노심초사하며 애써주시고 격려를 아끼지 않았던 스승 김순전 교수님과 여러 모양으로 힘이 되어주었던 전남대학교 일본근현대문학 연구팀원 모두에게 무한한 감사를 드린다. 또 자료 수집 및 그밖에 세세한 일들을 도와주며 묵묵히 뒷바라지해 준 남편, 사랑하는 딸 주혜와 남은에게도 고마움을 표하고 싶다. 아울러 졸고의 출판에 흔쾌히 응해주신 제이앤씨 출판사 윤석현 사장님과 편집담당자 여러분께도 감사드린다.

2011년 5월

박 경 수

범례

1. 일본어소설 및 일본어 문건을 인용문으로 사용할 경우나 번역문은 필자가 번역하여 인용하였으며 원문은 각주처리 하였다.

2. 본 논문에서 논의되는 작품 수가 많은 관계로, 작품명 표기에 있어서 한글작품일 경우 「한글제목(원문)」(이하 한글제목만)으로, 일본어작품일 경우 「일본어제목」을 그대로 표기하였다.

3. 특히 본문에서 인명, 지명 등을 표기함에 있어서 고유명사와 일반명사와의 혼선을 피하기 위해서 고유명사는 한자로만 표기하여 구분하였다.

     예) * 일반명사일 경우 : 동경, 이상

        * 고유명사일 경우 : 東京, 李箱

4. 본문의 스타일은 다음과 같이 정리하였다.

    1) 단편, 잡지, 논문 : 「 」

    2) 장편, 단행본 : 『 』

    3) 법령, 사건, 단체명 : 〈 〉

    4) 신문 : ≪ ≫

    5) 소설 속 등장인물, 혹은 강조 할 때 : ' '

    6) 본문에서 남의 글 인용할 때 : " "

목차

목차

목차

제1장
서론

정인택, 그 생존의 방정식

정 인 택, 그 생 존 의 방 정 식

제1장

서론

1. 연구의 목적

정인택(1909~1953)은 1909년에 태어나 이듬해 한일합방을 맞게 되어, 일제 통치하에서 학창시절, 작품활동기를 보낸 후 조국 광복을 맞아 좌충우돌하다가 한국전쟁을 통째로 겪고 난 후 생을 마감한 작가이다.

한 인간이 태어나 성장하면서 겪는 갖가지 경험들은 그 사람의 생애에 지대한 영향을 끼친다는 것은 우리 모두가 주지하고 있는 사실이다. 특히 작가에 있어서의 직접 또는 간접적인 체험이란 그대로 정신적 토양을 이루게 된다. 따라서 당시의 시대적 배경이나 성장배경 그리고 문학적 풍토는 작품성향을 결정하는 중요한 요소로 작용한다 할 것이다.

정인택이 가장 왕성하게 작품활동을 했던 때는 중일전쟁, 태평양전쟁으로 이어지는, 일제의 통치 기간 중에서도 사상적 탄압이 가장 극심했던 때였으며, 광복 이후 역시 정치적 소용돌이 속에서 자유로운 작품활동을 할 만한 여건은 되지 못했다. 그러한 상황 속에서도 소설 65편[1](일문19), 동화 3편, 수필 62편(일문15), 평론 18편(일문1), 르포 4편(일문1), 잡문 22편(일문5) 등 여러 장르에 걸친 수많은 작품(총 174편 중 일문41편)과 3권의 작품집을 남기고 있다.

20여 년 정도의 길지 않은 활동기간에 비해 이렇듯 문학사에 남을 만한 족적을 남겼음에도 정인택의 문학사적 위치는 언제나 중심부보다는 주변에 위치하고 있었으며, 군소작가로 분류되어 있었다. 더욱이 친일과 월북이라는 행적이 연구자들의 접근을 어렵게 함에 따라 그간의 연구는 극소수에 불과하며 그나마 1930년대 후반의 심리소설에 한정되어 있어, 전반적이고 총체적인 연구의 필요성이 대두되었다.

한국병합 100주년을 맞아 지나온 역사의 고빗길을 하나하나 되짚어 보는 이 시점에서 역사 속에 묻혀 있었던 정인택과 그의 작품에 관한 전반적인 연구는 매우 중요하다고 생각된다. 구한말에서 식민지기를 거쳐 한국전쟁이 휴전될 때까지, 정인택의 생애는 바로 한국의 격동기 근대사의 한 단면을 보여주는 것이며, 또 그가 저널리즘에 종사하면서 시대의 흐름을 재빨리 포착해 내었다는 점은, 동 시기 활동한 문학인들의 행적과 문단의 섬세한 움직임까지도 파악할 수 있게 하기 때문이다. 아울러 시류에 따라 변화되는 심리를 그대로 담아낸 그의 작품을 통하여, 친일과 월북으로 인하여 그 동안 도외시 되었던 작품의 재조명은 물론, 한국 문학사에서 다소 미진했던 부분까지도 유추해 볼 수 있기 때문이다.

정인택의 작품경향을 살펴보면, 사회주의를 꿈꾸다 전향하는 사상성을 지닌 작품으로 등단하지만, 사회주의에 대한 일제의 탄압이 가

---

1) 현재까지 정리된 정인택의 소설은 장편 2편, 중편 1편, 단편 54편, 소년소설 5편, 콩트 3편으로 모두 65편임.(권말의 〈부록〉 참조)

중되자 계몽성 짙은 아동문학으로 전환한다. 그리고 1930년대 초 3년 반 동안의 東京 생활을 정리하고 귀국한 이후에는 李箱과 박태원의 영향을 받아 지식인의 심리를 묘사한 심리주의 소설과 세태소설로 작품세계를 펼쳐나간다. 그러나 일제 말 이러한 문학활동이 어려워지는 상황이 되자 적극적인 친일로 방향전환 하여 일제의 정책에 부응하는 작품과 군국주의 전쟁을 찬미하는 작품으로 일관한다. 그리고 해방 이후 사상적으로 좌익이 승할 때는 좌익성향의 작품으로, 우익이 승할 때는 우익성향의 작품으로 이어갔으며, 좌우익이 첨예하게 대립할 때는 문학적 시비에 말려들지 않는 소년스설로서 문학적 맥을 이어가는 등, 시대와 상황에 따라 다양한 입지의 변신과 거듭하여 변모해 가는 자신만의 문학세계를 보여 왔다.

정인택과 그의 문학 전반을 이해하기 위해서는 보다 구체적이고 총제적인 연구의 필요성이 대두되지만, 그간의 연구는 지극히 미진한 실정이다. 그나마 몇 안 되는 기존의 연구는 1930년대 말 심리소설에 집중되어있어, 등단초기 좌익성향 작품이나, 일제말 친일성향의 작품과 일본어 작품 그리고 해방 이후 작품에 대한 총체적인 연구는 전무한 실정이다. 게다가 중요한 전환기 때마다 문학활동의 맥을 이어주는 아동문학에 대한 연구는 시도조차 하지 못하고 있는 현실이다.

이는 비단 정인택에만 국한되어 있는 것은 아닐 것이다. 식민지기 강제되었던 문인들의 친일은 어쩌면 생존을 위한 처절한 몸부림일 수도 있었을 것이다. 그럼에도 우리는 불행한 역사에 대한 아픔과 일제에 대한 피해의식이 앞서 의식적으로 외면해 왔던 것도 부인할 수 없는 사실이다. 그 결과 한국 근현대문학의 흐름이 그 시대에 이르러 맥이 끊겨있었음을 수차례 경험하였으며, 그것이 아직까지도 온전히 이어지지 못한 상태라는 것을 여실히 실감하고 있다.

이에 본서는 정인택의 전 생애에 걸친 문학활동의 결과물을 토대로 작가 정인택에 대한 전반적인 연구로 진행해 갈 것이다. 이를 위하여 그 동안 알려지지 않았던 정인택의 개인적 자료는 물론, 정인택 가계의 족보, 그리고 부친과 관련된 자료 등을 일일이 찾아내어 연구대상에 포함시킬 것이며, 정인택의 작품 또한 소설 장르에 한정하지 않고, 평론 수필 르포 잡문 등의 영역까지 망라하여 논의에 포함시키려고 한다. 특히 일제말기에 집중된 정인택의 일본어 작품(소설, 수필 등)은 모두 번역함은 물론, 체계적이고 심층적인 연구를 통하여 '한국인의 정서가 일본어라는 매개를 통해 어떻게 변형되었으며, 혹은 '어떠한 새로운 의미를 생성해냈는가?' 하는 문제의 해법도 찾아볼 것이다. 여기서는 일본과 일본인像을 '친일 대 반일'이라는 이분법적인 잣대로 규명하기보다는 그 안에 복잡하게 내재된 작가의 심리와 시기별 문학의 지향점을 밝혀내는데 중점을 두려고 한다.

이로써 한국문단의 근대화가 태동할 무렵부터 일제강점기, 광복이후 혼란기를 거쳐 한국전쟁까지를 겪어내면서 어느 한 때도 주권다운 주권을 가지지 못한 채 파란만장한 격동기를 살아야 했던 문학인 정인택의 생존에 대한 해법과 함께, 미약하나마 한국문학사에서 간과되었던 부분을 재정립할 수 있으리라고 본다.

2. 선행연구 검토와 문제제기

정인택은 수많은 문학작품들을 남기고 있는 것에 비해 지금까지 그와 그 문학에 대한 체계적이고 본격적인 연구는 거의 이루어지지 않았다. 더구나 그의 생애와 행적에 관한 부분은 동시대에 활동하고 교우했던 문인들2)의 회고나 잡문 등에서 약간 언급되었던 내용을 근거로 이루어졌을 정도로 정인택에 관련된 직접적인 자료조차 지극히 미미하다. 때문에 필자는 본격적인 연구에 앞서 정인택과 관련된 주변 자료들을 일일이 찾아내려 하였으며, 새로 찾아낸 다수의 자료 및 작품을 논의에 포함시킬 수 있었다.

정인택에 대한 연구의 첫 시도는 조남현의 『북으로 간 작가선집』의 권말에 수록된 「정인택론-시대와 역사에의 의문부호」3)와 동시대에 활동했던 문인들의 회고로서 윤태영에 의한 「李箱의 生涯」,4) 조용만의 「李箱時代, 젊은 예술가들의 肖像」5)에서 시작할 수 있었다. 여기에서는 정인택의 결혼 이전의 행적과 월북에 대한 사실을 추정할 수 있는 약간의 단서를 얻을 수 있었다.

최근의 관련 자료로서 『친일인명사전』6)을 들 수 있는데, 정인택의 친일행적을 비교적 상세하게 열거하고 있어 자료로써 가치가 있다. 그러나 민족적 차원에서 친일작가를 바라보는 편향된 시각과 약간의 오류7)가 있어 정확성이 요구되었다.

---

2) 李箱, 박태원, 조용만, 윤태영, 김소운 등
3) 조남현(1988), 「정인택론-시대와 역사에의 의문부호」, 『북으로 간 작가선집 8』, 을유문화사, pp.357~364
4) 宋敏鎬・尹泰榮(1969), 『絶望은 技巧를 낳고』, 교학사, pp.10~95
5) 조용만(1987), 「李箱時代, 젊은 예술가들의 肖像」, 『文學思想』, 제174호~176호, 文學思想社
6) 민족문제연구소 편(2009), 『친일인명사전』, 민연(주)
7) 필자가 『친일인명사전』에서 찾아낸 오류는 2건으로, 첫째는 정인택의 본명에 관한 것이다. 『친일인명사전』 p.485에 '본명은 정태양이었으나 1930년경에 정인택으로 개명했다.'고 되어있다. 그런데 초등학교시절에도 정인택이란 이름이 사용되고 있었다. 또한 경성제일고보 입학당시 출석부에 정태양으로 되어있었는데 얼마 되지 않아, 그러니까 1922년 정인택으로 개명되었던 것이다. 둘째는 p.490의 친일관련 글이다. 1941년 1월 9일자 ≪매일신보≫에 「祝 興亞維新」이라는 글을 남긴 것으로 되어있는데,

정인택 작품에 대한 연구는 김진석(1990)의 「1930년대 한국 심리소설 연구」[8]와 이강언(1992)의 「1930년대 한국 모더니즘소설 연구」,[9] 오병기(1993)의 「1930년대 심리소설과 자의식의 변모양상」[10]이 있는데, 이들은 모두 1930년대 한국의 심리소설을 일괄하여 논하면서 정인택을 포함시키고 있어서 정인택 연구로 보기에는 지극히 부분적이며 미흡하기 그지없다.

정인택 소설에 대한 본격적인 연구라 할 수 있는 것은 강현구(1989)의 「정인택 소설연구」[11], 김강진(1993)의 「정인택 소설연구」[12], 이종화(1993)의 「정인택 심리소설 연구」[13] 등을 들 수 있다. 그러나 이들 연구는 대체적으로 1930년대 중반 이후 40년대 초반까지의 작품에 한정되어 있어 이 또한 부분적이고 단편적인 연구에 불과하다 하겠다. 이후 정인택과 李箱의 소설이 같은 맥락이라는 점에서 두 작가의 작품에 대한 비교연구로 이어지는데, 이경훈(2000)은 「이상과 정인택」[14]에서 정인택의 소설 일부, 특히 「업고」와 「우울증」은 이상의 「봉별기」와 흡사할 뿐만 아니라 이상의 개인사를 작품의 소재로 흡수

당시 신문을 찾아본바 각계각층 인사들이 ⟨祝 興亞維新⟩이라는 글자가 들어간 마크 주변에 인적사항을 남긴 것이며, 여기에 참여한 정인택은 작가 鄭人澤과는 무관한, 東一銀行 ○○지점에 근무하는 鄭寅澤임을 확인할 수 있었다.

8) 김진석(1990), 「1930년대 한국 심리소설 연구」, 고려대학교 석사논문
9) 이강언(1992), 「1930년대 한국 모더니즘소설 연구」, 『한국현대소설의 전개』, 형설출판사
10) 오병기(1993), 「1930년대 심리소설과 자의식의 변모양상」, 「대구어문논총」 제11집
11) 강현구(1989), 「정인택 소설연구」, 「어문논집」, 안암어문학회
12) 김강진(1993), 「鄭人澤 小說硏究」, 대구대학교 석사논문
13) 이종화(1993), 「정인택 심리소설 연구」, 「現代文學理論硏究」 제3집, 현대문학이론학회
14) 이경훈(2000), 『이상, 철천의 수사학』, 소명출판사

한 점을 들어 이상의 유고를 자신의 이름으로 발표했을 것이라는 특이한 문제를 제기[15]하고 있었으며, 이에 반해 김주현(1999)은 「이상 문학의 텍스트 확정을 위한 고찰」[16]에서 그보다 먼저 정인택의 작품 가운데 이상의 작품이 들어 있으리라는 추측은 오해일 수도 있다는 결론을 내리기도 하여 대조를 보인다.

열거한 연구의 결과물은 대체로 1930년대 중반 이후부터 1940년대 초반까지의 무기력한 지식인과 순애보형의 여인사이에서 파생되는 기형적인 사랑을 소재로 한 심리주의 작품에 초점을 맞추고 있을 뿐, 정인택의 초기소설, 친일소설, (특히 일본어 작품이나 시국 및 군국물에 대한 연구에는 전혀 미치지 못한 실정이다.

작가론으로서 정인택에 관한 비교적 구체적인 연구로는 김신영(2000)의 「정인택 연구」[17]를 들 수 있는데 김신영은 정인택의 생애를 재구성하고 전 작품활동기를 고찰하여 시기별로 특징적인 경향을 짚어내고 있어 다소 진전을 보인다. 그러나 작품에 대한 연구는 취약하다. 게다가 일본어작품에 대한 부분은 기존에 번역되어 있는 작품 두어 편만을 언급하는 데 그치는 정도로, 이에 대한 자료정리나 깊이 있는 접근은 시도하지 못한 채 과제로 남겨 두었다.

한편 정인택의 친일소설이나 일본어소설과 관련된 저서로는 임종국(1966)의 『친일문학론』,[18] 송민호(1989)의 『일제말 암흑기 문학연구』[19]에서 언급된다. 그런데 이들은 일제말기 친일로 경도되어 문학

---

15) 이경훈(2000), 위의 책, p.356
16) 김주현(1999), 「이상 문학의 텍스트 확정을 위한 고찰」, 「안동어문학」 제4집, 안동어문학회
17) 김신영(2000), 「정인택 연구」, 상명대학교 석사논문
18) 임종국(1966), 『친일문학론』, 평화출판사
19) 송민호(1989), 『일제말 암흑기 문학연구』, 새문사

활동을 한 문학자들과 함께 정인택의 친일행적과 친일작품 몇 편을 열거하고 이를 비판적인 시각으로만 평가하고 있다. 또한 일본인에 의한 연구로 시라카와 유타카(白川豊 1995)의『植民地期朝鮮の作家と日本』[20]과 호테이 도시히로(布袋敏博 1996)의「일제말기 일본어 소설 연구」[21]에서도 정인택 일본어소설이 언급되는데, 이 또한 동시기 일본어로 작품활동을 한 한국인 작가의 작품과 함께 정인택의 일본어소설을 포함하고 있다. 이들의 연구는 그동안 사장되어 있었던 일본어 작품을 발굴, 정리하였다는 점에서 정인택의 일본어소설연구의 토대로서 가치가 있으나 작품에 대한 구체적인 연구에 까지는 미치지 못하고 있다.

끝으로 필자의 졸고(2007)「정인택의 일본어소설 연구」[22]에서는 정인택의 생애를 재구성하고, 새로 찾아낸 작품을 포함하여 작품연보로 재정리 하였으며, 일본어소설 전반을 언급하면서 그 중 일본어소설 2편을 집중 연구하였는데, 이 또한 부분적인 연구에 불과하다.

정인택이 발표한 문학작품은 총 65편에 달하는 소설 외에도 수필, 평론, 르포, 잡문, 설문 등(〈부록〉 정인택 작품연보 참조) 활동기간에 비해 수없이 많은 발자취를 남기고 있다. 그럼에도 불구하고 그간의 선행연구는 대부분 동일계열의 작가 연구에 포함되어 언급된 정도이거나, 그나마 본격적인 연구라 할 수 있는 소수의 연구도 1930년대 후반의 심리소설에 한정되어 있다. 친일소설이나 일본어소설에 있어서도 역시 동일계열의 작가와 작품의 연구에 포함되어 있으며, 주로 작품의 소개와 주제별 성격별 분류에 중점을 두고 있었음이 파악된다.

---

20) 白川豊(1995),『植民地期朝鮮の作家と日本』, 株式會社大學敎育出版
21) 布帶敏博(1996),「일제말기 일본어 소설 연구」, 서울대학교 석사논문
22) 박경수(2007),「정인택의 일본어 소설 연구」, 전남대학교 석사논문

이처럼 정인택과 그의 작품에 관한 기존의 연구는 모두 단편적이고 부분적인 연구에 불과한 실정이다. 게다가 초기소설이나 아동소설, 그리고 해방 이후 발표한 작품에 대한 연구는 아직까지 어느 연구자에 의해서도 시도되지 못하고 있어 정인택과 그의 작품에 관한 총체적이고 체계적인 연구가 절실히 요구된다.

따라서 본 논문은 정인택의 생애전반에 걸쳐 그가 걸어온 발자취를 일일이 더듬어 볼 것이다. 아울러 전 작품을 총망라하여 새롭게 정리함은 물론, 초기소설, 아동문학, 그리고 해방 이후의 작품에 까지 그 영역을 확장하여 집중 연구함으로써 그 시대상과 함께, 그 동안 관심 밖에 있었던 문인 정인택과 그의 작품을 재조명하려고 한다.

3. 연구방법 및 구성

본 연구의 출발점은 정인택 가계의 족보와 구한말 정치적 인물을 다룬 서적23) 등을 통하여 밝혀진 아버지 정운복(鄭雲復)의 이력을 참고로 하여 정인택의 출생이전부터 시작할 것이다. 그리고 1920년대

---

23) 정신문화연구원 편(1991),『한국민족문화대백과사전』, p.246, 654, pp.866
　　～867
　　정보석(1990),『한국언론사』, 나남출판, p.327
　　체신부 기획관리실 편(1971),『대한민국체신견혁』, 대한민국체신부, pp.83
　　～97
　　여강출판사 편(1987),『한국근현대사 인명록Ⅰ 조선신사보감 1913년판』,
　　여강출판사, p.446
　　박찬승(1992),『한국근대 정치사상사 연구』, 역사비평사, pp.47～56
24) 〈부록〉 - 정인택의 작품연보 참조. 총 작품편수는 174편(일문 41편)이며,
　　구체적인 내용은 아래와 같다.

후반부터 1950년 한국전쟁이 발발하기까지의 전 작품활동기를 통한 그의 작품(소설에 국한하지 않고 수필, 평론, 르포, 잡문 등)을 당시의 정치, 경제, 사회, 문화, 예술 그리고 신문, 잡지를 비롯한 각종매체를 통한 각 분야의 자료와 연계하여 체계적이고 심층적으로 분석해 나아갈 것이다. 특히 일제말기 강제된 상황에서의 글쓰기에 대하여는 '친일 對 반일'이라는 이분법적 시각에서 벗어나 최대한 객관적인 시각으로 접근하려고 한다.

정인택이 발표한 문학작품은 기존의 밝혀진 작품에 필자가 새로 찾아낸 작품을 추가하여 모두 174편에 이르는 것으로 조사되었다.[24] 그 중 소설이 65편인데, 여기에는 일본어소설 19편(개작소설 포함)이 포함되어 있으며, 이 가운데 11편이 1944년 12월에 발간된 일본어 창작집 『淸凉里界隈』[25]에 수록되어 있음을 확인할 수가 있었다. 이 과정에서 장르가 애매모호하였거나 장르구분이 잘못 되었던 작품을 원전의 출처를 근거로 하여 재정리하였으며, 기존 연구에서의 오류와 미

장 르		발 표 언 어		계	비 고
		한글	일본어		
소 설	단 편	37	18	55	중편 포함
	장 편	1	1	2	
	콩 트	3	–	3	
	소년소설	5	–	5	
	소설 계	46	19	65	
동 화		3	–	3	
수 필		48	15	63	기행수필 포함
평 론		17	1	18	
보고문		3	1	4	
설문, 잡문		16	5	21	
계		133	41	174	

25) 鄭人澤(1944), 『淸凉里界隈』, 朝鮮圖書出版 (「淸凉里界隈」, 「色箱子」, 「殼」, 「傘」, 「晩年記」, 「美しい話」, 「連翹」, 「濱」, 「雀を焼く」, 「かへりみはせじ」, 「覺書」 등 11편 수록)

비점을 일일이 찾아내어 수정 보완한 후, 이를 기존의 작품과 함께 논의에 포함시킬 수 있었다.

본 논문은 8개의 대단원, 즉 서론(제1장), 본론(제2장~제7장), 결론(제8장)으로 구성되어 있다.

서론은 대단원 제1장에 해당한다. 여기에서는 '1. 연구의 목적, 2. 선행연구 검토와 문제제기, 3. 연구방법 및 구성'으로 구분하여 1.에서는 본 연구의 필요성에 합당하는 연구목적과 문제제기를, 2.에서는 기존의 선행연구를 세밀하게 검토 분석하여 본 연구의 나아갈 방향, 그리고 3.에서는 '구체적인 연구방법'과 '어떻게 구성 하였는가'를 제시하였다.

본론은 대단원 제2장~제7장이다. 이를 '제2장 생애와 그 발자취, 제3장 초기소설, 아동문학, 제4장 무너진 신념과 偶像, 제5장 전도된 신념과 국책으로의 追隨, 제6장 또 다른 전환점에 서서, 제7장 정인택, 그 생존의 방정식'이라는 타이틀로 하여 정인택의 생애 전반과 그의 문학을 체계적으로 정리해보고자 한다.

그 첫 번째로 '제2장 정인택의 생애와 그 발자취'에서는 정인택의 출생이전에서부터 시작하여 1953년 월북하여 사망하기까지의 행적을 다룰 것이다. 이를 위하여 정인택 가계의 족보와 아버지에 관련된 저서 및 간행물, 그 동안 학계에 발표되었던 몇 편의 선행연구와 정인택의 토막 이력이 담긴 신문[26]과 잡지[27] 그리고 동시대에 활동했던 문인들의 회고로서 윤태영에 의한 「李箱의 生涯」,[28] 조용만의 「李箱時

---

26) ≪매일신보≫, ≪조선일보≫, ≪한국일보≫, ≪중앙신문≫, ≪서울신문≫, ≪자유신문≫
27) 「삼천리」, 「문장」, 「문예」, 「조광」, 「백제」, 「문학사상」, 「국민문학」 등
28) 宋敏鎬・尹泰榮(1969), 앞의 책, pp.10~95

代, 젊은 예술가들의 肖像」,[29] 최근 우여곡절 끝에 발행된 『친일인명사전』 등을 망라하여 재구성 할 것이다. 또한 필자가 연구과정에서 수집한 자료로, 현재 북한에서 활동하고 있는 정인택의 유일한 딸 정태은이 기고한 「나의 아버지 박태원」에서는 정인택의 사망 이후 유족의 행적을 살피는 자료로 참조할 것이다.

이어서 제3장~제6장까지는 식민지기와 해방이후 정치적 혼란기로 이어지는 정인택의 전 작품활동기의 특징적인 작품을 통하여 작가 정인택을 탐구하는 과정이다. 정인택은 크게 4번의 방향전환 과정을 거치며 그 때 그 때 변화되는 심리를 작품에 고스란히 담아내었다. 이를 방향전환 시점을 기준으로 하여,

1차시기 : 1930년~1936년 ── 초기사상과 방향전환기
2차시기 : 1937년~1941년 ── 자의식에 의한 작품활동기
3차시기 : 1941년~1945년 ── 적극적인 친일활동기
4차시기 : 1946년~1950년 ── 좌우익 혼란기

로 구분하여 시기별로 특징적인 작품을 들어 집중 고찰하고자 한다.

'제3장 초기소설, 아동문학'(1차시기)은 시기적으로 1930년~1936년에 발표한 작품으로 하며, '1. 초기사상과 방향전환', '2. 모색기의 아동문학'으로 세분하여 연구하려고 한다. 1.에서는 등단작과 초기소설을 통하여 등단초기에 지니고 있었던 사상과 이념의 변화과정을 살펴볼 것이며, 2.에서는 전환기 때마다 취했던 아동문학작품을 통하여 정인택의 전환기 문학성향에 접근해 보고자 한다.

---

29) 조용만(1987), 「李箱時代, 젊은 예술가들의 肖像」, 「文學思想」, 제174호~176호, 文學思想社

'제4장 무너진 신념과 偶像(2차시기)에서는 1937년~1941년 상반기까지의 작품들을 다룰 것이다. 이 시기는 정인택의 문학적 생애를 통하여 자신의 의지에 따른 왕성한 작품활동을 하였던 시기이다. 이를 '1. 궁핍, 절망, 니힐로의 路程', '2. 새로운 기법과 이미지 변화의 시도'로 구분하여, 1.에서는 자의식 강한 식민지 지식인의 심리를 다룬 소설, 2.에서는 순수지향성(체제와 상관없는) 소설을 통하여 정인택 문학의 본류를 탐색하려고 한다.

'제5장 전도된 신념과 국책으로의 追隨'(3차시기)에서는 일제말 정인택이 적극적인 친일로 방향전환 하였던 1941년 말부터 1945년 해방 이전까지의 작품을 다루고자 한다. 이를 크게 3항목으로 구분하였다.

1. '내선일체와 황민화'에서는 먼저 정인택의 친일화 과정을 살펴본 후, 당시 일제의 일본어글쓰기 강요에 의한 일본어소설 및 이 시기 양산되었던 개작소설에서 시국의 추이에 따른 변화과정을 살펴보고, '내선일체'를 다룬 작품을 통하여 그의 내견적 심리를 탐색할 것이다. 2. '일제의 만주정책과 국책문학의 명암'에서는 2차례의 만주 시찰을 다녀온 후, 국책의 일환으로 발표한 문학작품을 명암대비측면에서 살펴 볼 것이며, 3. '日常化된 戰爭과 '國民'化 프로젝트'에서는 일제가 식민지 지배의 이데올로기로 삼았던 '내선일체'와 '황민화', 그리고 '國家'와 '國民'의 역학적 관계를 후방소설과 전쟁관련소설에서 찾아볼 것이다.

특히 이 단원은 '친일'이라는 아직까지도 치유되지 못한 상흔과 용어문제로 인하여 국내 연구자들의 접근이 용이하지 못했던 부분이므로, 이 단원에 보다 역점을 두고 진행해 갈 것이다.

'제6장 또 다른 전환점에 서서'(4차시기)는 해방이후 1946년~1950년 한국전쟁 직전까지 정치적으로 혼란했던 시기의 작품을 다룰 것이다. 문학자로서 한 때도 붓을 놓지 않고 쉼 없이 작품활동을 이어간 정인택의 재빠른 시세흐름의 포착과 현실에 따른 민첩한 적응력을 해방공간에서의 작품을 통하여 살펴보고자 한다.

'제7장 정인택, 그 생존의 방정식'은 정인택의 행적과 문학작품을 통한 정인택 연구의 마무리 단계이다. 이를 '1. 시대의 특수성 제고', '2. 생존을 위한 방정식'으로 나누어 한국근대사의 격동기에 격변의 삶을 살아온 문학자 정인택의 발자취와 문학성향에 대한 해법을 찾아보는 것으로 본론을 마무리 할 것이다.

대단원의 마지막인 '제8장 결론'은 서론에서 제시되었던 문제제기와 연구목적에 조응하여 진행된 본론에 대하여 충실하게 마무리 하려고 한다.

본 연구는 개화기에서 시작하여 일제강점기를 거쳐 한국전쟁까지 한국근대문학의 흐름 속에서 좌충우돌하며 살았던 작가 정인택의 삶과 문학을 당시의 정치, 경제, 사회, 문화, 예술 그리고 신문, 잡지 등을 비롯한 각종매체를 통한 각 분야의 자료와 연계하여 체계적으로 진행해 갈 것이다. 이를 통하여 한국 근대초기의 실태에서부터 한국전쟁에 이르기까지 격동기 한국 근대사와 한국 문단의 변용과정을 시기별로 파악할 수 있을 뿐만 아니라, 그 동안 '친일'과 '월북'으로 인하여 소외되었거나, 또 이름조차 거론되지 않고 역사 속에 묻혀버렸던 당시 군소작가와 그 작품 연구에도 새로운 지평을 열 수 있으리라고 본다.

제2장
생애와 그 발자취

정 인 택, 그 생 존 의 방 정 식

제2장

생애와 그 발자취

1. 출생과 학창시절

1.1. 출생, 가문과 아버지

한 인간이 태어나 성장하면서 겪는 갖가지 경험들은 그 생애에 지대한 영향을 미친다. 특히 작가에 있어서 가문의 내력과 성장기의 사회적·문학적 배경, 그리고 그 시기를 살아오면서 겪는 체험은 작가의 작품경향을 결정하는 중요한 요소로 작용하기도 한다. 때문에 작가의 작품을 이해하는데 있어서 그 생애는 중요한 의미로 다가온다고 할 것이다. 이러한 관점에서 정인택의 생애를 출생이전과 사망이후까지 포괄하여 순차적으로 재조명해 보려고 한다.

정인택은 1909년 9월 12일[1] 경성 안국정에서 정운복(鄭雲復)과 조성녀(趙姓女)의 3남 2녀 중 차남으로 태어났다. 생모는 일본인 여성이

---

[1] 정인택의 출생년도는 호적과 족보에 근거하며, 정인택이 직접 『조선문예가총람』(「문장」, 1940.1)에서 자신의 출생년월일을 1909년 9월 12일로 밝힌 바 있다.

며,[2] 혈액형은 A형[3]이다. 출생하면서부터 대학에 입학하기 전까지는 '태양(太陽)'[4]이라는 이름으로 불리기도 하였는데,[5] 이는 어머니가 정인택을 잉태하면서 태양이 입으로 들어오는 태몽을 꾼 까닭이었다고 한다.[6] 정인택의 손위로는 15살 터울의 형 정민택(鄭民澤)과 2살 위의 누나 정수옥(鄭壽玉)이 있었으며, 아래로는 3살 연하의 남동생 정대택[7](鄭大澤, 〈図-1, 2〉 정인택의 족보와 가계도 참조)과 8살 아래의 누이 정은택(鄭恩澤)이 있었다. 호적에 의하면 손아래 누이는 1923년 어린 나이로 사망하였고, 남동생 역시 정인택 보다 앞서 1947년 8월에 세상을 떠난 것으로 기록되어 있다.[8]

『영일정씨세보(迎日鄭氏世譜)』[9]에 의하면 정인택은 포은 정몽주와 송강 정철을 배출해낸 명문가 迎日鄭氏 文貞公派의 25대 손으로 되어

---

2) 이경훈(2000), 「이상과 정인택 2」, 『철천의 수사학』, 소명출판사, p.350
3) 정인택의 혈액형은 1944년 8월 잡지 「조광」의 엽서설문에서 본인이 직접 밝힌 바 있다. (유광현(1944), 「血液型이야기」, 「조광」 1944.8, p.82)
4) 정인택은 성장기동안 '인택(人澤)'과 '태양(太陽)'이란 두 가지 이름이 사용되었다. 족보에 등재된 이름은 '인택'으로, 초등학교 때도 '인택'을 사용하였다.(1921.1.11일자 ≪경성일보≫의 「返事の著いた日」 참조) 그런데 중학교 들어가면서 '태양'을 사용한 것을 보면, 호적에 등재되었던 이름이 '태양'이었던 것 같다. 중학 1학년 때의 출석부에 처음에는 '태양'이었는데, 얼마 되지 않아 다시 정인택으로 고쳐졌다고 한다.(조용만(1987), 앞의 책, p.108 참조), '정태양'이란 이름은 1934년 발표한 소설 「조락(凋落)」의 저자로도 사용되기도 하였다.
5) 조용만(1987), 앞의 책, p.108
6) 정인택(1940), 「그리운 꿈」, 「여성」, p.40
7) 『迎日鄭氏世譜』에 의한 정인택의 가계도를 보면 정인택의 동생은 정대택(鄭大澤)으로 되어있다. 김신영(2000)의 논문에서 3살 연하의 동생이라 되어있는 정세택(鄭世澤)은 작은아버지의 아들로 정인택의 사촌형(1901년생)임이 확인되었다.
8) 김신영(2000), 앞의 논문, p.8
9) 영일정씨세보편찬위원회(1981), 『迎日鄭氏世譜』, 卷中, 回想社

있다.

정인택의 가계(家系)를 간략하게 살펴보자면, 증조부 정후겸(鄭厚謙)은 영조의 아홉째 딸 화완옹주의 양자로 들어가, 문과에 급제하여 개성유수와 예조참판을 지냈다. 기록에 따르면, 교활하고 잔재주가 많았던 정후겸은 영조의 총애를 받았는데, 국사를 바로 잡으려는 동궁의 노력을 질시하여 화완옹주와 함께 동궁을 거짓 모함하였다고 한다. 그러다가 정조가 즉위하자 급기야 동궁을 주살할 것을 청하였다가 경원으로 귀향을 가게 되었고, 마침내 화완옹주와 함께 사사(賜死)되었다[10]고 한다. 그런데 족보에 의하면 정후겸이 귀양도중 간당(奸黨)에게 암살된 것으로 기록되어 있다. 그리고 조부 정기원(鄭璣源)은 정5품 동반(東班)의 관직인 통덕랑(通德郎)을 지냈으며, 큰아버지 정운구(鄭雲衢)는 정3품 당상관인 통정대부(通政大夫)와 부평 군수를 지낸 것으로 기록되어 있다.

이처럼 정인택의 가문은 증조부대의 사건으로 점점 퇴락하기 시작하여 차츰 역사의 중심부에서 멀어졌던 것으로 파악된다. 그런데 아버지 정운복(鄭雲復)대에 이르러 다시 회복하게 되어 역사의 중심부에 자리하게 된다. 아버지 정운복은 구한말 애국 계몽 운동가이자 언론가로 활약하면서 권력을 좇아 한일 양국을 넘나들며 왕성한 활동을 하였던 정치적 인물[11]로 평가되고 있다. 여기서 〈図-1〉(당대의 족보)과 〈図-2〉(족보를 토대로 작성한 가계도)를 통하여 정인택의 家系와 가족관계를 살펴보고자 한다.

---

10) 이홍직 편(1978), 『국사대사전』, 동아출판사. p.1332
11) 조용만(1987), 앞의 책, p.108

〈図－1〉 정인택의 족보－『迎日鄭氏世譜』 12)

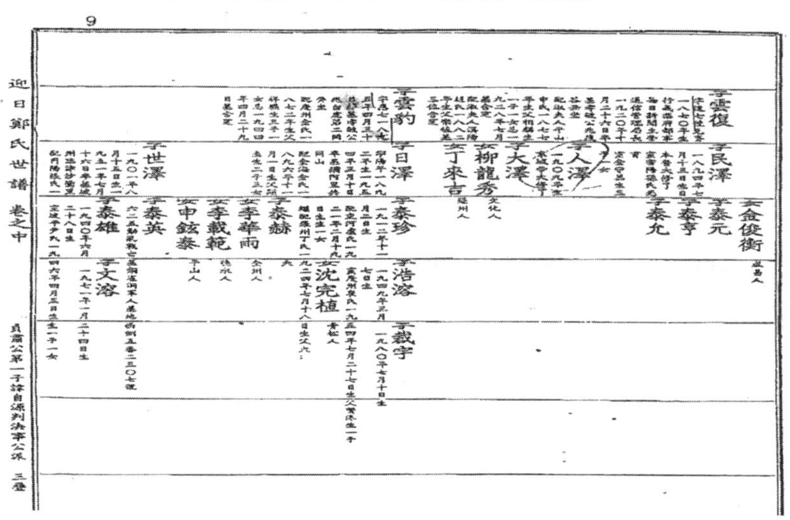

〈図－2〉 정인택의 가계도

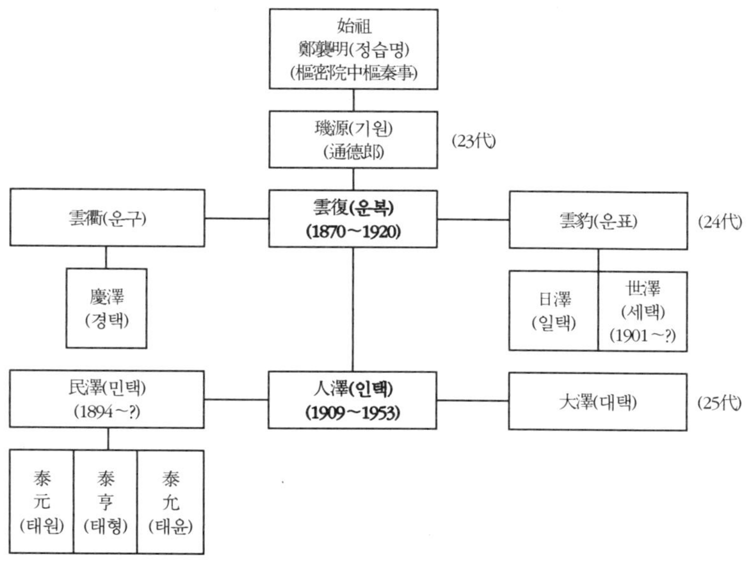

12) 영일정씨세보편찬위원회(1981), 앞의 책, p.9

정운복은 1870년 8월 황해도 평산군 하서봉면에서 태어나 1894년 사비로 일본에 건너갔으나 계통있는 학문은 습득하지 못하고, 일본 오사카(大阪)상업학교를 졸업했다. 이후 모교에서 한국어 교사로 근무하던 정운복은 일본 개진당(改進黨)의 영도자이며 외무대신을 지낸 오쿠마 시게노부(大隈重信)의 집에 드나들면서 그의 환심을 사는 데 열중하였다. 그러던 중, 오쿠마의 권유에 따라 1897년 고종의 조카인 이준용(李埈鎔)을 설득하여 이준용의 영국 유학길에 동행하게 된다. 정운복은 이준용과 함께 1년여 동안 유럽 각지를 방랑하다가 1899년 귀국하였는데, 1901년 이준용의 도당으로 지목되어 전라도 흑산도에서 4년여 동안 유배생활을 한 후, 1904년 사면되어 귀경한 후 기독교(장로파)에 입교하였다.[13] 그리고 한 때 경신학교 학감을 맡기도 했으나 기독교 측과 뜻이 맞지 않아 1년여 만에 그 곳을 빠져나오게 된다.

정운복은 러일전쟁 당시 통역으로 활등한 공로를 인정받아 통감부로부터 은사금을 받으면서[14]부터 일제로부터 주목을 끌기 시작한다. 이후 정운복의 이력을 보면 한일 양국을 넘나들며 종횡무진 하였던 활약상이 드러난다.

1906년 1월 통감부 산하 통신관리국장을 맡고 있으면서 동년 4월 애국계몽단체인 〈대한자강회〉[15]에 창립회원으로 가입하여 평의원으로 활동하였다. 그리고 같은 해 이갑 등과 함께 국권회복과 민력 양성

---

13) 朝鮮文友會(1913), 「朝鮮紳士寶鑑」, 『韓國近代史人名錄』, 여강출판사(1987년 영인본), p.446 참조
14) 민족문제연구소 편(2009), 앞의 책, p.469 참조
15) 1906년 4월 장지연, 윤효정, 심의성 등 20여명이 조직한 애국계몽단체로 강연회의 개최, 기관지 발행 등을 추진하였다. 애국계몽운동을 전개하다가 국채보상운동 이후 적극적인 현실참여운동을 전개하면서 일제의 탄압을 받게 되었고, 결국 1907년 이완용의 지시로 해산 당하였다.(정신문화연구원(1991), 『한국민족문화대백과사전』 18, p.246)

을 위한 단체인 〈서우학회〉16)를 조직하여 회장으로 선출되어 민족 교육기관의 확장을 꾀하기도 하였다. 그러는 한편 1907년 통감부 기관지인 《경성일보》언문난의 주필을 맡았으며, 동년 6월 《제국신문》의 초대 주필로 자리를 옮겼다가 재정난으로 곤란을 겪던 제국신문사의 제2대 사장에 취임하기도 하였다. 그 가운데서 1908년 애국계몽단체인 〈서북학회〉17) 결성에 참여하여 안창호 등과 함께 민중계몽운동을 전개하기도 하였는데, 통감부의 탄압으로 인해 이갑, 안창호 등의 간부가 해외로 망명하게 되자 회장으로 피선되어 〈서북학회〉를 이끌기도 하였다.

당시 정운복의 꿈은 정치인, 즉 권력에 있었던 것 같다. 그의 발빠른 행보에서 보여주었듯이 구한말 정운복은 정치권의 실세를 잡기 위해 동분서주하였던 인물이었음을 알 수 있다. 국권회복을 위한 애국단체 결성과 그 이면에 친일성향의 언론기관에 종사하면서 당시 실세

---

16) 구한말 국권회복을 위해 1906년 10월 평안도 황해도지방 출신 관료 지식인(박은식, 김병도, 신석하, 장응량, 김윤오, 김병일, 김달하, 김석환, 김명준, 곽윤기, 김기주, 김유탁 등 12명)을 중심으로 조직된 최초의 지역 단위 애국계몽운동 단체임. 1,000명에 달하는 회원들은 주로 대한자강회, 대한기독교청년회연맹, 대한제국의 전현직 무관, 언론인 출신으로 구성되어 있으며, 사상적 기반은 사회진화론적 인식에 근거한 실력양성론이다. 민력 양성을 통한 국권회복과 민권신장을 목표로 하였으며 활동의 중심을 교육사업에 두었다. 평양의 사립학교 운영을 주도함으로써 의무교육을 실시하는 한편, 1907년 사범야학교를 설치하여 민족교사양성에 힘썼다. 또한 지역청년운동을 활성화하기 위해 한광호, 한경렬 등을 중심으로 〈서북학생친목회〉를 조직하여 지역대중 계몽활동은 물론, 학보 월간 「西友」를 발행하여 '신교육사상'이나 '실력양성론'을 적극 소개하는 등 활발한 활동을 벌였다. 1908년 1월 〈漢北興學會〉와 통합 〈西北學會〉로 개편되었다.

17) 1908년 1월 〈서우학회〉와 〈한북학회〉가 통합 결성한 민력양성을 목적으로 조직된 애국계몽단체로 이동휘, 안창호, 박은식, 이갑 등이 중심적으로 활동함. 1910년 통감부에 의해 해산됨.

였던 초대 통감 이토 히로부미(伊藤博文)에게 호감을 사기 위하여 접
근하기를 마다하지 않았다.

　　정운복은 1908년경 이토 히로부미에게 편지를 보내 "한국은 조만
간 일변하지 않을 수 없는데 吾人은 국회의원이 되어 東京에 와서 列
할 수 있겠는가, 아니면 京城에서 列할 수 있겠는가, 아마도 전자일
것이다."라고 심중을 털어놓은 적이 있었다고 한다. 또 그는 1909년
이토 히로부미가 통감을 사임하고 일본으로 돌아갔을 때 일본으로
건너가서 그를 방문하여 제국신문을 통감부의 기관지로 해줄 것을
간청하였다. 이토는 "기관지로 하는 것은 어려우나 내가 서기관장에
임명해 주겠다."는 언약을 하였다고 한다. 그러나 이토가 이 약속을
한 직후 만주에 갔다가 하얼빈에서 안중근에게 사살됨으로써 정운복
의 꿈은 수포로 돌아갔다.[18] (밑줄 필자, 이하 동)

　　실로 1909년 이후부터 정운복은 자주 "한국(대한제국)은 일본의 보
호국이 되어야 한다."는 식의 발언[19]을 하였고, 이처럼 실세에게 접근
하여 "서기관장 임명"이라는 약속을 받아내긴 하였다. 그러나 이토가

---

18) 박찬승(1992), 『한국근대정치사상사 연구』 역사비평사, pp.54~55
19) 정운복은 1909년부터 자주 합병을 찬성하는 발언을 하였는데, 그 일례로
　　1909년 2월 나인영 외 4~5명을 집으로 초대하여 "한국의 현 시국을 개탄
　　하고 우리 동포가 지나치게 배일행동을 감행하는 것이 도리어 일본의 동
　　정을 잃고 억지로 일한 양국의 친목을 저해시키는 가장 큰 원인이 되어,
　　지금에 있어서 그 근원을 고치지 않고서는 장래 여하한 화를 빚을지도
　　모른다. 우리 한국은 일본의 보호에 힘입지 않고서는 도저히 독립함을 얻
　　기는 어려운 일일 뿐만 아니라 결국에는 백인들 때문에 한국 국토가 반
　　드시 점령당한다."고 역설하였으며, 동년 11월 伊藤博文 장례식에서도 일
　　본인에게 "일본은 마땅히 한국을 합병하여야 한다."는 것을 강조하는 발언
　　을 한 것으로 알려져 있다. (민족문제연구스 편(2009), 『친일인명사전』
　　인명편3, 민연(주), p.469 참조)

만주 하얼빈에서 안중근에 의해 사살됨에 따라 끝내 정권에 참여하지는 못했다. 당시 그가 몸담고 있던 〈서북학회〉에서 추진하고 있던 3파 연합도 무산되었고 신당 결성마저 수포로 돌아가고 말았다.

이즈음 그는 서북학회의 실력자 입장에서 앞에 언급한 이른바 3파 연합에 진력하였는데, 그것도 역시 실패로 돌아갔다. 그런데 이미 그의 3파 연합노력은 일진회 내각 성립 시 일진회 측에서 학무대신을 약속한 때문이라는 설이 있어, 3파 연합이 결렬된 뒤 대한협회로부터 제명처분을 받았다. 이렇게 되자 대한협회에 몸담고 있던 서북지방 출신 회원들(대한협회 회원의 약1/3)은 집단탈퇴 하였으며, 정운복 최석하를 중심으로 서북인들의 독자적인 정당 결성운동이 추진되었으나, 신민회 계열의 안창호가 이에 반대하면서 또 하나의 주동적 인물인 이갑과 함께 1910년 초 망명해 버림으로써 신당결성운동은 수포로 돌아갔다.[20]

합병이전까지의 이력을 볼 때 정운복의 민족적 캐릭터는 좀처럼 종잡기 어렵지만, 그래도 권력을 향한 움직임만큼은 대단히 민첩하였다는 것을 알 수 있다.

정운복의 본격적인 친일활동은 1913년 총독부 기관지인 《매일신보》의 주필을 맡게 되면서 노골적으로 드러난다. 훗날 정인택이 작품활동을 함에 있어 《매일신보》와 인연이 깊었던 것도 여기서부터 시작된 듯하다.

정운복에 대한 평가는 문헌에 따라 상반된 경향을 보이고 있다. 예를 들면 『한국민족문화대백과사전[19]』(1991)에는 정운복을 언론인으

─────────────────

20) 박찬승(1992), 앞의 책, p.55

로서 한말 애국지사이자 항일운동에 투신한 민족운동가로 소개하고
있는 반면, 박찬승의『한국근대정치사상사 연구』(1992)에서는 정운복
을 구한말 국권이 쇄약해진 틈을 타 권력을 잡으려 했던 기회주의자
와 친일파로 설명하고 있어 혼란을 주기도 한다. 전자의 경우는 개화
기 언론이나 애국계몽운동 경력을 토대로 한 업적위주의 평가인 반
면, 후자의 경우 업적위주의 평가 보다는 일본 측의 개화기 인물 연구
성과를 수용한 때문으로 이해할 수 있다. 합병 이전부터 통감부 산하
통신관리국장과 기관지 ≪경성일보≫의 주필을 맡았던 것, 1909년 이
후의 적극적인 친일행각 그리고 합병 후 ≪매일신보≫의 주필을 맡았
던 그의 경력을 감안한다면 박찬승의 기술이 훨씬 설득력을 지니고
있어 본 논문은 후자의 견해를 따르기로 하였다.

이처럼 활발한 활동을 하던 정운복은 1918년 2월 조선총독부 경무
국 촉탁으로 발탁되어 재직하던 중 1920년 12월 갑작스러운 객혈로
사망하였다. 정인택은 아버지가 사망한 날을 이렇게 기억하고 있었다.

> 열 네살때 돌아가신 아버지의 모습이 암만해도 머릿속에 떠오르지
> 않습니다. 〈중략〉 돌아가시는 날 아침에도 제 아우 大澤이가 作亂이
> 甚했다며 불러 세워놓으시고 호령호령하시며 종아리를 때리셨습니
> 다. 그렇게 정정하시던 분이 그날 낮에 瞥眼間 두 대여나 피를 吐하시
> 고는 해저물녘에 遺言 한마디 없이 돌아가셨습니다.21)

그런데 1920년이라 함은 정인택의 나이가 열 넷이 아니라 열두 살
이 된다. 족보 및 호적등본의 사망일자22)를 감안해 볼 때, 호적상 출

---

21) 정인택(1940), 「아버지의 눈」, 앞의 책, 같은 면
22) 『迎日鄭氏世譜』에는 정운복의 사망일자가 1920년 10월 26일로 명시되어

생년도와 본인이 기억하고 있는 나이가 일치하지 않는 점은 출생과
관련 있는 듯하다.

정인택이 기억하고 있는 아버지는 웅변가, 정치가, 언론인, 저술가
였다.

아버지는 雄辯家이셨답니다. 저도 아버지의 「雄辯」을 꼭 한번 드른
듯이 記憶합니다. 〈중략〉 아버지는 政治家이셨답니다. 아버지한테 끌
려 雲養, 金允植先生께 歲拜갔던 일, 尹致昊先生께 절한일 그런것만이
머리에 남아 있습니다. 〈중략〉 아버지는 新聞人이요 著述家이시기도
하셨답니다. 帝國新聞 사장으로 계셨다는 것과 무슨 尺牘이니 國語自
通이니 그런 著書가 있다는 것과 -- 이 點에 關해서도 저는 亦是
이것밖에 모릅니다.23)

정인택에 있어서 아버지에 대한 기억은 대체로 희미했던 것 같다.
다만 아버지 앞에서 고개를 들지 못할 정도로 무섭고 엄했다는 것, 찌
를 듯이 광채가 나는 아버지의 눈을 무서워하면서도 좋아했다는 것,
그리고 철이 없었던 까닭에 아버지가 돌아가셨을 때 슬퍼할 줄도 몰
랐다고 회고하고 있다. 그런가 하면 외관상 아버지를 가장 많이 빼닮
았음에도 아버지의 정신이나 행동을 닮지 않은 점에서 '불효자'라 고
백하고 있기도 하다. 훗날 정인택은 유언 한마디 남기지 못하고 급작

있으며, 호적등본에는 1920년 12월 6일 맏아들 정민택이 호주 상속한 것
으로 되어 있다. 그런데 정인택의 회고 「아버지의 눈」에는 열네 살 때 사
망한 것으로 되어 있어, 1909년생인 정인택의 출생년도와 맞지 않는다.
본 논문은 이를 개인 호적상 문제로 접어두고 일단 문헌대로 기술하기로
한다.
23) 정인택(1940), 「아버지의 눈」, 「조광」, 제6권 7호, 조선일보사출판부, p.245

스럽게 사망한 아버지를 알기 위해서 무진장 노력을 하였지만, 그의 회고에서 "그 背景에 複雜多端한 朝鮮近世史가 가로놓여 있기 때문에......"[24]라고 표현한 것을 보면 식민지 조선의 현실상 아버지의 행적을 밝혀낸다는 것에 심적 어려움이 많았음을 말해준다. 한때나마 애국계몽운동에 몸담은 적이 있었지만, 그 복잡다단한 한국 근세사 속에서 권력에 줄을 대기 위해 양국을 오가며 부단히 노력했던 아버지, 합병 이후 일제의 충복이 되어 일제에 적극 협력함으로써[25] 친일조선인으로 지목되어 민족의 타깃이 되기도 하였던[26] 아버지의 배경을 추적한다는 것은 실로 어려웠을 것이라 여겨지는 것이다.

1.2. 학창시절

정인택의 학창시절은 〈수하동공립보통학교〉에서 시작된다. 정인택은 초등학교 3학년 때인 1921년 1월 처음으로 자신의 글이 신문에 실리게 되는 경험을 한다. 「내선아동융합의 기둥(內鮮兒童融合の楔子)」

---

24) 정인택(1940), 「아버지의 눈」, 앞의 책, 같은 면
25) 정운복의 친일행적은 조선총독부 경무국 촉탁으로 발탁되어 재직하던 중에도 계속되어, 1918년 4월 매일신보사가 주최한 규슈(九州)시찰단의 부단장으로 규슈를 시찰한 적이 있는데, 시찰 당시 가고시마(鹿児島), 구마모토(熊本) 등지에서 日鮮融和를 찬양하는 발언을 하였으며, 1919년 의친왕 이강(李堈)의 상하이 망명을 계획한 독립운동단체인 대동단(大同團)의 전협(全協)을 의친왕과 연결시켜 주었다가 발각되었는데, 이의 수사과정에서 정운복이 일경에 적극 협조하는 바람에 전협 등 사건의 주동자들이 전원 체포된 일이 있다. (민족문제연구소 편(2009), 앞의 책, 같은 면 참조)
26) 1919년 5월 김동순(金東淳) 등이 정운복을 친일조선인으로 지목하고 '암살단'을 조직하여 정운복을 암살하려고 하였으나 실패하였다. 훗날 일본 우익단체인 〈黑龍會〉가 東京 明治神宮 옆에 세운 '일한합방기념탑'의 석실 안에 합병 공로자의 이름을 올려놓았는데, 거기에 정운복은 '일한합방 공로자'로 등재되어 있다. (민족문제연구소 편(2009), 위의 책, 같은 면)

이라는 타이틀로 당시 일본아동과 주고받은 왕복서간[27]이 ≪경성일보≫에 실린 것이 그것이다. 새해 인사와 안부를 주고받는 간단한 내용이지만 서간 말미의 "……君と僕とは國の爲めに忠義を盡して我が國の名が世界にかゞやくやうにしませうさようなら(……너와 나는 나라를 위해 충의를 다하여 우리나라의 이름을 세계에 빛내도록 하자. 안녕!)"[28]이라는 내용에서 일제의 동화정책의 영향과 그 교육을 추수하였던 조선아동 정인택의 심상을 짐작케 한다.

이듬해 1922년 3월 22일 〈수하동공립보통학교〉를 졸업한 정인택은 4월 22일 명륜정에 소재한 〈경성제일고등보통학교〉(現 경기중고등학교, 이하 제일고보)에 입학한다. 당시 학적부를 보면 호주는 이복형 정민택으로 되어 있다. 정인택 보다 열다섯 살 위인 형 정민택은 일본 의대를 졸업한 의사[29]로, 아버지가 작고한 이후 정인택의 보호자 역할을 하였다. 직업이 의사인데다 자산이 3만원으로 기록되어 있는 것을 보면 당시의 생활은 부유했을 것으로 추측된다.

〈제일고보〉재학시절 정인택의 행동발달 상황이나 석차란을 보면, 입학 초기에는 하위를 맴돌았던 성적이 2학기에 접어들면서부터 중상위권을 유지한 것으로 되어있으며, 조용하여 특별히 눈에 띌만한 학생은 아니었다고 한다. 같은 반에 박태원, 조용만이 속해 있어서 이들과 함께 정인택은 문학서클에 가입하여 문인으로의 꿈을 키워나갔다.[30] 이들의 이러한 교우 관계는 오랫동안 지속되었는데, 특히 3년 내내 같은 반이었던 박태원과는 중학시절 이후 월북하여 사망할 때

---

27) 정인택(1921), 「返事の著いた日」, 「內鮮兒童融合の楔子」, ≪경성일보≫, 1921.1.11
28) 정인택(1921), 위의 신문, 같은 면
29) 『迎日鄭氏世譜』, 앞의 책, p.9
30) 김상태(1996), 『박태원―기교와 이데올로기』, 건국대 출판부, p.26

까지 혈육보다 더한 끈끈한 우정으로 지속된다. 정인택이 서클 친구들과 더불어 문인을 꿈꾸던 중학시절, 수학여행으로 다녀왔던 평양 거리는 태어나서 한 번도 경성을 떠나본 적이 없었던 정인택에게 신선한 충격이었던 것 같다. 이는 훗날 그의 회고에서 "중학시절 처음 접해본 평양거리는 잊을 수 없는 체험이 되었다."31)고 토로한데서 짐작할 수 있다.

1923년 어머니 조성녀마저 사망하게 되면서 정인택은 고아신세가 된다. 생모를 따로 둔, 말하자면 데려온 자식이었던 정인택으로서는 어머니와의 관계가 그리 친밀하지는 않았으리라는 것은 쉽게 짐작할 수 있지만, 똑바로 쳐다볼 수 없을 만큼 엄격하기만 했던 아버지와 이복형과의 관계 또한 원만하지는 않았으리라 여겨진다. 때문에 정인택의 어린 시절은 언제나 고독했다.

> 孤獨이 몸에 배인 때문인상싶기도 하다. 〈중략〉 한집에서 한달을 같이 살면서 한번도 말을 주고 받고 안하고 지낼수도 있었다. 그렇다고 내게 티끌만치 惡意가 있는 것은 아니다. 다만 나는 내 갸륵한 뜻을 傳達할 適當한 方法을 몰랐을 따름이다 32)

한 집에 살면서 한 달 씩이나 대화 없이 지낼 수 있을 정도의 가정 환경은 정인택의 성격형성에 큰 영향을 끼친 듯하다. 더욱이 중학시절 실질적인 가장이었던 열다섯 살 위의 이복형에게는 이미 네 명의 아이가 있었기 때문에 정인택에게까지 관심이 미치지 못했던 것 같다. 이렇듯 애정이 결핍된 상태에서 유아기와 성장기를 보낸 정인택

---

31) 정인택(1941), 「낙랑고분군 - 기타」, 「삼천리」, 1941.11 p.148
32) 정인택(1940), 「孤獨」, 「인문평론」, 1940.11, pp.170~171

은 독서를 통해 그 결핍된 정서들을 채워간다. 독서에 취미를 갖기 시작하면서 정인택은 종류에 관계없이 닥치는 대로 책을 읽었다는 회고는 이를 뒷받침한다.

> 중학교 다닐 적엔 그야말로 곧잘 침식을 잃고 좋아하는 책이면 붙들고 늘어졌다. 책의 종류는 묻지 않았다. 마침 家兄이 의사인 관계로 어린마음에 몰래 산부인과 책을 훔쳐다 읽기도 했고, 최면술에 흥미를 느끼어…… 〈중략〉 하여간에 그 때는 그런 종류의 서적으로도 능히 하루 밤 쯤은 넉넉히 새일 수 있었던 것이다.[33]

밤을 새워가며 책을 즐겨 읽었던 것이 사춘기 이후 문학에 대한 동경을 품게 된 계기가 되었다. 독서 자체에 매료되어 이처럼 밤을 지새우던 중학시절의 습관은 30대 까지도 이어져 활자를 눈에서 떼면 불안을 느낄 정도였다. 또한 정인택은 비극영화를 좋아하여 비극영화가 들어오기만 하면 추위나 더위에 아랑곳하지 않고 우미관, 단성사, 조선극장, 황금구락부 등을 기를 쓰고 쫓아 다녔다.[34]

중학시절 혼자서 수많은 책을 읽는다거나 비극영화를 보면서 곧잘 울었다는 것은 정인택의 나약한 성격의 일면을 엿보게 한다. 독서의 취미는 이후에도 계속되었다. 20세 전후에는 위고, 톨스토이, 고리키, 아쿠타가와 류노스케(芥川龍之介)의 작품을 탐독하였는데, 정인택에게 특히 감명을 주었던 책은 위고의 『레미제라블』이었다.[35] 이후 니체의 『짜라투스트라』를 탐독하였는데, 이러한 독서 취미는 훗날 정인

---

33) 정인택(1940), 「정신의 방탕」, ≪조선일보≫, 1940.5.15, 3면
34) 정인택(1940), 「영화적 산보」, 「박문」, 1940.4, pp.14~15
35) 정인택(1940), 「작품애독년대기」, 「삼천리」, 1940.6, p.173

택의 작품세계에 상당한 영향을 끼치게 된다. 정인택의 초기작품에서 두드러지는 허무주의적 경향은 아마도 이 시기의 독서체험, 즉 니체에게서 받은 니힐리즘의 영향이었으리라 여겨진다.

1927년 3월 25일 정인택은 〈제일고보〉를 졸업(제23회)하였다. 졸업 전부터 일본유학에 뜻을 두고 있었으나 여의치 않았던 듯 졸업 후 그는 바로 〈경성제국대학〉에 입학하였다. 같은 대학 예과에 함께 진학하였던 조용만과 친하게 된 것은 그 때부터였다[36]고 한다. 그러나 정인택은 도중에 중퇴하고 만다.

2. 창작과 활동기

2.1. 습작기와 창작 준비기

정인택의 작품세계 전반을 통틀어 볼 때, 등단에서부터 3년 반 동안의 일본생활을 접고 귀국하기까지 1930년대 초반은 습작기 또는 창작 준비기로 보인다.

1930년 1월 정인택은 마르크시즘적 사회주의 사상을 지닌 「준비(準備)」[37]가 《중외일보》현상공모에 이등으로 당선되어 문단에 등단한다. 정인택의 학창시절인 1920년대 후반은 이러한 프로문학이 하나의 맥을 형성하고 있었던 시기였던지라, 「준비」의 시작은 그 흐름과 맥을 같이 한다. 당초 개인적 안락을 희생하고 사회주의 운동에 헌신한 지식인의 삶을 그려내려고 하였지만, 소설의 결말은 이상과 현실과의

---

36) 조용만(1987), 앞의 책, p.108
37) 정인택(1930), 「준비」, 《중외일보》, 1930.1.11~1.16, 3면

괴리를 극복하지 못한 주인공이 전향하기로 결심한다는 내용이다.

정인택이 출발선에서 분명하게 붙들었던 것은 「준비」에서 드러났듯이 마르크시즘적 사회주의 이념이었다. 그러나 일제의 사회주의에 대한 탄압에 의하여 사회주의 성향의 작가들은 점차 설자리를 잃어가는 세태가 되었다. 이 시기 작가로서의 삶을 지속하고 싶었던 정인택이 취할 수 있었던 것은 문학적 시비에서 벗어날 수 있는 아동문학이었다. 정인택의 아동문학은 주로 계몽성, 교훈성을 주제로 하고 있었으며 발표매체는 ≪매일신보≫였다. ≪매일신보≫는 식민지기 내내 철저하게 일제의 정책에 부합하며 당국의 입장을 대변하고 있었는데, 아버지와의 연관성 때문인지 당시 정인택은 이 지면을 통해서만 4편의 아동문학작품38)을 연이어 발표하였던 것이다.

이를 끝으로 정인택은 1931년 평론가를 꿈꾸며 東京으로 건너가게 된다. 東京 체재 초기에 東京 시내의 풍경들을 묘사한 수필 「東京의 挿話」를 ≪매일신보≫에 수차례 기고하기도 하였다.39) 유학차 東京行을 선택했지만 정인택은 특정 학교에 적을 두고 공부하지는 않았던 것 같다. 東京에 소재한 어느 학교에서 수학했다는 기록을 전혀 찾아볼 수 없을 뿐만 아니라, 친구 조용만의 회고에서도 이를 뒷받침하고 있다.

학창시절 문학병에 걸린 박태원이 신경쇠약이라는 핑계로 휴학했다가 뒤늦게 복학하여 졸업(제25회)한 후, 東京 '호세이대학(法政大

---

38) 정인택(1930), 「나그네 두사람」, ≪매일신보≫, 1930.6.25,~6.28, 4면
　　정인택(1930), 「시계」, ≪매일신보≫, 1930.7.9, 4면
　　정인택(1930), 「불효자식」, ≪매일신보≫, 1930.7.13, 4면
　　정인택(1930), 「눈보라」, ≪매일신보≫, 1930.7.10~11, 4면
39) 정인택(1931), 「東京의 삽화」, ≪매일신보≫, 1931.8.29~9.11, 5면

學)'에 다니고 있을 때, 정인택은 대학 예과를 중퇴한 후, 작가수업 한다고 東京으로 건너가서 두 사람이 만나서 같이 방랑했다.[40]

특정 학교에 적을 두지 않고 방랑하던 정인택에게 東京생활은 평탄치 않았다. 빈민굴 근처의 볕도 안 드는 비좁은 방에서 여름에도 솜이불을 덮고 누워 있을 정도로 건강이 좋지 않았으며, 불면증과 발작으로 인한 두통에 시달리기도 하였다.[41] 게다가 우유배달, 방직공장 직공 등 온갖 안 해본 일이 없었으며,[42] 4년이 채 안 되는 동안 무려 20여 차례나 하숙을 옮겨 다닐 정도[43]로 밀린 하숙비는 정인택의 생활을 피폐하게 하였다. 그럼에도 '사고할 수 있는 존재'라는 것에 괴로움을 느낄 때면 기차를 타고 정처없이 아무데나 닥치는 대로 돌아다니며 우울한 심사를 달래기도 하였다[44]고 한다.

東京시절 겪은 궁핍과 고독함은 넉넉한 환경에서 학창시절을 보냈던 정인택에게 미처 경험해 보지 못했던 처절함 그 자체였다. 한 때 카페의 여급이었던 '유미에'라는 일본여성을 짝사랑하기도 하였는데,[45] 고독하고 불안했던 상황에서 정인택이 '유미에'에게서 받은 인상이 상당히 강렬했던 탓인지 이후 그의 소설 속 여주인공 이미지를 지배하기도 한다. 정신적으로나 물질적으로 극심한 궁핍을 겪었던 東

---

40) 조용만(1987), 앞의 책, p.108
41) 정인택(1931), 「東京의 삽화」, 앞의 신문, 8.29, 5면
42) 田中英光 著・임종국 역(1978), 『취한들의 배』, 평화출판사, p.55~56
43) 정인택(1937), 「청량리계외」, 《매일신보》, 1937.6.26, 6면 (수필 연재를 시작하면서 서두부분에 반년정도 살았던 나가사키초(長崎町)부근의 풍경이 청량리 일대와 비슷하여 그 풍경을 구체적으로 열거하고 있는데, 소설화 하여 발표하였던 『국민문학』 창간호에는 이 부분이 삭제되어있다.)
44) 정인택(1940), 「巧木 其他」, 《매일신보》, 1940.2.8, 4면
45) 정인택(1934), 「東京의 겨울밤 風景」, 「신동아」, 1934.12, p.183

京에서의 체험은 이후 정인택의 심리주의 소설에 그대로 반영된다.

1934년 중반 정인택은 3년 반 동안의 일본생활을 접고 귀국하기에 이른다. 귀국하기 전부터 정인택은 《매일신보》를 통해 평론 「朝鮮文壇에 주는 글월」[46]과, 수필 「봄·東京의 感情」[47] 등을 연재하면서 조선문단을 향한 지속적인 관심을 표명하며, 귀국 이후 조선에서의 활동 가능성을 예견해 보기도 하였다.

東京에서 돌아온 정인택은 경성에 들른 뒤, 약 일주일간 외금강 장전(長箭)에 머물면서 조선잡지를 구해 읽고난 후 《조선일보》에 「문예시평」[48]이라는 타이틀의 평론을 기고하였다. 이 글에서 간간이 "조선문학에 익숙하지 못하다."는 언급을 하고 있어, 조선문단에 대한 조심성과 특유의 소심한 성품을 엿보게 한다. 그 조심성은 그로부터 두어 달 후 발표한 「조락(凋落)」[49]의 필명을 자신의 아명 '정태양'이란 이름을 사용하였다는 것에서 두드러진다. 東京을 무대로 하고 있는 「조락」은 사회주의 이념을 추구했던 주인공이 자신의 생존을 위하여 현실과 타협하는 과정이 적나라하게 드러나 있어 정인택의 자전적 소설임을 방불케 한다. 이후 정인택 심리소설을 지배하는 인물구도의 틀은 「조락」에서 거의 정형화 되었다 할 수 있다.

2.2. 결혼과 교우관계

東京에서 귀국한 후 정인택은 한동안 직업 없이 떠돌아다니다 부친 친구의 소개로 매일신보사에 입사하게 된다. 정인택이 매일신보사에

---

46) 정인택(1934), 「朝鮮文壇에 주는 글월-東京에서 본 조선문단」, 《매일신보》, 1934.1.3
47) 정인택(1934), 「봄·東京의 感情」, 《매일신보》, 1934.2.24~3.3, 3면
48) 정인택(1934), 「문예시평」, 《조선일보》, 1934.7.28, 2면
49) 정태양(1934), 「凋落」, 「신동아」, 1934.10, pp.202~208

입사하기까지는 친구 조용만과 삽화가 이승만의 도움이 컸다. 정인택의 형 정민택과 친분이 있었던 이승만은 東京으로 떠나기 전 발표했던 소년소설 「눈보라」의 삽화를 그렸던 화백으로 직업상 정인택과도 연관되어 있었다. 모던한 멋쟁이였던 이승만 화백은 매일신보사에 입사를 위한 명색이 사장과의 면담자리인데, 정인택의 차림새가 너무 초라하여 노심초사하다가 마침내 궁리를 해냈다.

"일은 잘 되었는데, 지금 정형의 저런 모습으로 만나서는 안될걸. 무슨 좋은수가 없을까." 하고 무엇을 생각해 내려고 하였다. 〈중략〉 "저 사람 키에 당신 옷은 안 맞을테고 내 옷이 맞겠어. 그럼 내옷을 입게 하고, 인제 시간이 얼마 안남았는데 어서 이 아래 이발관에 가서 면도를 하고 오라고 그럽시다." 이렇거 해서 이화백이 돈을 주어서 정인택을 이발소로 보냈다. "빨리 해달라고 해서 곧장 와요." 그리고는 자기는 지하실이 있는 숙직실로 내려갔다. 거기서 와이셔츠와 양복을 벗어서 정인택에게 입히고, 자기는 그 방에 이불을 쓰고 누워 있을 작정이었다. 얼마 안 있어서 정인택이 머리와 얼굴을 말쑥하게 가다듬고 나타났다. 그리고 곧장 숙직실로 내려가서 다시 이승만 화백의 복장을 해가지고 편집국으로 나타났다. 나는 몇마디 일러둘 것을 알으켜주고 그를 데리고 사장실로 올라갔다. 사장한테 인사를 시키고 나는 곧 나왔는데 정인택은 문제없이 이 면접시험에 통과할 것 같았다.[50]

조용만은 "정인택을 사장한테 소개한 사람이 유력한 인물이었고, 멋쟁이로 소문난 이승만 화백의 옷과 구두를 빌려 말쑥한 신사가 된

---

50) 조용만(1987), 앞의 책, p.110

정인택이 마음에 들지 않을 까닭이 없었다."고 회고한다.

左로부터 이승만, 박태원, 정인택 51)

어쨌든 당장 입사수속 하라는 사장의 명령에 따라 정인택은 드디어 매일신보사에 입사하게 되었다. 그 때 정치부장으로 있던 염상섭은 정인택이 일본어에 능숙한 것을 보고 정치부로 데려와 번역을 맡겼는데, 일본말을 잘하고 문학적 재능이 있다며 늘 칭찬하였다. 정인택은 염상섭의 눈에 든 덕분에 작가로 출발하는데 있어 큰 도움을 받았다고 한다. 얼마 후 염상섭이 매일신보사를 그만두고 《만선일보》편집국장으로 가게 되자, 정인택은 학예부로 자리를 옮기게 되었다.52)

학창시절부터 정인택과 끈끈한 교우관계를 맺은 문우는 단연 박태원과 조용만을 꼽을 수 있는데, 특히 박태원과의 관계는 정인택의 사망 이후 가족관계로까지 이어진다. 귀국 이후에도 줄곧 박태원과 어

---

51) 출처: 김상태(1996), 앞의 책, p.25
52) 조용만(1987), 앞의 책, p.111

울려 다니던 정인택은 천재작가 李箱(본명 김혜경)과 교분을 맺게 된다. 정인택과 李箱의 만남은 두 사람을 너무도 잘 아는 친구 박태원을 통해서였다.

> 이상과 가장 친한 친구는 구보(仇甫) 박○원(朴○遠)이었다. 구보의 집은 광교(廣橋)천변에 있어서 제비 다방과 가까웠고 한길로 들창이 나 있어서…. 〈중략〉 이래서 이상이나 김소운, 정인택 같은 친구가 오다가다 들르는 것이었는데 이상이 제일 많이 들르는 폭이었다. 이상과 둘이 앉으면 재담 만담으로 시간이 가는 줄 몰랐고, 이상이 술을 마시고 들르는 날이면, 이런 재담 만담으로 밤늦게까지 떠들다가 그만 곤드라져서 구보 방에서 새우잠을 자는 일이 많았다.[53]

재기가 넘쳤던 박태원과 李箱, 두 사람은 서로에게 상당한 호감을 갖고 어울려 다녔는데 여기에 정인택이 가세하게 된 것이다. 이렇게 맺어진 친분관계가 정인택이 본격적인 문학활동을 할 즈음에는 상당한 진전을 보이게 되었다.

세 사람의 관계를 살펴보면 천재작가 李箱을 중심으로 양측에 박태원과 정인택이 자리하고 있었다. "박태원을 진지해지도록 이끈 존재는 다름 아닌 절친한 친구 李箱"[54]이라는 평판이 있을 만큼 박태원은 1930년대 중반 李箱의 문학과 기행(奇行)에 매료되어 있었다. 정인택 또한 李箱에게 매료되어 사람들로부터 비난받았던 李箱의 기괴한 행동에도 오히려 공감할 정도였다. 이들은 李箱의 권태와 좌절을 통해 현실에 대한 새로운 시각을 갖게 되었다.

---

53) 조용만(1987), 앞의 책, p.102
54) 강진호 외 공저(1995), 『박태원 소설 연구』, 깊은샘, pp.55~84

혼자 남아 있을 때의 李箱이 얼마나 孤獨해 하고 슬퍼하고 하는지를 잘 아는 나는 아모 말없이 그가 하자는 대로 가치 술 먹고 가치 떠들고 가치 쏘다니고— 나는 애써 李箱에게 忠告나 激勵의 말을 하지 않고 가장 그의 나쁜 동무가 되려고 努力했다. 어떠한 경우를 勿論하고 李箱이가 아조 완전히 제 자신을 잃어버리도록 못나니는 아니라고 굳게 믿고 있었기 때문에 할 수 있는 일이다. 李箱이도 또한 내가 惡友가 되려는 심중을 잘 알아주어 "내가 세상에 그중 쓸쓸하고 불쌍한 놈인줄 알았더니 자넨 나버덤 한술 더 뜨네"……[55]

이처럼 李箱과 공감하며 어울리던 정인택은 얄궂게도 한 여인 권영희(가명: '미정' 또는 '순영')[56]를 사이에 두고 자살소동을 일으킨다. 청주가 고향인 권영희는 한때 '낙원카페'의 여급으로 일하고 있었는데, 李箱이 카페 '쓰루(鶴)'를 운영하게 되면서 권영희를 데려왔던 것이다. 정인택과 권영희의 첫 만남은 李箱의 카페 '쓰루'에서 이루어졌다.

안쪽 테이블에서 여급인 듯싶은 젊은 여자와 이야기를 하고 있던 이상이 두 사람을 보고 손을 번쩍 들었다. "요! 두 귀빈 어서 오시오!" 그리고 여급을 인사시켰다. 중키에 얼굴이 갸름하고 퍽 이지적으로 생긴 여자였다. "이름은 미정이라고 이 카페의 여왕이니 두 귀빈들께

---

55) 정인택(1936), 「불상한 李箱」, 앞의 책, p.306
56) 권영희는 1915년 5월 10일 아버지 권창식(安東 權氏)과 어머니 김氏 사이에 외동딸로 태어났다. 부친이 일찍 사망(아버지 권창식의 모친 최생금이 1926년 1월 3일 호주상속하였음)하였기 때문에 편모슬하에서 자란 것으로 추측된다.(김신영(2000), 앞의 논문, p.26 참조)
권영희의 이름을, 윤태영의 『絶望은 技巧를 낳고』에서는 '순영'으로, 조용만의 「李箱시대 젊은 예술가들의 초상」에는 '미정'으로, 필자에 따라 다른 가명으로 표기하고 있지만, 본 논문은 본명인 '권영희'로 통일한다.

서 사랑해주시기를 바라오......" 하고 미정에게 술을 가져오라고 하였
다. 〈중략〉 "미정이 말이 내가 D·H 로렌스의 모조품 같다니 당신네
들 보기에도 그렇소?" 옆에 다소곳이 앉아 있는 미정이를 가리키면서
이상은 껄껄거렸다. 이 말에 미정이는 깜짝 놀라서 "내가 언제 그런
말을 했에요?"라며 얼굴을 붉혔다. "미정이, 교양이 퍽 높은데! 나도
잘 모르는 로렌스를 다 알구." 정인택이 감탄하는 것 같이 미정이를
바라보면서 이런 말을 하였다. "아니에요 저는 아무것도 몰라요. 이상
선생님이 괜히 그러시는 거예요." 미정이는 수줍은 얼굴로 정인택을
똑바로 바라보았다.[57]

이후 정인택은 D·H 로렌스의 「채털리부인의 애인」을 화제로 이야
기를 나누면서 점차 권영희에게 열중하게 되었다. 권영희는 李箱과
동거하여 한 때 李箱의 부인이라 불리기도 하였는데, 그 사실을 알지
못했던 정인택은 권영희를 만나러 매일같이 카페 '쓰루'에 출근하다시
피 하였다. 친구들(박태원, 조용만, 이승만)은 얼마 되지 않는 신문사
월급을 몽땅 데이트 비용으로 털어 넣다 못해 빚까지 지고 있는 정인
택을 걱정하기도 하였으나 그의 외골수적인 열정을 막지는 못했다.
그로부터 며칠 후, 李箱과 권영희는 혼자서 카페 '쓰루'에 찾아와 괴
로운 듯 늦게까지 술을 마시고 인사불성이 된 정인택을 인력거에 태
워 하숙으로 보낸 후, 정인택에 관한 이런저런 이야기를 나누었다. 그
러다가 이상한 예감이 들어 정인택의 하숙으로 달려갔는데, 아니나
다를까 정인택이 낙서한 종잇장과 함께 뒹굴며 신음하고 있었던 것이
다. 李箱과 권영희와의 관계를 알고 나서 괴로워하던 정인택이 죽을
결심으로 과다 복용한 수면제 '아로나트' 때문이었다.

---

57) 조용만(1987), 앞의 책, pp.186~187

급기야 李箱은 이들을 맺어주고자 하여, 애인 권영희에게 정인택과 결혼하기를 권하기에 이르렀다. 그럼에도 이들의 결혼을 권하는 과정에서 李箱은 미묘한 심적 갈등을 겪었던 것 같다. 이는 그의 소설「불행한 繼承」에서 엿볼 수 있다.

"난 말야, 애인을 친구한테 뺏겼단 말야. 분명하지 않지만, 아무리도 그런 것 같아. 아냐, 난 그애가 내 애인인지 아닌지 그런 거 쇠통 알지 못했어. 허지만 내 친구가 — 어느틈에 그앨 좋아하게 됐단 말야. 그러고 보면 뺏기고 만 셈이지 뭐냐. 〈중략〉 이제 새삼 그 앤 내 애인이란 주장을 못하게 됬지. 그렇지, 주장할 수가 없지. 그래서 난 친구한테 그런말을 들었을 때, 아 그런가, 그건 안되지, 아니, 역시 안 되겠어........"58)

어쨌든 두 사람의 도움으로 병원에 입원하여 위세척을 마친 정인택은 권영희의 간호에 힘입어 회생하게 되었다. 1935년 8월 29일59) 정인택은 마침내 자신이 죽도록 사랑한 여인 권영희와 결혼식을 올리게 되었다.

결혼식은 이상과 박태원을 비롯한 여러 친구들의 도움으로 동소문 밖에 있는 신흥사에서 진행되었다. 李箱은 옛 애인과 친구와의 결혼을 현실로 받아들이고 축하하는 의미로 사회를 맡았고, 박종화와 유

---

58) 김윤식 편(1991), 『이상문학전집』 2, 문학사상사, p.219
59) 윤태영・송민호 공저(1969), 『絶望은 技巧를 낳고』, 교학사, p.61(정인택의 결혼년도가 윤태영의 저서에는 1935.8.29일로 되어 있고, ≪한국일보≫ 1990.9.11, 13면 기사와, 김상태(1996), 『박태원―기교와 이데올로기』, p.25 에는 1938년으로 표기되어 있다. 아들 '태혁'의 출생년도(1936)와 李箱의 사망년도(1937)로 볼 때, 정인택의 결혼년도는 1935년임이 분명하므로 전자를 따르기로 한다.)

광렬 등은 축사를 하였다.

정인택과 권영희는 익선동에 집을 얻어 신혼살림을 시작하였다.[60]

결혼식을 마치고(맨 앞줄 중앙이 정인택과 권영희)[61]

그리고 1936년 봄, 아들 '태혁'이 태어났다. '태혁'이 태어난 지 20여
일 되었을 무렵 온 가족의 목숨이 경각에 처하는 위기를 겪게 되는데,
이 때 목숨이 위태로웠던 정인택을 李箱이 등에 업고 종로거리를 헤
매고 다니며 가까스로 구해내었다.[62] 그랬던 李箱이 이듬해인 1937년
4월 東京제국대학병원에서 사망하게 된다. 정인택은 李箱이 객사했다
는 전보를 받고 큰 충격에 빠진다. 폐병을 앓던 李箱이 같은 병고에
시달리고 있던 김유정을 찾아가 情死를 제안했다가 거절당한 뒤, 분
연히 東京行을 결심하고 정인택을 찾아왔을 때, 정인택은 李箱의 처지
에서 도저히 생각하기 어려운 東京행을 선뜻 찬성하고 권유하였기 때

---

60) 김신영(2000), 앞의 논문, p.27
61) 출처 : 한국일보 1990년 9월 11일자 ≪한국일보≫, 3면
62) 정인택(1939), 「불상한 李箱」, 앞의 책, p.306

문[63]이다. 이때의 정인택 심정은 李箱의 미망인에게 쓴 회답에 그대로 묻어나 있다.

> ─李箱이가 하다 남긴일, 제가 기어코 일우겠습니다. 지난 봄 李箱이 그 야윈 어깨에 命在頃刻의 저를 걸머지고 밤 깊은 鐘路거리를 헤매이든 일, 제가 어찌 잊겠습니까.─ [64]

위 인용문 중 "李箱이가 하다 남긴 일, 제가 기어코 일우겠습니다."는 李箱의 사후, 정인택이 발표한 소설 일부가 '이상의 유고를 자신의 이름으로 발표한 것'이라는 의문의 소지를 갖게 한 문구이기도 하다. 李箱의 사후부터 정인택 심리소설이 본격적으로 발표되기 시작하였으며, 그 소설 곳곳에 李箱의 흔적이 묻어나 있었던 점에서 일부 연구자들의 추론을 불러일으키기도 하였던 것이다. 그러나 이같은 정인택의 다짐은 말 그대로 李箱이 하다 남긴 일을 자신이 뒷마무리하겠다는 뜻으로 보인다. 어쨌든 李箱에게 진 도의적인 부채를 李箱이 추구해온 심리소설의 연장을 통해서 갚으려 했다[65]는 평을 들을 만큼 李箱의 사생활은 정인택의 소설 「업고(業苦)」[66]나 「우울증(憂鬱症)」[67] 등에 그대로 묻어난다. 정인택의 작품이 李箱 소설의 심리주의적 경향과 작품의 기본 틀(설정)을 이어받고 있는 것은 이러한 맥락으로 볼 수도 있을 것이다.

이 시기 정인택은 조선에서 생활한 일본인 작가 다나카 히데미쓰

---

63) 김신영(2000), 앞의 논문, p.28
64) 정인택(1939), 위의 책, 같은 쪽
65) 강현구(1989), 앞의 논문, pp.187~202
66) 정인택(1940), 「業苦」, 「문장」, 1940.7
67) 정인택(1940), 「憂鬱症」, 「조광」, 1940.9

(田中英光)와도 교분을 맺게 된다. 다나카 히데미쓰는 정인택을 일컬어 "일본어에 능란하고 구성이나 줄거리도 교묘한 사람"이라 평하면서 당시 한국문단의 배경과 분위기를 그린 소설『취한들의 배(酔いどれ船)』[68]에 거의 실명에 가까운 조선 작가들을 묘사하고 있는데, 정인택을 '鄭'이라는 인물로 등장시킨 바 있다.

정인택은 李箱이 사망하던 1937년까지 청량리에서 살았다. 이 때 청량리의 모습에서 東京 나가사키초(長崎町)를 회상하며 쓴 일본어 수필이 「淸凉里界隈」이며, 이 수필 역시 ≪매일신보≫ 지면을 통해 연재되었다.

1939년 3월 6일에는 태어난 지 3년도 채 안된 아들 태혁이 수암[69]으로 몹시 앓다가 사망하였다. 턱 주위가 점점 썩어 들어가는 아들을 지켜봤던 체험은 후에 발표한 수필 「담담기(淡々記)」와 「공수방관기(控水傍觀記)」에 잘 나타나 있다.

모진 목숨이었다. 現代醫學으로는 죽이는수 밖에 道理가 없다하야 輸血도 중지하고, 强心劑조차 안놓고, 그리고도, 꼭 一週日을 泰革이는 먹고만 싶어하며 살았다. 죽어가는 泰革이 자신보다도 죽기만을

---

68) 『酔いどれ船』는 조선 여류시인 노천심(시인 노천명을 패러디한 것)의 스파이 활동을 그린 소설이다. 이 소설에 대해 김윤식은 "픽션이지만 당시 한국문단배경과 분위기, 거의 실명에 가까운 인물과 그들의 경력을 담았기 때문에 문제적"이라고 지적한 바 있다. (김윤식(1974), 『한일문학의 관련양상』, 일지사, pp.138~139)

69) 구내염(口內炎)의 하나. 중증질환으로 영양상태가 불량한 3~7세의 유아에게서 흔히 볼 수 있으며, 성인에게는 드물다. 병원균이 구강내 협점막으로 침입하여 처음에는 작은 침윤(浸潤)이 발생하고 곧 바깥 표면을 향하여 괴저성 변화가 진행된다. 괴사부는 흑록색이고 악취가 나며, 볼의 바깥표피까지 이르고, 아래턱(下顎)이 노출되는 경우도 있다.(宋永奉(1994), 『원색세계대백과사전』 17권, 한국교육문화사, p.543)

控水傍觀하고 있는 周圍를, 더구나 저의 큰아버지, 큰어머니의 마음을 안타까웁게만 하고 괴롭게만 하면서 모질게도 죽지 않았다.[70]

세상에 태여난지 불과 이년 泰革이는 알키만 하다가 이서글픈 병실에서 금명간에 세상을 떠날것이다. 이렇게 애처러운 죽엄을 하렸든들, 지프테리― 때, 폐렴때, 외관으로나마 곱게 죽일것을 ―― 턱밑에서, 뺨으로, 입술로, 시커멓게 먹어들어가는 너의 얼룩을 바라보고 있을양이면 소름이 끼치도록 오직 무서울 따름이로구나.[71]

어린 나이에 이렇게 앓기만 하다가 사망한 아들 '태혁'에 대한 애절함은 2년 후 소설 「단장(短章)」[72]으로 재구성되기도 한다. 정인택은 '태혁'을 잃은 후, 같은 해 장녀 '태선'(1939.12.27)을 얻었으며, 이어 차녀 '태연'(1942.10.18) 그리고 해방 후인 1948년 막내딸 '태은'(1948.9.1)이 태어났다.

정인택과 교우한 문우는 그다지 많지 않은 듯하다. 그러나 몇 안 되는 문우 가운데서도 특히 절친하였던 李箱과 박태원은 아내 권영희로 인하여 불가분의 관계성을 지닐 뿐만 아니라 정인택 문학에 있어서도 지대한 영향관계를 지닌다. 이들의 문학적 영향관계에 대한 내용은 작품을 들어 연구하는 단원에서 구체적으로 언급하도록 하겠다.

2.3. 창작과 일제말기의 활동

1939년 5월 정인택은 ≪매일신보≫ 학예부에서 문장사로 자리를 옮겨 편집장 상허 이태준과 함께 잡지 「문장(文章)」의 편집에 참여하게

---

70) 정인택(1939), 「淡々記」, 「문장」, 1939.5, p.165
71) 정인택(1939), 「控水傍觀記」, 「박문」, p.14
72) 정인택(1941), 「短章」, 「문장」, 1941.2. pp.173~185

된다. 동년 6월 장위정에서 원남정(苑南町)으로 이사를 한 후, 본격적인 창작기로 접어들어 그의 대표작이라 할 수 있는 「준동(蠢動)」, 「미로(迷路)」, 「동요(動搖)」 등과 같은 작품들을 연이어 발표하게 된다.

1940년 10월에는 문장사를 그만두고 매일신보사 학예부로 재입사하여 일제의 식민정책에 부응하는 여러 가지 기획에 참여하여 그 결과를 글로 발표함으로써 총독부의 식민통치 수행에 적극 협력하는 면을 보인다. 1941년 7월 〈조선문인협회〉가 주관하는 '용산 호국신사 御造營地 근로봉사'에 참가하였으며,[73] 동년 여름 낙랑고분군의 발굴현장을 보기 위해 화가 K와 동행하여 평양을 다녀왔다.[74] 그리고 11월 〈조선문인협회〉 주최 '內鮮작가 간담회'에 참석하여 國民文學 건설에 대해 논의하였으며, 12월 경성방송국 제2(조선어)방송부에 출연해 시국적 작품을 낭독[75]하기도 하였다.

정인택은 1942년 신촌 건너편 마을 창내(지금의 창천동 – 필자 주)로 이사를 하였다. 전기조차 들어오지 않는 외진 마을 창내에서 겪었던 생활의 불편함은 수필 「山과 마을과」에 그대로 담겨있다.

"동네 이름이 뭐요?" 하고 묻길래 「滄川町」이라니까, 어느 실없는 친구는 "거기도 京畿府內요?" 하는 것이다. 나는 껄々 웃고 나서 "글세 아마 京畿道 땅인가 보오" 하고 對答했지만 이런理由로 저도 몰으게 내自身 落鄕이나 한듯한 孤寂함을 느끼고 있는지도 알수 없다. 〈중략〉 石油는 勿論이요, 洋초나마 맘대로 살수는 없다. 이틀에 한번씩은 洋초 求 하느라고 阿峴町 一帶를 내리 훑으며 新村까지 걸어간다.

---

73) 민족문제연구소 편(2009), 앞의 책, p.486
74) 정인택(1941), 「낙랑고분군 – 기타」, 앞의 책, p.148
75) 민족문제연구소 편(2009), 위의 책, 같은 면

그래도 굵은초 열자루 사기가 힘든다.[76]

이는 당시 정인택의 생활상을 짐작해 볼 수 있는 부분이다. 체제에 편승하여 비교적 활발한 활동을 하는 정인택의 삶이 이정도이고 보면 태평양전쟁기 극심한 물자부족에 따른 민중들의 삶이 어떠했는지 충분히 짐작할 수 있다 하겠다.

1942년 6월 1일부터 한 달 동안 정인택은 장혁주, 유치진과 함께 개척민 시찰차 만주를 방문하게 된다. 다녀온 후 개척민들의 충직하고 꿋꿋한 모습에 대한 감탄을 토로하는 한편 고국민들의 격려를 구하는 글[77]을 발표하였다. 그리고 12월 하순에는 간도성의 초빙으로 채만식, 이석훈, 이무영, 정비석과 함께 재차 만주를 방문하게 되는데, 그곳의 정치, 경제, 문화, 개척부락의 생활상 등을 견학하고 돌아와서 '만주국 이민 장려' 정책에 적극 협력하는 활동을 전개하였다. 2차례에 걸친 만주개척민 시찰 경험은 일제의 만주정책에 협력 내지는 찬양하는 여러 장르의 작품으로 고스란히 재현되었다.

1942년 9월 정인택은 이광수, 김동환, 이태준 등이 주체가 된 〈조선문인협회〉[78]의 문학부 간사로 임명[79]되어 일제 당국에 적극적으로

---

76) 정인택(1942), 「山과 마을과」, 「국민문학」 1942.3, pp.75~78
77) 현대사(1982), 「문인근황」, 「삼천리」(영인본), 권5, 현대사, p.68
   정인택, 「개척민부락장 현지좌담회－좌담회전기」, 「조광」, 제8권 10호, p.64
78) 〈조선문인협회〉는 1939년 10월 21일 이광수, 김동환, 박영희, 정인섭 외 10여 명의 발기인이 모여 성명서를 작성하고 회칙에 관한 토의를 거쳐 발족한 어용단체로 이 협회의 결성 동기는 '皇軍的 新文化 創造', 즉 일본의 국책 수행에 기여하는 것을 목적으로 하였다. 이는 전쟁 목적에 부응하는 새로운 문화 창조로써 일본문화를 중추로 하는 동아문화의 결속을 의미하는 것이었는데 구체적으로 제시된 8個條의 회칙은 다음과 같다. 第一條 본회는 조선문인협회라 칭하고 그 사무소를 경성에 置함.

협력하는 문학활동을 할 것을 결의하였다. 또한 11월 중순에는 〈국민 총력조선연맹〉과 〈조선문인협회〉의 초빙으로 대동아문학자대회에 참석했던 滿·蒙·華 각 대표 21명을 안내하기도 하였다.

　1943년 1월 정인택은 '間道開拓村을 視察한 作家들의 좌담회'에 채만식, 이석훈, 이무영과 함께 출석하여 간도성 이민부락의 교육상황 및 기타 이민정책과 그들의 결혼문제를 토론하였고,[80] 동년 2월 6일에는 〈국민총력조선연맹〉에서 개최한 '국어문학총독상' 수여에 관한 간담회에 주요한, 이태준, 김억, 유치환 등과 참석[81]하였다. 이어 4월 29일 반도호텔에서 열린 남방 종군 일본작가 이노우에 고분(井上康文)과 우에다 히로시(上田廣)의 환영간담회에 참석하였으며, 동년 5월 〈조선문인보국회〉가 마련한 일본작가 가토 다케오(加藤武雄)외 5명과 함께 '內鮮작가교환회'에 참석[82]하여 의견을 나누었다. 동년 6월 1일 정인택은 〈조선문인보국회〉[83] 소설 희곡부 간사직에 임명된 이후,

---

　　第二條 본회는 국민정신총동원의 취지의 달성을 기하고 차 문인상호의 친목향상을 圖하므로써 목적으로 함.
　　第三條 본회는 본회의 취지에 찬동하는 문인으로서 조직함.
　　第四條 본회는 본회의 취지 목적을 실행하기 위하여 좌의 기관을 置함.
　　　　　가. 명예총재 1명, 회장 1명
　　　　　나. 간사 약간명
　　第五條 회장은 대회에서 선거하고 간사는 회장이 이를 지정함.
　　第六條 본회의 경비는 년 회비及 유지의 찬조금으로서 此에 充함.
　　第七條 본회의 회비는 년 일원으로 함.
　　第八條 대회는 년 1度이며(神嘗祭에 개최) 회장이 이를 소집함. 단 필요에 응하여 임시대회를 소집할 수 있음.
　　　　　(송민호(1991), 『일제말 암흑기문학 연구』, pp.19~20 참조.)
79) 임종국(1966), 앞의 책, p.105
80) 매일신보사(1943), 「교육열 왕성에 감복」, 《매일신보》, 1943.1.10, 2면
81) 매일신보사(1943), 「문예조선의 주시기」, 《매일신보》, 1943.2.7, 3면
82) 민족문제연구소 편(2009), 앞의 책, p.487
83) 〈조선문인보국회〉는 朝鮮文人協會, 國民詩歌聯盟, 朝鮮歌人協會, 朝鮮俳

〈조선문인보국회〉가 주최한 행사에 연이어 참여하게 된다. 6월 4일은 가토일행을 중심으로 한 '全鮮시찰 종합좌담회'에 참석하였으며, 8월 4일 부민관에서 열린 징병제실시 감사결의 선양을 위한 '낭독과 연극의 밤'에 정인택의 네거리(辻)소설[84] 「不肖の子ら」가 영화배우 남승민에 의해 낭독되었다. 또한 8월 6일부터 5일간은 철저한 황국신민이 되기 위한 정신무장을 위한 '禊(みそぎ)練成會'에 홍효민, 조우식, 야마다 에이스케(山田榮助), 나카오 기요시(中尾淸)와 함께 외금강으로 파견되어 37명의 일행과 함께 수련하였는데, 이에 대한 감상을 「直靈의開顯」[85]이라는 글로 발표하기도 하였다. 9월에는 제4회 항공일 특집 '항공의 밤' 라디오 방송에서 수마트라 파칸발 비행장 공격 중 전사한 조선인 장교 최명하(창씨명 武山隆)대위 이야기를 발표하였다. 당시 〈조선문인보국회〉 회원이었던 정인택은 이 사건에 깊은 관심을 가지고 방송용 글을 썼는데, 그것이 라디오 방송을 통하여 전파(1943. 9)[86]된 것이다. 이에 그치지 않고 정인택은 이를 소설화하고자 하여 취재차 故최명하의 생가까지 방문(1943.12)[87]하는 열성을 보였다.

1944년 1월 정인택은 〈조선문인보국회〉에서 신인 및 기성작가를 대상으로 '국체본위에 철저하여 미·영의 모략을 파쇄하고 국민의 사

句作家協會, 朝鮮川柳協會가 한 협회 산하에서 활동하기로 하고 1943년 2월 27일 발회한 문학진영의 통합단체임.

84) 辻소설이란 '네거리 소설' 혹은 '가두소설'이라고도 하는데, 민중들에게 전쟁 의지를 고취시키기 위해 짧은 글을 거리에 게시한 것에서 유래한다.

85) 정인택(1943), 「直靈의開顯－禊練成會參加記」, 《매일신보》, 1943.8.18~8.20, 2면

86) 《경성일보》조간, 「라디오 란」, 「航空の夕(鮮語) : 物語 武山 陸大尉 － 鄭人澤·作 － 牧山白水」, 1943.9.20, 2면

87) 《경성일보》석간, 「文化だより」, 1943.12.27, 2면 (鄭人澤氏(文人報國會員) 故武山大尉の一生を小説化するため故大尉の生家、明野飛行學校を見學し資料蒐集の上正月五日頃歸城の豫定.)

기를 앙양할 국어(일본어)로 제작된 결전소설과 희곡'을 공모하였는데, 그 심사를 맡았다.[88] 이어 2월 '해군 위안의 밤' 라디오 방송에서 「바다의 사람들」을 발표하였으며, 8월에는 조선군 보도대(報道隊)의 보도연습에 참가하여 연성을 다지기도 하였다. 또 11월 17일에는 〈조선문인보국회〉에서 선발하는 대동아 교섭 방송원고에 정인택의 작품이 당선되어 東京중앙방송국으로 작품이 송달[89]되기도 하였다.

한편 이 시기 자연인으로서의 정인택의 신상과 생활면은 1944년 8월 잡지 「조광」의 엽서설문에 대한 답변에서 찾아볼 수 있다.

1. 귀하와 귀하의 가족의 혈액은 무슨형입니까? - - 소생은 A형이고, 妻는 O형입니다.
2. 댁의 대피호는 어데다 어떻게 만드셨습니까? - - 장독대 밑에 지하실 판 것이 있습니다.
3. 적기가 온다면 먼저 들고 나가실 귀중품은? - - 젖먹이 어린애하고 담배와 석냥(성냥 - 필자 주)밖에 없습니다.[90]

위 문답 중 적의 공습에 대비하여 일반 가정에서도 대피호를 마련하였다는 점은 전쟁 중 긴박한 후방생활의 일면을 말해준다. 또 3항에서 비상사태가 발생할 경우 젖먹이 어린아이와 담배, 성냥을 자신의 귀중품으로 들었다는 점에서, 장남 '태혁'을 잃은 후 아이에 대한 사랑이 더 극진하였다는 것과 상당한 애연가였음을 짐작케 한다.

일제말기 정인택은 이같은 활발한 활동 못지않게 왕성한 창작활동

---

88) 임종국(1966), 앞의 책, p.155
89) 임종국(1966), 앞의 책, p.161
90) 유광현(1944), 「血液型이야기」, 「조광」 1944.8, p.82

을 이어갔다. 체제에 협력하는 수많은 문학작품도 이 시기에 집중 발표되었다. 이러한 모든 활동은 정인택에게 '제3회 국어문학총독상' 수상의 영예를 안겨주는 밑거름이 된다. 1943년 1월 제정된 '국어문학총독상'91)은 문학방면의 결전체제 강화와 조선문단의 국어학(일본어학 – 필자 주) 촉진을 위하여 제정된 상으로 그 취지는 다음과 같다.

.........팔굉일우의 황도정신에 입각한 유창하고 창조적인 문화를 건설하여야 하며 그러기 위하야서는 먼저 조선에 잇서서도 문학지도의 철저와 각종 문화부문의 결전적 체제를 강화하여야한다고 총독부에서는 음악, 예술 연극 등의 우수한 것에 대하야는 일즉부터 각각 총독상을 수여하야 그 지도 장려에 만전을 꾀하여 오는 터이다. 문예부분에 걸쳐서도 가장 우수한 작품에는 역시 총독상을 마땅히 수여하야 <u>반도문예의 건전한 향상과 발전을 기하는 동시에 반도 문단의 국어화의 촉진을 적극적으로 지도 장려하야 이 방면의 문화지도상 크다란 효과를 거두기로 하였다.</u>92)

---

91) '국어문학총독상'은 일제가 반도문단의 국어학(일본어학 – 인용자)의 촉진을 적극적으로 지도 장려하여 이 방면의 문학지도상 커다란 효과를 거두기 위해' 제정한 것으로, 지난 한 해 동안 조선에 거주하는 자로서, 일본어로 집필하여 조선에서 발표한 소설·희곡·수필 등 문예작품 전반에 걸쳐 신중히 심사 전형하여 그 중에서 일본 정신에 입각하여 '민중계발 선전 효과에 있어서나 예술적 내용에 있어서 가장 우수한 작품' 1편을 선정하여 시상하는 상(賞)이다. 〈국민총력조선연맹〉에서 엄중히 심사한 후, 총독상과 함께 부상으로 1천원을 수여하는, 당시 친일문인들로서는 받기를 열망하는 상이다. 수상자와 수상작품은 제1회: 김용제의 『亞世亞詩集』, 제2회: 최재서의 『轉換期의 朝鮮文學』이며, 정인택은 『武山大尉』와 창작집 『淸凉里界隈』로 제3회 수상자가 된다.
92) 매일신보사(1943), 「國語文藝作品에도 總督賞受與를 決定」, ≪매일신보≫, 1943.1.28, 2면

한편, 이 賞의 명칭에 대하여 임종국(1966)의 『친일문학론』과 선행 연구자 중 이종화(1993)와 시라카와 유타카(白川豊 1995)는 '국어문예총독상'으로 표기하였고, 김강진(1993)과 김신영(2000)은 '국어문학총독상'으로 표기하고 있어서 용어 사용에 혼선이 있었으나, 당시 신문기사를 근거로 하여 '국어문학총독상'으로 정리하였다. 당시의 신문기사 내용은 〈図－3〉에서 확인할 수 있다.

〈図－3〉 國語文學總督賞 授與式

國語文學總督賞 － 鄭人澤氏에게 榮譽의 授與式

소화 19(1944)년 국어문예작품총독상은 지난번 정인택씨 작품 「다케야마 대위(武山大尉)」와 「청량리계외(淸凉里界隈)」로 결정되엿거니와 그 영예로운 상장과 상품의 수여식이 二十二일 오전 十一시로부터 각계관련 내빈 이하 총독부 제 四회의실에서 성대하게 ....93)

---

93) 〈図－3〉은 1945.3.24일자 ≪매일신보≫에 실린 기사이며, 인용문은 〈図－

1945년 3월 22일 정인택은 전기소설 『武山大尉』와 창작집 『淸凉里界隈』[94]가 문학활동으로 조선총독부 통치의 기본방침이던 內鮮一體를 추진하는데 적극 기여하였다 하여 '제3회 국어문학총독상'을 수상하였다. 수상소감을 발표하는 자리에서 정인택은 다음과 같이 말했다.

변변치 못한 작품이 총독상을 받게 될 줄은 몰랐다. 『武山大尉』는 대위가 그 빛나는 의무에 보여준 무인혼에 진심으로 격복하면서 오직 정성을 다하여 붓을 든 것이다. 오늘의 감격을 길이 살려 금후 기대에 어그러지지 않도록 힘써 나가겠다.[95]

수상 직후 정인택은 〈東京興生會〉 초청으로 1945년 3월 22일부터 김용제와 함께 약 20일 동안 일본(內地)을 시찰하였다. 도쿄, 오사카, 나고야 지역 등을 돌며 이재민의 생활을 살피고 돌아와, 적개심에 불타는 이재민들의 상황을 전하며 "공습에 철저히 대비하고 적 격멸에 힘쓸 것"[96]을 당부하는 글을 발표하였다. 한편 5월 11일 〈조선문인보국회〉에서 간행하기로 계획된 『결전문학총서』 제1집의 집필작가로 유진오, 김사량, 정비석 등과 함께 정인택이 선정[97]되었다. 이어 5월 27일에 〈조선문인보국회〉가 개최한 '낭독문화의 밤'에서 정인택의 희곡 「瀨海의 노래」가 문화좌(文化座)에 의해 낭독[98]되었다. 또 8월 1일

---

　　3)의 내용을 일부 옮긴 것임.
94) 1944년 12월 조선도서출판주식회사에서는 정인택의 일본어 작품 11편을 엮어 『淸凉里界隈』라는 제목으로 작품집을 발간하였고, 이 작품집에는 「淸凉里界隈」, 「色箱子」, 「殼」, 「傘」, 「晩年記」, 「美しい話」, 「連翹」, 「濱」, 「雀を燒く」, 「かへりみはせじ」, 「覺書」 등 총 11편의 단편이 실려 있다.
95) 매일신보사(1945), 「국어문학총독상」, ≪매일신보≫, 1945.3.24, 2면
96) 정인택(1945), 「生死超越 人情의 곳」, ≪매일신보≫, 1945.4.22, 2면
97) 매일신보사(1945), 「예능계」, ≪매일신보≫, 1945.5.11, 2면.

개최된 '조선문인보국회 쇼와(昭和)20년도 총회'에서 정인택이 소설부 간사장으로 임명[99]되었다. 이렇듯 실로 해방 직전까지 정인택은 일제의 국책을 수행하기 위하여 잠시도 쉴 틈 없이 활발한 활동을 보여주었다.

그런데 이렇게 황국신민의 일원이 될 것을 독려하고 선전해 온 정인택이 정작 본인은 끝내 창씨개명을 하지 않은 것은 아이러니하다. "일제의 폭압에서도 창씨를 하지 않을 수 있었던 친일파들의 조선이름 유지를 어떻게 해석해야 할 것인가? 에 대해서는 연구자들의 해석처럼 일제가 조선인에게 창씨를 강요하지 않았다는 변명거리로 남겨두었다고 볼 수도 있고, 이미 공공연해진 친일파인데 구태여 제스처를 쓸 필요가 없어 창씨하지 않았다"[100] 그도 해석할 수 있다. 실제로 군부에 있는 한국인 고급장교에 대해서는 일제가 정책적으로 창씨를 강요하지 않아, 그들은 대부분 창씨개명을 하지 않았다[101]고 한다. 정인택의 경우, 강점 이전부터 일제에 의해 장악된 통신과 언론계에서 중책을 맡은 바 있던 아버지의 친일경력과, 또 생모가 일본인이었음을 감안할 때 후자 쪽에 가깝지 않을까 여겨진다. 그러나 광복 이후 그가 창씨개명을 하지 않았던 사실로써 자신의 친일행적을 부인하는 하나의 근거를 삼았던 것 [102]을 보면, 상황에 따라 다양한 입지의 변신을 보여주는 정인택의 특성을 새삼 엿볼 수 있다 하겠다.

---

98) 위의 신문, 1945.5.27, 같은 면
99) 매일신보사(1945), 「문인보국회 역원 개선」, ≪매일신보≫, 1945.8.3, 2면
100) 정운현(1994), 『창씨개명』, 학민사, p.209
101) 정운현(1994), 위의 책, 같은 면
102) 정인택(1947), 「잡기」, 「백제」, 1947.2, p.103

2.4. 해방 이후의 행적

8·15 광복은 문학자들에 있어서도 새로운 세계가 도래할 것 같은 특수한 상황이었다. 광복은 맞았으나 남과 북이 군정체제하에 놓였고 이념은 날카롭게 대립함에 따라 정인택과 같이 일제의 정책에 협력하여 친일활동을 하였던 작가들은 또 다른 거센 회오리를 예감하지 않을 수 없었다. 이 시기 과거 일제에 협력했던 작가들의 대응은 다양하게 나타났다.

호테이 도시히로(布袋敏博)는 일본어 작가들의 해방 후의 대응[103]에 대하여 논하면서 첫째, 반성문 내지 자기변명 등을 발표한 사람.[104] 둘째, 과거의 행위를 반성했다는 증거 내지 변명으로 위인전이나 혁명가열전 류의 작품을 쓰는 사람.[105] 셋째, 아무것도 하지 않고 여전히 작품활동을 한 사람[106]으로 분류하고, 그 중 세 번째 예로서 정인택을 들기도 하였다.

정인택은 해방이후 좌익세력이 문단을 주도하던 1946년 5월 콩트 「박군과 그 안해」[107]를 시작으로 활동을 재개하였다. 그리고 한동안 폐간되었던《대한독립신문》이 1947년 1월 속간되면서 정인택은 편집국장을 맡게 된다.[108] 여운형의 동생 여운홍이 주관한 중도좌파 성향인 《대한독립신문》의 편집국장으로 내정되었다는 사실에서 당시 정인택의 사상은 좌익으로 경도되어 있었음을 알 수 있다. 정인택의 좌

---

103) 布帶敏博(1996), 앞의 논문, p.121
104) 이광수, 이석훈 등
105) 김상덕의 『朝鮮獨立運動史』(1946.2.25), 조용만의 『愛國者閔忠情公』(1947.3.15), 이석훈의 『殉國革命家列傳』(1947.9.1), 최병일의 『대 과학자 전』(1949.10.5)
106) 이무영, 정인택 등
107) 정인택(1946), 「박군과 그 안해」, 《중앙신문》, 1946.5.4
108) 국사편찬위원회(1971), 『자료대한민국사』, vol.5, 탐구당, p.142

익성향은 소설 「황조가」(1947.3)[109]에서 선명하게 드러난다. 이는 그의 문학이 광복 이후 한국문단을 주도하였던 좌익계열의 문학성향과 흐름을 같이하고 있었음을 말해준다. 이어 8월에 정인택은 ≪문화일보≫편집부장에 취임하여[110] 저널리즘에 종사하면서 ≪제삼특보≫에 「향수」(1947.12)를 연재하는 등 좌익성향의 창작활동을 이어간다.

그러나 1948년 8월 남한만의 단독정부 수립을 기점으로 전향의 과정을 거치면서 그의 이념 또한 정치권의 의도에 따라 반전되기에 이른다. 이 시기 좌익성향의 문인들은 대개가 월북했거나 지하로 잠적하거나 아니면 반공단체인 〈보도연맹〉에 가입하여 과오를 반성하는 과정을 겪어야 했는데,[111] 이 단체 가입을 강요하는 남한정부의 정책에 따라 정인택 역시 〈보도연맹〉에 가입하여 전향 문인의 길을 걷게 된 것이다. 1949년 '과거의 과오를 청산하고 대한민국에 충성을 다할 것'을 맹세[112]하였던 정인택은 남한정부가 문화인들의 단결과 선전을 위해 개최한 종합예술제 행사 중 이북문화인에게 보내는 메시지를 발표에서 북한의 문인들을 향하여 "민족정신과 양심을 환기하여 대한민국의 품으로 돌아올 것"[113]을 촉구하기도 하였다. 그러는 가운데서도 작품활동은 이어져 1949~1950년에 걸쳐 잡지 「소학생」에 3편의 소년소설을 연이어 연재하였고, 출판사 동지사에 근무하면서 동화집 『난쟁이 세 사람』을 발간하였다.

1950년 2월 「문인주소록」을 보면 광복 후 좌익활동을 하다 전향한

---

109) 정인택(1947), 「황조가」, 「백민」, 1947.3, pp.84~93
110) 중앙신문사(1947), 「문화인동정」, ≪중앙신문≫, 1947.8.31. 2면
111) 권영민(1986), 『해방직후의 민족문학운동연구』, 서울대출판부, p.29
112) 권영민(1986), 위의 책, 같은 면
113) 정인택(1949), 「북조선문학예술총동맹에게 경고」, ≪서울신문≫, 1949.1 2.5. 3면

사람들로 구성되었던 〈보도연맹〉에서 근무[114]한 것으로 되어 있으며, 5월 5일부터 6월 26일 한국전쟁 직전까지 연재한 『청포도(靑葡萄)』[115]에서 남한의 국호를 사용한 점을 보더라도 한국전쟁 이전까지의 정인택의 사상은 우익성향을 표명하고 있었다. 그런데 한국전쟁 당시 정인택은 박영희, 정지용, 김기림과 함께 서대문형무소에 수감[116]된 이후, 전쟁 막바지 1953년 인민군이 후퇴할 때 가족을 데리고 월북함으로써 내면에 존재하고 있던 본래의 이념으로 회기하였다.

급변하는 정치적 소용돌이 속에서도 온갖 비난과 모욕에도 굴하지 않고 중단 없는 활동을 보여 왔던 정인택은 월북한지 얼마 되지 않아 그곳에서 사망하였다. 임종 당시 유언으로, 큰딸만 데리고 월북해 있던 친구 박태원에게 부인 권영희를 부탁한 것[117]으로 알려져 있는데, 이를 따랐음인지 박태원은 1956년 정인택의 미망인 권영희와 재혼[118]하였다.

정인택의 미망인 권영희가 박태원과 재혼한 사실은 정인택의 막내딸 정태은(재북문필가)이 북한에서 간행되고 있는 계간 문예지 「통일

---

114) 문예사(1950), 「문인주소록」, 「문예」, 제2권 제2호, p.188
115) 정인택(1950), 『靑葡萄』, 《자유신문》, 1950.5.5~6.26, 1면
116) 김팔봉(1989), 「백조동인과 종군작가단」, 『김팔봉문학전집Ⅴ』, 문학과지성사, p.44
117) 한국일보사(1990), 「박태원의 후처는 이상의 옛 동거녀」, 《한국일보》, 1990.9.11, 13면
118) 김상태(1996)는 그의 저서 『박태원－기교와 이데올로기』 p.31와, 부록의 「연보」에서 박태원과 권영희가 재혼한 해를 1955년으로 표기하고 있는데, 문학사상사(2004), 「월북작가 박태원의 『갑오농민전쟁』과 비참한 최후」, 「문학사상」, 제33권 8호, p.27, 그리고 정인택의 막내딸 정태은의 회고에는 1956년으로 되어 있어 일치하지 않으나, 본 논문은 시기적으로 나중에 출판된 유족의 회고에 신빙성을 두고 1956년으로 정리하였다.

문학」119)에 두 차례에 걸쳐 연재한 총 46페이지 분량의 회고록「나의 아버지 박태원」에서도 언급되어 있다. 여기에 정인택 사망 이후 미망인 권영희의 행적과 정인택의 딸 정태은, 그리고 친형 정민택에 대한 약간의 흔적이 기록되어 있어 정인택의 생애 부분에 덧붙여 정리하고자 한다. 정태은은 의붓아버지 박태원을 처음 만났던 때를 다음과 같이 회고하고 있다.

나와 아버지가 한 집안 식구가 되던 날은 주체 45(1956)년 어느 가을날 이었다. 〈중략〉 장난에 지친 나는(8살) 초저녁부터 곯아 떨어졌다. 얼마나 잤을까, 두런두런 말소리에 깨여난 나는 어머니와 함께 어떤 알지못할 안경쟁이 아저씨들이 둘이나 앉아있는 것을 보고 벌떡 일어났다. 한 안경쟁이 아저씨(삼촌)가 다른 안경쟁이 아저씨(나의아버지-박태원)를 가리키며 나에게 말하기를 우리 아버지란다. 〈중략〉 그 후 어머니와 내가 아버지와 큰언니(박태원의 맏딸)가 살고 있는 인흥동 집으로 갔던 일은 기억에 생생하다.120)

---

119) 북한 잡지「통일문학」은 1989년 창간되었으며, 남북한의 화해 분위기를 조성하고 민족통일문학을 지향한다는 목적을 내세우고 있다. 이 잡지는 주로 시, 소설, 비평 등을 수록하고 있는데, 개방화 시대 이후의 북한문학의 경향을 보여주는 작품들이 수록된 바 있다. 특히 이 잡지는 여러 차례 남한문학을 특집으로 소개하였으며, 시인 김지하, 고은, 소설가 황석영 등의 작품을 전재하기도 하였고, 중국 조선족 문학을 소개하기도 하였다. 이 잡지는 현재 하버드대학 엔칭도서관에 소장되어 있으며, 하버드대 초빙교수로 한국문학 강의를 담당하였던 서울대 권영민 교수가 이 자료를 입수하여 본지에 소개하게 된 것이다. (문학사상사(2004), 『문학사상』, 제33권 8호, 문학사상사, p.27)
120) 정태은(2004), 「나의 아버지 박태원」, 「문학사상」, 제33권 8호, 문학사상사, pp.29~30

정인택의 미망인 권영희와 재혼한 소설가 박태원은 한 때 북한 당국에 의하여 숙청된 것으로 알려지기도 하였으나, 병중에서도 활발하게 창작활동을 하였음이 밝혀졌다. 박태원은 서울에서부터 홍명희의 『임꺽정』을 읽은 후 '역사소설을 써야 진짜 애국자 작가'라는 생각을 가지고 있었다. 한국전쟁 당시 박태원은 송영, 박세영과 함께 종군작가로 활약하다가 종전을 맞아 바로 군복을 벗고 역사탐구에 들어가 10년 동안을 역사학자로 지내다시피 하였다. 드디어 1965년 역사소설 『계명산천은 밝아오느냐』 1부를 발표하였을 때 평소에 존경하던 홍명희 선생으로부터 과분한 칭찬을 받았다[121]고 한다. 연이은 역사탐구와 집필활동 중 1969년 당뇨병으로 인한 정신분열증을 얻었는데, 이때 찾아간 병원이 정인택의 이복형 정민택이 의사로 일하고 있는 병원이었다.

이 시기 나의 큰아버지(생부의 친형)는 어느 한 병원에서 내과과장을 하다가 80살의 고령으로 직원진찰실 의사로 일하고 있었다. 나는 정신없이 병원으로 달려갔다. 진찰실에 들어서자 바람으로 "큰아버지!" 하고는 왕── 울음을 터뜨렸다. 그리고는 아버지한테 가자고 하면서 울기만 하였다. 나와 큰아버지는 집으로 급히 달려왔다. 큰아버지는 침대에 다가가서 자기 동생의 벗이며 자기 조카의 양부인 나의 아버지를 내려다보며 "박태원선생! 내가 누군지 알겠습니까?"하고 존대스레 물었다. 아버지는 뜻밖에도 "왜 모르겠어요. 정민택 선생님이시지요." 하고 제대로 대답하였다. 큰아버지가 그래 지금 어떤가고 물으니 이번에는 왕청같이 책쓰는 얘기를 한다. 한 30분동안에 아버지는 몇 번이나 정신 들었다가는 다시 삭갈리군 하였다. 큰아버지는 당

---

121) 정태은(2004), 위의 책, p.32

뇨병으로 인한 정신분렬이 아니면 고혈압발증일수도 있다고 했다.[122]

이렇게 사흘 동안을 정신을 놓았다 들었다 하다가 나흘 째 되던 날 깨어났는데, 박태원은 10여 년부터 앓았던 '양안성 시신경위축증'에 '색소성 망막염' '백내장'까지 겹쳐 이미 실명은 예고되어 있었다. 이후 증세가 급격히 악화되어 1970년 박태원은 마침내 영원한 암흑 속으로 빠지게 되어, 차후의 집필활동은 권영희의 도움을 받아 구술(口述)로써 이어갔다.

정태은의 글에서 생부 정인택에 대한 언급이 없었던 점은 못내 아쉬움으로 남는다. 너무 어린 나이에 사별한 탓에 기억이 없었으리라 여겨지지만, 그 가운데서도 단 한 줄 생부 정인택 관련내용이 있어 소개한다.

> 나의 생부(정인택)와 아버지는 소학교 때부터 동창이며 문우이며 가까운 벗이었다. 아버지는 일제 때 어머니의 결혼식에도 참석하였다. 지혜로운 사람은 사랑도 아름답게 하며 죽을 때까지 변함이 없다. 이것은 사랑하는 아버지와 더불어 살면서 내가 생각한 것이다.[123]

막내딸 정태은에게 있어서 생부(정인탁)와 의부(박태원)의 관계는 '문우'나 '벗' 그 이상이었던 것 같다. 두 사람 사이에는 삶과 죽음을 초월하는 말로는 설명할 수 없는 아름다운 사랑이 있었으며, 정태은은 그 사랑의 영향이 어머니 권영희와 자신에게 미친 것이라 생각하고 있었다. 실제로 권영희는 창작 중 시력을 잃은 박태원을 돕기 위해 지

---

122) 정태은(2004), 위의 책, p.59
123) 정태은(2004), 위의 책, pp.44~45

팡이 역할을 자처하였고, 때늦은 공부를 하면서 박태원의 문학활동을 도왔다. 박태원이 사망하던 1986년 12월, 박태원 일생의 역작이라 할 수 있는 역사소설『갑오농민전쟁』3부는 아내 권영희에 의해 마무리되어 세상의 빛을 보게 된 것이다.

실로 정인택의 아내였던 권영희는 한국문학사에서 가장 특징적인 작가 李箱, 박태원과도 깊은 교분을 맺은 여인이었다. 연인으로서 李箱과의 교류가 그러하였고, 정인택과는 정식으로 결혼하여 자녀를 둠으로서 가정의 안도감과 함께 문학적 내조를 하였다. 그리고 정인택 사망 이후에는 그들과 절친한 친구이자 문우였던 박태원과 재혼하여 그들이 사망하는 날까지 그들의 삶과 문학에 직접적으로 관여함으로써, 정인택 삶에 대한 연속성을 보여주고 있다.

구한말 국운이 풍전등화와도 같던 시기 권력을 좇아 한국과 일본을 넘나들던 권력지향형 아버지와 이름조차 밝혀지지 않은 일본여인사이에서 본인의 의지와는 상관없이 '서자(庶子)'로 태어난 정인택은 예사롭지 않았던 출생부터가 이미 파란만장한 삶을 예고하고 있었던 듯하다.

정인택의 삶은 어쩌면 한국역사상 가장 급변하던 시기 굴곡진 역사가 만들어낸, 마치 한국역사의 자화상과도 흡사하다는 생각을 지울 수 없다. 지향점을 찾을 수 없는 암울한 현실에서 생존을 위한 개인의 몸부림이 때로는 납득하기 어려운 행동으로 표출되기도 하였지만, 그의 행적과 문학적 추구가 훗날 '친일'과 '월북'이라는 주홍글씨로 남아, 한 때나마 문학적 접근을 어렵게 하였다는 것은 오늘날을 사는 우리들에게 많은 시사점을 주고 있다 하겠다.

초기소설, 아동문학

정 인 택 , 그 생 존 의 방 정 식

제3장

초기소설, 아동문학

1. 초기사상과 방향전환

문학은 작가의 '창조적 행위'이다. 문학에 있어서 그 창조적 행위란 '無'에서 '有'의 창조라기보다 작가 자신이 직접 또는 간접적으로 겪었던 체험에 약간의 허구성을 동반한 것이라 할 수 있다. 대체적으로 作家가 본 세계가 작품의 공간적 배경으로 설정되며, 작가의 말은 작품 속 등장인물을 통해서 독자들에게 전달되기도 한다. 때문에 어느 특정한 작가나 작품을 온전히 이해하기 위해서는 작가의 직간접적 체험을 배제할 수 없으며, 아울러 그 활동시기와 작가가 몸담고 있는 공간적 사회적 배경은 참으로 중요하다 하겠다.

일제강점 이후 정치적으로 폭압적인 무단정치가 표면적으로나마 다소 완화되었던 1920년대는 러시아혁명(1917)의 여파로 일어나게 된 사회주의문학운동이 일본문단을 거쳐 조선문단에까지 영향을 미치던 때였다. 이 사회주의문학운동은 당시 조선문단에 만연하던 퇴폐주의, 향락주의, 예술지상주의에 대응하여 노동자 농민 등 하층계급의 문학

을 주장하며 신경향파문학의 새로운 맥을 형성하게 되었다. 그리고
계급사상에 동조하는 신진문인단체인 염군사(焰群社)[1]와 파스큘라
(PASKYULA)[2]의 통합으로 한국 최초의 전국적인 문학예술가 조직이
자 프롤레타리아 문학예술운동 단체인 KAPF의 탄생으로 이어진다.
KAPF에 의한 프롤레타리아 문학예술운동은 종래 자연발생적인 궁핍
묘사 혹은 살인 방화형의 경향문학에서 뚜렷한 목적의식을 계급사상
으로 무장한 정치적 성향이 강한 문학운동을 말한다.

정인택이 경성제국대학에 입학하던 1927년은 이러한 프로문학예술
운동이 이전과는 다른 새로운 면모, 즉 이전의 무산계급에 대한 막연
한 동정에서 벗어나 마르크스주의적 세계 인식에 대한 초보적인 이해
를 갖추기 시작한 시기이다. 당시 사회는 사회구성체에 대한 인식을
비롯한 제반문제를 마르크스주의적 입장에서 이해하려고 하였으며,

---

1) 1922년 9월에 결성된 한국 최초의 프로문학단체. 해방문학 연구 및 운동
   을 목적으로 조직된 이 단체의 회원은 이적효, 이호, 김홍파, 김두수, 최
   승일, 심대섭(심훈), 김영팔, 송영 등으로 계급사상에 동조하며 사회적으
   로 잘 알려져 있지 않은 문학청년들의 집단이었다. 파스큘라에 비해 지적
   수준이 낮았으며 기관지로 동인지 성격을 띤『焰群』을 간행 했으며, 초창
   기 극단 〈焰群〉을 창립했으나 공연은 하지 못했다. 같은 시기에 비슷한
   이념을 표방하여 결성된 파스큘라와 1925년 통합하여 KAPF를 결성한다.
   (宋永奉(1994), 앞의 책 21권, p.318)
2) 1923년 12월 박영희, 안석영, 김형원, 이익상, 김기진, 김복진, 연학련 등
   이 자신들의 이름 머리글자를 따서 붙인 명칭으로 당시 신진 문인들로
   결성된 문학단체이다. 김기진과 박영희가 중심인물이었고, 신경향파의
   주도권을 잡았다. 그 무렵에 결성된 염군사(焰群社)가 높은 사회 참여도
   를 보인 반면 낮은 문학적 자질을 가졌던 데 비해서 파스큘라는 비교적
   높은 문학적 교양을 갖추고 정치·사회참여 보다는 문학성을 중요시 했
   다.파스큘라는 한국 프로문예운동의 개척단체라는 데 문학사적 의의가
   크다. 1925년 8월 23일 염군사와 합동하여 프롤레타리아 문예운동의 조
   직적인 전개를 목적으로 KAPF를 결성하게 되었다. (宋永奉(1994), 위의
   책 30권, p.48)

그것을 문학부분에서 관철시키고자 하였다.

이러한 프로문학이 문단을 주도하던 시기에 문학자의 길을 꿈꾸며 습작의 시간을 보냈던 정인택이 등단초기에 붙들었던 사상은 마르크시즘적 사회주의 사상이었다. 그러나 만주사변을 기점으로 일제의 사회주의에 대한 탄압이 가중된 데다, 이에 따른 1931년과 1934년의 2차례의 KAPF 검거사건, 게다가 내부의 분열로 인하여 1935년 결국 KAPF는 해체되기에 이른다. 이로써 당시 조선사회를 휩쓸던 사회주의운동의 열기도 거의 수그러들었으며 적극적으로 사회주의운동에 참여했던 문인들도 서서히 전향의 입장을 취하게 된다. 정인택의 초기문학은 이러한 시류의 흐름을 배경으로 한다.

본 장에서는 등단작 「준비(準備)」(1930.1),3) 사상의 궤도에서 이탈한 지식인의 삶을 적나라하게 드러낸 「조락(凋落)」(1934.10),4) 방향전환 이후 자의식 과잉자의 삶을 그린 「촉루(髑髏)」(1936.7)5)를 통하여 정인택의 초기사상과 방향전환과정, 그리고 정인택 본류인 심리소설의 이전 단계로써 의식의 변화과정을 살펴보고자 한다.

1.1. 사회주의 이념 추구

정인택은 1930년 1월, 《중외일보》 현상공모에 「준비」가 2등으로 당선되면서 문단에 발을 디디게 된다. 등단작 「준비」는 주인공이 추구하였던 이념이 현실과의 괴리감을 극복하지 못하고 무너져버리는,

---

3) 정인택(1930), 「準備」, 《중외일보》, 1930.1.11~1.16, 3면
4) 정태양(1934), 「凋落」, 「신동아」, 1934.10, pp.202~208(정태양은 정인택의 아명으로, 어머니가 정인택을 잉태하였을 때 태양이 입으로 들어오는 태몽을 꾼 까닭에 출생하면서부터 대학에 입학하기 전까지는 태양(太陽)이라는 이름으로 불렸는데, 「조락」은 그의 아명 정태양으로 발표하였다.)
5) 정인택(1936), 「髑髏」, 「중앙」, 1936.7, pp.168~179

즉 '전향(轉向)'하기까지의 심리변화 과정을 구체적으로 그리고 있다. 여기에 정인택의 초기사상, 말하자면 1920년대 말 하나의 맥을 형성하고 있었던 마르크시즘적 사회주의 사상이 주인공 '태호'를 통하여 그대로 묻어난다.

「준비」는 주인공 '태호'가 東京으로 공부하러 갔다가 건강을 핑계로 귀향하는 시점에서 시작된다. 귀향 자체가 '사회주의 국가 건설'이라는 분명한 목적의식에서 연유하였기 때문에 '태호'는 東京에서의 실패를 경험삼아 그가 꿈꾸었던 이상세계를 실현하기 위하여 당초 계획했던 것들을 차근차근 실행에 옮긴다. 면사무소나 학교를 찾아다니며 이것저것 조사하기도 하고, 밤이면 일부러 사람들 모여 있는 곳에 찾아가 마을사람들의 의식을 전환시키려고 노력하는 등 분주한 나날을 보낸다. 그 가운데 틈틈이 사회주의 서적 특히 『유물사관(唯物史觀)』[6]을 수없이 읽으면서 이론적 지식을 넓혀가며, 이 나라 이 땅에서 눈물짓고 있는 불쌍한 동포들을 해방시킬 생각으로 꿈에 부푼다.

> 나는 여러 가지 일을 고려하야 가지고 온 책이라고는 유물사관(唯物史觀)과 〈중략〉 소극장경영에 관한 연구서와 하상조씨의 경제학대강이 잇슬뿐이엿다. 한번식은— 아니 유물사관 가튼것은 세네번씩 읽은 것이엿스나 심심하면 또읽고 또읽고 하얏다. 그리다가도 정 실징이 나면 나는 책을 내여던지고 뒷산으로 기여올라가 굼주려가며 찌들려가며 그래도 근근히 부지해 가는 무궁화 삼천리 금수강산에 눈물지고 잇는 불상한 동포도 생각하고 또는 東京에 남은 동지들의

---

6) 마르크스주의의 역사관. 사적유물론(史的唯物論). 역사적 발전을 유물 변증법의 관점에서 설명한 것으로, 물질적, 경제적 생활 관계를 사회 발전의 궁극적인 원동력으로 보는 관점.

안부를 근심하며 또는 머ー언 꿈속 행복스런 나라 사람들의 질거운 웃음소리를 귀데 듯기도 하얏다. (정인택(1930), 「準備」, ≪중외일보≫, 1930.1.13, 3면, 이하 소설 인용의 경우 소설제목과 수록면만 기재함)

이러한 환상에 빠져 있는 동안 '태호'는 이념실현 이외의 그 무엇도 생각할 수 없었다. 여성에게 빼앗길 정력이 아까워 결혼마저 포기한 '태호'에게는 결혼하여 고향에 정착하기틀 바라는 어머니의 소원마저도 아무런 설득력이 없었다. 불효자식의 길을 갈지언정 포기할 수 없었던 사업이 있었기 때문이다.

> 어머니 한몸을 위하야 나는 그러케는 할 수 없는 것이다. 우리 조선사람 전체를 위하야 또는 ㅡㅡ 〈중략〉 나는 부지중 입속으로 중얼거렷다. 나의 전정력(全精力)을 ㅡㅡ 녀성에게 빼앗기는 모ー든정력을 나는 내사업에 쏫기위하야 결혼하지 안켓다고 굿게 결심한지 임의 오랫다. 그리고 나는 그것을 떳떳 동지(同志)에게 명언(明言)한 일도 잇다. 그런고로 나는 몃해동안 결혼이라는것을 념두(念頭)에 둔적은 조곰도 업서든 것이다. (「準備」, 1930.1.12, 3면)

그러나 어머니가 몸져눕게 되자 '태호'의 신상에 변화가 나타난다. 수없이 갈등한 나머지 병석에 누운 어머니게 단 한번 효도한 셈으로 그간 어머니의 병간호를 도맡았던 '순희'와 결혼하였는데, 오히려 '순희'의 사상은 '태호'를 앞서가고 있었던 것이다. 의외로 사상이 같은 아내를 만나 함께 사업을 도모할 수 있다는 기쁨에 '태호'는 더욱 신념을 불태운다. 그러나 그것도 잠시 뿐 긴급히 상경하라는 동지의 편지를 받고 상경한 '태호'는 머잖아 일본경찰에게 체포되고 만다.

「준비」는 1930년 1월 11일부터 16일까지 6회 연재된 단편소설이다. 이 소설을 발표한 시기는 일제의 사회주의 탄압으로 인하여 점차 표면적인 저항의 형태를 띤 사회주의 운동이 어려워지는 상황이었다. 이에 따라 조선사회를 휩쓸던 사회주의운동의 열기도 수그러들었을 뿐만 아니라, 그러한 인사들도 점차 방향전환하거나 아니면 지하로 잠적하는 추세였다. 정인택이 출발선에서 붙들었던 사회주의이념에 대한 좌절은 이러한 시대의 흐름과 맥을 같이하고 있는 것이다.

1.2. 환상은 허무와 환멸로

사회주의 국가를 세우겠다는 신념 하나로 개인적 안락을 희생하고 모든 정력을 쏟아 헌신하였지만, 고립된 자족적 경향만으로 역사를 개척하려 했던 '태호'는 현실감각이 떨어져 갈 수 밖에 없었다. 동료의 편지를 받고 긴급히 상경한 '태호'는 마침내 그들의 사업이 실패하였음을 알았고, 상경한지 얼마 안 되어 검거되어 6년형을 선고받는다. 사회주의 사상의 동지를 아내로 맞아 새 가정을 꾸리게 됨에 따라 더욱 열정적으로 사업에 전념하려 했던 '태호'에게 검거로 인한 사업의 중단 그리고 6년간의 감옥생활은 말할 수 없는 고통 그 자체였다.

고요하고 잠못이루는때가 나에게는 한업시 고통이었다. 눈물로 날을보내실 늙으신 어머니의생각 또는 새생명을 품고 몸도 마음대로 움죽이지 못할 가련한 순희의 생각. 그리고 다섯 살이 되지안으면 자긔의 아비를 만나보지못할 자식의 기구한 운명…. 이러한 생각들이 나의가슴을 압프게 하얏다. 예상치 못한것은 아니엿스나 긔여코 어머니는 도라가셧다. 〈중략〉 희생 ――표면에 나타나지 안은 가장 비참한 희생이다. 이러한 희생자가 장차 몃천명이 날것이며 몃백명이

날것이냐. 다만 나의 어머니 하나 쑌이 다닐것이다. 이후 우리들의 사업이 성취될 째까지 수십명 수백명이－－ 오! 눈물도 나지 안엇다. 나는 다만 전신을 바르르 떨면서 차듸찬 벽에가 그머리갓치 달나붓혓다. (「準備」, 1930.1.16, 3면)

꿈꾸었던 이상은 아무것도 실현되지 않은 채, 남은 가족들의 혹독한 생활고, 어머니의 죽음에 그리고 아버지의 존재도 모르고 태어날 자식에게까지 이러한 고통이 이어질 것을 생각하며 '태호'는 이상과 현실과의 엄청난 괴리감에 몸서리친다. 두엇보다도 같은 이념에 투신한 수많은 동지들이 자신과 같은 고통을 감수하지 않으면 안 된다는 생각과, 이 엄청난 대가를 치러야 할 희생자가 앞으로 얼마나 많을 것인가에 생각이 미치게 되자, '태호'는 비로소 현실과 이념에 대한 모순점을 확실히 깨닫게 된다. 이 모든 것은 그 동안 꿈꾸어 왔던 '태호'의 환상을 여지없이 무너뜨린다. 과거 자신이 최첨단에 섰고 한때는 그것에 모든 것을 걸 정도로 환상적인 믿음을 가졌지만, 비판적으로 극복해야 할 시점이 되자 그것을 전적으로 부정하면서 거의 환멸에 가까운 태도를 보인 것이다. 결국 '태호'는 자신에게 부딪힌 환경적 충격을 더 이상 감내하지 못하고 극단적인 선택을 결심하기에 이른다.

이를 악물고 그무엇에대한 저주(咀呪)의말을 중얼거리지 안을수 업섯다. 그리고 더욱더욱 나의결심을 단단히 하엿다. "두고보아라! 내가 출옥(出獄)할 때에는…… 〈중략〉 그대의 주위를 살펴보라. 고려(考慮)할 그 무엇이 남어있는가? 언젠가 내가 그대에게 말한 것 갓치 '눈물지운 생활과 피투성이의 투쟁이 남어잇슬 뿐'이다. 보라! 이제는 우리들은 홀몸이 되엇다. 우리들은 뒤를 도라볼 필요가 업는 것이다. 다

> 만 광명잇는 압길을 향하야 힘잇게 나가는 것 밧게는 업다. 〈중략〉
> 그리하야 내가 출옥하자 곳 모-든 준비를 가추어노라. (「準備」,
> 1930.1.16, 3면)

이러한 결말은 그 동안 악착같이 붙들고 있었던 신념이 환경적 충격에 의하여 와해되어버렸음을 말해준다. 이처럼 외적인 현실사회를 초월할만한 이론은 다시 현실세계로 끌어내릴만한 충격적인 사건이 발생하였을 때, 내면상의 변화는 '전향(轉向)'으로 나타나게 된다.

정인택이 문학의 출발선에서 분명하게 붙들었던 것은 사회주의 이념이었다. 그러나 일제의 사회주의 탄압에 따라 출발점에서 보였던 그의 사상성 또한 이미 설자리를 잃은 대세가 되어버린 것이다. 따라서 소설의 결말은 주인공 '태호'가 옥중에서 현실성 없는 사회주의 이념에 환멸을 느낀 나머지 절치부심하며 '전향'을 위한 준비를 갖추어가고 있는 것이다.

'전향'이란 본래 전향의 본고장이자 '전향'연구의 최선진국인 일본에서 만들어진 개념이다. 1922년 제1차 일본공산당 창당 무렵에 발표한 야마카와 히토시(山川均)의 「무산계급운동의 방향전환」이라는 글에 수록된 '방향전환론'을 노동조합주의(=경제주의)와 혁명주의(=정치운동화)와의 절충주의라고 비판하면서 등장한 후쿠모토 가즈오(福本和夫)에 의하여 '전향'이란 말이 처음 사용되었다. 이 때 '전향'의 개념은 '정체모를 외국사상에 현혹되었던 자가 천황제의 정통사상으로 돌아오는 것[7]'을 '전향'이라 부르기 시작하면서 확립되었다. 이러한 전향개념의 일반화를 시도하였던 것이 일본의 〈사상과학연구회〉이다. 〈사

---

7) 서준식(1993), 「전향, 무엇이 문제인가」, 「역사비평」 24호, 역사문제연구소 편, pp.18~20 참조

상과학연구회〉는 전향을 '권력의 강제[8]로 말미암은 사상의 변화'로 정의하면서, 그 범위를 일제하 공산주의자를 비롯하여 사회주의자, 자유주의자, 민족주의자, 종교인 등을 일단 모두 포괄하지만, 일차적으로 그리고 가장 중요하게는 공산주의 사상을 포기하는 것[9]을 의미하고 있었다.

앞서 언급하였듯이 정인택이 출발선에서 분명하게 붙들었던 것은 사회주의 이념이었다. 그 이념의 실현이 현실적으로 불가능하다고 판단하였기에 아동문학 몇 편을 남기고 東京行을 선택하였던 것이다. 이를 통해서 무언가 추구하려 했지만, 東京에서의 혹독한 생활은 이념보다 우선되는 것이 '현실'이요 '생존'이었음을 재차 확인시켜주었던 셈이 되었다.

이 시기 정인택 내면의 변화과정을 적나라하게 드러낸 작품이 3년 반 동안의 東京생활을 접고 귀국하던 1934년 발표한 「조락」이다. 뚜렷한 목적의식이 없는 무기력한 타국에서의 삶은 「조락」을 통하여 대변된다. 과거 〈조선프로예술동맹〉에 속하여 열정을 불태웠던 '나'는 작가라는 직업을 가졌지만, 사상의 궤도에서 이탈함으로써 행동과 사상의 무정부상태에서 5년째 東京을 방황하고 있는 처지이다. 생활의 압박은 날로 가중되는데 하숙비조차 제대로 내지 못해 주인아주머니와 실랑이를 하던 참에 서울 프로예술동맹의 '박군'으로부터 타락해 가는 나를 더 이상 신뢰할 수 없다는 내용의 절교장까지 받는다.

---

8) 여기서 '권력의 강제'란 반드시 발가벗은 테러만을 의미하는 것이 아니라 사회정세 변화와 같은 권력이 만들어 내는 여러 가지 간접적인 강제까지도 포함시켜서 보는 것이 일반적이었다. (서준식(1993), 위의 논문, 같은 면)
9) 서준식(1993), 위의 논문, 같은 면

―아마 이것이 군에게 드리는 최후의 편지일 것이요. 털끝만한 반증(反證)이라도 있으면 최후까지 나는 군을 믿으려 하였었고― 내가 군에게 가진 기대(期待)가 결코 적다고는 생각할수 없오. 그러나 군의 행동은(유미에상의 편지에 의하면) 일일이 그것을 못찔러가는구려. 총명한 군을 태산같이 미었으나 내자신 군에게 절교장(絶交狀)을 쓸줄이야 뉘 뜻하였으리까. 군의 행동과 사상상(思想上)의 무정부상태(無政府狀態)를 나는 무엇보다도 슲어하나 점점 타락하야 가는 군에게 더 신뢰(信賴)를 둘수는..... (정태양(1934), 「凋落」, p.206)

타국에서의 끊임없는 생활의 위협과, 이상과 현실간의 모순에 대한 나름대로의 해법은 이후 주인공의 현실인식과 그에 따른 행동의 변화에서 나타난다. 이 또한 당시 사회주의 탄압의 연장선에 있었음은 말할 것도 없다.

만주사변 이후 일제의 사상탄압이 자국에서는 물론이고 식민지 조선의 통치에 있어서도 더욱 극심해졌을 뿐만 아니라 KAPF 내의 온건파와 소장파 사이의 내적인 갈등도 매우 심했다. 1934년 2차 검거가 있은 후, 대표적인 이론가인 박영희가 전향론을 발표하면서 KAPF를 탈퇴하자 이어서 신유인, 백철도 탈퇴하였고 김남천은 관념론으로 도피하였으며, 송영, 이기영, 한설야, 윤기정 등은 애매한 태도[10]를 보였다. 이는 실질적으로 KAPF의 해체를 의미하는 것이었다. 결과적으로 KAPF는 1931년 2월과 1934년 2월 두 번에 걸쳐 검거사건과 자체 내의 갈등으로 말미암아 1935년 5월 마침내 해체[11]되기에 이른 것이다.

---

10) 김윤식(1975), 『문학과 비평』, 일지사, p.146
11) 김윤식(1980), 『한국근대문학양식논고』, 아세아문화사, p.274

「준비」에서 보였던 분명한 사상성이 식민지 현실에서는 이미 불가능한 것이 되어버렸음을 깨닫고 東京행을 통해 무엇인가 붙들고자 하였지만, 결국 정인택이 얻은 것은 혹독한 궁핍과 방황, 그리고 허무의식 뿐이었던 것 같다. 그가 소원했던 것들 혹은 삶을 영위해 나갈만한 대의적인 명분이 그의 소설 제목처럼 미처 꽃을 피우기도 전에 시들어 떨어져 버렸음을 인식하였는지 주인공 '나'를 통하여 한때나마 불태웠던 이념이나 사상에서 완전히 벗어나려는 모습을 보인다. 이에 대한 변론이 '박군'에게 보내는 답신에 그대로 드러나 있다.

> 멀니서 여러 가지로 근심하야 주시니 감사하기 마지안소. 그러나 이미 타락하고 만 나를 그대의 소위(所謂) 정도(正道)로 이끌람은 헛된 노력이나 아니리까. 군이나마 서슴지말고 군의 길을 거르소서. 나는 니히리스트도 아니오. 따따이스트도 아니오. 그러나 나는 나대로 버려두소. 오년동안의 東京에서의 내생활 ―이속에서 나는 가속도적(加速度的)으로 언덕을 굴러 내리는 내 자신을 확실이 볼 수 있었소. 언덕위에 무엇이 있는지― 이것은 변명갈으나 그러면서도 나는 그 언덕을 넘으랴고 노력하기를 이즌적은 없었소. 그리자 내 자신 의식할 수 있기 전에 나는 어느듯 삼배 사배의 속도로 전락(轉落)을 시작하고 있었소. 그때는 벌서 그것을 알면서도 너 힘으로 이러설 수는 없었소. 〈중략〉 기억하소서. 나는 일세기가 하나밖에 못가질 천재요. 이만――이제 우리들이 상봉할 기회는 없을 것이오. 다만 군과 군이 속한 조직의 건투(健鬪)를 빌고 있겠소. (「凋落」, p.206)

한 때 개인의 모든 안락을 접고 오직 한 길 사회주의이념을 추구하였지만, 식민지인 처지에서 지배국의 수드 東京에서의 삶은 이념이나 사상 따위 보다는 빵 한 조각을 더 절실하게 하였다. 정인택이 정작 東京생활에서 얻은 것은 처절한 궁핍 가운데 고독과 방황, 그리고 허무의식뿐이었다.

1.3. 방향전환 이후의 向方

1.3.1. ‘룸펜 인텔리’의 등장

「조락」은 정인택의 방향전환 이후의 향방을 가늠하게 하는 전환기적 소설이라 할 수 있다. 왜냐하면 「조락」은 「촉루」와 더불어 차후 정인택 심리소설의 주요 소재가 되는 東京에서의 처참한 생활과 ‘룸펜 인텔리’의 세계와의 단절에 의한 소외의식의 출발점이 되기 때문이다. 또 일본여인 ‘유미에’와의 갈등구조, 나아가서 친일로의 결정적인 동기를 이 소설에서 부여하고 있기 때문이다.

1930년대 특유의 ‘룸펜 인텔리’의 이미지는 고급두뇌를 가진 전문학교 혹은 대학을 졸업한 인텔리들이 극심한 취업난으로 말미암아 합당한 직업을 얻지 못하는 데서 오는 좌절과 허무주의가 팽배하였던 당시 사회현상의 산물이다.

‘룸펜(Lumpen)’이란 독일어로 ‘누더기’, ‘넝마’ 라는 뜻이며, 당시 한국에서는 ‘부랑자’, 혹은 ‘실업자’ 라는 의미로 사용되고 있었다. 이를 ‘룸펜 인텔리겐차’와 ‘룸펜 프롤레타리아’ 등으로 유별할 수 있으나 정인택 소설의 경우는 ‘룸펜 인텔리겐차’의 차원에서 전개되고 있다.

전혜자(1987)는 이 시기 소설의 특징적인 인물유형이라 볼 수 있는 룸펜 인텔리의 상황을 ①그래도 현실에 적응하려고 노력하는 스타일, ②현실참여 의식이 없거나 전혀 생에 애착을 느끼지 않는 自嘲형 스타일, ③인텔리와 룸펜의 이중성격 양상으로 위선과 양심의 대립 속에서 심리적 갈등을 겪거나, 철저히 비양심적인 인텔리의 속성, ④유한룸펜, 즉 好色漢 룸펜의 경우 등 4가지 유형으로 구분[12]하였는데, 정인택 소설의 경우는 ②에 해당된다고 하겠다.

이 시기 정인택 소설에 나타난 룸펜 인텔리의 허무주의 현상은 말할 것도 없이 시대적 분위기를 기조로 하여 당시 식민지 현실을 그대로 반영하고 있다. 정인택 소설에서 일인칭 '나'로 대변되는 룸펜 인텔리는 무기력과 자조, 자기존재의 부정, 또는 생활력 결핍으로 인한 생계의 불안이 주조를 이루며, 이는 대체적으로 소설 속에서 허무의식, 불안의식, 또는 절망감으로 나타난다. 특히 당장 생활이 해결되지 않는데서 오는 궁핍과 실의에 따른 불안의식은 그들을 술과 방탕한 생활, 그리고 정처 없는 방랑으로 내모는 한편, 무능하며 무기력하고 자조적인 인물로까지 변형시킨다. 이같이 극한 굶주림 속에 처한 조선인 인텔리의 현실과 상관없이 나날이 거대해져가는 자의식은 1930년대 소설 속 인물 '룸펜 인텔리' 이미지의 전형이다. 때문에 이러한 '룸펜 인텔리'가 등장하는 양상은 당시 사회의 리얼리티가 그대로 반영된 것이라고 볼 수 있겠다.

당시 정인택의 심경, 즉 앞으로의 행동은 「촉루」의 주인공 '나'를 통하여 예시된다. 나라 잃은 식민지 지식인, 사상의 궤도에서 이미 벗어난 東京생활은 '촉루(髑髏, 뼈만 남은 해골이라는 뜻)'처럼 정신적으로나 물질적으로나 처참함 그 자체였다. 그러나 주인공은 미래에 대한 아무런 의지력도 없으며, 스스로를 제어할 힘도 없다. 돈이 없어 하숙마저 쫓겨난 처지에서 '나'는 더 이상 갈 곳이 없어 東京거리를 헤맨다. 그리고 5전어치의 고구마로 굶주린 배를 채우는 자신의 생활을 한탄

---

12) 전혜자(1987), 『현대소설연구』, 새문사, pp.237~288

할 뿐이다.

　하숙(下宿)을 쫓겨난 후 한달 잘 데와 먹을 것을 못가진 나는 몇 번이나 그렇게 거리를 거닐며 고구마를 씹어서 요기를 하였는고. 〈중략〉 東京시중(東京市中)에 그렇게도 군데군데 산재(散在)되어있는 작은 공원을 찾어갈 사이조차 찾지못하고 나는 길을 걸으며 입안에서 고구마를 껍질까지 오물오물 씹었다. 〈중략〉 거지보다 무엇이 나을꼬. 그러나 과거는 오히려 비탄(悲嘆), 자조(自嘲)에서 끝막을수 있어도 내일의 생활 앞날의 생활을 꿈꾸어 보는것은 공포(恐怖)조차 뒤섞여 쇠약한 심신을 절망에까지 쫓고만다. (「髑髏」, p.169)

극심한 절망감에 휩싸이면서도 그나마 자존심과 교양과 허영이 남아있었던 ‘나’였지만 배고픔 앞에서 그 자존심은 부질없는 것이었다. 그리하여 과거에 뜻을 함께 했던 동지들이나 동무들을 찾아가 속이고 이용하여 순간순간의 생활을 지탱하는가 하면, 하룻밤 잠잘 곳으로 목욕탕집 쓰레기통을 생각해 내고 안도의 한숨을 내쉬는 부랑자의 모습을 보이기도 한다.

　룸펜 나는 그순간 한 개의 쓰레기통을 생각해내고 만다. 목욕탕과 할멈집사이에 뚫린 좁다란 골목 컴컴한 골목속엔 두집에서 공용(共用)하는 커다란쓰레기통이 한군데 놓여있다. 그 쓰레기통 거기까지는 불빛이 안왔다. 그리고 넉넉히 한사람쯤은 쉬일수 있었다. 오늘밤은 그우에서 새리라. 나는 발길들 돌이켜 몇걸음 걷는다. 그러나 목욕탕앞 밝음속에서 문득 나는 그곳을 피하라는 맹렬한 충동을 느끼고 염병걸린 사람같이 전신을 떨고만다.

——아아, 이러구서두 살면……

——나는 룸펜이다.

그러나 나는 두주먹을 부르쥐고, 자조(自嘲)와 격려(激勵)를 뒤섞어 마음속으로 소리친다. 나는 하늘을 우르러 깔깔 웃고 급한걸음으로 골목앞을 지난다. 쓰레기통은 확실히 놓여있다. 나는 만족과 안심을 느끼고 다시한번 걸음을 빨리하였다. (「髑髏」, p.175)

굴러다니는 담배꽁초를 주워 피우고, 쓰레기통 옆이나 빈집에서 잠을 자다가 경찰에 붙들리면 유치장 신세를 지는 이러한 생활이 수없이 반복되는 가운데서도 인텔리 의식을 버리지 못하고 미치광이처럼 자조하는 가운데서도 '살아남기'를 위한 행보는 멈추지 않는다.

1.3.2. 이성의 책략과 살아남기

이념이나 사상의 궤도에서 완전히 벗어났다는 사실은 식민지 지식인의 삶을 더욱 무기력하게 만드는 요인이 된다. 모든 희생을 감수하고 매달렸던 신념이 무의미해져버린 현실에서 스스로가 일세기에 하나 정도 있을까 말까 한 '천재'라 일컬을 만큼 강한 자의식은 쉽사리 평범한 생활과 타협하는 것조차 거부하게 만든다. 과거 자신이 지녔던 사상과 그에 따른 모든 행동을 혐오하고, 걷잡을 수 없는 분노에 전율하면서, 절벽과도 같은 암담한 현실에 좌절을 거듭하다가 마침내 니힐에 빠져 현실로부터 도피하는 형국이 되고 마는 것이다.

「조락」은 방향전환 이후의 삶에 대한 변론이 다양하게 나타나 있다.

그 첫 번째로 '자신의 행동에 대한 정당화'이다.

「조락」의 면면을 보면 간간이 '예수'나 '神'의 도움을 구하는 부분이 있다. 이는 의지할 데 없는 東京생활에서 정인택이 진정으로 의지할 수 있는 대상이 오직 '神' 뿐이었다는 것을 의미하기도 한다. 아울러 '神'이 아닌 이상 어느 누구도 주인공 '나'의 행동에 대하여 간섭할 수 없음을 토로하고 있다.

> 우리가 돌을들어 예수를 칠 자격을 못가진것과 마찬가지로 이날의 나의 행동을 무기력(無氣力)하다면 무기력, 무의지(無意志)하다면 무의지라고 책할수는 있겠으나 얼골을 들고 정면으로 욕할수있는 사람은 아모도 없다. (「凋落」, p.202)

인용문은 「조락」 서두의 일부분이다. 이처럼 소설 서두에 세상 어느 누구도 소설 속에서 전개되는 '나'의 행동을 책망할 차격이 없다는 것, 그리고 그런 '나'에게 돌을 던져서도 안 된다는 전제를 명시하는 것으로 앞으로 전개될 '나'의 행동에 대한 포석을 미리 깔아둔 것이다. 이로써 자신의 변절과 이후의 떳떳하지 못한 행위를 정당화 하고 있는 것이다.

그 두 번째는 '이성의 책략'이다.

국민의 삶에 관심조차 가져주지 못하고 강대국의 식민지가 되어버린 나약한 조국, '일시동인'이라는 정책이 무색할 정도로 식민지인의 최소한의 생활도 아랑곳없이 착취와 멸시로 일관하는 지배국 일본, 그리고 모두들 제 살기 급급하여 헐벗은 민중들을 돌아볼 겨를도 없는 현실을 인식한 주인공 또한 자신의 향방에 대한 변론을 하게 된다.

> 나는 에고이스트인지도 모르오. 그러나 나는 이것만은 단언(斷言) 할수 있소. 그대들이 암만 부정(否定)하드래도 나는 이십세기(二十卋

紀)에 태여난 천재(天才)요. 이것은 강변(强辯)도 아니요. 나의 모든
행동은 이 한마디 말로 그 전부를 변호하고 긍정(肯定)할수 있으리다.
〈중략〉 나도 조선과 조선사람들의 놓여있는 위치쯤은 짐작하오. 그
들이 갈바를 몰라 덧없는 파괴에서 헤메이는것도 눈앞에 보고있오.
그러나 이제부터 나는 움직이지를 않으려오. 조선의 문제뿐 아니라
인류의 움직임에 대하여도 나는 같은 태도를 취하려오. (「凋落」,
pp.206~207)

이 시점에서 주인공의 최대의 관심사는 조국의 문제도 아니었고 인
류의 문제도 아니었다. 바로 자기 스스로 해결해야 하는 자신의 생존
문제였다. 때문에 나라와 민족 그리고 전 인류의 문제에 모든 것을 걸
었던 과거의 자신을 비판하기에 이르며, 이제 그러한 것들은 모두 관
심 밖의 문제로 치부해버린다. 오직 식민자의 땅에서 하루하루의 삶
을 살아가기 위한 지극히 에고이스트적인 생각만이 그를 지배하고 있
었다.

우리들의 생활에 회고(回顧)가 있어서는 안된다. 향상(向上)이 있
어서는 안된다. 나는 살고 있다, 그리고 살련다. 아모 이론(理論)도 없
다. 있는것은 이 명제(命題) 단 하나뿐 그리그 하나에만 한한다. 그뿐
아니라 고요한 적요속에 침잠(沈潛)할 여유는 더구나 없다. (「凋落」,
p.207)

이로써 지난날 행동의 근본이 되었던 이론과 조직적인 관계는 주인
공의 머리에서 소멸된다. 이제는 조직과 동료들에 대한 분노나 죄책
감도 가질 필요가 없는 것이다. 다만 살아 있다는, 그리고 살아야 한다

는 명제만 남아 있을 뿐이다.

마지막 세 번째는 '생존을 위한 움직임'이다.

「촉루」에서 두드러진 것은 의지할 곳 없는 타국 땅에서 주인공이 겪어야 했던 처참할 정도로 극한 궁핍이었다. 이는 「조락」에서도 마찬가지인데, 「조락」에서의 궁핍은 그나마 기댈만한 곳이 있다는 데서 차이를 보인다. 작가라는 직업은 가졌지만 제 한 몸 생활조차 감당하지 못하기는 마찬가지다. 그 가운데서도 2년 동안이나 생활을 유지해 왔던 것은 일본인 아내 '유미에'가 있었기 때문이다.

> 그것이 오로지 「유미에」의 큰 사랑 때문이라는 것을 나는 부인할 수 없다. 내 자신조차 의아스럽게 생각하도록 그는 보잘데 없는 내 몸에서 미점(美點)을 발견하야 꾸짓고 격려하고 아지중지 자기 일신을 바처서 꺾어지랴는 나를 여기까지 익끌고 왔다. 부모도 없고 친척도 없고 혈혈단신으로 십여년 東京 대판 등지로 방랑하며 자라난 나를 「유미에」는 어머니와도 같은 애정으로 얼싸안고 북도다주었다. 자살까지 도모하였던 내가 희망을 잃지 않고 살어올수 있는것도 다만 유미에의 넓은사랑 그것 때문임에 틀림없다. (「凋落」, pp.202~203)

이러한 의리가 뒤섞인 사랑, '유미에'의 헌신적이고 극진한 사랑에 감격하는 한편, 이와는 반대로 '유미에'에 대한 '나'의 사랑은 갈수록 엷어져만 간다. 더 이상 진전이 없는 무미건조한 생활 속에서도 '유미에'를 떠나지 못했던 '나'는 조선여인 '정숙'의 등장을 계기로 '유미에'와의 이별을 결심하게 된다. 그동안 다른 여자에게 마음을 둔적이 없었던 것도 아니었건만, '유미에'에게는 '정숙'이 조선여인이었다는 점에서 적잖이 충격이 되었던 것이다. 그런데 한 번도 경험하지 못했던 '유미에'의 질투 섞인 히스테리는 '나'에게 민족의식만을 일깨워준 셈이 되었다.

> 내주위에 정숙이가 등장한때부터 나는 「유미에」의 태도에서 확실히 이 어리석은 피가 용소슴 치는것을 엿볼수 있었다. 드디여 「유미에」는 입을 열고마랐다.
> "모두가 당신을 조선사람을 맨들려구――"
> "언제는 내가 조선사람 아니였어?"
> "그래두 정숙이를 알기전까지는 당신의 태도는 지끔같지 않었어요."
> "걸핏하면 정숙이는 웨 쳐드러 내는거야 정숙이허구 나허구……"
> 〈중략〉 "히스테리――. 입다물지 못해?"
> "때려요―― 그렇게 박해를 당허구―― 헐말은 다할걸―― 굶다싶이 이 고생을 하면서두 ――그래두―― 그래두 내앞에서 조선사람이란것을 내세구……"
> "조선사람―― 조선사람이니 어쩌란말이야. 조선사람이구 부모없는 놈이니 늬가 동정을 했단말이냐. 아니꼬운년." 〈중략〉 그러나 다음에는 천만 뜻밖에도 그것을 응당하는 내자신속에 또한 민족이라는 피가 날뛰는 것을 깨닷자 나는 이 현상(現象)에 대하야 참을수없는 분노(憤怒)를 느끼고 마랐었다. (「凋落」, p.203)

물론 이것만이 그 전부의 이유는 아니다. 우리들의 혈관(血管)속을 흐르고 있는 민족(民族)이라는 어리석은 피―― 이 피의 작용을 멸시할 수는 없다. 멸시할수 없다기보다도 드디어 우리들의 생활에 결말을 찾고마른 직접원인의 대부분은 도리여 이곳에 있었다. (「凋落」,

p.203)

식민자의 땅에서 생존을 위한 방편으로 '유미에' 곁을 떠나지 못하고 살아왔지만, 새삼 자신의 혈관에 흐르는 피가 '유미에'의 그것과 동일하지 않다는 사실을 깨닫자 주인공은 '유미에'를 떠나기로 결심한다. 결국 두 사람은 5년 후에 더 성숙한 인간으로 다시 만날 것을 약속하며 일시적인 별거에 합의한다.

그러나 이러한 상황에서도 주인공의 현실인식은 유아적 단계를 벗어나지 못한다. 헤어질 때 새출발을 위하여 '유미에'가 변통해 준 돈 70원 중 얼마는 금세 술값으로 탕진해 버리고, 한 달 식비와 방값이 35원씩이나 하는 아파트로 숙소를 옮겨버린다. 그러나 홀가분해진 '나'를 기다리고 있는 것은 무분별한 생활과 혹독한 생활고였다. '유미에'가 매달 보내준다는 20원으로는 식비와 방값도 해결할 수 없었다. 소설을 써서 잡지사에 보내도 번번이 밀려난 상황에서 하숙집 주인의 밀린 하숙비 독촉은 주인공의 처지를 더욱 비참하게 한다. 이제 기대할 것이라고는 기적뿐이라는 생각이 주인공에게는 더 암담한 현실로 다가온 것이다. 이러한 지경에 이르게 되자 비로소 주인공은 자신의 모든 허물을 감싸고 사랑으로 대해주었던 '유미에'를 떠올리게 된다. '유미에'의 헌신적인 사랑을 새삼 고맙게 여기며, 그간 자신의 이기적이었던 사랑을 후회하면서 신변을 정리하여 다시 '유미에'에게 돌아가려고 결심한 것이다.

그런데 이 시점에서 상황은 급작스럽게 반전된다. 주인공에게 다가온 금전의 유혹이 또 다시 주인공을 방황하게 한다. 무엇보다도 한 달에 100원에 가까운 수입이란 점이 귀를 솔깃하게 한 것이다.

－조선시사평론? 이 제목만으로 우리는 그 잡지가 어떤 단체의 기관지(機關誌)며 무엇을 목적으로 설립된 것인지를 짐작할 수 있다. 〈중략〉 한 달에 백원－－ 나는 유미에의 원조를 받지 않고라도 이것만 있으면 혼자서 떵떵거리고 살수있다. 유미에의 원조를 받지 안는다는 것을 유미에와의 완전한 절연을 의미하는 것이요. 따라서 내 과거의 무거운 짐을 버서놀수 있다는 것이다. 나 혼자서 －과거의 유물과 작별하고 신선같이 그렇다 신선같이－

I STAND ALONE! "갑시다. 고길용씨 맞나러－"

나는 들었던 포－크를 내던지고 벌떡 일어서셔 윤재학의 손을 잡았다. 〈중략〉 너털거리고 웃는 윤재학의 야비한 얼굴을 나는 몸서리치며 내려다보면서도－－ 커다랗게 고개를 흔들고 소리를 마치며 하하하 웃었다. (「凋落」, p.208)

20세기의 천재임을 자처하는 주인공이 돈을 앞세운 상업적이고 친일적인 잡지사에 매수되어 타협하기에 이른 것이다. 그동안 천성적으로 싫어하고 멸시했던 윤재학과 손을 잡는 것으로 소설은 결말지어진다.

이는 단지 빵 문제만은 아니었을 것이다. 시대의 흐름을 민첩하게 감지한 정인택의 가까운 미래의 예측에 따른 행동, 즉 생존을 위한 움직임이었던 것이다. 이로써 유행과 시류에 따라 사고하고 행동하는 작가의 표피적 삶의 태도와, 앞으로 전개될 문학방향이 제시되어 있음을 파악할 수 있다 하겠다.

2. 모색을 위한 아동문학

정인택의 등단 직후 이데올로기가 문제될 때, 그리고 광복 이후 좌우익 혼란기 때 아동소설로 문학의 맥을 이어갔음은 앞에서 언급한 바 있다. 정인택에 있어서 아동문학은 KAPF가 문단을 주도하던 시기, 그 사상 안에서 문학을 꿈꾸었던 그가 현실에 부딪쳐 방향전환하지 않으면 안 되었을 때, 즉 다가올 미래의 모색을 위한 방편으로서의 아동문학이었다.

"아동문학은 동심에 바탕을 두어 미적인 쾌락을 주면서 그 미적 감동 속에서 교시적, 교육적 기능을 다해야 한다."[13]는 것은 그 수혜자가 '어린이'라는 점에서 아동교육과 불가분의 관계를 가진다. 바꾸어 말하면 아동문학이란 교육적 측면이 강조되어야 한다는 것을 말해주고 있는 것이다.

이 장에서는 정인택이 사상적인 문제로 작품활동에 어려움이 닥쳤을 때, 그 맥을 이어주었던 아동문학에 대하여 논하려고 한다.

정인택 아동문학에 대한 기존의 연구를 검토해 보면, 전혀 정리되지 않았거나 또 정리되었다 하더라도 초기작품에 국한되어 있다. 게다가 '童話'[14]와 '소년소설'은 수혜대상 및 구성면에서 엄밀히 구분됨에도 불구하고 일괄하여 소년소설로 취급하는 등 장르가 불분명하여 혼란을 주었다. 이에 필자는 발표 당시의 출처를 추적하여 원전에 입각하여 정인택의 초기 아동문학을 동화 3편, 소년소설 1편으로 장르

---

13) 구인환(1973), 『아동문학』, 방송통신대학출판부, p.43
14) 아동문학으로서의 '동화(童話)'와 식민지 초기 동화정책의 '동화(同化)'와의 용어 혼선을 피하기 위하여, 이하 일제의 식민지 정책상 同化는 '동화'로, 아동문학의 '童話'는 한자 '童話'로 표기하기로 한다.

및 서지사항을 재정리[15]하였다.

정인택의 초기 아동문학에서 간과할 수 없는 것은 식민지 초등교육 정책과 그 맥을 같이하고 있다는 것이다. 따라서 초기에 발표한 동화 3편과 소년소설 1편은 당시 초등교육정책과 연계하여 논의하려고 한다. 그리고 해방 이후의 아동문학에 대해서는 다소 시대적 거리감이 있긴 하지만 이 장에서 논하는 것이 효율적이라 여겨지므로 여기서 함께 논의하려고 한다. 아동소설, 즉 소년소설은 모두 5편이다. 여기서는 등단직후 1930년 발표한 소년소설 1편을 '전기(식민지기)', 광복 이후 좌우익 혼란기인 1949년 발표한 소년소설 3편을 '후기(해방이후)'로 나누어 살펴보려고 한다.

2.1. 식민지 어린이와 童話

2.1.1. 어린이의 재발견, 그리고 童話

한국에서 '어린이'라는 용어의 사용은 지극히 근대적인 사건으로 볼 수 있다.

'어린이'라는 단어의 생성이 하나의 사건으로 간주될 수 있는 것은 '어린이'라는 단어가 그 이전에 존재했던 '영아(嬰兒)', '유아(乳兒)', '유아(幼兒)', 혹은 '아이'라는 단어와 축자적으로 대응되지 않는다는 사실에서 비롯된다. '어린이'는 '영아', '유아', '아동', '아이'라는 기존의 단어들을 음성학적으로 대체하는 것이라기보다는 의미론적으로 배격함으로써 '어린이'에 대한 새로운 사회적 의미를 요

---

15) 기존의 연구(2000, 김신영)에는 정인택의 초기 아동문학 4편을 본문에서는 모두 '소년소설'로, 작품연보에서는 '동화'로 일괄 정리하여 장르가 불분명 하였다. 본고는 원전에 근거하여 「나그네 두 사람」, 「시계」, 「불효자식」 이상 3편을 '동화'로, 「눈보라」는 '소년소설' 구분하여 정리하였다.

청하기 때문이다.[16] 이처럼 '어린이'라는 단어는 출발점에서부터 차별성을 의식하고 있었지만 이것이 사회적으로 보편적인 설득력을 갖게 된 것은 그리 오래된 일은 아니다.

흔히 '어린이'라는 용어는 1923년 소파 방정환(1899~1931)에 의해서 처음 사용된 것[17]으로 알려져 왔으나 그보다 훨씬 이전인 18세기 『동몽선습언해(童蒙先習諺解)』에 "얼운과 어린이 츠례이시며..." 또는 "얼운과 어린이는 텬륜의 츠례라." 하여[18] 사용된 바 있으며, 또 1914년 11월 육당 최남선에 의해 간행된 잡지 「靑春」의 창간호 '시가난'에 실린 「어린이의 꿈」에서도 '어린이'라는 용어가 사용되었다. 이러한 사실로 미루어 보아 '어린이' 라는 용어의 빈도수는 지극히 미미하나마 18세기부터 사용되었던 것으로 보인다. 방정환은 '어린이'를 하나의 인격체로서 재발견 또는 새롭게 재조명한 것으로 볼 수 있겠다.

'어린이' 라는 용어의 의미를 구체적으로 살펴보면 아동의 존대어로 표현한 것임을 인식할 수 있다. 이 점에 대해서 소파 방정환은 "'애녀석', '어린애', '아해놈'이란 말을 없애고 '늙은이', '젊은이'라는 말과 같이 '어린이'라는 새 말이 생긴 것도 그때부터의 일"[19]이라 하여 '애녀석', '어린애', '아해놈'이라는 卑稱에 대한 尊稱의 호칭으로 사용하였음을 알 수 있다.[20]

---

16) 최기숙(2001), 『어린이 이야기, 그 거세된 꿈』, 책세상, p.17
17) 그동안 '어린이'라는 호칭은 1920년 8월 25일자 발행의 「개벽」 제3호를 통해 같은 달 15일자로 발표된 방정환의 「어린이노래」에서 처음 사용된 것으로 알려진 바 있다.
18) 이기문(1997), 「어원탐구 - 어린이」, 「새국어생활」 여름호, 국립국어연구원, pp.107~114 참조
19) 방정환(1930), 「7周年記念을 맞으면서」, 「어린이」, 1930.3. pp.2~3
20) 김화선(2002), 「韓國 近代 兒童文學의 形成過程 硏究」, 충남대학교 박사논

일본의 경우를 보면, '어린이'는 明治維新(1868) 이전까지는 무사나 상인 또는 농민의 자녀로서, 어른과 별반 다를 바 없는 봉건사회의 일원일 뿐이었다. 그런데 1872년(明治5년)의 학제공포는 서로 다른 세계에 있던 어린이를 일거에 '학교' 라는 균질한 공간으로 끌어들였다. 그 결과 '어린이'라는 연령의 카테고리가 새롭게 생겨났으며, 이들 '어린이'는 '근대국가를 담당할 國民의 育成'을 목적으로 하는 의무교육 수혜자의 대상으로써 제도권 안으로 편입되었던 것이다.

일본의 근대교육제도의 정착과정에서 아동문학의 영향력은 상당했다. '아이들을 10년 키우면 나라를 책임진다.'는 생각을 가지고 당시 일본 아동문학작가로 등장한 이와야 사자나미(巖谷小波)는 이러한 생각을 봉건적 충효관념과 연계하여 시대정신에 부응하는 오토기바나시(お伽噺)라는 장르의 이야깃거리를 만들어내어 이를 어린이들에게 읽히고자 하였다. 이는 근대국가를 담당할 미래의 國民으로서의 어린이에게 확실한 국가관을 심어주고자 하였던 국가의 교육정책과 맥을 같이한 것이었다 할 수 있겠다.

다이쇼(大正)시대에 와서 '어린이'에 대한 이러한 관념은 획기적인 변화를 보이게 된다. 이 시기는 이전에 없었던 '순진' '무구' '순수'라는 어린이에 대한 새로운 이미지가 생성되면서 어린이에 대한 예찬과 함께 童心을 지향하는 새로운 문학풍조[21]가 생겨나게 된다. 이러한 문

문, pp.80~81 참조

21) 1918(大正7)년 스즈키 미에키치는 세계적인 자유주의 지향과 아동의 개성 존중을 주창하는 교육사조를 배경으로, 등심주의에 서서 아동문학과 아동문화의 질적 향상을 도모한 문학운동의 일환으로서 아동잡지 「赤い鳥」를 창간하였다. 「赤い鳥」는 도중 경제적인 문제로, 1929(昭和4)년 3월부터 1931(昭和6)년 1월까지 휴간을 제외하고, 1936(昭和11)년 8월 종간되기까지 총 196책이 간행되었으며, 이로써 일본의 근대 아동문학은 꽃을 피우게 된 것이다.

학풍조의 주도는 스즈키 미에키치(鈴木三重吉), 오가와 미메이(小川未明), 기타하라 하쿠슈(北原白秋)등으로 구성된 〈赤い鳥〉 동인의 어린이 잡지 「赤い鳥」이다. 이와야 사자나미(岩谷小波)의 시대가 어른의 교도의 대상으로 '어린이'가 존재했던 것에 비해, 〈赤い鳥〉시대는 어른의 理想으로서 '어린이'가 존재했다는 점에서 두드러진 차이를 보인다. 그러고 보면 정작 '어린이'를 위한 일본의 아동문학은 오토기바나시의 단절에서, 재조명된 '어린이'에 대한 새로운 아동관과 함께 새롭게 탄생되었다고 할 수 있을 것이다.

한국에서 '어린이'를 위한 아동문학은 육당 최남선과 소파 방정환으로 대표된다고 할 수 있다. 최남선과 방정환은 시대는 다르지만 일본 유학중 이와야 사자나미의 글을 다량으로 접하게 되면서 그의 아동문학에 감화되었으며, 그 결과 최남선은 잡지 「소년」[22]을, 방정환은 「어린이」[23]를 발간하게 된다. 이들 잡지의 체계 및 구성면에서 보면, 최

---

22) 1908년 11월 최남선(崔南善)이 창간하여 1911년 5월 통권 23호로 종간된 국판, 60면 내외의 우리나라 최초의 소년잡지이다. 최남선이 일본유학중 1906년 학생모의국회의 토의안건이 문제가 되어 조선인 학생 70여 명이 동맹 퇴학하는 사건이 일어나자, 남은 학비로 인쇄 기구를 구입하여 귀국한 뒤 이 잡지를 간행하였다. 창간호에서 '우리 대한으로 하여금 소년의 나라로 하라. 그리하랴 하면 능히 이 책임을 감당하도록 그를 교도하여라'라는 창간 취지를 내세웠으며, 주로 청소년을 대상으로 새로운 지식의 보급과 계몽, 강건한 청년정신의 함양에 힘썼다. 1909년 3월에 발행된 제2권 제3호에 실린 '이런 말슴을 들어 보게'가 국권회복에 관한 기사로 압수되는 등 여러 차례 압수와 발행금지 처분을 반복하였다. 초기에는 최남선 혼자 집필과 편집, 발행까지 도맡다시피 하였으나, 3권 2호부터는 이광수, 홍명희 등이 참여한다. 1911년 5월 제4권 제2호에 실린 박은식의 「왕양명선생실기」로 인해 압수, 일제에 의해 발행 정지를 당하게 되어, 마침내 「소년」지는 폐간된다.
23) 아동문예잡지 「어린이」는 1923년 3월 방정환에 의하여 창간되어 1934년 7월에 폐간된 것을, 1948년 5월 고한승이 속간하였다가 1949년 12월 통권 137호로 폐간된 아동잡지이다. 3·1운동을 기념하여 3월 1일자로 발행하

남선의 「소년」은 이와야 사자나미의 「少年世界」와 흡사하며, 방정환의 「어린이」 역시 일본의 어린이잡지 「新少年」, 「별나라」, 「아이생활」 등과 흡사하다는 것을 대번 알 수 있다. 흥미로운 것은 방정환의 호 '소파(小波)'가 이와야 사자나미의 '小波'와 동일하며, 최남선의 「소년」에서 방정환의 「어린이」로 옮겨가는 과정이 이와야 사자나미에서 「赤い鳥」로 옮겨가는 과정과 단계적으로 대응하고 있다는 것이다. 이러한 점에서 한국 아동문학과 잡지의 탄생은 일본 아동문학과의 관계성을 배제할 수 없으며, 직접 또는 간접적으로 일본 아동문학의 흐름에 따른 이데올로기가 그 저변에 자리하고 있음을 알 수 있다.

'어린이'를 어른과 다름없는 하나의 인격체, 즉 독립성 자율성의 존재로서 재조명하였던 방정환은 거기서 민족의 장래를 위한 무한한 가능성을 엿보았던 것 같다. 때문에 방정환은 3·1운동 이후 아동인권운동을 주창하면서 이와야 사자나미의 그것처럼 '어린이'의 10년 후를 염두에 두고 '어린이'를 위한 문학에 전력하였다. 이는 잡지의 체계 및

려 했던 창간호는 일제의 검열관계로 3월 20일에야 일본 東京에 있는 천도교소년회에서, 제2호부터는 개벽사에서 발행함으로써 한국근대아동문학의 새로운 기폭제가 되었다. 창간 당시에는 타블로이드판 12면으로 된 신문 형식이었으나, 8호부터 4*6배판, 70면 내외의 책자 형식으로 바뀌었다. 초창기 주요 집필자로는 고한승, 마해송, 정인섭, 윤극영, 이원수 등 아동문학가들이 참여하였으며, 1930년대에는 이광수, 주요한, 주요섭, 이태준, 정지용 등의 문인들도 참여하였다. 어린이들이 재미있고 쉽게 읽을 수 있도록 삽화나 사진을 넣어 다양하게 꾸몄으며, 일반 기사는 국한문을 혼용하거나 한자를 괄호로 처리하였으며, 문예물은 한글을 전용하였다. 잡지 「어린이」는 최초로 마해송의 「어머니의 선물」, 「바위나리와 아기별」, 방정환의 「형제별」, 윤극영의 「반달」, 「까치까치 설날」, 이원수의 「고향의 봄」, 윤석중의 「오뚜기」, 한정동의 「갈잎피리」 등, 동요나 동시, 동화 등의 창작물을 게재하였다는 점에서 한국 아동문학의 본격적인 출발선이 되었으며, 일제강점기 아동문학에 관한 이론이 전무하였던 시절 한국아동문학의 길잡이 역할을 하였던 잡지토서 의의가 있다 할 것이다.

구성 등 외형적인 모방에도 불구하고 「어린이」의 내용은 한국의 옛이야기, 역사, 지리, 위인이야기를 실어 민족의식을 고취하고자 노력한 흔적[24]이 역력히 드러난다는 점에서도 확인할 수 있다. 여기에는 식민치하에서 존재성마저 부여받지 못하고 유교문화에 억눌린 아이들의 인권을 옹호한다는 의미와 함께 민족의 장래를 '어린이'에게서 찾고자 하는 교육적 의미도 포함되어 있었다.

국가의 미래를 품고 있는 소중한 존재로서 '어린이'에게 올바른 심성과 미래에 대한 꿈, 거기에 민족의식을 심어주는데 아동문학의 가치를 두었으며, 아동문학에 의한 다양한 교육적 혜택을 童話에서 찾고자 하였던 것이다.

동화가 아동에게 주는 이익은 결코 二三에 止하는 것이 아니니 다만 교육상으로 유효한 점만 본다 해도 동화에 의하여 그 情義의 啓發을 속히 하고, 理智의 판단을 明敏히 할 뿐외다. 허다한 도덕적 요소에 의하여 덕성을 길러서 他에 대한 동정심, 의협심을 풍부케 하고 또는 種種의 초자연 초인류적 요소를 포함한 동화에 의하여 종교적 신양의 기초까지 지어주는 등 실로 그 효력이 위대한 것이다. 그러나 此等 교훈, 유익은 世의 교육자 또는 종교가 등 아동 이외에 지도자의 동화 이용가의 운운하는 바이며, 결코 교훈뿐만이 동화의 정면의 목적인 것은 아니다.[25]

童話가 갖는 지적, 도덕적 교육 효과에 대한 가치를 광의적 차원에서 평가하고 있는 이 글은 '동화'의 기능과 그 유익성을 설명해 주고

---

24) 이재철(1996), 「친일아동문학의 청산과 새로운 아동문학의 건설」, 「민족문제연구」 제10집, 민족문제연구소, pp.23~24 참조
25) 방정환(1920), 「새로 개척되는 '童話'에 관하여」, 「개벽」 제4권 제1호

있다. 이러한 '동화'의 수혜자는 말할 것도 없이 아동, 즉 '어린이'이다.

이처럼 童話는 문학작품이라는 한계를 넘어서서 아동기의 어린이에게 인간의 길을 가르치고, 인간성의 심화와 아울러 참다운 지식인이 되도록 이끈다는 점에서 큰 의의를 가진 것[26]이라 할 것이며, 오늘날까지 아동 교육적 차원에서 그 가치는 보다 높고 보다 넓은 차원위에 존재하는 것임을 말해준다.

2.1.2. 정인택의 童話 3편

'동화'의 가장 포괄적인 개념은 "아동에게 들려주기 위한 이야기"[27]이다. 본래 '동화'란 말은 독일어의 *Marchen*, 영어의 *fairy, tales*에 해당되는 말로써 옛날이야기, 민담, 우화, 신화, 전설 등과 같은 설화의 형태 속에서 그 상징적 의미를 포착하여 改作 再話한 아동문학작품을 말한다. 그러므로 童話는 시간과 공간의 한계를 넘어서 수많은 사람들의 소망과 이상, 지혜와 상상력이 넘치는 환상의 보고(寶庫)[28]라 하겠다. 특히 아동기에 접하게 되는 童話는 그 시기가 자아형성기라는 점에서 교육적인 측면에서 더욱 유익하다. 독일의 대문호 괴테의 "내가 인생의 불변 법칙을 배우게 된 것은 시트라우스베르크 대학의 학창시절이 아니라 어머니의 무릎에서 듣던 동화 속에서였다."는 말은 童話가 단순히 어린이를 위한 이야깃거리라는 것에 의미를 둔 것은 아니다. 그보다 아동의 내면에 내재되어 있는 불안이나 갈등에 대한 정서를 밖으로 드러내고 해소시키면서 성장기 아동에게 삶의 가치와 목표를 찾게 해주는 삶의 의미체계임을 말해

---

26) 이재철(1969), 『兒童文學槪論』, 文運堂, p.217
27) 석용원(1980), 『아동문학원론』, 동아학연사, p.229
28) 김경중(1994), 『아동문학론』, 신아출판사, p.68

주고 있는 것이다.

이렇듯 '어린이'를 위한 삶의 가치나 의미체계를 보다 높은 차원으로 정리하였던 초창기의 동화에 비해 1920년대 후반기의 동화는 대체적으로 어른들이 규정한 동심의 세계에서 벗어날 수 없었다. 요컨대 "어린이에게 기쁨을 주기위해 스토리를 이야기화하기보다는 어른 스스로의 관심을 끄는 문제를 설명하기 위해 열심히 쓰는 작가가 많았다."[29]는 지적은 이를 뒷받침한다. 그 중에서 哀話나 실화류는 후일 KAPF 주도의 계급주의 소년소설로 이어지기 때문에, 한국의 아동문학사에서 동화와 아동소설, 즉 소년소설로 갈라지는 분기점이 되기도 한다.

이 시기 습작기를 거쳐 사회주의성향의 소설로 등단하였던 정인택은 등단과 함께 사회주의 탄압이라는 정치적 상황을 만나게 된다. 이때 사상시비에서 자유로울 수 있는 동화 3편(창작동화는 1편에 불과함)을 연이어 발표하는데, 그 첫 번째가 덴마크의 안데르센 동화를 번안하여 발표한 「나그네 두사람」[30]이다.

「구라파」 북쪽에 「덴마크」라는 나라가 잇습니다. 그 나라는 적은 나라이나 젤조흔나라입니다. 그 적은 조흔나라의 어머님들이 사랑하는 그들의 어린이에게 하시는 이약이를 나도 여러분에게 이야기하여 드리렵니다. (「나그네 두사람」, 1930.6.25, 3면)

동화의 서두에 이렇게 밝히고 시작된 「나그네 두사람」은 나그네를 성의껏 대접하면 복을 받고 박대하면 벌을 받는다는 권선징악을 주제

---

29) 릴리언H 스미드·김요섭 역(1979), 『아동문학론』, 교학연구사, p.35
30) 정인택(1930), 「나그네 두사람」, ≪매일신보≫, 1930.6.25~28, 3면

로 하고 있다. 추운 겨울 두 사람의 나그네가 어느 지주의 집에 찾아
와 하룻밤 묵어갈 것을 청하였으나 거절당하자, 맞은편에 있는 초라
한 소작인의 집에 가서 하룻밤을 묵게 된다. 이튿날 아침 소작인은 단
한 마리밖에 없는 송아지를 잡아 나그네를 정성껏 대접하였으며, 이
에 나그네는 너무 감사한 나머지 소작인에게 소원을 들어줄 것을 약
속하고 떠난다. 이후 소작인의 집은 양이나 돼지가 새끼를 몇 갑절이
나 많이 낳을 뿐만 아니라 다른 집에 비해 열배의 수확을 얻게 되는
등 좋은 일이 겹치게 되어, 소작인은 이 모든 것이 나그네의 덕분이라
며 고마워한다. 이를 시기한 지주는 그 나그네가 오기를 기다려 의도
적으로 대접하고 소원을 말하여 마침내 '세 가지 소원'을 얻어내지만,
욕심이 지나쳐 도리어 화를 불러일으킨다는 내용이다. 여기서 재미있
는 점은 번안과정에서 삽입된 내레이션과 작가 자신이 직접 내레이터
가 되어 내용을 이끌어간다는 점이다.

　　허욕을 내든 지주는 필경 아모소원도 이루지못하고 공연히 말 두
　마리만 빼끼고 마른 세음이 아닙니까. 남의 행복을 탐내어 뿌리지안
　흔 씨를 거두려해도 하늘은 결단코 속지를 안는 것입니다. (「나그네
　두사람」, 1930.6.28, 3면)

결말부분의 권선징악을 강조하는 이같은 내레이션은 작가의 의중
이 신속하게 전달되어 독자들을 직접적으로 교훈하는 효과를 얻을 수
있다.

그리고 또 하나 번안과정에서 등장인물을 '소작인'과 '지주'로 설정
하여 프로문학을 구가하던 당시 문학의 추세를 반영하고 있다는 점이
다. 이는 물론 원작소설 내용을 벗어나지 않으려 하였던 점도 있겠지

만, 일제의 토지정책에 의하여 조선인 소작인이 양산되었던 현실에서 내레이션을 통하여 작가의 심중을 드러냄으로써 약자로 대변되는 소작인, 즉 식민지 어린이에게 희망을 실어주려 하였던 점도 간과할 수는 없을 것이다.

童話는 형식적인 면에서 詩에 가까운 산문문학31)으로 정의된다. 다시 말하면 童話는 옛날이야기나 민담, 우화, 신화, 전설 등과 같은 설화의 한 종류가 아니라, 그러한 것을 再話 혹은 改作하거나, 또는 그러한 특징을 童話라는 형태 속에 포함한 것으로, 다만 화법의 차이를 의미하는 문학 장르인 것이다. 그러므로 童話가 지향하는 것은 종래 있어온 단순한 어린이를 위한 이야기의 재구성이기보다 詩정신에 입각한 인간보편의 진실을 상징적으로 표현하려는 데 있다.

동화가 그 특유한 성격과 함께 독립된 하나의 문학형식으로 오늘날까지 잔존하는 단순한 옛날이야기나 민담 등과는 달리 엄연히 존재하는 이유도 바로 이런 데 있는 것이다.32) 구전되어 내려온 전래동화를 정인택 스타일로 정리해 놓은 「불효자식」33)은 '평소에는 엄마 말을 늘 반대로만 행하다가 엄마가 죽은 뒤 지난날의 잘못을 뉘우치고, 유언대로 냇가에 엄마의 무덤을 만들어 놓고 흐린 날이나 비오는 날이면 무덤이 떠내려 갈까봐 목 놓아 운다.'는 익히 잘 알려진 교훈성 童話로, 생전에 '효'를 다할 것을 강조하고 있다.

「나그네 두 사람」과 「불효자식」이 익히 알려진 동화를 번안 또는 정리하여 발표한 것에 비해 「시계」34)는 정인택 창작한 아주 짤막한

---

31) 關英雄(1955), 『兒童文學論』, 新評論社(이재철(1969), 『兒童文學槪論』, pp.215~216에서 재인용)
32) 이재철(1969), 앞의 책, p.216
33) 정인택(1930), 「불효자식」, ≪매일신보≫, 1930.7.13, 4면
34) 정인택(1930), 「시계」, ≪매일신보≫, 1930.7.9, 4면

장편동화(掌篇童話)이다. 시계방을 하는 아버지의 가게 책상위에 고치려고 놓아둔 시계를 아버지 몰래 만지던 '복동'이 작은 나사못을 잃어버린다. '복동'은 그것을 대수롭지 않게 생각하고 시치미를 떼고 있었는데, 이를 곧바로 알아챈 아버지가 잃어버린 나사못을 다시 찾아오게 하여 제자리에 맞춰 조립한다. 이로써 고장 났던 시계가 다시 돌아가게 된다는 내용으로, 교훈성을 강조하고 있다.

> 이거보아라 복동아 우리사는 세상도 이와 마찬가지다. 이 세상에 어느것 한가지라도 우리가 사러나가는데 필요치 안는 것이 업는 것이다. 그런고로 우리들도 서로 붓드러 주고 서로 도와주어서 이 시계와 가티 원만히 움직이여가야 하는 것이다. (「시계」, 1930.7.9, 4면)

아무리 작은 부품일지라도 마땅히 있어야 할 곳에 있을 때 우리 사는 세상도 원만해진다는 존재의 소중함을, 그리고 작은 부품이 제각기 역할을 다할 때 시계가 돌아가듯이 인간의 삶에 있어서도 서로 협동하지 않으면 안 된다는 협동정신을 더불어 교훈하고 있는 것이다.

조선아동이 '어린이'로 재조명된 시점과 그 '어린이'를 위한 아동문학이 활성화 된 시점은 일제가 문화정치를 표방하였던 〈제2차 조선교육령〉시기이다. 이 시기 정인택이 발표한 3편의 동화는 구성이 단순하고 그 길이가 짧은 것이 특징이다. 그럼에도 그 내용면에서 볼 때 동화에서 추구하는 교훈성이 선명하게 나타나고 있다. 그러나 작품발표 시기와 시대적 배경을 염두에 두고 볼 대, 선행, 효도, 정직, 협동 등으로 표현되는 교훈성 이면에, 문화정치기 일제의 식민지정책에 의한 조선의 현실과도 무관하지 않다는 것을 쉽게 알 수 있다. 이같이 짤막한 동화 속에서도 정인택은 그것을 표현하려 하였고, 또 그렇게

함으로서 사상적 시비에 말려들지 않고 작품활동을 이어갈 수 있었던 것이다.

2.2. 아동소설

아동소설은 성인소설에 대립되는 개념으로 "그 주된 독자의 대상을 아동으로 한 소설이나, 그것이 본격문학임으로 해서 성인에게도 읽히는 기능도 가진 특수문학"[35]으로 정의되는데, 이러한 아동소설은 소년소설과 같은 개념으로 '소년소설'[36]이라고 불리어지기도 한다. 이재철(1969)이 정리한 소년소설에 대한 아동문학적 의의는 세 가지로 요약해 볼 수 있는데,

> 첫째, 독자에게 초현실적이며 환상적인 동화가 철저히 흉내 낼 수 없는 강한 현실적 발판을 가진 간접경험을 준다.
> 둘째, 아동소설은 그 강한 소설적 구성을 통하여 사회성·인간성 탐구와 독자적인 인생관 사회관을 표현함으로써 아동에게 살아 있는 학습을 시킨다.
> 셋째, 아동소설은 연령적으로 동화에서 성인소설로 들어서는 아동들에게 양쪽을 이어주는 교량적 기능을 다한다.[37]

는 것이다. 첫 번째 경우 식민지기를 전후로 하였던 시기의 아동은 아동이기 이전에 생활인이었다는 점에서 아동이 보다 넓은 현실적인 체

---

35) 二反長半(1958), 「兒童小說の書き方」, 『兒童文學の書き方』, 角川書店, pp.60~76
36) 이하 인용문을 제외한 본문에서는 정인택이 소년소설을 연재하였던 원 출처의 장르표기에 따라 '소년소설'로 표기한다.
37) 이재철(1969), 앞의 책, pp.252~254

험을 갖게 하기 위함으로 볼 수 있다. 소년소설이 아무리 로망적인 작품이라 할지라도 언제나 현실적인 내용을 담고 있는 것은 바로 그 때문이라 할 수 있다.

두 번째 경우는, 물론 동화도 그것이 표현하는 아동성으로 해서 아동에게 주는 교육적 영향이 크지만 소설에서처럼 그렇게 직접적인 것은 되지 못하므로, 인생과 우주의 진실을 아동이 직접 피부로 터득할 수 있게 하기 위함이다. 현실적이며 구체적인 케이스에 입각해서 맛볼 수 있게 하는 것이 훨씬 효과적으로 작용하기 때문이다. 때문에 세 번째의 경우처럼 소년소설은 동화적인 공상에 묻혀있던 시기를 지난 후의 아동에게 읽혀져야 할 장르로 구분하고 있는 것이다. 이는 객관적이며 합리적인 사고가 싹튼 이후의 아동에게 童話는 이미 적합한 문학형식이 될 수는 없기 때문이다.

따라서 소년소설은 객관적이며 합리적으로 思考할 수 있는 초등학교 고학년부터 중학생까지를 그 독자층으로 하여 성인소설을 읽기 위한 준비단계에서 읽혀져야 할 독자적 장르의 소설로 규정하고 있는 것이다.

정인택은 총 5편의 소년소설을 남기고 있다. 등단초기「눈보라」, 친일로 방향전환 할 단계에서의「봉선화」, 그리고 해방 이후「봄의노래」,38)「하얀쪽배」,39)「이름없는 별들」40)이 그것이며, 이들은 모두 방향전환기 문학적 상황이 어려웠을 때 발표된 것이다. 이를 전기(식민지기)와 후기(해방이후)로 구분하여 살펴보겠다.

---

38) 정인택(1948), 「봄의노래」, 「소학생」, vol.57(1948.5)~63(1948.11)
39) 정인택(1948), 「하얀쪽배」, 「소학생」, vol.64(1948.11)~69(1949.7)
40) 정인택(1949), 「이름없는 별들」, 「소학생」, vol.70(1949.9)~78(1950.5)

2.2.1. 전기 소년소설

동화 3편에 이어 정인택이 '소년소설'이란 장르로 맨 처음 발표한 것은 「눈보라」[41]이다. 본격적인 소설적 구성 취한 「눈보라」는 앞서 1회 또는 3회 연재에 그쳤던 동화에 비해 20회나 되어 양적인 면에서 확연히 구분된다. 그리고 실생활에서 있을법한 현실적인 상황을 소재로 한 점에서나, 구성면에서도 소설의 그것처럼 섬세함이 돋보인다.

성장기의 아동은 때때로 친구나 형제 또는 부모와의 갈등으로 인하여 분노, 격분, 절망, 시기심, 불안 등을 겪게 되는데, 이러한 갈등을 겪는 아이들에게는 현실성과 섬세한 구성을 바탕으로 한 소년소설에서 이를 납득하고 받아들일 수 있는 방법을 쉽게 찾을 수 있을 것이다.

「눈보라」는 성장기 소년이 계모를 맞으면서 겪게 되는 가족 간의 갈등과, 또 그것을 통해 진정한 가족의 사랑을 깨닫게 된다는 이야기이다. 조선의 북쪽에 위치한 어느 산촌을 배경으로 한 「눈보라」는 어머니 장례식을 치른 '준호'의 슬픔에서 시작된다. 장례를 치른 이후 '준호'는 어머니에 대한 그리움과 애통함에 제대로 먹지도 못하고 날마다 울다 지친 나머지 드디어 병으로 눕게 된다. 어느 날 아저씨가 찾아와 슬픔에 빠져 날이 갈수록 여위어만 가는 '준호'를 서울로 데려간다. 아저씨는 여기저기 구경 시켜주기도 하고 맛있는 음식으로 준호의 기분과 건강을 회복시킨다. 덕분에 건강을 회복한 '준호'는 개학날이 다가옴에 따라 새 학년 맞을 준비를 하던 차에 기다리던 아버지의 편지를 받게 된다.

"어이구 아젓씨 아버지헌테서 편지왓써요." "어듸 얼는가져오너라."

---

41) 정인택(1930), 「눈보라」, ≪매일신보≫, 1930.9.11~10.5, 4면

편지를 보시는 아젓씨의 얼골에는 금밧 깁분빛이 떠올낫습니다. 〈중
략〉 "다행한일이다. 너에게는 새어머니가 또 생기엿구나. 혼자 집안
일을 격거가기가 어려워서 아버지는 도라간 어머니대신 새어머니를
모셔왓단다. 새어머니는 네나이와 쪽갓흔 덕순이라는 계집애를 다리
고오것다고— 한거번에 동무하고 어머니하고 생기엇구나." "..........."
"그리고 개학날자도 갓가왓스니 곳 돌녀보내라고— 내일아침에는 암
만해도 떠나야하겟고나." (「눈보라」, 1930.9.14, 4면)

아버지는 '준호'가 서울에 있는 동안 새어머니를 맞이했던 것이다.
그러니까 '준호'를 서울로 보내놓고 그 사이에 아버지가 재혼을 한 것
이다. 돌아가신 어머니에 대한 그리움만으로도 힘든 시점에서 '준호'
는 자신이 집을 비운 사이에 생각지도 않았던 가족에 집안 분위기까
지 몰라보게 변해있어 서먹해 한다. 게다가 새어머니의 딸 '덕순'은 오
히려 주인행세를 하며, '준호'의 학용품까지 마음대로 써버리는 등 '준
호'를 아연케 한다. 그 바람에 둘은 크게 싸우게 되는데, 그럴 때마다
새어머니는 '준호'를 따뜻하게 달래주고 의로해 주었음에도 '준호'의
마음은 새어머니와 '덕순'에 대한 미움이 좀처럼 가시지 않아 언젠가
는 반드시 복수하리라는 생각을 품기에 이른다.

어느덧 겨울이 되어 '준호'는 한없이 내리는 눈을 보다가 별안간 '덕
순'이 가장 아끼는 인형을 눈 속에 던져버린다. 인형이 없어진 것을 안
'덕순'이 미친 듯이 찾으러 다니는 것을 보고 '준호'는 코웃음을 친다.
그런데 '덕순'이 막무가내로 눈 속을 헤집고 다니자 '준호'는 두려운 마
음이 앞서 아버지께로 달려간다.

큰일낫다. 공연한짓을 하엿고나. 이대로 덕순이가 죽으면 엇지하

나 큰일낫다 큰일낫다 얼는 쪼쳐가서…… 그러케 생각하고 준호가 죽을힘을 다하야 눈속이 파뭇친 발을 빼이려할제 썩은다리속에서 와르르 하는 소리가 들녀왔습니다. —문어졋다. 다리가 문어졋다. 죽엇고나.— 준호는 눈을 뒤집고 벌떡 쮜여일어나서 압흘가리는 눈보라를 헤쳐서 집으로 집으로 밋친듯이 쮜여다러낫습니다. 아버지는 준호에게서 이말을 들으시고 쌈작놀내여 문박으로 쮜여나가싯습니다. —엇덧게 괴엿슬가. 준호는 궁금한 맘을 참지 못하야 치운줄도 몰으고 다시 아버지의 뒤를 쫏찻습니다. 아버지는 문어진 다리밋헤서 무사히 덕순이를 구해내셧습니다. 어듸 다친데는 업섯습니다만은 너모나 쿤 놀내움에 긔를일코 잡바진 덕순이의 손에는 그러나 어엽분 인형이 단단이 뒤여잇섯습니다. (「눈보라」, 1930.9.26, 4면)

아버지가 가까스로 다리 밑에서 '덕순'을 구해내자 비로소 안도의 한숨을 내쉬며 다시는 그런 나쁜 짓은 안하리라고 결심한다. 그러나 하마터면 '덕순'이 죽었을지도 모른다는 죄책감과 새어머니에 대한 죄의식이 끊임없이 '준호'를 괴롭히게 되면서 '준호'는 마침내 가출을 결심하고, 이를 실행에 옮긴다. '준호'의 가출을 알아챈 새어머니는 당장 '준호'를 찾아 나서게 되고, 눈보라 속을 헤매던 '준호'가 절벽 아래로 떨어지려는 찰나에 번개같이 뛰어와 '준호'를 구해준다. 이로써 '준호'는 새어머니와 '덕순'에게 가졌던 적대감이 비로소 무너지게 된다는 내용이다.

이러한 내용은 아동문학에서 흔히 접할 수 있는 내용이긴 하지만, 정인택의 문학적 경로와 시기적으로 볼 때 당시 조선의 현실과 일제의 조선에 대한 식민지정책과의 연관성을 배제할 수 없다.

무력에 의한 탄압만으로 조선인을 지배할 수 있다고 믿었던 일제는

1919년 거족적인 민족운동인 3·1운동으로 말미암아, 조선인의 감정을 무마시키기 위하여 마침내 다른 조치를 취하지 않으면 안 되었다. 이에 일본은 제3대 총독으로 사이토 마코토(齋藤實)를 임명하고 조선인의 반일감정 무마를 위한 유화 제스추어의 일환으로 '일시동인'과 '문화정치'를 표방하였다. 「눈보라」를 찬찬히 살펴보면 이러한 정치적 상황이 배경으로 깔려 있음을 쉽게 짐작할 수 있을 것이다.

「눈보라」의 주된 흐름은 '계절의 변화'에 따른 '심리의 변화'이다. 눈보라 치는 겨울에 친어머니를 잃었던 '준호'는 따뜻한 봄에 새어머니와 '덕순'을 맞게 되었고, 다시 찾아온 겨울에 '준호'와 '덕순'이 죽을 뻔한 위험에 처하기도 하였지만, 아버지 어거니가 번갈아 구해냄으로써 준호의 갈등은 해소된다.

> 준호는 별안간에 밑친듯이나 울고십흔것을 억지로 참고 어머니의 가삼에 힘잇게 안키엇습니다. "어머니' 준호는 떨니는목소리로 일년이 지나도록 한번도 아니부르든 "어머니"를 소리첫습니다. "어머니!" "준호야" 어머니와 아들! 오! 문박게서는 머지안니하야 차저올 더화창한 봄날을 마지하느라고 지금 눈보라가 한참 날쒸고잇는 판입니다. 겨울이 지나면 봄이오고 밤이새면 낫이 되나니 눈보라가 가러안지면 쨍화한 햇빗이 반듯이 또다시 차자와 줄것입니다. 준호의 집에ーー 온동리에ーー 온조선에ーー 온세상에ーー (끗) (「눈보라」, 1930.10.5, 4면)

이처럼 용서와 화해를 머잖아 다가올 "따뜻한 봄날" "쨍화한 햇빛"으로 이끌어 내면서 동화정책의 완성을 유도하고 있음을 알 수 있다. 한편 인물의 성격 면에서는 '친부모님 = 朝鮮(어머니는 주권을 잃은 조선, 아버지는 식민지상태의 조선)', 계모 = 日本, '준호 = 朝鮮人', '덕순 = 日本人', 그리고 '계모의 무한한 사랑 = 문화정치에 의한 유화제스추어' 라는 등식으로 파악된다. 주목되는 점은 이 시기의 童話에서 흔히 접할 수 있는 표독스런 계모의 이미지는 전혀 찾아 볼 수 없는 새어머니의 이미지이다. 계모 입장에서 자신이 데려온 '덕순'보다 전처의 자식인 '준호'에게 더 세심한 애정을 보여준 것이나, 또 그 애정에 진실성을 부여하고 있다는 점에서 억지스러운 면이 두드러진다.

중요한 것은 '준호' 즉 조선인의 심리변화이다. 친어머니 장례식 이후 1년여의 갈등기간을 거치는 동안 '준호'의 마음은 새어머니와 '덕순'에 대한 미움이 용서와 화해로 승화된다. 그러나 이 이면에 '계모의 무한한 사랑', 즉 '문화정치에 의한 유화제스추어'가 자리하고 있음을 쉽게 짐작할 수 있다. 때문에 다분히 의도된 구성과 스토리라는 느낌을 지울 수 없는 것이다.

2.2.2. 후기 소년소설

한국의 소년소설은 그 역사가 매우 짧다. 1920년대 중반 어느 정도 활성화 되었던 아동문학 중 산문분야는 주로 동화에 국한되어 있었다. 카프계열의 소년소설이 있긴 하였지만 이는 어른의 시각으로 본 아동문학이었으므로, 보편적으로 아동문학연구자들은 아동문학분야에서 본격적인 창작소설이 나타난 것을 해방 이후로 보고 있다.

실로 해방 이후부터 1950년대까지는 이전의 식민지기에 비해 작품활동이 비교적 자유로웠던 터라 특히 아동을 대상으로 한 수많은 창작물이 쏟아져 나왔다. 이 시기 아동들은 단순한 환상적이고 초현실적인 동화보다는 현실적인 읽을거리를 요구하였는데, 이는 정치적 사회적 혼란기에서 오는 각박한 현실이 동심에까지 영향을 미치게 되었기 때문이다. 이에 따라 복잡하게 얽히고설킨 장편동화도 시도되었는데, 장편이라기보다는 단편을 확대시킨 것 같은 인상을 풍기는 경우가 많았다. 이러한 추세는 동화에서 얻는 어린이의 꿈, 즉 환상적이며 초현실적인 성격을 지닌 본격 동화에 대한 위기를 초래하게 되는 위기의 순간이기도 했다.

현실적인 생활상을 다룬 동화가 점차 그 세력을 확대해감에 따라 아동 산문문학의 헤게모니는 동화에서부터 아동소설로 넘어가려는 단계로까지 이르렀다. 이러한 추세는 일본을 거쳐 수입된 소설적 성격을 가진 생활동화로 말미암아 더욱 현저히 나타났다. 물론 이 시기도 아동의 심리적 발달단계에 따른 환상적이거나 초현실적 동화의 필요성을 절감하고 있기는 하였지만, 아동이 순진무구한 동심의 소유자이면서 한편으로는 사회의 일원이었다는 점에서 현실적인 문제를 비켜갈 수는 없었던 것이다.

이 시기 역시 문학자로서 붓을 놓을 수 없었던 정인택이 취할 수 있었던 것은 등단초기 때와 마찬가지인 아동문학이었다. 정인택의 해방 후 아동문학에 대한 언급은 이재철의 『한국아동문학작가론』에서 1940년대 아동문학 작가로서 현덕, 양미림, 이종성 등과 함께 거론되고 있다. 그런데 여기서 이재철은 정인택에 관한 지극히 단편적인 부분만을 간략하게 언급하면서, 정인택의 아동문학이나 업적 면에 있어서 혹평에 가까운 지적을 하였다.

여느 아동소설들과는 달리 그 문학적 특성의 바닥, 곧 작품상에 나타난 內·外的인 특수성의 근원을 성인문학가, 특히 소설가였다는 점에서 찾을 수 있는 작가이다. 먼저, 그가 아동문학에 발을 들여놓게 된 동기를 놓고 보아도 그렇다, 論證的인 자료는 없지만, 前後狀況을 종합컨대 그의 동기가 결코 어떤 문학적 열의를 가지고 아동문학에 발을 내디딘 것은 아니었다. 해방 전 이른바 아동문화운동가 내지 아동애호가들의 그것처럼, 그도 해방 후의 아동문화운동 붐에 편승하여 실로 우연한 기회에 아동문학과 인연을 맺게 된 것이 그것이다.[42]

그러나 이같은 이재철의 지적은 오류와 문제성을 안고 있다. 실제로 정인택은 등단 초기에 이미 아동문학과 인연을 맺었으며 이를 ≪매일신보≫를 통해 발표한 바 있다. 따라서 해방 이후 "실로 우연한 기회에 아동문학과 인연을 맺게 되었다."거나, "그가 아동을 위한 작품을 쓰기 시작한 것이 「소학생」誌(1948.5)부터였다."[43]는 지적은 정인택에 대한 구체적인 것을 파악하지 못한데서 온 오류임을 알 수 있다. 게다가 論證的인 자료조차 없는 상태에서 문학적 열의를 운운하는 등 연구자의 주관적 감정으로 평가한다는 것은 다소 문제성이 있다고 본다. 친일과 월북이라는 정인택의 이력이 아동문학 부분의 연구에서조차 객관적인 접근을 어렵게 하였던 것은 사실이지만, 이는 당시의 시대적 정치적 상황을 전혀 고려하지 않는 지극히 단편적인 평가에 불과하기 때문이다.

정인택은 해방 후 1948년 5월부터 잡지 『소학생』을 통하여 3편의 소년소설을 연이어 연재하였다. 정인택이 처음 시도한 소년소설은 「봄의노래」(1948.5～1948.11)는 "처음에는 3회 정도를 계획하고 연재하였는데, 의외로 호응을 얻게 되자 6회까지 연장"[44]하게 되었다. 「봄

---

42) 이재철(1983), 『한국아동문학작가론』, 개문사, p.144
43) 이재철(1983), 위의 책, 같은 면
44) 정인택(1949), 「시인 소설가 화가 좌담」, 「소학생」 Vol.71, 1949.10, p.30

의노래」의 이러한 의외의 호응도에 힘입어 정인택은 또 다른 소년소설 2편을 동일한 잡지에 연이어 연재한다. 「하얀쪽배」(1948.11~1949.7), 「이름없는 별들」(1949.9~1950.5)이 그것이다.

이로써 정인택은 2년여 동안 소년소설로써 그 문학적 맥을 이어가게 된다. 이 시기 아동소설은 이재철의 지적대로 당시 아동문화운동 붐에 편승한 면도 있었겠지만, 당시 정치적 상황과도 무관하지 않았으리라 여겨진다. 1948년 8월 남한만의 단독정부가 수립된 이후 남한 내 공산주의자들의 입지가 곤란에 처했던 시기, 정책적으로 좌익성향 인사들의 사상전향을 강제하던 당시 정치적 상황에서 「황조가」나 「향수」와 같은 좌익성향의 작품으로 문학자의 삶을 이어가기에는 상당한 위험부담이 있었다는 점을 염두에 두지 않을 수 없었을 것이다.

이 시기 정인택 소년소설 3편은 내용면에서나 구성면에서도 성인소설의 기법을 그대로 답습하고 있다는 특징을 보인다. 이는 종래 아동소설가들의 단순성에 비해 구성상에 나타난 치밀성과 복선에 의하여 전개되는 사건의 흐름 등에서 아동의 내면 심리묘사 또한 성인소설의 그것을 보는 듯한 느낌을 받게 하는데서 연유한다.

「봄의노래」에서 시도된 '형태'와 동호'의 평형관계는 이미 보편화된 수법이지만 '김명수'와 '밥장수 아주머니'의 교묘한 連接, 「하얀쪽배」의 '경애'를 둘러싼 '최의사'와 '곰보 할아버지', 그리고 동무들의 얽히고설킨 인정도 그렇다. 또한 「이름없는 별들」에서는 성인소설의 그것이 무색하리만치 하나의 주제를 위하여 잡다한 사실들이 몇 겹으로 중첩되어 있다. 이와 같이 중첩된 복합적 구성은 여타의 소년소설에서 시도되지 않는 새로운 기법[45]이라 할 수 있다. 그 밖에도 객관적

---

45) 이재철(1983), 앞의 책, 같은 면

묘사법과 어른스러운 절제 있는 심리묘사 등을 보면, 그가 성인소설에서 사용하던 기법이 그대로 소년소설에서도 사용되고 있음을 알 수 있다.

> 언제나 변하지 않는 동무들의 애정, 보드라운 손으로만 싸주는 듯한 따뜻한 동무들의 사랑 속에서 경애는 거의 외로움조차 잊을 지경입니다.
> "기영아........"
> 경애가 고개를 번쩍 쳐들고 불렀습니다.
> "응"
> "상옥아"
> "응"
> "금란아"
> "응"
> 경애가 손을 내밀었습니다. 세 동무도 손을 내밀었습니다. 화로 위에 굳게 위어진 네 동무의 손과 손, 모두 거치른 손들이었습니다.[46]

인용문에서 알 수 있듯이 이 같은 상황과 아동의 심리묘사에서 감동적인 서술법을 취함으로써 아동의 세계라기보다는 성인적 취향으로 나타나고 있다. 오히려 진실한 아동像보다는 관념적 의지의 아동像만을 추구하게 되는 결과를 초래한다. 이는 순수하고 진실한 아동像이 소멸되어가고 있다는 반증이기도 하다.

이 시기 정인택 소년소설 기법이 성인소설의 그것을 그대로 답습하

---

46) 정인택(1948), 「하얀쪽배」, 「소학생」, vol.67, 1949.5, p.18 (이재철(1983), 앞의 책, pp.145~146에서 재인용)

였다는 점은 이재철의 지적대로 그가 아동문학을 하게 된 동기가 분명한 아동문학적 의식이 없었다는데서 그 원인을 찾을 수 있을 것 같다. 이러한 문학적 자세는 일찍이 1940년대 이전에는 볼 수 없었던 새로운 아동소설의 기법을 시도한 그의 업적, 그리고 성인 취향의 소년소설로 독자와의 거리를 좁힌 작가 중의 한 사람47)으로 평가되었음에도 불구하고, 이후 1950년대 아동소설의 대중적 통속적인 범람을 초래하는 결과로 나타나는 아이러니를 빚기도 하였던 것이다.

앞서 살폈듯이 정인택에 있어서 아동문학이란, 진정 그 수혜자인 아동을 위한, 아동문학을 위한 열정만은 아니었던 것으로 파악된다. 이는 아동문학을 취했던 시점이 방향전환 시점과 일치하고 있다는 점에서 드러난다. 실로 정인택은 등단 초기 식민치하 일제에 의하여 이념이나 사상이 문제가 되었을 때, 적극적인 친일로 방향전환 하기로 결심하였을 때, 그리고 해방 이후 남북한이 첨예하게 이념적으로 대립하고 있을 때 등 작가로서 사상적 위기에 봉착했을 때마다 아동문학으로 전환하여 작가로서의 맥을 이어갔다. 내용과 기법 면에서도 그렇다. 3편의 童話 중 「시계」를 제외한 2편은 번안동화와 전래동화의 재구성이었으며, 소년소설의 경우도 성인소설을 방불케 하는 중첩된 복합적 구성, 객관적 묘사, 절제 있는 심리묘사 등을 그대로 사용하고 있었다는 점이 진정한 아동문학으로 보기에 다소 거리감을 느끼게 하기 때문이다.

정인택이 방향전환기 때마다 취했던 아동문학은 아동문학에 대한 열정에서라기보다는 급변하던 시기 그의 문학적 맥을 이어주는 교량 역할로서의 아동문학으로 볼 수 있겠다. 그럼에도 정인택이 식민치하

---

47) 이재철(1983), 앞의 책, p.145

와 좌우익 대립기라는 그 치열했던 생존의 현장에서도 쉼 없이 문학 활동을 영위해 갈 수 있었던 것은, 그나마 사상시비에서 자유로울 수 있는 이러한 아동문학으로의 전환이 있었기 때믄에 가능했던 것이 아닐까 여겨지는 것이다.

제4장
무너진 신념과 偶像

정 인 택 , 그 생 존 의 방 정 식

제4장

무너진 신념과 偶像

1. 궁핍, 절망, 니힐로의 路程

1.1. 모더니즘과 심리소설

한국문학사에서 1930년대의 문학은 시간적, 공간적인 관심의 확산으로 인해 이전에 비해 매우 다양한 모습으로 전개된다. 프로문학의 퇴조와 함께 세계적 경향이었던 불안문학의 도래, 정치문학에 도전하여 등장한 순예술파, 그 외 모더니즘과의 관계에서 전개되는 이미지즘과 심리주의의 등장 등 군국체제를 향한 일본 식민지 정책 하에서도 1940년대 초까지 자율적인 문학활동은 지속되었다.[1] 특히 소설의 경우 과거의 역사적 사건이나 인물을 통하여 현실을 조명할 수 있게 하는 가족사 연대기 또는 본격적인 역사소설, 농촌을 배경으로 하거나 농민의 사상을 담은 농촌·농민소설, 또 도시를 배경으로 하여 도시의 병리학과 지식인의 내적갈등을 다룬 심리소설이 주류를 이룬다.

---

1) 전혜자(1987), 『現代小說史硏究』, 새문사, p.157

19세기말 서구에서 발생한 실험적 모더니즘 문학은 도시예술로 발전해서 수개국어가 통용되는 우주적 도시성을 띠었다. 도시는 고차원의 생활 속에서 지적인 문화교류의 중심이 되었으며, 기성가치관에 반항하는 신세대운동이나 투쟁이 공존하였다. 그래서 모더니즘은 항상 도시풍토, 사상운동, 신철학, 정치학과 관련되어 논해진다.2) 특히 모더니즘 문학에서의 경우 도시 환경은 개인의식의 환경이 되며, 한 편으로는 단절, 상실, 탈출, 해방 등의 이미지로 고착화되기도 한다. 이러한 개인의 의식을 표현하는데 심리주의적 소설기법이 이용되었음은 말할 것도 없다.

1930년대 문학 상황이 이렇게 다양한 모습을 드러내고 있는 것은 1931년 만주사변을 기점으로 하여 시대상황이 이전 시기에 비해 급격히 열악해진 것과 밀접한 관련이 있다. 일제의 대륙진출에 대한 야심에 따른 외부적 상황의 변화는 문인들의 내적변화를 요구하게 된다. 즉 작가의 입장에서 자유롭게 현실을 그릴 수 없는 상황이 되자 외적 세계를 단념하고 내부세계로 편향해 들어가는 문학경향을 보이게 된 것이다.3) 이러한 경향의 하나로 등장한 심리소설은 전대의 소설과는 달리 인간심리를 그 중심제재로 취하고, 새로운 의미의 리얼리즘 혹은 현실도피의 성향을 보이면서 문단에 큰 반향을 일으키게 된다. 그리고 그것이 도시풍토, 사상운동, 신철학, 정치학과 연계하여 모더니즘 예술로 논해지면서 새로운 소설기법으로 형상화시켰다는 점에서 그 문학사적 의의를 부여받고 있다.

이러한 심리소설의 기법에 대하여 로버트 험프리(Humphery, R.)는 "내적 의식성이나 작중인물의 심리적 측면을 묘사하기 위한 방법"4)으

---

2) 전혜자(1987), 위의 책, p.184
3) 백철(1968), 『신문학사조사』, 신구문화사, p.514

로 이해하는 것이 타당하다는 견해를 밝혔으며, 레온 에델(Leon Edel)은 "독자를 인물들의 심적 경험 속에 참여시키는 것으로 산문 예술에 중요한 일차원을 덧붙였던 것."[5]을 주요한 특질로 삼기도 하였다. 이러한 맥락에서 백철(1944)은 1930년대 "심리주의 문학이란 현대 지식인의 자의식의 문학으로, 그 원천으로서의 서구의 심리주의문학이 아무리 지적 경향을 띠었다 하더라도 그 지적 경향이란 결국 암울한 현실과의 부조화에서 온 내부 편향의 문학인만큼 특히 1935년 이후 악화되는 조선의 현실과 지식인의 이상간의 불균형에서 온 불구적인 경향적 표현"[6] 다시 말하면 "신체는 왜소한데 두뇌만이 거대한 기형아를 연상시키는 병적인 경향"[7]으로 보았다.

한국문단에서 이러한 모더니즘적 심리소설의 영향을 받은 작품의 등장이 현저해지는 시기는 급격한 산업화로 젊은이들이 도시로 유입되는 1930년대 중, 후반기로 볼 수 있다. 그 동안 이데올로기 문학의 선봉장 역할을 했던 KAPF가 침체국면에서 벗어나지 못하고 해체됨에 따라 도시세대들은 급격한 산업화로 인한 도시화의 특성을 체험하며 성장하게 되는데, 이들은 서구 모더니즘의 영향을 받으면서 새로운 문학운동을 주도하는 세력으로 모아진다. 이들은 지금까지 외부적 진실만을 다루었던 점에 반발하여 새로운 기법과 시각으로 인간의 내면 세계에 관심을 보이며 한국문학에 현대성을 부여하기에 이른다. 이러한 문학운동이 곧 모더니즘 문학운동이며 이를 주도한 단체가 바로 〈구인회〉[8]이다. 〈구인회〉의 모더니즘은 1933년 '새로운 경향이 들어

---

4) 로버트 험프리 저·이우건 유기룡 역(1989), 『현대소설과 의식의 흐름』, 형설출판사, p.10
5) Leon Edel 著·李鍾鎬 譯(1983), 『現代心理小說硏究』, 형설출판사, p.35
6) 백철(1944), 『신문학사조사-현대편』, 백양당, p.369
7) 백철(1944), 위의 책, p.242

설 여지'에서 마련되었다. 원래 모더니즘이란 근대적 감수성의 탐닉과 자본주의를 비판하는 일종의 고전적 반근대적 지향을 동시에 지니고 있었다. 그런데 〈구인회〉의 그것은 근본적인 차원에서 사회적 근대성에 대한 수락과 지향을 뜻하면서, 동시에 예술적 세련화를 통해 미의 영역에서 근대적인 것을 선취하려는 의식을 가지고 있었다. 그러나 〈구인회〉의 경우 두 가지 경향이 유기적으로 결합되지 못하고 착종된 형태를 띠다가 결국 분화, 편향되고 만다. 이러한 내부의 이질적 성향은 모더니즘의 본래적 성격(이중성)에서 비롯된 것이라 볼 수 있는데, 이는 주지하다시피 일본에 의하여 타율적으로 강제된 한국의 근대성에 대한 총체적 인식이 제한받을 수밖에 없었던 상황과 밀접한 관련이 있다. 말하자면 사회적 근대성을 미처 체득하지 못한 조선의 현실과, 예술의 영역과 사회적 영역이 끊임없이 배타적 관계로 작용하던 식민지적 파행성이 그 이면에 자리 잡고 있기 때문이다.

---

8) 〈구인회〉는 1933년 8월 중견작가 김기림, 이효석, 이종명, 김유영, 유치진, 조용만, 이태준, 정지용, 이무영 등 9인이 창립한 문학단체로, 창립할 당시는 친목단체임을 내세웠으나, 실상은 1920년대 한국문단의 큰 흐름이었던 프롤레타리아 문학에 반대하는 순수예술을 지향했다. 〈구인회〉의 작가들은 예술의 독자성을 옹호하며 기법에 대한 자의식이 강하고, 실용성을 중심에 놓는 중산층의 물질숭배적 가치척도를 혐오한다는 점에서 모더니즘의 보편적 측면을 공유하였다. 그러니까 KAPF가 사회적 영역에서 이론적으로 선취한 근대 극복을 시도하고 있었다면, 〈구인회〉 작가들은 미적 영역에서 근대성을 추구했던 셈이다. 그런데 창립한지 얼마 되지 않아 이종명, 김유영, 이효석이 탈퇴하고, 대신 박태원, 이상, 박팔양이 새로 가입하였다. 그 후 유치진, 조용만이 탈퇴하고 김유정, 김환태로 바뀌었다. 단체 이름에 걸맞게 회원 수가 항상 9명이었던 〈구인회〉는 한 달에 2~3회의 모임과 문학강연회를 가졌으며, 박태원과 이상이 중심이 되어 기관지 「시와 소설」을 펴내기도 하였다. 당시 정인택은 〈구인회〉의 중심인물이었던 박태원, 이상과 각별한 교분을 맺고 있었고, 이들의 모더니즘적 영향을 받았음에도 정작 〈구인회〉와는 전혀 무관하였다.

정인택의 경우 〈구인회〉에 가담하여 열렬한 활동을 하지는 않았지만 〈구인회〉의 멤버 중 인간의 내면 자의식의 흐름을 가장 파격적으로 구사하였던 李箱과, 모더니즘적인 다양한 기법을 구사하던 박태원과의 각별한 친분에서 그 영향력은 정인택의 작품 곳곳에 깊이 스며들어 있다.

이 장에서는 특히 李箱과 자의식의 흐름을 같이하고 있으면서도 여인에 대한 심리에서 현격한 차이점을 드러내고 있는 정인택의 모더니즘적 심리소설을 살펴보려고 한다. 여기서 논의할 작품을 〈표 1〉로 정리해 보았다.

〈표 1〉 정인택의 모더니즘적 심리소설[9]

작 품 명	발표시기	게 재 지	인용문의 출처	비 고
凋落	1934. 10	新東亞	좌동	아명 '정태양'으로 발표함.
髑髏	1936. 7	中央	좌동	
蠢動	1939. 4	文章	越北作家代表文學	1989년 서음출판사 발행
相剋	1939. 6	農業朝鮮	좌등	
迷路	1939. 7	文章	越北作家代表文學	1989년 서음출판사 발행
戀戀記	1940.3.7～4.3	東亞日報	越北作家代表文學	1989년 서음출판사 발행
業苦	1940. 7	文章	좌동	

9) 〈표 1〉은 이 장에서 논의될 소설에 한하며, 인용문의 출처는 〈표 1〉의 출처로 한다.

헛되인偶像	1940. 8	女性	좌동	
憂鬱症	1940. 9	朝光	좌동	
旅愁	1941.1	文章	越北作家代表文學	1989년 서음출판사 발행

〈표 1〉로 제시한 정인택의 대표적 심리소설을 통하여 '도시'라는 밀집된 공간에서 야기되는 심리적 긴장 및 소외감과 인간관계의 생태적 마찰이 '인텔리'로 지칭되는 당시 지식인의 심리에 어떤 작용을 불러 일으켰으며, 또 어떠한 방법으로 그 심리가 표출되었는지 고찰해 보려고 한다.

1.1.1. '도시'와 '인텔리'의 역학관계

한국소설에서 근대도시를 배경으로 한 삶의 생태학적 인식이 대두된 것은 리얼리즘적 현실인식에서 기인되었다. '도시'라는 용어는 엄밀하게 말하면 서구의 개념인데, 1930년대 한국의 입장에서 보면 당시 서구적 형태의 도시란 존재하지도 않았기 때문에 도시에 대한 이론 역시 추상적이고 관념적이었다. 말하자면 도시란 빌딩, 전차, 자동차 또는 인파가 많은 공간이라는 개념이 고작이었던 것이다. 그런데 1930년대의 소설은 문학적 공간화에 있어서 도시화가 현저해 진다. 이는 결정적 가치전환을 가져온 모더니즘의 영향관계에서 더욱 두드러진다.

「모더니즘」은 爲先 오늘의 文明속에서 나서 新鮮한 感覺으로써 문명이 던지는 印象을 붙잡았다. 그것은 現代의 文明을 逃避하려고 하는 모ー든 態度와는 달리 文明 그것 속에서 자라난 文明의 아들이었

다. 〈중략〉 文明 속에서 形成되여가는 새로운 感覺, 情緒, 思考가 나타났다.[10]

1930년대의 도시를 긍정적인 면에서 본다면 창조력과 변화를 위한 하나의 진통기로도 볼 수 있지만, 식민치하 당시 작가들의 각도에서 본다면 세속적, 부정적 측면이 강했다. 그들의 눈에 비친 도시는 무력한 인텔리들의 집중공간으로, 굴종과 아첨 혹은 온갖 수단과 계교를 동원해야만 간신히 직업을 얻을 수 있는 인간성 변화와 카오스의 세계였다. 그만큼 1930년대의 인텔리들에게 처해진 상황은 실로 심각 그 자체였던 것이다.

가여운 인테리겐차들아! 얼마나 로맨틱한 시절이라고 그대들은 지금 울고 있는가! 18세기! 인텔리 黃金時代 — 인테리王國은 임이야 몰락한 지 오래니 그대들의 智識의 兵器는 지금에 와선 녹쓰른 機械와 같이 써 먹을 곳이 없고나. 그래서 그대들은 핏긔없는 눈초리로 해맑은 가을하날을 우러러 공연히 한숨쉬며 바람에 불니는 落葉과 같이 거리로 漂浪하고 있는가? 그러면 그대들의 눈엔 화려한 都市도 불꺼진 火爐와 같이 오직 쓸쓸히 보히겠지요. 그리고 그대들은 商品市場에 쏘다져 나온 산떠미같은 商品을 보고 무엇을 늣길것이다. 「生産過多」商品堆積! 이러케 그대들은 배운 문학을 중얼거릴것이다. 「學問의 殿堂에서 쏘다져 나온 인테리 우리들도 販賣市場에 싸힌 商品과 갓고나」하고 생각할 것이다. 증말이지 인테리의 沒落과 失業洪水時代다.[11]

---

10) 김기림(1939), 「모더니즘의 歷史的 位置」, 「인문평론」, 1939.1
11) 玄東炎(1933), 「인테리의 悲哀性」, 「新東亞」, 1933.11(전혜자(1987), 앞의 책, pp.177~178에서 재인용)

　로맨틱한 미래를 꿈꾸며 학문을 연마하였지만, 갈 길을 찾지 못한 식민지 지식인의 현주소는 "녹쓰른 機械", "핏긔없는 눈초리", "바람에 불니는 落葉", "불꺼진 火爐", "販賣市場에 싸힌 商品"으로 표현될 수밖에 없는, 그야말로 실업의 홍수시대였던 것이다. 이처럼 사회적으로 심각해진 지식인의 취업난으로 인하여 궁핍으로 내몰린 도시 인텔리, 즉 지식인들은 대도시 빈민가나 변두리 뒷골목 등을 전전하게 되며, 자신의 목소리를 감추고 내면세계로 칩거하게 된다. 이에 따라 그들의 눈에 비친 혼란한 무질서의 거리와 오탁한 사회 분위기, 그리고 궁핍과 소외에 따른 내면의식의 흐름은 문학의 중요한 제재로 부상하게 된다.

　이러한 당시 사회상과 맞물려 도시성을 지닌 인텔리들의 편협한 심리를 모더니즘적 기법으로 표출해 낸 대표적인 작가로 李箱과 정인택을 들 수 있다. 이들의 소설의 배경은 주로 '도시'이며, 소설에 등장하는 인물은 고등교육을 받아 지적능력이 우수한 '인텔리'이다. 그리고 인물의 유형은 대체적으로 ①세속적인 속물형, ②예술애호가형, ③여성(어머니와 아내이기 이전), ④룸펜 인텔리로 나타나는데, ①의 경우 인간의 허욕, 기만, 형식, 가면, 야비, 비굴 등과의 관계에서 사건이 전개되며, ②의 경우는 예술 자체에 목적을 두어야 함을 의식하면서도 생활과 유리되어서는 예술이 존재할 수 없는 한계성과 가난 때문에 예술을 포기할 수밖에 없는 상황으로 전개된다. 그리고 ③의 경우는 여성으로서의 실체를 모색하는 인물형으로, 진정한 의미의 지적인 여성인물의 등장과 여성의 올바른 자아의식의 출현이라 볼 수 있다. ④의 경우 병리적 사회현상의 여파로 합당한 직업을 얻지 못하는 데서 오는 도시 인텔리의 좌절, 실의와 불안, 굶주림, 술과 방탕, 방랑, 무기력, 무능, 자조(自嘲), 자학 등이 허무주의의 속성으로 나타나고 있다.

이 시기 정인택 소설의 전형은 말할 것도 없이 ④에 해당하는 '룸펜 인텔리' 유형이다. 1930년대 정인택 소설은 대부분이 직업을 얻지 못한 무력한 인텔리의 현주소를 적나라하게 드러내고 있다. 여기서 좁게는 소설가, 넓게는 문학적 지식인을 주인공으로 설정하여, 그를 매개로 자신이 처한 모습을 일인칭 주관적 시점에서 그려내고 있는데, 사회적 현상과 자신이 처한 현실과의 괴리감에서 오는 내적고통과 좌절에 의한 사회와의 단절을 인텔리의 황금시대와 비교하면서, 냉소주의적 태도로 일관하고 있는 것이다. 여기에 궁핍이 가세하여 무기력과 자조, 허무 또는 좌절로 나타난다.

이처럼 1930년대 소설의 도시성은 문명예찬과 문명화에서 오는 부작용이라는 이중의미를 지닌 모더니즘과의 영향관계에서 전개되는 특성을 지니고 있다. 그렇지만 실상 도시를 그리는 작가의 의식은 무엇보다도 무기력한 인텔리가 집중되어있는 공간, 변모와 혼탁의 공간, 그리고 단절과 소외의식의 공간 등 부정적인 공간의 이미지로 일관되고 있다. 중요한 것은 도시를 그리는 작가의 시각이 실재적 도시보다는 내적 자기의식을 은유화하는 비실재적 공간으로 발전하였다는 점이다. 이는 당시 진정한 도시성을 그리고자 하는 작가들에게 기본적인 패턴을 제공하였다는 점에서 모델로서의 문학적 가치를 부여할 수 있다 하겠다.

1.1.2. 李箱의 흔적

정인택의 삶과 그의 작품세계를 논함에 있어, 동 시기 활동했던 천재작가 李箱을 떼어 놓고는 논하기 어려울 정도로 정인택에 있어 李箱의 영향력은 상당하다. 정인택에 있어 李箱과의 관계성은 생존 당시

는 물론이거니와 李箱의 사후까지도 그의 삶에서 지속되고 있었음은
앞서 살핀 바 있다. 실로 李箱의 흔적은 이 시기 정인택의 작품 곳곳에
서 지속적으로 발견된다.

먼저 정인택의 생활면을 살펴볼 수 있는 수필만 보더라도 그렇다.
1937년 4월 李箱의 부고를 접한 후 미망인에게 보낸 회신으로부터 시
작하여, 李箱이 죽은 지 2년 되던 해에 쓴 수필 「축방(逐放)」,12) 「불쌍
한 李箱」13)에 이어 「고독(孤獨)」14) 그리고 죽은 지 5년 되던 해에 쓴
「신록잡기(新綠雜記)」15)에 이르기 까지 李箱의 그림자는 끊임없이 정
인택을 따라다녔다.

四月十七日이 바로 李箱이 죽은지 二年되는날입니다.
..... 암만 그렇다기로서니 일부러 들창에 장막까지 나릴필요는 없
을것 같건만 칠칠치도 못한 이 폐병환자는 대낮에도 단간방 四벽을
방장으로 에워싸놓고 그 부자연한 어둠속에서 쿨룩거리다가는 낮잠
을 자고 낮잠을 자다가는 쿨룩거리고 한울이 문허져도 눈하나 깜작
않고 그렇게만 한평생 지낼것 같더니 몇 달 몇해를 두고 낮잠자며 궁
리한 것이 겨우 그것이였든지 햇볕이 아직도 복숭같이 뜨거운 초가
을 하룻날 허덕허덕 숨이 턱에 다어 나를 찾어오더니 어리석게도 東
京엘 가겠다고 눈을 끔벅끔벅 하며.......16)

......별안간 수염깎고 새洋服입고 내앞에 나타나 東京간달제 나는

---

12) 정인택(1939), 「逐放」, 「청색지」, 1939.5, pp.100~101
13) 정인택(1939), 「불쌍한 李箱」, 「朝光」, 1939.12, pp.306~311
14) 정인택(1940), 「孤獨」, 「人文評論」, 1940.11, pp.170~172
15) 정인택(1942), 「新綠雜記」, 「春秋」, 1942.5, pp.124~126
16) 정인택(1939), 「逐放」, 위의 책, p.100

선뜻 두손을 들고 贊成하였다. 勸하기까-지 하였다. 그때 李箱이 東京
가기를 바란 사람은 아마 李箱이 周圍에선 李箱夫人과 나밖에 없었을
것이다.17)

　요새 며칠동안 또 이 症勢가 도졌다. 그럴때면 생각나는것이 죽은
李箱이다. 李箱이를 생각하면 그가 살아있을 동안의 그의 낡아빠진
生活이나 容貌가 눈에선하여 견딜수 없다. 어쩌면 李箱이는 나의 몇
갑절 憂鬱하고 외로운 사람인지도 모른다. 程度를 지나쳐 不吉한 생
각까지든다. 事實 李箱이가 그 孤獨속에서 제自身 제손으로 그不吉한
씨를 키워온것만은 世上이 다 안다. 〈중략〉 李箱이를 생각하면 더욱
그것이 한 개의 精神病이라는 확신을 가질수 있다. 憂悶菌이란 가장
傳染性이 强한菌이 그 病源이다. 요새와서야 나도 危險한 保菌者인것
을 자각하였으나 어찌할 道理가 없다. 이것은 필경 李箱이가 옮겨주
고 간것이라고 — — 때때로 밉살스럽게 생각되는적도 한두번이 아니
다. 그러나 불상한 친구를 위하여 나는 이것을 숨겨두련다.18)

　……淸凉里--라니 문득 생각나는 것이 李箱의 죽엄이다. 李箱이
죽었다는 소식을 나는 淸凉里 寓店에서 역시 지금 모양으로 花壇을
가꾸다가 받았던 것이다.
　지난 四月十七日이 李箱이 죽은지 滿다섯해 되는 날이었다. 그날
나는 理由없이 새삼스럽게 죽은 벗에 대하여 부끄러움을 느끼고 얼
마동안 茫然自失하였다. 죽은 사람 매질한다고 나는 일찍이 어느 동
무를 꾸짖인 일 있으나 참으로 매질하고 있든 것은 내가 아니었던가?
그렇게 생각하다가 아참, 이번엔 내 自身마져 不吉속에 처넣으련다고

---

17) 정인택(1939), 「불쌍한 李箱」, 앞의 책, p.308
18) 정인택(1940), 「孤獨」, 앞의 책, pp.171~172

나는 쓰디쓴 웃음을 웃고 말았다. 내게 이런 不吉한 생각의 싹을 불어
넣어주고 간것은 암만 생각해도 李箱이 같다고 몹쓸 놈이라고 나는
늘 하는 버릇으로 李箱이 욕지거리를 속으로 늘어놓으며 이번 공일
날은 비만 안 오면 꼭 李箱이 무덤에 가리라고 스스로 기약하는 것이
다.[19)

「축방」과 그로부터 7개월 후에 발표된 「불쌍한 李箱」은 李箱 사후
에 죽음을 추도한 글이다. '수필'이라는 글의 속성이 사실적인 느낌을
부여한다고 할 때, 의문스러운 점은 「축방」 말미의 "정말이지 생사만
이라도 좀 알고 싶고나. 알고 싶고나." 라는 반복된 간절한 문구이다.
그런데 이는 「축방」의 제목 다음에 "李箱이 죽은지 二年되는 날"이라
표기한 것과는 상반되는 구절이다. 李箱의 죽음이 사실이라는 것과
그것을 인정하지 않으려는 욕망사이에서 어쩌면 정인택은 李箱과의
동일시, 또는 투사의 감정을 체험하지 않았나 싶다. 위의 반복된 간절
한 문구에서 李箱의 죽음을 인정하고 싶지 않은 화자의 감정이 삽입
되어있지 않았을까 여겨지는 것이다.
　「고독」에서는 정인택이 무서운 고독감에 휩싸일 때마다 어김없이
모습을 드러내는 李箱을 추억하며, 李箱에 대해 애증의 모습을 보이고
있다. 이러한 감정은 "李箱이 죽은지 滿다섯해 되는 날" 쓴 「신록잡기」
로 이어지는데, 그것은 정인택의 "내게 이런 不吉한 생각의 싹을 불어
넣어주고 간 것은 암만 생각해도 李箱이 같다고 몹쓸 놈"[20)이라고 한
고백에서도 드러난다.
　정인택과 李箱과의 교제기간은 그다지 길지 않았으나, 李箱의 흔적

---

19) 정인택(1942), 「新綠雜記」, 앞의 책, p.126
20) 정인택(1942), 「新綠雜記」, 같은 면

은 정인택의 삶과 문학 곳곳에 씨앗으로 남아 실로 막강하게 건재하고 있었다. 권영희와의 애정의 삼각관계가 그러했으며, 李箱의 사생활을 소재로 한 잡문이나 수필, 소설 등이 그러했다. 정인택과 李箱의 이러한 관계성은 많은 연구자들의 호기심을 유도하게 하여, 이를 작품까지 연관지어 논의의 대상으로 삼게 하는 빌미를 제공하기도 한다.

실제로 李箱과 관련된 정인택의 작품의 대부분은 대부분 李箱의 유고「환시기」(1938.6) 이후 발표된다. 그것이 우연의 일치인지, 아닌지는 가늠하기 어렵지만, 어느 정도의 관련은 있으리라는 추측은 가능하다.

전혜자(1987)는 두 사람의 문학적 맥락이 유사한 점에 착안하여, 정인택 소설 7편[21]과 李箱 소설 6편[22]을 서로 비교 대조한 바 있는데, ①1인칭 시점의 잦은 사용. ②무기력하고 자조적이며 피로한 인텔리의 삶을 다루었으나 李箱은 인간존재 그 자체에 관한 실존적 문제에 더 집착한 점. ③도시를 배경으로 한 점. ④여자주인공과의 관계가 전도되고 비정상적이며, 李箱의 소설이 더 반도덕적이고 무궤도 함. ⑤둘 다 프렐류드와 상징적 장치를 사용하였으나 李箱의 상징적 장치가 더 세련되었음.[23]을 지적하면서, 이를 동질성과 이질성으로 구분 정리하였다.

그런데 이경훈(1997)은 李箱과의 이러한 관계성을 "정인택 작품 중 일부는 李箱의 유고를 자신의 이름으로 발표한 것"[24]이라는 도덕성과 연관하여 특이한 문제를 제기 하였다. 믈론 이러한 문제는 李箱의 부

---

21) 「髑髏」, 「蠢動」, 「動搖」, 「迷路」, 「凡家族」, 「業苦」, 「憂鬱症」 이상 7편
22) 「날개」, 「逢別記」, 「蜘蛛會豕」, 「幻視記」, 「終生記」, 「失火」 이상 6편
23) 전혜자(1987), 앞의 책, pp.184~196
24) 이경훈(1997), 「이상과 정인택」, 『작가연구』, 새미

고를 접한 정인택이 미망인에게 보낸 "李箱이가 하다 남긴 일, 제가 기어코 일우겠습니다."라는 글과, 李箱의 유고뭉치 일부를 정인택이 취하였다는데서 발단이 된 것으로, 이는 충분히 오해의 소지를 불러들일 수 있는 문제이기도 하다.

그러나 김주현(1999)은 이를 李箱과 같은 소설을 창작하겠다는 의미, 말하자면 훌륭한 소설 혹은 아름다운 소설 또는 절친한 친구 李箱의 파격적인 삶의 소설화 등으로 받아들여 "李箱의 작품 운운하는 것은 지나친 유추 또는 착각일 것이며, 문체나 사소설적 형상화 역시 李箱과의 친분상 방법론의 수용은 오히려 당연할 수 있다."25)는 결론을 내렸으며, 김신영(2000)은 이를 李箱의 작품에 등장하는 여인들과의 '연애'를 계승하는 것으로 정리하여 이경훈과는 대조를 보였다.

어쨌든 정인택이 李箱에게 진 도의적인 부채를 李箱이 추구해 온 심리소설의 연장을 통해 갚으려 했다26)는 평을 들을 만큼 정인택의 몇몇 작품에서는 李箱의 문학적 흔적이 확연히 드러나 있다. 각혈 때문에 요양차 내려갔던 백천온천에서 '금홍'이라는 기생을 만나 상경하여 동거하면서 다방 '제비'를 경영하였던 李箱의 사생활, 봉건주의 의식에 찌든 아버지에 대한 거부감, 가계에 대한 책임감, 그리고 애정의 도피행각을 벌였던 여동생 김옥희에 관련된 세세한 것들까지 정인택은 李箱의 사생활을 작품의 소재로 삼았던 것이다. 특히 「업고(業苦)」27)와 「우울증(憂鬱症)」28)은 李箱의 「봉별기(逢別記)」의 유작 혹은 후속편이라는 인상을 줄 만큼 「봉별기」와 유사한 구성을 취하고 있으

---

25) 김주현(1999), 「이상 문학의 텍스트 확정을 위한 고찰」, 「안동어문학」 제4집, p.26
26) 강현구(1989), 앞의 논문, p.202
27) 정인택(1940), 「業苦」, 「문장」, 1940.7, pp.142~147
28) 정인택(1940), 「憂鬱症」, 「조광」, 1940.9, pp.258~270

며, 그 내용 또한 李箱의 사생활을 방블케 한다.

「업고」는 각혈 때문에 이학박사의 꿈을 접고 요양 차 백천온천에 갔을 적에 지금의 아내를 만난 것으로 시작한다. 가족들의 극심한 반대를 무릅쓰고 동거생활에 들어가는데, 하는 일 없이 음침한 방에서 밤낮으로 뒹굴며 잠만 자는 무능한 남편 때문에 마침내 아내는 가출해 버린다. 아내를 기다리던 끝에 자살까지 생각하고 있던 참에, 석 달 만에 돌아온 아내의 몸에서 다른 남자의 흔적을 느낀다는 내용으로, 李箱의 「봉별기」와 거의 흡사하다.

「우울증」도 「업고」와 마찬가지로 '금홍'을 기다리는 李箱의 심정, 가족들의 생계문제, 그리고 연인과 함께 만주로 도피한 여동생 김옥희의 이야기를 소재로 하고 있다. 누구보다도 자신의 심정을 가장 잘 알아주었던 李箱의 여동생에 대한 고마운 마음과 애틋함은 여동생에게 보낸 편지에서 확인할 수 있다.

> 내가 화가를 꿈꾸던 시절 하루 오전 받고 '모델' 노릇 하여준 옥희, 방탕 불효한 이 큰오빠의 단 하나 이해자인 옥희, 이제는 어느덧 어른이 되어서 그 애인과 함께 만리 이역 사람이 된 옥희, 네 장래를 축복한다.[29]

애인과 함께 만주로 도피한 여동생 김옥희의 애정행각과, 그런 그녀의 행복을 빌어주는 오빠 李箱의 심정은 정인택의 소설 「우울증」에 그대로 흡수되어 '순희'의 애정행각으로 재현되었다.

"순희가 만주루 다라났단다." 이윽고 어머니는 똑 끊어 더러운 것

---

29) 김윤식 편(1991), 『李箱文學全集』 3, 문학-사상사, p.222

이나 내뱉는 듯이 입을 열었다. "뭐요? 순히가?" 〈중략〉 나는 순히의 이번 행동에 대하야 적지 않은 불만을 느낀다. 그러나 한편 <u>꿋꿋한 일이라고 칭찬도 하고 싶고 마음속으로부터 행복하게 되라고 축원 안할 수도 없었던 것이다</u>. (「憂鬱症」, p.269)

그런가 하면 「여수(旅愁)」30)와 「연련기(戀戀記)」,31) 그리고 「상극(相剋)」32)에서는 李箱의 사생활에서 얻은 소재에 정인택 자신의 이야기를 가미하여 지순한 로맨스로 엮어내었다. 전기(前記)에 "이 소설은 요절한 '김군'의 일기에 전적으로 의존하고 있다."고 밝히고 있는 「여수」는 李箱의 유고뭉치를 참고하여 일기형식으로 쓴 소설로, 여기에 정인택의 東京시절과, 李箱의 요양지 백천온천 그리고 연인 '유미에' 등이 적절하게 결합하여 엮어나갔다. 그리고 「연련기」는 사회적으로 촉망받던 작가 '윤군'이 기생 '춘홍'과 결혼하면서 사회의 지탄과 주변 인들의 외면 속에 급기야 폐병을 얻었는데, '춘홍'을 의지하다가 요절한다는 내용으로, 李箱의 연인 '금홍'과 요양지 백천온천을 소재로 하였다. 「상극」 역시 중학을 마친 주인공이 여급 전력을 가진 여인과 결혼하는 바람에 아버지로부터 의절 당한다는 李箱의 사생활을 각색한 것이다. 아버지와 가족들로부터 인정받지 못한 결혼생활로 괴로워하던 주인공이 3년이 지난 어느 날 아버지가 위독하다는 소식을 듣고 한걸음에 집으로 달려갔으나, 그 와중에서도 결코 아들의 결혼을 인정하지 않으려는 완고한 아버지 앞에서 '상극'을 느낀다는 내용이다.

열거한 소설의 주인공들이 만나 결혼한 여인들의 직업은 당시 주변

---

30) 정인택(1941), 「旅愁」, 「문장」, 1941.1, pp.4~24
31) 정인택(1940), 「戀戀記」, ≪동아일보≫, 1940.3.7~4.3
32) 정인택(1939), 「相剋」, 「농업조선」, 1939.6, pp.67~76

인들로부터 지탄을 받는 기생 또는 여급이다. 그럼에도 식견이 풍부
할 뿐만 아니라 순수함과 더불어 현숙한 면모를 지닌 여인으로 설정
되어 있다. 정인택의 입장에서도 여급생활을 하던 권영희와 안타까운
열애 끝에 결혼하여 남보란 듯이 단란한 가정을 꾸렸던 것을 감안한
다면, 「연련기」나 「상극」을 통하여 혹여 주변사람들로부터 비난받았
을지도 모르는 자신의 열애와 결혼생활에 대하여 나름대로 진정한 가
치를 부여하고 싶었던 듯하다.

이처럼 李箱의 삶과 문학은, 東京시절 혹독한 생활고와 어우러져
1930년대 후반 정인택 심리소설의 주된 소재가 되었다. 특히 '여인과
의 연애'를 주제로 한 李箱의 사생활을 소설의 주된 소재로 흡수하는
방식을 채택한 정인택은, "천성이 감상적이며 여자에게 호소하기"[33]
를 좋아하는 성격과 더불어 "애정세계의 심리를 섬세하게 그리는 특
이한 재능"[34]을 발휘하여, 李箱의 연애를 東京체험에서 얻은 자신의
추억과 결부시켜 지극히 감상적인 작품들로 창조해 내었다.

어쨌든 李箱의 사생활과 관련된 정인택의 작품은 연구자들 간에 여
러 방향으로 논리적인 추론을 불러일으키기도 한다. 그러나 당사자인
李箱이 사망한 상황에서 여러 가지 정황과 이를 뒷받침할만한 명백한
증거가 제시되지 않는 한, 추론은 추론에 그칠 뿐이라는 생각이다.

세월이 지난 오늘날, 비록 짧지만 한국문학사의 전환기에 큰 업적
을 남겼던 李箱, 그리고 그의 삶과 문학을 가장 가까이 하였고 그의
모든 것을 이해하려 하였던 절친한 친구 정인택의 발자취를 더듬어

---

33) 이상은 술자리에서 정인택을 소개하면서, "여자이면 누구에게나 호소하
  기를 좋아하는 대단한 연애가"라 했다고 한다. (조용만(1987), 앞의 책,
  p.113)
34) 정비석(1949), 『소설작법』, 신대한도서주식회사, pp.295~296

보면서, 혹여라도 사장되었을지도 모르는 李箱의 문학적 흔적을 이렇게나마 찾아볼 수 있었다는 점에서 그나마 다행스러운 일이 아닐까 여겨지기도 하는 것이다.

1.1.3. 니힐리즘, 그리고 偶像

1930년대는 일본의 식민적 자본주의에 천착되어있던 특수한 시기로, 한국 문단에 있어서 그러한 환경은 작가로 하여금 세계화의 단절을 초래하며, 그로 인한 폐쇄성이 작가의 내면 심리로 표출되기에 이른다.

정인택의 작품활동 기간을 통틀어 가장 특징적인 작품을 발표한 때는 1936년 「촉루」 이후부터 1940년 9월 「우울증」이 발표된 때까지로, 이때부터 지식인의 자의식 세계로 천착해 간다. 여기에는 식민지하 사회적 불안과 합당한 직업을 얻지 못하는 데서 오는 좌절과 니힐리즘이 표현되고 있는데, 그 결과는 실의와 불안, 굶주림, 술과 방탕, 방랑, 무기력, 무능, 자조, 자학 등 허무주의의 속성으로 나타나고 있다.

정인택에 관한 기존 논의를 보면 대부분 그의 소설이 소재 면에서 주로 지식인이란 특정계층의 심리를 다루는데 그 관심의 폭을 한정했다는 점이다. 예컨대 김남천은 정인택을 "지식인의 무기력과 피로와 허무와 동요를 최초의 작품으로부터 일관하여 오고 있는 작가"[35]로 평가하면서, "생활력이 결여된 룸펜 지식 청년이 건강의 위협, 비열한 심정과 주체스러운 자의식의 발호 가운데서 자기를 부둥켜 세워보겠다는 노력이 힘없이 좌절되는 것"[36]을 작품에 즐겨 그리는 작가로 평가하고 있다.

---

35) 김남천(1940), 「人文評論」, 인문사, 1940.2, pp.60~61
36) 김남천(1940), 위의 책, 같은 면

이 시기의 작품 경향 중 특징적인 것은 어떤 사건이나 주인공의 형위보다는 물질적인 궁핍으로 인한 불안의식이나 소외의식을 지니게 되는 자의식 과잉자의 의식세계를 리얼하게 묘사하고 있다는 점이다. 여기서 중요한 것은 이야기의 동적, 계기적 요소로서의 플롯보다는 자의식 과잉자의 내면의식의 흐름이다.

이러한 의식의 흐름을 내용 속에 그대로 삽입하여 보여줌으로써 독자들에게는 사고를 받아쓰기한 사상과 인상의 혼합물[37]이라는 느낌도 바로 이 시기의 작품에서 찾을 수 있다. 이렇듯 1930년대 후반 정인택 심리소설의 대부분은 자의식이 지나치게 내면화된 인물이 주 인물로 등장하여 현실의 극한상황에 적응하지 못하고 도피성향을 나타내며, 불안과 소외의식에 사로잡혀 스스로 자학하고 자조하는 모습을 드러낸다.

--거지보다 무엇이 나을고. 그러나 과거는 오히려 비탄(悲嘆), 자조(自嘲)에서 끝막을수 있어도 내일의 성활 앞날의 생활을 꿈꾸어 보는것은 공포(恐怖)조차 뒤섞여 쇠약한 심신을 절망에까지 쫓고만다. 일자리—직업—그런것은 「하나님」보다도 허무(虛無)한 존재요, 종교보다도 기괴한 사상이다. (「髑髏」, p.170)

맞나는 사람마다 모다가 절대로 나와는 사귀지 않는달 제 —그때부터내 주위에서 허무를 찾으려 애썼고, 끝까지 혼자서 게을러 보리라 결심한 나이다. 나는 나대로 매일같이 늦잠을 잤고, 그리고 가만히 모든 사람을 비웃고— 〈중략〉 아무리 굳게 게을러 보리라 결심한 나이지만 사흘에 한번씩 혹은 닷새에 한번씩은 무엇보다도 내 자신 내 생

---

37) Leon Edel 著·이종호 譯(1983), 앞의 책, p.29

활에 혐오와 치욕을 느끼고— (「蠢動」, pp.172~173)

이러한 불안의식과 소외의식은 끝없는 허무함과 나태함으로 빠져든다든지, 자포자기적 행동추구로 나타난다. 이로써 무료함과 불안감을 극단까지 밀고나가게 되는데, 불가피하게 처한 상황을 마치 자신의 의도적 선택인양 과장하며,[38] 이를 합리화시켜 나아가고 있다. 이렇게 함으로써 왜곡된 사회구조에 대한 저항을 표출하는 한편 스스로 식민지 지식인에게 처해진 극단적인 상황을 다소나마 완화시켜보려 하는 것이다.

정인택 소설에서 찾을 수 있는 강점은 지식인이 처한 비참한 생활고를 보다 솔직하고 구체적으로 형상화 한 점이다. 그러나 이러한 비참상은 지식인을 비윤리적인 곳으로까지 이끌게 되어 「촉루」의 '나'는 知人들을 찾아다니며 구걸행각을 벌이고, 늘 죽지 못해서 산다는 심정으로 사는 「준동(蠢動)」의 '나'는 하숙집을 쫓겨나지 않기 위해 심한 병중임을 가식하고 당장의 곤궁을 모면하기 위해 아내(동거녀)를 비윤리적으로 이용하는 등 자기기만으로 나타난다. 이는 마침내 자신을 향한 극심한 히스테리로 표출된다.

내 건강은 나날이 회복되어 전만은 못하다 하더라도 이제는 어느 모로 보든지 병객으로는 안보일정도로 쾌차하였으나, 염세증(厭世症), 염인증(厭人症)만은 이에 반비례하여, 무엇을 하고싶지도 않고, 누구를 만나고 싶지도 안고, 하루 온종일 울속에 가쳐있는 짐승모양으로 땀을 흘려가며 방안을 딩구는게 일이다. (「迷路」, p.47)

---

38) 강현구(1989), 앞의 논문, pp.191~192

기초적인 생활도 스스로 해결하지 못하는데서 오는 불안과 공포는 '염세증'이나 '염인증'은 주인공을 종일 어두컴컴한 방안에 유폐시키는 결과를 초래한다. 이는 불안의식과 소외의식을 가중시켜, 끝내는 자신을 알아주지 않는 세상을 비웃으며, 스스로를 혐오하고 자학하는 꼴이 된다. 이러한 불안의식과 소외의식의 끝은 '니힐'에의 탐닉이다. 이는 "허무를 찾으려 애썼고, 끝까지 게을러 보리라 결심"하는 구제불능성 나태함과 '될 대로 되라'는 식의 자포자기적 행동추구로 나타나고 있다. 그럼에도 생존에 대한 끝없는 불안감은 당장의 먹을 것과 잘 곳을 얻기 위해 극단적인 행동까지도 거침없이 유도한다.

이렇듯 참담한 생활을 영위하는 주인공에게 그나마 삶의 연결고리가 있었으니 아내 혹은 연인으로 표상되는 '우상(偶像)'에의 의지이다. 기본적으로 정인택 심리소설은 간단한 인간관계의 틀을 갖추고 있는데, '나'와 '여인'의 관계가 그것이다. 생활고 속에서 만난 마치 '우상'과도 같은 존재인 여인들은 모두 '여급'이나 '하녀'로 대표되는 미천한 여인이다. 이는 매우 시사적인 사실로, 지식인이면서 실업자인 중심인물과 묘한 상보적 관계[39]를 지닌다.

자신의 심리소설에서 늘 중심인물과 자신을 동일시하곤 했던 정인택이 이러한 일방적인 관계 속에서 안전장치로서 택한 것이 바로 현격한 신분의 차이를 조장하는 것이다. 때문에 주인공의 건강과 생활고가 절박할수록 여인들의 일방적인 사랑이 두드러지게 나타나는데, 이는 오히려 주인공의 불안이 역으로 표출된 경우라 하겠다. 여인들의 신분이 상대적으로 미천하니 헌신적인 사랑이 당연한 이치라는 것을 표명하고 있는 것이다. 또한 미천한 여인과 생활함으로써 자신의

---

39) 강현구(1989), 앞의 논문, p.192

신분에 대한 위치가 하향이동 할 것에 대한 자괴감을 내면의 고통을 유발시켜 애증으로 표출하기도 한다.

그러고 보면 미천하고 생활력이 강한 나이어린, 그것도 일본국적을 가진 여인을 '우상'으로 설정하고, 거기서 폐쇄성을 지닌 식민지 지식인의 생활고와 정욕과 일방적인 사랑의 수혜 등을 한꺼번에 해결하려 하였던 구도는 정인택 내면의 응어리를 표출하기에는 매우 적절한 설정이라 여겨진다.

1.2. 작중인물의 表象

소설에서의 등장인물은 인물 그 자체가 독자적이고 고립적으로 존재하거나 창조되는 것이 아니고 등장인물이 소설 속에서 하는 행동에 의해서 그 성격이 규정된다.[40] 또한 인물은 작품에서 행위나 사건을 수행하는 주체로, 인물과 그 인물이 지닌 기질과 속성을 포괄하는 의미를 지니며,[41] 작가는 인물의 행동이나 사고를 통해 주제를 드러낸다. 특히 심리소설에서는 인물의 사고에 관심을 가지기 때문에 객관세계(현실)보다는 주관세계의 표출에 초점이 맞추어진다. 그 주관세계가 소설작품에서 형상화되는 양상은 소설에 나타나는 인물유형과 그 인물의 행위유형에서 단적으로 드러난다.[42]

1930년대 소설의 인물설정에서 지적되는 주요한 특성은 인물의 개성이 두드러져서 그 개성이 보편화된 전형성을 들 수 있다. 물론 도덕성과의 관련에서 형성된 인물이지만 '선'과 '악'으로 흑백을 논할 수 없는 시대적 산물에서 발생한 인물형인 속물형 인간, 지적 여성, 룸펜

40) 정한숙(1992), 『소설기술론』, 고려대출판부, p.85
41) 한용환(1992), 『소설학사전』, 고려원, p.348
42) 이재선(1983), 『한국현대소설사』, 홍성사, p.331

인텔리 등은 1930년대 나름의 고유의 특성을 지닌 인물형이라 하겠다.

정인택 심리소설은 대부분 1인칭 객관적 시점의 작품이므로 여인들의 행동은 작중화자의 시선을 통해 그려지고 있으며, 심리묘사 또한 작중화자인 '나'에 의해서 재구성된 지문을 통하여 제시되고 있다. 때문에 독자는 이러한 지문을 통해 여인들의 성격과, '나'로 대변되는 주인공을 향한 그녀의 모든 행동과 심리를 살펴볼 수 있다. 이 장에서는 정인택이 당초 설정해 놓았던 소설의 주인공 '나'와 그 상대역인 여성의 캐릭터가 어떠했는지, 또 시류의 흐름과 그의 심리변화에 따라 그 캐릭터가 어떻게 변모해 가는지를 살펴보려고 한다.

1.2.1. 회색 지식인 — '나'

원래 지식인은 많은 교육을 받은 것을 자본으로 해서 상향이동하려는 욕구를 지닌 존재로 설명되어 왔다. 그런가 하면 물질적인 면이나 정신적인 면에서 더 낮은 계층이나 집단의 사람들을 위해 기존체제나 지배계층에 대해 저항하려는 충동에 곧잘 사로잡히는 존재로 풀이되기도 하였다.

위의 상반된 설명을 종합해 본다면 지식인이란, 시대 혹은 개개인 각자의 기질에 따라 "방관자(onlookers)나 극외자(outsiders)가 될 수도 있고, 혹은 감시자(overseers)나 참여자(insiders)가 될 수도 있다."[43]는 명제가 성립될 수 있다. 이러한 명제는 '지식인은 疎外의 가능성을 본질로 삼고 있다'는 추론을 내포하는 것이 되기도 한다. 때문에 이재선(1986)은 소설에서 지식인 또는 지식인의 내적 면모가 문제시되기 시

---

43) C. Wright Mills(1980), 「White color」, Oxford university press, p.142 (조남현(1983), 「韓國現代小說에 나타난 知識人像 硏究」, 서울대 박사논문, p.97에서 재인용)

작한 문학사적 흐름에 주목하여 "지식인 소설이 당대의 사회현실 속에서 지식인의 좌절과 고뇌가 당대의 사회구조와 연관성을 갖고 있다는 자각에도 불구하고 개혁의 의지 보다는 비관적이고 자학적인 의지의 표시에 머물렀다."[44]면서 그 이유로 지식인 주인공의 안타고니스트(주인공 프로타고니스트에 반하는 敵, 즉 갈등해결을 방해하는 상황이나 인물 － 필자 주)로서의 사회 입상이 실상화 되지 못하고 매우 허상적으로 나타난 때문이라는 지적을 하기도 한다.

1929년에 시작되어 전 세계를 휩쓴 대공황은 일본 자본주의에도 커다란 위기를 불러 일으켰다. 이를 타개하고자 일제는 만주침략을 감행하였으며, 군수물자를 조달하기 위해 조선을 병참기지화 하기에 이른다. 이에 따라 외형적으로 광공업이 양적 팽창을 하게 되었다. 조선의 이러한 정치적 상황은 급격한 도시화, 산업화를 초래하여, 노동자의 수효는 증가일로에 있었으나, 이에 반해 지식인 계층의 취업은 여러 가지 악재가 겹쳐 갈수록 악화일로에 있었다.

특히 고학력 지식인의 실업은 심각한 사회적 문제로 대두되었다. 실제로 교육기회와 고용기회가 일본인들에게 편중되어 있는 현실에서, 한국인들에게는 기본적으로 교육기회는 물론 전문교육을 근거로 한 고용기회는 좀처럼 주어지지 않았다. 일제치하에서 관료충원의 기회가 거의 소수 친일적인 사람들에 의해 독점되었기 때문에 일반적으로 지식인이라 불리는 계층의 엘리트로의 진입의 기회는 지극히 드물었다. 따라서 대부분의 지식인들은 실제로 하향 이동되는 결과를 감수해야만 했는데, 이는 말할 것도 없이 식민지기 계층이동과 그 맥을 같이하고 있다. 1930년대의 신문 잡지 등에 당대 지식인들의 취업난,

---

44) 이재선(1986), 『한국단편소설연구』, 일조각, pp.229~230

즉 신분의 상향이동에 대한 좌절에서 오는 불안감 같은 것을 지적한 논객들이 유독 많았던 것도 이러한 연유와 무관하지 않을 것이다.

이러한 사회적 현상은 지식인들에게 궁핍의 문제와 함께 더 큰 고민을 가중시키게 된다. 현실을 꿰뚫어 볼 수 있는 능력은 점점 강해지는데, 현실은 자신의 의지대로 따라주지 않으니 지식인들은 스스로 현실과의 문을 닫은 채 자의식의 세계로 칩거하게 되어버린다. 이들은 누구보다도 암담한 현실을 정확하게 인식한 때문에, 차라리 이를 외면해 버리고 인간의 본능적 욕구만을 충족시키려는 동물적 생활로 도피해버리려 하는 것이다. 이 같은 지식인을 중심인물로 내세운 작품을 살펴보면 인텔리로서의 자부심이나 우월감이 주변 현실의 본질을 통찰하거나 혹은 그 현실에 대응하는 데 거추장스러울 정도의 자기변명과 합리화로 변질되어버리는, 어쩌면 반지성주의적 경향을 띠고 있다.

이 시기 정인택 심리소설에 등장하는 주인공 '나'의 캐릭터는 '룸펜 인텔리'형의 무기력한 지식인이다. 주로 물질적 궁핍과 비정상적인 애정생활로 인해 불안의식 또는 소외의식을 느끼며, 인간의 본능적 욕구만을 추구하는 자의식 과잉자의 심리세계를 주인공 '나'를 통하여 리얼하게 그려내고 있다. 먼저 그의 1인칭 심리소설 주인공 '나'의 그 캐릭터를 살펴보자.

「조락(凋落)」「촉루(髑髏)」「迷路(미로)」「준동(蠢動)」 기타의 男主人公. 二十八歲. 某專門中途退學 無職, 若干의 理想主義者이나 若干의 懷疑主義者, 虛無主義者이기도 하다. 서울에 늙은 홀어머니를 남겨놓고 東京에서 떠도라 다니며 學校에도 다니고 小說도 써보고 社會運動도 하고 그런다. 요새는 肺患으로 누어있는데 안해 「유미에」가 벌어

다 주는 것을 넙죽넙죽 받아먹고만 있다. 그래서 그런지 꼬치꼬치 말
르고 얼굴은 蒼白하고 눈만 퀭하다. 걸핏하면 괘니 혼자서 憂鬱해 한
다. 나쁜 意味에서의 典型的 近代知識靑年. 머지않아 作者는 이 主人
公을 죽여 없앨 작정이다. (自殺시킬까 생각하고 있다) 성은 金哥 일
흠은 없다.[45)]

위와 같은 캐릭터의 주인공을 설정하여 소설화하였다는 것은 식민
지하 비합리적인 사회적 현실을 통찰한 이후, 작가가 사회와의 타협
을 거부한다는 의식의 표현이기도 하다. 따라서 위 소설들은 모두 주
인공 '나'를 일인칭 화자로 내세워 작가 체험을 독자에게 고백하는 사
소설 형식을 취한다. 소설의 주인공 '나'는 대체로 직업이 없는 '룸펜인
텔리'로서 니힐리즘에 빠져 있는 상황을 연출한다. 그리고 주인공이
상주하는 공간은 언제나 도시 어느 구석진 곳의 햇볕도 안 드는 어둡
고 추운 방이며, 뚜렷이 하는 일도 없이 거기서 밤낮없이 뒹구는 것으
로 소일한다. 때문에 소설의 전체적인 분위기는 늘 침체되어 있는 것
이다.

「조락」의 '나'는 사상적 이념을 실현하고자 하여 東京으로 건너갔지
만 자신의 천재성과는 아랑곳없이 조직에서마저 거부당하고 현실과
맞서 싸워야 하며, 「촉루」의 '나'는 의지할 곳 없이 덩그러니 혼자 남
겨진 東京땅에서 최소한의 생계유지를 위한 비참한 생활 때문에 자조
하고 자학하는 모습을 보인다. 그리고 「준동」(1939.4)의 '나'는 굶주림
을 면하고 활개치고 살기위해 고향을 떠나 東京까지 건너갔지만 처음
의도와는 달리 궁핍의 나락으로 떨어지게 되자 지식인이라는 허위의
식을 앞세워 퇴행적인 행위를 일삼는다. 동굴과 같은 방에 자신을 유

---

45) 정인택(1940), 「作中人物誌 － 「나」와 그들」, 「조광」, 1940.11, p.205

폐시키는가 하면 허무주의라는 이름아래 자신의 게으름을 변호하고 합리화하는 자폐적인 삶을 살아가고 있는 것이다.

정인택 소설의 주인공은 이처럼 이상과 현실과의 괴리감 때문에 그 의식을 외부세계로 진출시키지 못하고 자신의 내면세계로 칩거해 버리는 자의식 과잉자로 설정되어 있다. 때문에 그 주인공은 의식만 깨어 있을 뿐 삶을 위해서 아무런 행동을 수반하지는 못하며, 스스로 불안의식 또는 소외의식을 느끼며 사회와의 문을 닫아버린다. 그리고 인간의 본능적 욕구 충족만을 추구하는 세계로 도피해 버리는 무의지자가 되어 버리고 마는 형국이 되어버린다.

출구 없는 현실에 좌절한 나머지 인간의 본능적 욕구충족으로의 도피성을 보이는 주인공에게 그나마 사회와 소통할 수 있는 유일한 통로는 술집이나 카페에서 '여급'으로 일하는 여인이다. 이렇게 만난 여인과 동거하고 결혼생활로 이어지지만 주인공과 아내와의 관계는 정상적인 부부와는 사뭇 다르다. 만남자체가 갑작스럽고 순간적이며, 그것도 불현듯 오다가다 맺어진 관계이므로 부부간에 어떠한 로직(logic)이 전혀 존재하지 않는다. 생활면에 있어서도 주인공은 여인에게 전적으로 기대어 사는 상황을 연출한다.

반면 '유미에'로 대변되는 여인들은 주인공인 룸펜 인텔리와 상보적 관계로 설정되어 있어, 나약하고 무능력한 주인공과는 상반되게 신체와 사고에 있어 건강성을 드러내며, 생활력이 강해 주인공의 생계까지 담당한다. 이처럼 여인들은 삶에 대한 적극성을 띠며 처절한 고독 속에서 몸부림치는 주인공에게 사랑과 생활의 근간이 되어 주지만, 주인공은 여성의 생활력이나 헌신적 봉사에 대한 가치는 부여하지 않는다. 미천한 신분에서 지적능력이 월등한 지식인을 사랑하려면 그 정도의 헌신과 봉사는 당연하다는 것이다.

유미에가 태연하게 생활과 싸울 수 있는 것은 생각할 능력을 안 가진 때문이요, 내가 허둥허둥 자리잡지 못하고 있는 이유는 말하자면 영리한 때문이다. 그런고로 나는 유미에 에게 대하여 동정을 느끼지 않았고 느낄 필요도 없었고 따라서 진심으로 유미에를 사랑할 수 없었다. 사랑할 수 없는 남녀가 사랑하게 된 것은 불쌍한 일이요, 슬픈 일이다. (「蠢動」, pp.181~182)

이처럼 주인공은 명문 와세다 대학을 나온 엘리트라는 점을 내세우며 자신에게 헌신적인 '유미에'에 대한 사랑은커녕 동정심조차도 느끼지 않는다. 다만 어두운 방 안에 파묻혀서 아무 하는 일도 없이 뒹굴며 잠만 자거나 병든 얼굴로 벽만 쳐다보는 등 무기력하고 자조적인 모습만 보일 뿐이다.

이처럼 정인택 심리소설의 주인공은 한결같이 생활능력을 상실한 채 아내에게 기생하여 살아가는 전도된 생활의 모습을 보이고 있다. 지적인 측면 이외의 모든 면에서 열등한 처지임을 인식하고, 그녀의 헌신적인 사랑에 속으로 고마움을 느끼면서도 겉으로는 인텔리 의식을 버리지 못하는 것이다.46) 말하자면 생활의 근간이 되어주는 '유미에'를 우상(偶像)처럼 여기고 있으면서도 그러한 감정은 최대한 자제하고, 교양 없는 여인이라고 비웃는다거나 혹은 미천하기 때문에 그 정도의 헌신은 당연하다는 등의 이중성을 취하고 있는 것이다.

---

46) 김진석(1990), 「1930년대 한국심리소설연구」, 고려대학교 석사논문, pp.130
　　~131 참조

1.2.2. 구원의 여인 – '유미에'

정인택은 "조선 인텔리의 東京에서의 삶의 모습과 의식세계를 가장 집요하게 추구한 작가"[47]로 평가되고 있는데, 그 기반은 3년 반 동안의 처절한 궁핍과 고독으로 점철된 東京체험에서 비롯된다.

「촉루」에서 제시되었던 처절한 생존의 모습은 더 이상 추락의 여지가 없는 비참함의 절정이었다. 그러나 정인택의 東京에서의 삶에 대한 형상은 여기에서 그치지 않는다. 어딘가에 기댈 곳을 찾아 헤매는 무기력한 지식인을 위한 구원의 손길을 준비해 놓고 있었던 것이다. 東京에서의 생활을 영위할 수 있게 한 도움의 손길은 바로 '여급' 혹은 '하녀'로 설정된 비천한 신분의 여인들이다.

정인택 심리소설에서 여인의 심리는 주인공 '나'를 통해 드러난다. 달리 말하면 작품에 등장하는 여인들에 관한 그녀들의 심리나 그 심리에 따른 모든 행동은, 그녀의 입을 통해 듣기보다는 주인공 '나'에 의해 재구성된 여인들을 만나게 된다는 이야기이다. 때문에 정인택 심리소설을 살펴보면 대체적으로 인내와 헌신으로 대변되는 수호신적 여성을 등장시켜 긍정적인 모성의 이미지를 찾아내려 한 점이 쉽게 발견된다. 그의 소설에 등장하는 여인들은 한결같이 여성의 원형적 이미지인 소극성을 벗어나 현실에 능동적으로 대처하며, 순종적이고 헌신적인 캐릭터를 지니고 있어, 주인공이 여자로 인한 갈등보다는 오히려 생계를 비롯한 현실적인 문제를 해결하려 하는 한편 삶의 위안이나 혹은 희망도 이들에게서 얻고 있음이 드러난다.

이는 東京체험의 일면도 있었겠지만, 출구 없는 현실에 좌절한 식민지 지식인의 현실사회에 대한 불만을 전통적이고 모성적인 사고방

---

47) Leon Edel 著·李鍾鎬 譯(1983), 앞의 책, p.29

식을 지닌 여인들을 통하여 해소하고자 하는 작가의 심리가 그대로
소설에 투영된 것이라 할 수 있다.

중요한 것은 정인택이 그것을 東京에 소재한 계급적으로 미천한 일
본여인에게서 찾고자 하였다는 점이다. 이 시기 정인택 소설에서 여
주인공의 이미지를 지배하는 '유미에'에 대한 작가의 피력을 그의「유
미에론」과「작중인물지」에서 찾아보기로 하자.

> 拙作「迷路」,「蠢動」,「凋落」 등등 〈중략〉「유미에」란 一內地女性
> 은 上記한 諸作中에 登場하는 女主人公 이름이다. 舞臺는 東京이고 主
> 人公은「나」다. 내가 東京에 가 있었고 그리고「나」와 비슷한 境遇에
> 있었다는 내 經歷을 若干(단연코 若干이다) 짐작하는 사람들의 曲解
> 를 사기 쉬운 모든 條件이 具備되어 있는 셈이다. 〈중략〉 ....그렇기
> 때문에「凋落」에 나오는「유미에」는 中産階級出身의 가장 貞淑한
> 「나」의 안해요,「蠢動」에 있어서는 無智하고 나 어린 下宿집「조츄우」
> 이다. 勿論 性格이나 行動에 있어 一脈相通하는 점이 없지도 않고......
> 결국「유미에」는 내가 지닌 꿈속의 女子의 範圍를 벗어나지 못한
> 다.[48]

> 「나」의 안해. 일찍이 同志였다. 芳紀二十三四歲 시골 富子집 외딸
> 이나 나 때문에 가진 고초를 다 겪는다. 지금은 銀座뒤 어느「빠ー」에
> 서 女給노릇을 하며 肺患에 누은 男便「나」를 爲하야 있는 精誠을 다
> 받히고 있다. 채림채림은 近代女性이나 옛 마음을 가진 春香이 같이
> 靜淑한 여자. 머지않은 將來에 寡婦가 될 運命에 있다. 容貌는 普通이
> 나 눈이 남유달리 聰明하다.[49]

---

48) 정인택(1939),「유미에論」,「박문」, 1939.12, p.7
49) 정인택(1940),「作中人物誌 ー「나」와 그들」, 앞의 책, p.205

정인택은 주인공의 상대역인 여인의 캐릭터를 이와 같이 설정함으로써 세상을 비관하며 내면의 자의식만 키워가고 있는 무기력한 지식인으로 하여금 생활을 갖게 하는 하나의 장치인 구원의 여인, 즉 '우상'으로 추구해 갔던 것이다. 여기서 '우상'이란 바로 생존과 직결되어 있음을 의미한다. 그의 소설을 살펴보면 '우상'은 소설의 서두에 이미 설정되어 있거나, 주인공이 극한적인 상황에 처했을 때 우연히 등장하기도 하며, 혹은 주인공의 행동에서 추구되기도 한다.

.....순간이나마 우상(偶像)을 찾으러 덧없이 헤매이며 커다란 불안과 공포 앞에서 여지없이 엎드리고 만다. (「蠢動」, p.173)

이처럼 허무 속을 방황하던 정인택이 '우상'으로 붙든 것은 다름아닌 구원의 여인, 즉 '유미에'류의 여인이었던 것이다. 소설 속 주인공이 한결같이 생활능력을 상실한 채 아내에게 기생하여 살아가는 반면 '유미에'류의 여인들은 순종적이며 자기희생적인 인물로 설정되어 있는 것이다. 이들은 작품 속에서 무능력한 주인공과 상반되는 캐릭터를 가지고 있다. 신체와 사고에 있어 건강성을 드러내며 헌신적인 사랑과 강인한 생활력으로 주인공의 생계는 쿨론 삶의 의미를 부여하기 위한 노력까지도 아끼지 않는다.

넉넉잡고 1년 ―그만한 동안만 있으면 여학교 시대부터의 지기의 소원이던 조그마한 양재점(洋裁店)을 신쥬쿠(新宿)나 혹은 중앙선(中央線)근처에다 내일 수 있을 것이니, 당신은 다시 완전한 몸이 될 때까지 끽소리 말고 공부나 하라고 출소하는 즉시로 유미에는 나를 붙잡고 자기의 포부를 이야기했고― 〈중략〉 이제는 차라리 학문에서나마 당신의 정열을 살리는 것이 마땅한 일이라고……

(「迷路」, pp.39~40)

대체적으로 여성들이 직업을 갖게 되는 지배적인 이유는 첫째, 부모의 생활능력 상실로 출가하지 않은 딸이 생계를 책임지는 일. 둘째, 남편의 사망 혹은 방탕한 생활로 인한 남편의 부재. 셋째, 남편이 무능하거나 실직, 심한 콤플렉스 또는 병들어 생활력을 상실하였을 경우인데, 정인택 소설의 경우 세 번째에 해당된다. 주로 카페나 술집의 여급으로 일하면서 정신적 육체적으로 병약한 남편을 돌보며 살아가는 순애보형의 여인으로 설정되어 있다. 여인들은 혼자서 생활고를 담당하고 있지만, 조금도 그 고달픈 생활에 대한 하소연은 하지 않는다. 오히려 병약한 남편을 위해 모든 생활고를 떠맡으며, 남편을 위해 자신을 희생하는 인물로만 그려져 있는 것이다.

작중에서 '유미에'류의 여인이 주인공의 삶을 지탱시키는 구원의 여인으로 자리매김 되기까지는 대개 지식인과 여급사이의 신분적 차이가 강조된다. 이들은 의지할 곳이 남편밖에 없는 인물들로 다분히 보수적인 경향을 띠며 남편을 위하여 순종하며, 희생하는 여인으로 제시되며 생활면에서는 강인한 의지력을 보인다.

시기적으로 가장 먼저 발표한 「조락」(1934.10)에서의 '유미에'는 자살까지 도모하였던 주인공에게 주위의 평판이나 주인공의 무능력 또는 무관심에도 아랑곳하지 않고 생활을 도맡아가며 오직 순정으로 대해주는 인물로 설정되어 있다. '유미에'의 이러한 어머니와도 같은 애정이 주인공에게 희망을 잃지 않게 해준 원동력이었던 것이다.

「준동」(1939.4)의 주인공에게 유일한 타인이었던 하숙집 여급 '유미에'는 17살 어린나이임에도 주인공에게 물질적으로나 정신적으로나

일방적인 사랑을 베풀고 있다. 그러나 이런 한결같은 사랑에도 주인
공에게 이용당하는 모습만 보인다.

　　유미에가 나를 사랑하고 있다는 것을 ― 벌써부터 나를 사랑하고
　　있었다는 것을 내가 확실히 알았을 때 나는 문득 불일듯하는 정욕만
　　을 느끼고 ― 주는건 받아야지. 그렇게 결심하고 만 나였다. 결과니
　　미래니 하는 것을 생각하는 것은 귀찮은 일이었다. 그가 나를 사랑하
　　고 있고 스스로 나의 애무를 거절치 않는 한에는 그것이 결코 죄악일
　　수는 없고, 잘못일 수도 없다고 이렇게 나는 결론을 지었었다. (「蠢
　　動」, p.182)

　　정욕을 충족시키기 위하여 유미에를 뱀하는 행위에는 지식인다운
사고나 의식이 전혀 내재되어 있지 않다. '유미에'와의 애정관계를 그
리고 있는 다른 작품 「미로」(1939.7)를 보면, 「준동」에서 보다 더 의존
적이고 부조리한 양상으로 나타나고 있다. 오랜 투병생활로 생에 대
한 의지를 상실한 절망적인 상황에서 자신의 무기력을 경멸하며 식물
인간과도 같은 생활을 하고 있는 것이다.

　　믿을 수 있는 몇사람의 선배와 벗에게 엽서를 띠어 현재의 궁상을
　　호소하였으나 나를 아끼고 위로해준 사람은 역시 유미에 한사람밖에
　　없었으니, 외로운 내가 그 유미에의 정성에 의지해서 그것이나마 믿
　　음을 삼고 살아나가려는 것도 결코 무리는 아니라 할 것이요 그것이
　　하루 이틀 거듭되자 때때로 내 자신 혐오를 느끼면서, 〈중략〉 갖다주
　　는 모이를 넙죽넙죽 받아먹고 ―이리하여 넉달이 지난 것이다. 병세
　　는 더도 덜도 안한 것 같건만 이렇게 기동만이라도 할 수 있게 된 것

> 이 오로지 유미에의 정성 때문이라 생각하니, 한편으로는 고맙고 한
> 편으로는 쓸쓸하고— (「迷路」, p.39)

극한 궁핍과 미래에 대한 불안으로 마침내 자신을 혐오하기까지 하
는 주인공에게 '유미에'의 존재는 생존을 위한 유일한 구원의 손길이
다. 게다가 건강과 학업을 걱정하며 헌신을 다하는 것이다. 비록 병약
하고 무기력하나마 지식인 남편의 보람된 앞날을 내다보며 자신의 힘
으로 생활을 책임지는 등, 오직 그를 위해 지조와 정조를 지키는 순애
보형 바로 그것인 것이다.

지식인이라는 것 이외에 내세울 것이라고는 없는 처지에서도 주인
공은 결코 인텔리 의식을 버리지 못한다. 신분이 비천한 여인들이니
그 정도의 헌신은 당연하다는 것이다. 이러한 것들이 작품 안에서 주
인공을 방황하게 하는 또 하나의 갈등요소로 작용하고 있는데, 이러
한 고민은 '유미에'의 지극한 사랑에 마침내 굴복하고 만다. 가까스로
붙든 '우상'에게서 삶의 목표를 찾는 기회마저 놓쳐버릴 수 없었던 것
이다. 이처럼 '유미에'류의 여인들은 주인공이 붙들어야 할 삶의 이유
로 굳게 자리 잡고 있는 것이다.

한편 '유미에'라는 여인을 등장시키면서도 이전의 세 작품과는 사뭇
다른 캐릭터로 '유미에'를 그린 소설이 1년 반이라는 시간차를 두고
발표한 「여수(旅愁)」(1941.1)[50]이다. 그간의 '유미에'에 대한 캐릭터는
「여수」에서 약간의 반전을 보인다. 거의 맹목적인 사랑으로 주인공에
게 다가가던 이전의 '유미에'에 비해 「여수」의 '유미에'는 사랑도 소중
하지만, 가족 부양의 책임감을 져버리지 않고 사랑보다는 가족을 택

---

50) 정인택(1941), 「旅愁」, 「문장」, 1941.1

하는 면을 보기도 한다. 이는 발표시기와 관련이 있으므로 앞으로의 논지 전개를 통해 좀 더 자세히 구경해 보려고 한다.

'유미에'를 통하여 알 수 있는 것은 정인택 심리소설에 등장하는 여인의 특성인 다분히 동양 특유의 보수적 여인상이라 할 수 있다. 식민지 지식인 정인택은 그것을 東京에 소재한 계급적으로 미천한 일본여인에게서 찾고자 하였음이 이 시기 정인택 심리소설에서 또 다른 의미를 부여하고 있다 하겠다.

1.2.3. 헛되인 偶像 − '춘홍'

정인택 심리소설에서 주인공에게 존재의 이유, 즉 삶에 있어서 '우상'으로 여겼던 구원의 여인이 '유미에'에서 '춘홍'으로 바뀌는 시점에서 정인택 소설은 또 다른 흐름을 예시한다. 소설의 배경이 일본에서 조선으로 이동하면서 소설의 구성도 1인칭 주관자적 시점에서 3인칭 객관자적 시점으로 진행된다.

또한 둘 다 '여급' 또는 '기생'으로 비천한 신분이지만, '우상'의 성격에 있어서는 획기적인 변화를 보인다. 이전 심리소설의 주인공이 생존을 위해 붙들었던 '우상(유미에)'은 순종적이며 자기희생적인 여인으로, 생활면에서나 금전적인 면에서나 사랑까지도 주인공이 주로 받기만 했던 입장이었다. 그런데 이제는 주인공이 '작가' 혹은 '기자' 라는 어엿한 직업을 가지고 있으며, 금전적인 면에서나 사랑에 있어서도 줄 수 있는 사랑의 대상으로서의 '우상(춘홍)'인 것이다. 작가가 설정한 '춘홍'의 캐릭터를 살펴보기로 하겠다.

* 金春紅

　妓生. 二十四歲. 男便있는 妓生이래서 잘 불리질 않는다. 男便이 죽으면 自己도 같이 따라죽을 작정이다. 혼자서 외롭고 슬프고하야 文學을 사랑한 여자. 椿姬와도 같이 갸륵한 女子. 얼굴은 이쁘지 못하나 聰明하기는 하다. 눈이 패이고 코가 얕은것이 기구한 八字일것을 말하고 있다. 男便이 죽은 後에 行方이 杳然타. 作者는 반드시 이 춘홍이를 다시 찾아내여 幸福스런 行戀을 하게 하도록 하련다. 그러나 정말 男便의 뒤를 따라 自殺했으면 탈이다.[51]

　정인택이 「연련기(戀戀記)」(1940.3~4)와 「헛되인偶像」(1940.8)에서 주인공과 사랑을 나눌 여인으로 내세운 '춘홍'은 순정적이며 문학을 사랑하는 여인, 얼굴은 예쁘지 않지만 갸륵하고 총명한 여인이다. 그러나 「연련기」의 '춘홍'과 「헛되인偶像」의 '춘홍'은 작가가 당초 의도했던 방향과는 조금 다르게 진행된다.

　「연련기」는 박덕수의 시선으로 본 절친한 친구 '윤군'과 기생 '춘홍'의 지순한 사랑 이야기이다. 중학 동창이었던 윤군, 한 때 생사를 함께 하기로 결의했었던 사회적으로 촉망받던 작가 '윤군'이 기생이라는 직업을 가진 미천한 여인 '춘홍'과 결혼한다고 하자, 박덕수는 '윤군'과 의절할 것을 표명했다. 그러나 '윤군'은 사회적인 지탄과 주변 사람들의 외면, 게다가 친구와의 의절까지도 감수하고 기생 '춘홍'과 결혼을 하였으며, 그로부터 얼마 되지 않아 세상에서 모습을 감추어 버렸다. 그렇게 세월이 흐른 후 박덕수는 우연한 술자리에서 '춘홍'을 만나 '윤군'의 소식을 듣게 된다. 폐병으로 죽을 날만 기다리고 있다는 친구 '윤군'을 위해 '춘홍'은 다시 기생의 길을 걷게 된 것이다. 박덕수의 눈

---

51) 정인택(1940), 「作中人物誌 ― 「나」와 그들」, 「조광」, 1940.12, p.234

에 비친 '춘홍'은 빼어난 미인은 아니었으나, 그 외모와 마음씀씀이로 볼 때 친구 '윤군'이 충분히 사랑할 만한 가치가 있는 여인이었다.

한 주먹밖에 안 될 만큼 춘홍이의 얼굴은 적었다. 그 적은 얼굴 전체가 굴곡이 없어서 평면적이었다. 거기다 코가 얕고 입술이 두텁고 귀는 머릿속에 묻힐만큼 발딱 자빠져서 어느모로 보던지 미인과는 거리가 먼 얼굴이었다. 다만 한 가지 택할 점은 유난히 옴푹 들어간 쌍까풀 진 두 눈이었다. 눈알이 굵고 맑을 뿐 아니라, 얼굴이 비해 과할 만큼 큰 눈은 신비에 가깝도록 깊은 靜寂을 담고 있어서 여자로서의 총기와 예지가 그 한곳에 집중된 듯싶었다. (「戀戀記」, p.59)

덕분에 '윤군'과 재회를 하게 된 덕수는 '춘홍'과 함께 '윤군'의 임종을 지켜보는 과정에서, 그들의 사랑이 비록 세간의 지탄을 받았지만 그것이 진정 '윤군'에게는 존재의 이유, 즉 삶에서 붙들고 싶었던 '우상'이었다는 것을 알게 된다. 그런데 '춘홍'에게도 '윤군'은 존재의 이유이자 삶을 지탱하는 유일한 '우상'이었음인지, 작가가 우려한대로 결국 남편의 뒤를 따르는 길을 택하게 된다.

돌아오는 그 길로 춘홍이는 맥이 풀린 사람같이 자리에 누워 기동을 못했고 때때로는 실신한 사람 모양으로 침식도 잊고 먹 곳을 바라보다가 혼잣말로 무엇인지 중얼거리기도 했다. "선생님...." 덕수만 보면 누었던 춘홍이는 벌떡 자리에서 일어나 천정을 가르치며, "그이가 작구 절더러도 오래요. 선생님 저 목소리, 그이가 부르는 저 목소리 안들리세요? 저봐! 저렇게 부르는데..... 〈중략〉 한 열흘 그렇게 앓고 난 춘홍이는 다행이도 차차로 기력을 회복하야 일어나서 책도 읽고,

극장에도 다니고 하며, 말하지는 않았으나 다시 살아보리라고 결심한 듯한 빛이 하루하루 짙어갔다. 인제는 사람하나 살렸다고, 참 다행한 일이라고, 덕수는 겨우 숨을 돌릴 수 있었다. 그러나 그것만이 다행하지는 못해서 하루는 밤늦게 덕수가 집에 돌아오니 책상위에 한 장의 편지가 놓여 있었다. 춘홍이의 편지였다. 아차차 — 덕수는 속으로 혀를 차며 떨리는 손으로 편지를 집어들었다. 「선생님, 용서하십시오. 아무래두 혼자는 못 살겠읍니다. 그이 있는데로 저도 따라가겠습니다. 선생님의 은혜는 저승에 가서나 갚겠읍니다.」 (「戀戀記」, pp.106~107)

정인택이 「작중인물지」에서 "남편이 죽은 후의 행방이 묘연타."며 우려했던 대로 소설 속에서 '윤군'의 뒤를 따르겠다는 '춘홍'의 행방은 필시 자살하였음을 짐작케 한다. 그러니까 작자가 "반드시 이 춘홍이를 다시 찾아내여 幸福스런 行戀을 하게 한다."는 작가의 의도는 무위의 것이 되어버린 것이다.

3인칭 객관자적 시점에서 보았던 「연련기」의 이같은 지순한 사랑이 넉 달 후에 발표한 「헛되인 偶像」52)에서는 다시 1인칭 주관자적 시점으로 바뀌며, 내용면에서도 반전을 보인다. '춘홍'의 배신으로 말미암아 '나'의 일방적인 사랑에 그치고 만 것이다. 직업이 기생이었던 '춘홍'과의 첫 만남은 역시 친구들과의 술자리였다. 작은 몸집에 "쌍가풀진 동그란, 예쁘다기보다는 총명하게 생긴 얼굴에 지지지 않고 바싹 빗어 올린 머리모양"53)을 한, 총명하고 귀여운 모습의 '춘홍'을 보는 순간 호감을 갖게 된 '나'는 만남을 계속하는 동안 걷잡을 수 없을 만

---

52) 정인택(1940), 「헛되인 偶像」, 「여성」, 1940.8
53) 정인택(1940), 「헛되인 偶像」, 위의 책, p.29

큼 '춘홍'에게 빠져들게 된다.

> 별안간 얼굴을 내 무릎속에 파묻고 발버둥질을 치며 "난 몰라. 난
> 몰라." 마치 응석부리는 어린애 같았다. 그 어린애같은 교태에 여지없
> 이 끌려드러가는 내 자신을 느끼면서, 그러면 어떠냐, 무슨 상관 있
> 단 말이냐고 마음 한구석으로 혼자 끄덕이며 "춘홍이 그래 그래......."
> 무엇이 그렇다는 것인지 나도 몰르면서 부지중 춘홍이 등뒤로 나는
> 팔을 둘렀다. 그 한마디로 우리들은 운명을 결정해 버렸던것이다. 그
> 날밤 비로소 우리들은 사랑하는 사이가 되었다. (「헛되인 偶像」,
> p.31)

'춘홍'과의 사랑을 확인한 '나'는 급기야 '춘홍'을 마음 한켠에 '우상'
처럼 모셔두고 기회를 보아 동거하다가 훗날 정식으로 결혼식을 올릴
생각까지 품는다.

그런데 이 시점에서 당초 작가가 의도하였던 '춘홍'은 빗나가기 시
작한다. 시류에 따라 친일문학을 지향했던 작가 정인택이 그동안 붙
들었던 '우상'은 이제는 이미 '헛되인 우상'이 되어 버렸기 때문이다.
서로의 사랑을 확인하며 미래를 꿈꾸었지만「뜻대로 안되는 게 이세
상인 것 같습니다.」라는 짧은 내용의 속달편지를 보내놓고 '춘홍'은
자취를 감추어버린 것이다. 훗날 '춘홍'이 시집갔다는 이야기를 그녀
의 친구로부터 전해 듣고 걷잡을 수 없는 배신감을 느낀 나머지 한 때
'우상'이라 여겼던 '춘홍'을 마음속으로부터 지워버리려고 애쓴다.

> 내 우상이든 춘홍이를 자기손으로 그 우상을 여지없이 때려부시고
> 있다. 〈중략〉 꿈속에 있는 춘홍이는 눈물을 머금고있다. <u>내 춘홍이는</u>

죽고 마른 것이다. 죽었기 때문에 눈물을 머금고 몇일씩 몇일씩 계속하야 꿈에 보였던것이다. 춘홍이는 죽었다.-- 나는 꿈을 믿으려하고, 믿었다. 생각하고 깊다라케 숨을 드려마서 보는것이다. (「헛되인 偶像」, p.32)

애당초 「작중인물지」에 제시하였듯이 "文學을 사랑한 여자", "椿姬와도 같이 갸륵한 女子", "얼굴은 이쁘지 못하나 총명한 여자", "남편이 죽으면 자기도 같이 따라 죽을"정도로 순정적이었던 '춘홍'을 作者는 반드시 다시 찾아내어 행복한 삶으로 이끌어 가고 싶었지만 뜻대로 되지는 않았던 것 같다.

여기서 간과 할 수 없는 것은 반드시 다시 찾아내어 행복한 삶을 함께하고 싶은 '우상'이었던 '춘홍'이 주인공의 꿈에 눈물을 머금고 있는 모습으로 며칠씩이나 보였다는 점이다. 또 반복하여 '춘홍이 죽었다.'고 독백하면서 꿈에 보인 '춘홍'의 모습을 애써 믿으려 하는 것도 그렇다. 이러한 서술은 아무래도 일제 말 강력해진 식민지 정책과 급변하는 세계정세에 따른 정인택의 심리 변화와 무관하지 않다는 생각이다.

정인택에 있어서 이후의 '우상', 즉 신념의 대상이 '國家(천황)'로 귀착된다는 점을 감안할 때, 어쩐지 '춘홍'으로 대변되는 '우상'의 실체가 일제에 짓밟힌 식민지 조선의 현실과도 같다는 생각을 지울 수 없다. 식민지에 처한 조국이 개인의 안위를 보장해 줄 수 없기에, 생존을 위해 붙들었던 '우상'이 이제는 '허상'에 지나지 않았기에, 그동안 '우상'이라 여겼던 '춘홍'이 죽었다며 되뇌이기를 반복하고 있는 것이다.

2. 기법과 이미지 변화의 시도

　1940년대에 접어들자마자 〈창씨개명〉(1940.2)을 기점으로 일제는 더욱 극심한 정치적 압박을 가하기에 이른다. 이 때 수많은 문인들은 더 이상의 출구 없는 사회적 현실 앞에서 좌절 혹은 훼절, 즉 친일로의 방향전환을 모색하게 되는데 정인택 역시 예외는 아니었다.

　본격적인 친일문학작품이 양산되기 직전인 1940년부터 1941년 초반까지는 정인택에 있어서 또 한 번의 모색기였던 것 같다. 이 시기 발표한 정인택 소설에서 특징적인 것은 이전에 비해 다양한 기법을 사용하였다는 것과 소설의 전체적인 분위기가 밝아졌다는 점이다. 이미 친일로의 방향전환을 결심한 정인택으로서는 더욱 강력해진 일제의 식민지정책으로 인한 사회적 현실이 오히려 그간 폐쇄적이고 어두운 공간 속에 갇혀 있던 자아를 넓고 밝은 공간으로 확장 이동시켜주는 계기가 된다. 비록 짧은 기간이나마 이 시기 소설을 살펴보면 다양한 기법의 사용과 밝은 이미지로의 변신이 두드러진다. 이 장에서 논의할 작품을 간략하게 〈표 2〉로 정리해 보았다.

〈표 2〉 정인택의 신변, 세태소설

작 품 명	발표시기	게재지	인용문의 출처	비 고
凡家族	1940. 1	朝光	좌동	
착한사람들	1940. 12	三千里	좌동	
旅愁	1941. 1	文章	越北作家代表文學	「여수」는 〈표 1〉에도 포함되어있으나, 시기적인 면에서 내용의 변화가 뚜렷하기에 이 장에서 구체적으로 다루려고 한다.
短章	1941. 2	文章	越北作家代表文學	
扶桑舘의 봄	1941. 3	春秋	좌동	
區域地	1941. 4	朝光	좌동	

본격적인 친일 작품활동을 위한 모색기에 취했던 정인택의 작지만 큰 변화를 〈표 2〉에서 열거한 당시의 작품을 들어 구체적으로 논의해 보고자 한다.

2.1. 새로운 기법의 도입

1940년 중반부터 1941년 초반까지 1년여 기간 중 발표한 정인택 소설에서 가장 특징적인 변화는 이전 소설에서 찾아볼 수 없었던 새롭고 다양한 기법을 구사하여 소설에 반영하였다는 점을 들 수 있다. 이는 절친한 친구이자 기교의 작가로 알려져 있던 박태원의 영향을 배제할 수 없다. 당시 박태원은 다른 작가들이 감히 손 댈 수 없었던 현대적 기법, 이를테면 객관적 관찰시점인 영화적 기법의 이용이라든가,

현재와 과거, 현실과 환상 등 서로 다른 공간 등을 함께 표현하는 동시성 기법, 그리고 간결체 혹은 만연체 같은 다양한 문체의 실험 등을 과감하게 시도함으로써, '모던뽀이'라 불릴 정도로 당시로서는 획기적인 기법을 그의 소설에 반영하였던 작가로 알려져 있었는데, 이러한 소설기법이 이 시기 정인택의 작품에도 스며들어 있음을 쉽게 발견할 수 있다.

정인택 소설의 경우 안 이야기와 바깥 이야기로 나뉘는 액자식 구성이나, 독립된 몇 개의 이야기를 모아 어떤 계통을 세우는 소설형식인 피카레스크식 구성, 또는 스테레오적 시점으로 볼 수 있는 기법 등이 사용되고 있으며, 하나의 소재를 디테일하게 묘사함으로써 독자로 하여금 긴장감을 유도하는 부분도 돋보인다.

공간을 나누어 상황을 설명하는 방식으로 진행되는 「착한사람들」(1940.12)[54]은 장면의 전환에 따라 시점인물을 달리하는 세 가지 이야기가 세 개의 장으로 나뉘어 각각 독립성을 지니면서 한 가지 주제로 연결되어 서로 유기적인 관계를 갖고 있는 것으로 피카레스크식 구성을 보인다.

1장 '사랑채'에서는 옥순어머니가 혼자 바느질을 하며 자식들을 기다리는데, 여기에 '명희'가 가세하여 함께 '덕성'을 기다린다. 이윽고 '덕성'이 들어오자 '명희'와 '덕성'은 서로 수작을 하다가 결국 어머니의 눈 밖에 난다. 이로써 1장은 표면적으로는 궁핍과 가정불화 문제가 제시되지만 결국은 '명희'와 '덕성'의 애정문제로 기운다. 2장 '뜰아랫방'에서는 '명희'로 시점인물이 바뀌면서 본격적인 애정문제로 접어드는데, 여기에서 어두운 과거를 청산하고 새출발하려는 '명희'의 강한 의

---

54) 정인택(1940), 「착한사람들」, 「삼천리」, 1940.12, pp.430~446

지가 엿보인다. 3장 '행랑채'는 '명희'와 '덕성'의 진실한 사랑을 위해, '명희'가 새로운 인간형으로 거듭난다는 것을 보여주기 위한 소도구로 제시되어 있다. 이러한 유기적인 관계는 전지적 작가가 개입하여 "이리하야 그들은 자정이 지나서 비로소 평화하게 잠이 들었다."[55]고 서술하는 것으로 그간의 모든 사건과 갈등의 해결을 암시하면서 소설은 종결된다. 이러한 결말은 소설의 주제가 단적으로 제시되기 때문에 발단과 더불어 소설 구조상 가장 상징적이고 암시적인 요소를 지닌다 하겠다.

「여수」(1941.1)는 안 이야기와 바깥이야기로 나뉘는 액자식 구성 기법이다. 3년 전에 떠난 아내에 대한 그리움을 일기형식으로 담아내고 있는 「여수」는 중심이야기를 안 이야기로, 작품에 대한 간단한 소개나 작자의 말은 바깥이야기 형식을 취하고 있다. 그런데 「여수」는 액자식 구성을 취한 여타의 소설에 비해 유독 이야기 중간에 화자의 논평이 자주 삽입되어 이야기가 단절되는 느낌을 주기도 한다. 평론가 이원조의 총평은 이를 단적으로 말해준다.

> 이 作品은 바로 말하면 技巧의 한 새로운 試驗이라고나 할까? 작자가 故 李箱과 親했다는 일을 생각하면 이 作品은 事實 그대로 이상 遺事같기도 하나 批評家가 作家의 뒷방살림사리까지 들추는 것은 職能以外의 일이니 말할것은 없으되 이런 말을 왜 하느냐 하면 <u>작가가 이러한 형식을 비러온 心理 그것을 노치지않으려는 때문이다.</u> 이것은 무슨말인가 하면 <u>이 작품은 事實上 脈絡이 通하지 않는곳 또는 當然히 追求되어야할것이 中途半端된곳이 있으나 이러한 型式에 있어서는 그러한 결점의 책임이 작자에게 도라오지 않는 것이라고 생각</u>

---

55) 정인택(1940), 「착한사람들」, 위의 책, p.446

하기 쉬운것이다. 다시말하면 「김군」의 뒤죽박죽된 遺稿를 整理하다
가 이러한 日記가 있기에 주어맞훈것이니 작품으로서 不滿한 點은 그
責任이 「김군」에게 있지 작자에게는 없다는 것이다. 그러므로 作者의
「註」는 바로 이러한 責任을 轉嫁식히는 方便으로 利用된것이라고 해
도 過言이 아닌것이다.[56]

「여수」는 李箱의 생전의 日記를 토대로 하여 정인택 자신의 내면세
계를 고백하는 日記형식의 글이므로 정젚을 오르내리는 플롯은 없다.
그러나 이 작품 결말부에 "나는 역시 나그네에 지나지 않았다."는 표현
으로 모든 갈등을 해소한 듯한 암시를 주고 있다. 이 역시 「착한사람
들」에서처럼 결말부분에서 상징적이고 암시적인 요소를 드러내고 있
음을 알 수 있다.

「단장(短章)」(1941.2)[57]은 '수암'으로 죽어가는 아들을 지켜보며 부
모의 입장에서 서술해 나간 작품이다. 이 작품의 기법상의 특징은 앞
의 소설들과는 달리 미약하나마 전통적 의미의 플롯을 가지고 있다는
점이다. 그러나 플롯에 의한 긴장보다는 '수암'에 대한 디테일한 묘사
로 독자들에게 긴장을 준다는 점이 특이하다. 이는 이원조의 논평에
서 재차 확인된다.

　씨(정인택-필자)의 작품에서 제일 결핍돈 묘사의 박력이 이 작품
　가운데는 왕일한 것이 좋다. 어린 자식에게 대한 부모의 애정이란 누
　구나 다 있는것이며 이 작품에 그려진 애정도 그정도 뿐이다. 그러나
　이 작품이 좋은 것은 단순히 그 수암이란 병을 그리는 묘사의 박진력

---

56) 이원조(1941), 「新春創作界」, 「人文評論」, 1941.2, p.42
57) 정인택(1941), 「短章」, 「문장」, 1941.2

<u>이다. 읽어 가면서 알지 못하게 근육이 긴장해지는 것은 이 때문이다.</u>[58]

「단장」에서 가장 돋보이는 점은 정인택의 작품에서는 보기 드문 '수암'이라는 병의 진행에 대한 디테일한 묘사일 것이다. 때문에 독자들은 스토리의 굴곡에 의해 긴장을 얻는 것이 아니라 '수암'의 시초에서부터 치료하는 전 과정에서 근육이 긴장될 정도의 박진감 넘치는 디테일한 묘사로 인하여 더욱 긴장을 하게 되는 것이다. 이를테면 눈앞에서 펼쳐지는 듯한 '수암'의 실체를 보는듯한 긴장감을 받으며 '덕윤'의 아픔을 공감하게 된다.

시들시들 잇몸이 덧나기 시작한 것이 이 병의 시초이었다. 그것이 차차 도져 입안이 모두 헐자 앞니가 흔들리기 시작하였고, 피고름이 한없이 쏟아지기 시작하였다. 할 수 없이 앞니를 뽑았다. 며칠 동안 뜸하더니 덕윤이는 또 입에서 침을 흘리기 시작하였다. 잇몸이 퉁퉁 붓고 고름이 나고 썩어가는 냄새가 나기 시작하였다. 치조농루라는 진단이 내렸다. 할 수 없이 송곳이, 어금이를 뽑았다. 그래도 악취는 좀체로 가시지를 않았다. 잇몸이 시커먹해 썩기 시작한 것이다. 수 없이 초산은으로 지저 내이고, 지저 내이고 하는 동안에 시커면 썩은 살점이 문적문적 묻어나 나왔다. 악취는 더욱 심하야 이간방에 가득 차서 외인은 코를 가리고 문을 열지 못했다. 그때 그 무서운 정체모를 균이 이미 속속들이 생살을 파먹고 들어간줄 모르고..... (「短章」, pp.194〜195)

---

58) 이원조(1941), 「2,3월 창작계」, 「인문평론」, 1941.4

불 한 복판에서 시작한 거무테테한 반점은 귀밑으로 턱아래로 둥글게 원을 그리며 번져, 어제부터는 아랫 입술까지 침범했다. 마치 나무의 연륜같이 썩어가는 그 반점의, 언저리는 히여멀숙하게 짓물러 가는 것이었으나 그것이 지나간 자리는 딱딱하게 굳어 곱게 다스린 나무결 모양으로 반지르르 빛나면서 감각이 없었다. (「短章」, p.197)

잇몸에서부터 얼굴 전체로 번진 수암의 병흔을 이처럼 디테일하게 묘사하고 있어 독자들은 바로 눈앞에서 이루어지고 있는 사실처럼 받아들이며 소설을 읽는 동안 자신도 모르게 긴장감을 느끼게 되는 것이다.

한편 「부상관(扶桑舘)의 봄」(1941.3)[59]은 집에서의 강제적인 결혼에 반대하여 東京으로 고학하러 온 주인공이 '부상관'이라는 하숙에 머물게 되면서, 하숙집 여급 '하마에'를 사랑하게 된다는 이야기다. 이 소설은 대부분 주인공의 내면세계가 그려지므로 뚜렷하게 이야기의 굴곡에 대한 플롯을 가지지는 않는다. 그러나 '아사오' 아버지의 출현을 계기로 작품은 일대 전환점을 맞는다.

함께 지내던 '아사오'가 고향으로 돌아가고, 얼마 안 있어 '무라이'마저 고향으로 돌아가게 되자, '나'만이 '부상관'에 홀로 남아 외로운 정월초하루를 맞게 된다. 그러니까 「부상관의 봄」이 '하마에'와 '나'와의 애정관계에 초점을 맞추고 있다면 이 소설의 정점이 되는 플롯은 종결부에서 찾을 수 있다.

두 동무가 도라올때까지 나는 끽소리말고 부상관을 지켜야한다. 맑고 허렸으나 그믐날 하루종일 「하마에」가 애써 닦고 쓸고 문지르

고한 탓으로 그래도 제법 유리창이 새봄답게 밝고 복도에도 윤이 돈
다. 〈중략〉 東京에 온후 처음으로 안온하게 가라앉인 마음속에서, 이
런 마음 언제까지든지 지니고 이대로 곧장 살아나가리라, 아무 술책
도 필요치 않고 아무 흉계도 쓸것 없으니 그저 정직하게만 살아나가
리라, 그러면 결국 모든 번잡스런 문제가 스스로 해결되리라고— 혼
자서 고개를 끄덕이며 그런것을 생각하고 나는 천천히 방문을 열었
다. 맨먼저 책상위에 놓인 힌중이장이 눈에 띠었다. 그리고 다음엔 왼
편 벽에 걸린 내 낡은 「아와세(袷)」와 「하오리(羽織)」가 눈에 띠었다.
그뿐 아니라 방안은 반듯이 정돈되었고, 책상 머리 화병에는 꽃까지
꽂혀있는것이다. 나는 잠간 멈칫하고 형용못할 감격에 가늘게 몸을
떨며 부지중 눈시울이 뜨끔하는것을 금할길 없다. 나는 거이 책상앞
에 펄석 주저앉듯하며 그 힌종이장을 집어들었다. 「새해엔 학교에 꼭
입학하시고 복많이 받으십시오. 그리고 오래 부상관에 계셔주십시오」
그런 간단한 사연이었다. 그러나 천자만자보다도 더 무게있고 애정
이 넘치는 순진한 글이었다. (「扶桑館의 봄」, pp.98~99)

깨끗이 청소한 방과, 더럽고 헤진 낡은 옷을 정성스럽게 꿰매고 세
탁하여 걸어둔 옷, 게다가 화병에 꽃을 꽂아놓고 '부상관'에 오래 있어
달라는 메모까지 적어 놓은 '하마에'의 지극한 정성에 감동한 주인공
이 사랑을 느끼는 것으로 소설은 결말지어진다. 이 부분에서 주인공
의 사고가 긍정적으로 전환됨을 생각할 때 이 소설은 정점에서 끝나
는 열려진 플롯을 가지고 있다고 할 수 있겠다.
　「구역지(區域誌)」(1941.4)[60] 역시 장면 전환과 함께 시점인물이 변
하는 플롯을 가지고 있다. 「착한사람들」의 경우 장(章)의 변화에 따라

---

60) 정인택(1941), 「區域誌」, 「조광」, 1941.4

시점인물이 바뀌면서 어느 정도 독립된 이야기가 유기적인 관계를 가지고 하나의 주제부를 형성했지만, 「구역지」는 각 장면의 바뀜에 따라 시점인물이 계속 바뀌며 세태묘사와 막둥네의 이야기 등이 삽화적 요소로서 끼어들고 있어 훨씬 복잡한 구성을 보인다. 그러나 이것 역시 '채향'과 '천서방'의 애정문제를 중심 이야기로 하고 있으므로, 각 이야기가 전체적인 줄거리로 봤을 때 어느 정도 독립된 성격을 띠면서 유기적인 관계로 얽혀 있다. 그러므로 이것 역시 피카레스크식 구성의 소설로 보아야 할 것이다.

이 시기 정인택은 역사의식과 주제의식이 약화되면서 내용면에서 오는 한계점에 다다른 듯하다. 이전에 볼 수 없었던 다양한 기법을 자신의 소설에 구사함으로써 나름대로 변화를 추구하려고 한 흔적이 드러나지만, 주제성이 뚜렷하지 못한 탓에 내용면에서나 기법적인 면에서도 산만하다는 느낌을 지울 수 없다.

2.2. 열린 이미지와 의지적 인물

2.2.1. 애정세계의 일상성 추구

1940년대 중반을 넘어서면서 비록 짧은 기간이나마 정인택의 소설은 이전과는 사뭇 다른 면을 보인다. 이전의 소설양식이 세계화의 단절로 인하여 내면세계로 칩거하는 자의식 과잉자의 세계를 그린 것에 반해, 이 기간 동안은 주제의식이 약화되면서 소설의 분위기도 대체적으로 밝은 이미지를 띠고 있다. 인물의 유형에 있어서도 이전에 비해 훨씬 다양해지며, 소설의 내용 또한 개방적이며 일상적인 상식의 테두리 안에서 진행되고 있음이 두드러진다.

신희교(1996)는 이 시기의 한 흐름이었던 이러한 유형의 소설을 '순수(純粹)지향'적 소설이라 정의하였는데, 여기서 순수지향의 개념은 대중성이나 통속성에 대한 대립개념이 아닌, 일제말기 문학적 암흑기에 나타난 어용성에 대한 대립의 개념으로 보고, 이를 身邊小說, 世態·市井小說, 그리고 흙과 自然에의 磁性을 다룬 소설[61]의 세 갈래로 나누어 보았다. 이러한 순수지향적 소설은 자력적인 창작이 순탄치 않았던 작가들의 시대적 고민을 담아내기에 매우 유용한 창작방법이기도 했다.

이 시기에 발표된 정인택 소설에서도 이러한 개념의 순수지향적 측면을 찾아볼 수 있다. 앞서 언급한대로 이전 심리소설에 비해 여러 측면에서 다양한 변화를 시도하였을 쉽게 파악할 수 있다. 소설의 분위기가 밝아졌음은 말할 것도 없고, 등장인물의 다양성을 추구하였으며, 인물의 성격 역시 대체적으로 개방적이며, 평범한 일상에서 쉽게 대할 수 있는 인물로 구성되어 있다. 주인공은 물론 상대역인 여인상 역시 남성에 귀속되지 않고 당당하게 생활의 주체로서 삶을 이루어 가며, 오히려 타인을 설득하는 의지적 인물로 설정된 점도 이 시기의 특징이라 할 수 있다.

1941년 1월 발표한 「여수」를 보면 이런 변화를 확연히 감지할 수 있다. 이전의 「작중인물지」나 「유미에론」에서 거론하였던 여인상에서 발표시기가 조금 벗어난 이유인지, 「여수」의 '유미에'는 이전과는 달리 그 캐릭터가 확연히 구분된다.

「여수」에서의 '유미에'는 이전과는 달리 어머니나 아내이기 이전의 여성으로서의 실체를 모색하는 인물형이다. 이러한 지적 여성인물의 등장은 진정한 의미에서 여성의 올바른 자아의식의 발현에 대한 인식

---

61) 신희교(1996), 『日帝末期小說硏究』, 국학자료원, p.185

으로 볼 수 있다. 밝아진 배경, 밝은 분위기로의 전환, 그리고 남녀관
계 역시 상하관계가 아닌 동등한 위치로 설정되어 있으며, 그들의 만
남도 지극히 평범하고 정상적으로 그려져 있다.

박군집에 놀러갔다가 우연히 또 「유미에」씨를 만났다. 우연히? 월,
수, 토 일주일에 세 번씩 「유미에」씨가 박군 부인에게 영어 배우러
다니는 것을 빤히 알면서 우연이 다 무엇이냐. 머잖아 이 고장 떠날
몸이 작고 한 여인에게 마음을 끌린다는 것은 아무래도 상스러운 일
같이 생각되지 않는다. (「旅愁」, p.245)

비록 '여급'이라는 직업을 가지고 있음에도 '유미에'는 일주일에 적
어도 세 번씩 영어를 배우러 다니는 시다에 앞서가는 여성이며, 이전
에 비해 오히려 주인공 쪽에서 '유미에'에게 접근을 시도하였다는 점
도 변화된 모습의 하나이다. 만남이 반복되면서 둘 사이는 급속히 진
전되어 마침내 두 사람은 부모의 반대를 무릅쓰고 남편의 나라에 건
너와 살게 된다. 여성성의 변화는 여기서 그치지 않는다. '유미에'는
병든 남편을 위해 스스로 생활을 꾸려가면서 남편의 이름으로 친정에
송금을 하는 등 의지적이고 적극적인 삶의 모습을 보인다. 이러한 '유
미에'의 자력적이고 긍정적인 삶의 태도는 남편에게도 삶에 대한 강한
의지력을 가질 수 있도록 유도한다.

내 자신을 위하여서보다도 유미에를 위하여 나는 하루바삐 튼튼해
져야 한다. 앞길이 화안히 티이는 듯한 느낌이다. 유미에는 언제던지
내게 복을 가져왔다. 이번이라고 어길 리는 없다, 벌써 이렇게 시시각
각으로 팔 다리에 힘이 솟아오르고 창백한 얼굴에 핏끼가 돌지 않느

냐, 한달 예정이었으나 이대로만 간다면 보름에 날 것 같다. 어서 빨리 나야 하겠다. (「旅愁」, pp.240~241)

주인공의 이러한 모습은 이전 심리소설에서의 지식인의 모습과는 전혀 상반된 획기적인 변화이다. 자신의 건강에 대한 의지는 물론 애정 면에 있어서도 행동의 주체로서 능동적인 면을 보여준다. 아내 또한 남편에게 더없는 신뢰감을 주는 것으로 서로에게 희망을 줄 수 있는 존재로 부각시키려 하고 있는 것이다.

「범가족(凡家族)」(1940.1)[62]은 지극히 평범한 가정 안에서 벌어진 일상적인 내용이다. 아버지가 상해에서 객사한 후 가세가 기울어지자 가족들의 행동이 각기 분산되어 간다. 주인공 '봉재'는 룸펜 인텔리들과 어울려 다니며 술로 소일하기 시작하며, 착실하기만 하던 형은 소설습작에 몰두하다가 느닷없이 금 밀수업을 한다며 매일같이 바람잡이 친구들과 어울려 다니는데, 이를 보다 못한 어머니는 참한 며느릿감을 들이대며 혼인문제로 형과 다투기 일쑤다. 게다가 여동생 '옥히'는 시니컬한 성품의 인텔리를 사랑하여 야반도주까지 한다.

그러나 아랫방에 모녀가 새로 이사 들어오면서 '봉재'와 그의 가정에도 작지만 큰 변화가 일어난다. 어여쁜 아가씨와 한집에서 같이 지낸다는 사실이 기쁨으로 다가올 무렵 '봉재'는 삶에 희열을 느끼며 새로운 희망을 가지게 된 것이다.

그렇게 된 것이 언제부터인가를 가만이 따져보니, 뜰아랫방에 모녀가 새로 이사온 그 이튿날부터 인상싶다. 정확하게 말하자면 새로 이사온 뜰아랫방 마나님 딸이 어머니 닮은 탓인지 무척 예뻤고, 양복

---

62) 정인택(1940), 「凡家族」, 「조광」, 1940.1

이 몸에 잘 맞는다는 것을 발견한 날부터 인상싶다. (「凡家族」, p.191)

항상 술에 취해 밖으로 돌던 '봉재'였는데 그 시점에서 밤출입이 멈추었으며 게다가 책을 가까이 하게 된 것이다. 처음엔 야반도주한 동생 '옥히'의 빈자리를 채워준 듯한 마음이었으나 그것이 애정으로 진행되면서 그동안 관심조차 가지지 않았던 군불 지피기, 장작 패기 같은 집안일을 돕게 된 것이다.

「부상관의 봄」 역시 이전 소설에 비해 작지만 큰 변화를 감지하게 한다. 자신의 꿈을 이루기 위해 부모가 택한 이성을 거부하고 가출한 주인공 '나'는 현재 무직자 이지만, 적어도 내년 봄에는 대학에 들어갈 것이라는 분명한 목표가 설정되어 있다. 따라서 渡日의 동기도 뚜렷한 자신의 꿈을 실현시킬 목적에 기인하며, 새로운 출발을 위한 반성 또한 이성에 바탕을 두고 이루어지고 있다.

이제 이르러 돌아보니 진실로 그 근본에 가로놓여 있는 것은 어리석다고 할만치 단순한 꿈이었다. 몸도 마음도 순색으로 자라났던 만큼 나는 어린애같이 천진한 꿈을 오랫동안 고이고이 키워왔었다. 그 꿈은 도저히 부모가 택한 이성을 상대로는 이루워질 수 없다고 ― 그 것은 내게 있어 한 개의 신앙과도 다름없었던 것이다. (「扶桑館의 봄」, p.81)

주인공의 순수한 꿈은 이성을 고르는 데 있어서 적어도 부모가 골라준 집안의 며느릿감이 아니라 자신의 꿈을 펼쳐나가는데 합당한 반려자가 되어야 한다는 자신의 의지가 우선인 것이다. 그래서 밤늦게까지 공부하는 '나'를 위해 밤참을 준비해 줄 수 있는 여급 '하마에'의 정성어린 배려에 대한 감동이 애정으로 승화되어 가고 있다.

> 「하마에」는 채 방안에 발도 드려놓지 않고 한 손으로 「우동」 남비를 조심스럽게 내미르며 "자정 넘었에요… 어서 주무세요… 그러구 이거……" 말을 맺이지 못한 채 무엇인지 뒤에 숨겼던 것을 얼를 이불 밑에 파묻고 그대로 하마에는 도망치듯이 층계를 내려가는 것이다. 「유담뽀」였다. 나는 약간 눈시울이 뜨끔하는 것 같아 다시 고개를 수기고 조용히 발을 뻗어 발끝으로 그 「유담뽀」를 매만져 보았다. 어머니 손끝같은 따사로움이 가만하게 부드럽게 기어올르고 스며드는 것이다. (「扶桑館의 봄」, p.84)

소설 「부상관의 봄」은 서른이 다 된 조선청년이 열다섯 살 밖에 되지 않은 일본인 하녀에게 연애 감정을 느낀다는 데서 약간의 거부감이 들기도 하지만, 어린 '하마에'의 헌신적인 봉사에 가치를 부여했다는 점과 주인공의 능동적 삶의 태도에서 이전 소설과는 다른 변화를 보여주고 있는 것이다.

「착한사람들」에서는 삯바느질을 하는 옥순어머니의 수입을 아들과 딸이 돌려쓰게 되어 가정불화의 요소를 시사하고, 행랑방 복동이네의 궁핍한 생활이 서술되기도 하지만 이러한 것들은 다만 '덕성'과 '명희'의 애정을 위한 소도구로 쓰일 뿐이다. '명희'는 아버지의 병구완을 위해 10여년을 각지의 요릿집으로 떠돌아다니며 몸을 팔아오다가 얼마 전 어떤 부자의 소실이 되었으나, 부자가 사업에 실패하는 바람에 일정액의 생활비만 보조받을 뿐 부자와의 관계는 소원한 상태이다. 진실한 사랑을 알지 못했던 '명희'는 평범하지만 성실한 '덕성'을 사랑하게 되고 '덕성'의 사랑고백을 듣고 이제까지의 생활을 청산하기로 다짐한다.

당초 '덕성'어머니는 행실이 단정치 못한 '명희'를 싫어했지만, 어느 순간 '덕성'이 '명희'와 함께 웃으며 즐거워하는 모습을 보고, 이제까지 '명희'에게 냉정했던 자신의 태도를 반성한다. 인력거꾼 가족의 삶을 엿볼 수 있는 행랑방 문제는 삽화적인 성격을 띠는 것에 불과하며, '명희'가 '덕성'과의 깨끗한 사랑을 찾기 위해 지난 과거를 뉘우치고 새로이 출발한다는 것이 「착한사람들」의 주제부를 형성하고 있는 것이다.

「구역지」(1941.4)는 장면의 전환에 따라 시점인물을 달리하며 사건이 전개된다. 그래서 중심 이야기도 차첨지 골방에서 일어나는 이야기와 '채향'의 방에서 일어나는 이야기로 구분되지만, 이야기의 중심이 과거의 생활을 청산하고 천서방과 새출발하는 '채향'에게로 옮겨간다. 여기에 세태적인 묘사와 함께 '막둥어머니'의 생활이야기, 그리고 시대의 희생물이 된 이필주 노인의 이야기 등이 겹쳐 있다. 그러나 결국은 '채향'이 이주사의 소실이 되었다가, 다시 건실한 '천서방'을 만나 어두운 과거를 청산하고 새로운 출발을 한다는 내용으로, 스토리는 '채향'이 진실한 사랑을 찾아가는 사건을 중심으로 전개되어간다.

짧은 기간이나마 이 시기의 소설에서는 이처럼 같은 배경일지라도 이미지는 상반되어 나타난다. 전반기 소설에서는 자의식 과잉자의 내면세계를 효과적으로 나타내기 위해 주로 달힌 이미지의 공간인 침침하고 추운 방, 그리고 어두운 밤이었다. 그러나 이 시기 소설은 빈곤한 도시서민들의 비좁고 어두운 방을 배경으로 하면서도 시각적으로 넓고 밝고 열린 이미지로 나타고 있음을 알 수 있다.

이 시기 정인택 소설의 주제적 특징으로 꼽을 수 있는 것은 주로 평범한 남녀의 일상적인 애정문제를 다루고 있거나 가난한 서민들의 삶을 소재로 하고 있으면서도 치명적인 궁핍의 문제는 보이지 않는다는 점과, 긍정적인 사랑이야기로 귀결되고 있다는 점이다. 비록 일제 치하이긴 하나 정인택 내면에 국가관이 확고하게 자리 잡은 시점인지라, 정책적으로 왕성한 문인활동이 보장되는 현실이 친일작가 정인택의 문학적 삶에 있어서 이제 더 이상 암담하지만은 않았으리라 여겨지는 것이다.

2.2.2. 신변·세태소설과 박태원의 영향

일제말기 소설사를 형성하는 또 하나의 흐름은 자기의 생활체험이나 신변의 사실을 다룬 신변소설이라 할 수 있다. 일제말기 신변소설은 작가의 신변사는 물론 작가의 개인의식을 뚜렷하게 보여주고 있다. 이 시기 작가들은 신변소설을 통하여 일제와의 직접적 대결이 불가능한 상황이 빚어내는 현실과 이상과의 괴리감, 말하자면 시대적 고민을 표출하려 하였다는 점이다.

생활의 정신화를 꾀하거나 과학적 법칙을 통하여 생활의 변모를 꾀하는 지식인으로서의 작가가 일제와의 대결이 봉쇄되었다 하여 현실의 전면으로부터 완전히 후퇴할 수는 없었을 것이다. 이러한 처지에서 그들은 현실로부터 물러선 것 같으면서도 현실에 대한 관심을 신변소설을 통해서 드러낸 것이다. 작가들의 시대적 고민은 이러한 신변소설에서 파악된다 하겠다.

정인택의 경우 신변이나 세태를 다룬 소설은 소시민적 여급이나 기생과의 애정세계에서, 혹은 작가 자신의 주변생활에서 취재하였다는 점에서 이전과는 다른 변화를 보인다. 여기서 일별해 낼 수 있는 것은 가족이나 주위 사람들의 평범한 일상을 관찰하여 소설화한 일종의 세태소설이라 할 것이다. 무력한 식민지 현실에서 그나마 성행할 수밖에 없었던 세태소설에 대한 임화의 논리를 들어보자.

世態描寫의 小說은 諷刺詩와 같이 작자 자신의 자태를 그렇게 똑똑
히 내놓지 않고 단지 묘사되는 현실 그것을 통하여 독자에게 현실의
지저분함을 능히 전달할 수 있는 것이다. 그런 때문에 모사되는 現實
이란 실로 하나의 정신적 가치를 갖는 것이며 世態小說이란 순전히
소설의 이런 측면에만 작자가 자기를 의탁하는 문학이다. 世態小說이
소설 가운데서 그중 산문적인 문학인 이유가 이곳에 있다. 〈중략〉 ....
좌우간 世態小說, 내지는 世態적인 文學의 盛行은 無力한 시대의 한
특색이라 할 수 있다.[63]

이는 다름 아닌 그와 절친한 박태원과의 영향관계에서 비롯된 것이
라는 추측을 가능케 한다. 앞서 살폈듯이 정인택과 박태원은 중학시
절부터 절친한 교우관계를 유지해 왔고, 특히 작가수업을 명분으로
東京에서 방랑했던 공동의 체험이 있었으며, 작가로서의 활동도 비슷
한 경로를 유지하였다. 東京에서 귀국한 직후 박태원이 한동안 프롤
레타리아 문학작품의 소개와 이에 대한 신간평,[64] 그리고 「하르코프
에 열린 革命作家會議」[65]라는 혁명가회의 결과를 번역하여 국내에 소
개하는 등, 등단초기의 박태원은 프로문학 쪽에 상당한 관심을 지니

---

63) 林和(1940), 『문학의 논리』, 학예사, pp.353~364
64) 박태원(1931), 「아·파데이에프의 小說『壞滅』, 現代소비엘, 푸로레文學의
    最高峰」, 《동아일보》, 1931.4.20, 4면
    박태원(1931), 「리베딘스키作 小說『一週日』 푸로레타리아 文學의 最初의
    燕」, 《동아일보》, 1931.4.27, 4면
    박태원(1931), 「끄라토코프作 小說『세멘트』」, 《동아일보》, 1931.7.6, 4면
65) 박태원(1931), 「하르코프에 열린 革命作家會議」, 《동아일보》, 1931.5.6~
    5.10, 4면

고 있었다.

정인택의 등단초기 사회주의 사상가의 시련과 재기를 다룬「준비」와 귀국이후 사회주의를 지향했던 사상가의 변절과정을 다룬「조락」을 염두에 둔다면 박태원과 정인택은 대체로 같은 사상의 범주 안에서 작품활동을 시작했다고 볼 수 있다. 이후 천재작가 李箱에게 경도되었던 같은 문학적 경험을 지니고 있는 두 사람은 이후에도 대체로 같은 문학적 경로를 거치게 된다.

주지하다시피 따뜻하고 은근한 시선으로 서민들의 삶을 관찰하는 것은 박태원의 주특기이다. 이 시기 정인택의 몇몇 작품은 박태원의 소설「소설가 구보씨의 일일」이나『천변풍경』과 그 소재나 문체에서 상당히 흡사하다는 느낌을 준다.

「촉루」는 박태원의「딱한사람들」[66]과 상당히 유사하다. 주인공이 기거하는 공간배경이 東京의 '오쓰카(大塚)'라는 점, 그리고 갈등의 중심으로 등장하는 담배가 '골든뱃(GOLDENBAT)'이라는 점도 그러하다. 앞서 살핀 대로 정인택과 박태원은 같은 시기 극한 궁핍 상황에서 東京거리를 방랑하면서 동일한 내적 갈등을 경험한 적이 있었다. 때문에 이들 작품 속에서의 인물이 처한 상황이 유사할 뿐만 아니라 자조하는 모습까지 닮아 있음을 알 수 있다.

「착한사람들」,「구역지」등을 보면 연민과 동정으로 서울 청계천변 도시서민들의 일상생활을 그린 박태원의『천변풍경』[67]과 유사하다

---

66) 박태원(1934),「딱한 사람들」,「중앙」, 1934.9
67) 박태원(1936),『천변풍경』,「조광」, 1936.8~10, 1937.1~9 연재함.「천변풍경」은 1년 동안 청계천변에 사는 약 70여 명의 인물들이 벌이는 일상사가 그 주된 내용으로 일정한 줄거리는 없다. 민주사, 한약국집 가족, 포목전 주인을 제외하고, 재봉이, 창수, 금순이, 만돌이 가족, 이쁜이 가족, 점룡이 母子로 대표되는 인물들은 모두 청계천변에 사는 가난한 사람들이다.

는 것을 감지할 수 있다. 남편이 비명횡사한 후 삯바느질로 가계를 이끌어 온 연로한 어머니, 신문사에 다니는 혼기 넘은 아들 '덕성', 백화점에 다니는 철없는 딸 '옥희'가, 그 아랫방에 사는 '명희'의 이야기와 인력거꾼 가족이 오글거리며 살고 있는 단칸 행랑방이야기로 이어지는 「착한사람들」은 삶의 방식이 모두 제각각이며 처한 상황 또한 다르지만 서로에 대한 애정과 관심이 삶을 훈훈하게 한다는 일상적인 소설이다.

또 '와타보로', '뚜쟁이', '은근짜', '날탕패', '마루이치패' 등 세태를 반영하는 다양한 직업의 사람들이 모여 사는 곳의 하루를 묘사하고 있는 「구역지」 역시 평범한 사람들의 평범한 일상을 따뜻한 시선으로 그리고 있어 박태원의 『천변풍경』을 떠올리게 하는 것이다. 뿐만 아니라 「범가족」을 보면 문체에 있어서도 박태원의 이른바 '장거리문장'이라 일컫는 치렁치렁한 긴 문장과 상당히 닮아 있음을 알 수 있다. 훗날 자신이 즐겨 썼던 '장거리문장'에 대하여 박태원은 자신의 형상과 체질에 맞는 기법이었다고 고백한다.

민주사는 이발소의 거울에 비친 쭈글쭈글 늙어 가는 자신의 얼굴을 바라보며 한숨짓지만, 그래도 돈이 최고라는 생각에 흐뭇해하며, 점룡이 어머니, 이쁜이 어머니, 귀돌어멈을 비롯한 동네 아낙네들은 빨래터에 모여 수다를 떤다. 이발소집 사환인 재봉이는 이런 바깥 풍경을 바라보며 결코 권태를 느끼지 않는다. 그밖에 여급 하나꼬의 일상, 한약국에 사는 젊은 내외의 외출, 한약국 사환인 창수의 어제와 오늘, 약국 안에 행랑을 든 만돌 어멈에 대한 안방마님의 꾸지람, 이쁜이의 결혼, 이쁜이를 짝사랑하면서도 이를 바라보기만 하는 점룡이, 신전집의 몰락, 민 주사의 노름과 정치적 야망, 민 주사의 작은집인 안성집의 외도, 포목점 주인의 매부 출세시키기, 이쁜이의 시집살이, 민 주사의 선거 패배, 창수의 희망, 금순이의 과거와 현재, 기미꼬와 하나꼬의 여급 생활, 금순이와 동생 순동이의 만남, 하나꼬의 시집살이와 이쁜이의 속사정, 재봉이와 젊은 이발사 김 서방의 말다툼, 친정으로 돌아오는 이쁜이, 이발사 시험을 볼 재봉이의 일상에서 잔잔한 에피소드들이 이어지는 박태원의 대표작이다.

　　나는 본래 남들한테서 '장거리문장'이라고 들을 만큼 긴 문장을 즐겨
쓴다. 그것은 이러한 문장이 바로 인간들의 심리세계를 상세히 전개시
키는데 알맞기 때문이며, 나의 형상의 체질에도 맞기 때문이다.[68]

　　인간들의 심리세계를 상세히 전개시키는데 적합하다 여기며 박태
원이 즐겨 사용하였던 긴 문장은 정인택 소설 「범가족」에서 찾아볼
수 있다.

　　요란한 소리에 자다 깨인 어머니는 그것을 보자 맨발바닥으로 마
당에 뛰어내려, 마치 무슨 짐승과도 같이 의미 없는 악을 쓰며 장물
의 흐름을 따라 이리 뛰고, 저리 뛰고, 그러다가는 옷 젖는 줄도 모르
고 무너진 담 위에 버티어 서서 하늘 한쪽을 노려보고, 하는 양이 거
의 본정신을 잃은 사람과 다름없었다. 집안사람이 모두 뛰어나가 겨
우 붙잡아 들여왔어도 어머니는 자꾸만 밖으로 뛰어나가려 하며 아
이고 이게 웬일이냐, 아니고 이게 웬 변이냐..... 초상때와 다름없이
목을 놓아 울었고－－ 그리고 비는 그날 밤까지도 패연히 쏟아져서
그칠 줄 몰랐다.[69]

　　소시민들의 소박한 일상을 잔잔하게 펼쳐나간 「범가족」은 가세가
몰락하면서 혼잡한 세태에 휩쓸려 살아가는 가족구성원의 모습까지
생생하게 묘사하고 있다. 이러한 상황묘사를 한 문장 안에 길게 나열
하는 '장거리문장' 형식으로 담아냄으로써 보다 섬세하고 상세하게 인
간의 심리에 다가가는 효과를 얻을 수 있었던 것이다.

---

68) 박태원(1965), 「암흑의 황국을 부시는 투쟁의 력사」, ≪문학신문≫, 1965.
　　11.16
69) 정인택(1940), 「凡家族」, 앞의 책, p.179

정인택의 삶과 문학은 실로 박태원과는 분리하여 논할 수 없을 만큼 평생을 함께한 절친한 벗이었으며, 문우였으며, 삶의 동반자였다. 때문에 채호석의 표현대로 "초기에 프로문학에 관심을 두었다가, 부유하는 지식인의 내면심리를 그리는 한편으로 李箱의 삶을 작품화했던 작가, 1930년대 후반에는 도시 주변부의 하층민과 역사적 중심에서 밀려나간 사람들에 대한 애정을 표시했던 작가, 1930년대 말과 1940년대에는 친일의 길로 나아가 일본 제국주의적 전쟁을 옹호했던 작가, 그리고 해방 후에는 좌익으로 분류되었던 〈조선문학가동맹〉에 참여한 작가, 급기야는 월북을 감행한 작가"[70]였던 박태원의 이력은 정인택의 문학경로와도 거의 흡사하다.

정인택 역시 박태원과 마찬가지로 초기에 프로문학에 경도되었다가 東京생활을 거쳐 귀국한 이후 李箱 문학과 그 맥을 함께하였으며, 이어 소시민들의 평범한 일상을 따뜻한 시선으로 묘사하는 등 박태원과 문학적 동질성을 보여 왔다. 이후 친일에 경도되어 적극적으로 일제에 협력하는 문학활동을 하였고 해방 이후 역시 사상의 벽을 넘나들며 좌우익 혼란기를 보내다가 전쟁 중 마침내 월북을 감행하였음은 앞서 서술한 바 있다.

같은 해(1909)에 태어나 초등학교시절 만난 이후 중학시절 문학인의 꿈을 함께 하였으며, 일제치하 험난하고 굴곡 많은 모진 세월을 문학인으로서 함께 걸어온 두 사람은 정인택 사후 유족과의 관계에 있어서도 가족 이상의 불가분의 관계성을 지니고 있다. 사망 직전까지 서로를 믿고 의지하여 유족의 안위까지 부탁하였고, 또 그것을 긍정적으로 받아들이고 실천한 박태원은 정인택의 문학과 삶에 있어서 진정한 동반자였다 할 수 있을 것이다.

---

70) 김신영(2000), 「정인택 연구」, 앞의 논문, p.50

제5장
전도된 신념과 국책으로의 追隨

정인택, 그 생존의 방정식

정 인 택 , 그 생 존 의 방 정 식

제5장

전도된 신념과 국책으로의 追隨

1. '내선일체'와 '황민화'

1.1. 친일 변론을 위한 알리바이

중일전쟁(1937)부터 일제가 패망(1945)하기까지는 강압통제정책과 전시동원정책이 본격화되고, 천황제 이데올로기가 파시즘으로 작동하던 때였다. 여기에는 1936년 제7대 조선총독으로 부임한 미나미 지로(南次郎)의 강력한 식민지정책을 시작으로 8대 총독 고이소 구니아키(小磯国昭)로 이어지는, 마침내 '내선일체'와 '황민화'를 완성시키려는 수많은 제도와 법령이 이를 뒷받침하고 있었다. 이 시기 대다수의 문인들은 예측 불가능한 미래 속에서도 살아야한다는 본능에 사로잡혀 자의건 타의건 체제로의 협력을 시대의 흐름으로 받아들이게 되었다.

앞서 살펴 본 바 중일전쟁 이후 KAPF전향파를 비롯한 많은 문인들이 친일로 방향전환 하게 된다. 이는 시세의 흐름에 대한 중압감도 있었겠지만, 당시 KAPF전향자로서는 돌아갈 만한 국가개념이 있었던 일본의 NAPF전향자들에 비해 현실적으로 돌아갈 만한 국가개념조차 없는 상태였던 때문이기도 했다. 따라서 식민지 조선인으로서 계급사상으로부터의 전향은 필연적으로 군국 일본 파시즘에 귀착[1]될 수밖에 없었던 것이다. 전향파인 박영희와 백철이 중일전쟁 이후 비교적 논리적이고 급속한 친일파로 변신했다는 점에서 확인할 수 있다. KAPF와 전혀 무관하였지만 정인택의 문학 경로도 이같은 시세의 흐름과 맥을 같이 한다.

이 시기 전향, 즉 체제로의 협력을 결심한 문인들로서는 어떠한 형식으로든 황국신민으로서의 자각의 표현이 급선무였다. 따라서 진행 중인 중일전쟁을 중국과 일본만의 전쟁이 아닌, 우리의 전쟁으로 내면화시키는 것이 문인들의 소명임을 자각하였다. 그러나 직접적으로 전쟁을 체감하지 못한 상태에서 문인들 스스로는 물론, 후방 조선민중들의 중일전쟁의 내면화, 즉 황국신민으로서 자국의 전쟁으로 인식하게 하기에는 많은 어려움이 있었다. 이에 따라 조선문단에서는 전선시찰을 계획하였고, 이른바 '황군위문작가단'[2]을 결성하였으며, 그 대표사절로 김동인, 박영희, 임학수 3인을 선정하였다. 이들은 중일전쟁 전적지를 순회하면서 황군을 위문함은 물론, 스스로 체감한 생생

---

1) 김윤식(1973), 『한국문학사논고』, 법문사, p.337
2) '황군위문작가단'의 산파역은 당대 조선문단의 중추였던 3개 출판사와 그 대표, 즉 학예사의 임화, 인문사의 최재서, 문장사의 이태준 등이었으며, 1939년 3월 14일 부민관 3층 회의실에서 박문서관, 한성도서 등 14개 출판사와 문인들 50명이 모여 정식 출범한다. 이광수의 사회로 박영희를 의장으로 추거한 다음 문단사절 후보로는 김동인, 백철, 임학수, 김동환, 박영희, 주요한, 김용제, 정지용을 선출하였다. 문단사절 3인을 결정하기 위해 따로 실행위원으로 이광수, 박영희, 이태준, 임화, 최재서, 이관구, 노성석, 한규상 등 9인을 선출하였는데, 김동인, 박영희, 임학수 3명이 문단사절로 결정되었고, 파견비용은 출판업자와 문인들이 갹출했다. (임종국(1966), 『친일문학론』, 평화출판사, p.194 참조)

한 전적지의 상황을 글로 써서 후방 민중들에게 전하고자 하였다. 말하자면 중일전쟁을 '우리의 전쟁'으로 내면화 하는 것이 작가단 전선시찰의 가장 큰 목적이었다. 문단의 대표사절 중 한 사람이었던 박영희의 진술을 들어보자.

> 朝鮮사람은 戰爭을 모른다. 戰爭을 이얘기로 듣는다고 하드래도 전쟁을 해본 일이 없는 까닭에 戰爭에 對한 深刻한 實感을 못 가진다. 〈중략〉 銃後의 守護를 굿게 직히는데도 戰爭의 實感을 모르면 그 目的을 完成하기가 어렵다. 卽 戰爭을 하면 어떻게 變하는건가 어떤 것이 必要한 것인가를 잘 알게되면 銃後의 生活을 어떻게 할 것도 잘 알 수 있다. 政府에선 人民의 生活을 指導하고 있으나 各 個人이 自發的으로 하지 않으면 좋은 結果가 생기지 않는다. 이번 戰地 觀察을 機로 하여 먼저 내 自身을 이 實感 가운데 敎育시키고 그리고 그 實感을 民衆에 傳하리라 생각한다.[3]

전선시찰의 가장 큰 목표는 무엇보다도 전장의 실감을 민중에게 전하여 후방 조선민중의 적성(赤誠)을 끌어내기 위함에 있었다. 이는 조선 문인들이 체제에 협력한 직접적인 행동의 처음 사례가 되었다. 직접 전적지를 돌아보면서 날로 승승장구하는 황군의 위상과, 전선 곳곳을 직접 체험한 문인들의 글은 문단에 큰 반향을 일으켰다. 이러한 반향은 조선문단에 일파만파가 되어, 이 시기 친일로 전환한 문인들은 각종 매체를 통하여 자신의 '문학활동방침'을 밝히며, 앞 다투어 內鮮一體정책을 공고히 하기 위한 문학, 國體明徵으로 일본적 국가관을

---

3) 김동인 외(1939), 「조선문단사절 특집－북지전선에 황군위문 떠남에 제하야」, 「三千里」, 1939.6, p.235

체득시키는 문학, 국민사기의 진흥을 고무 찬양하는 문학, 그리고 국가의 시책에 협력하는 문학을 지향[4]하기에 이른다.

여기에 이광수의 '신체제 문학예술의 방향 제시'는 이미 친일로 경도되었거나, 시국의 추이를 관망하고 있던 문학자들의 행동을 촉구하는 계기가 되었다. 문인들의 친일로의 전환에 대한 배경은 각각 다르지만, 새로운 체제에서 새로이 '國民'으로 편입될 수 있다는 민족동일성에 대한 욕망은 동일하게 나타났다. 이들의 친일에 대한 알리바이는 이광수처럼 우월한 민족의 일원이 되는 것으로 자민족의 열등성을 극복한다는 전도된 논리를 주장하는 문인들이 있는가 하면, 정인택의 경우처럼 가슴 한 곳을 차지하고 있는 복잡한 정체성 문제, 그리고 미래에 대한 끝없는 불안감과 그에 따른 허무감이 강력한 체제에 직면하게 되자, 오히려 더 적극적인 친일로 귀착된 경우도 있다.

어쨌든 정인택의 창작정신이나 향후의 창작태도는 태평양전쟁 직후 新문학의 체제, 이른바 '國民文學'에 자신의 문학을 영도하는 것으로 표명된다.

新文化體制 乃至 新文學體制란 말을 우리는 두가질 생각할 수 있습니다. 卽하나는 文學의 新體制이요 하나는 新文學의 體制라는 것입니다. 그러나 結局에 있어서 새로운 文學이 없이는 새로운 體制가 세워질수 없다는 點에서 다시 이말은 歸一할룬지도 모르지요. 國民文學이라 불리울 수 있는 그러한 새 方向을 向하여 그것이 새롭다는것은 내 個人의 立場에서일지도모르나 내文學을 領導하는것이 結局新體制에 則應하는바가 되리라 믿고 있습니다.[5]

---

4) 송민호(1991), 『일제말 암흑기문학연구』, 새문사, p.203
5) 정인택(1942), 「國民文學에 領導」, 「三千里」, 1942.1, p.474

무엇보다도 문학 자체의 직능(職能)을 확실하게 규명해야 할 필요가 있다고 생각합니다. 또한 하나의 <u>부동의 신념위에 서서 문학자의 입장을 고수하면서, 그것이 자연히 국책의 선에 까지 따르는 방향을 찾아내야 합니다.</u> 공연한 것에 편승하는 작품은 不可한다는 정보국의 방침에는 많은 정당함이 포함되어 있습니다. 極言하자면 이 마음가짐만 확실하다면 퇴폐적인 것조차도 극책에 순응하게 할 수 있습니다.6)

첫 인용은 잡지「三千里」의 설문「新體制下の餘の文學活動方針」에 대한 응답이며, 아래 인용은 같은 시기 1942년 1월 현역문인 31명을 대상으로 한 「國民文學」의 엽서설문「앞으로 어떻게 써야 할 것인가?」에 대한 응답이다. 여기서 정인택은 자신의 문학을 신체제 국민문학에 영도할 것과, 국책의 선에 따르겠다는 신념을 밝혔다. 이어 1942년 3월 「綠旗」에 '일본어 글쓰기에 대한 신념을 토로하였으며, 동 시기 「半島之光」에 '신체제하에서 작가로서의 의무가 무엇인가'를 밝혔다. 이어서 4월에는 「國民文學」에 앞으로의 문학방향에 대한 확고부동한 신념을 「新しき國民文藝の道」라는 타이틀의 글로 표명한다.

<u>신념이란 국민적 신념일 것이기 때문에 언제나 확고부동하지 않으</u>

---

6) 何よりも文學自體の職能をはつきり見極める必要があると思います。その上で一つの不動の信念の上に立ち、文學者の立場を守りながら、それがひとりでに國策の線にも沿ふ方向を發見しなければなりますまい。徒らに便乘的な作品は不可なりといふ情報局の言葉の中には多くの正しさが含まれで居ります。極言すると、此の心構へさへ確かならばデカダニズムをさへ國策に順應させることが出來ます。(정인택(1942),「今後如何に書くべきか?」,「國民文學」신년호, 1942.1, p.160. 번역필자, 이하 동)

면 안 됩니다. 그것은 당초부터 용어문제를 초월한다고 생각합니다. 단지 어리석음이 있지만 일본 작가가 기도하지 않을 수 없는 향토적인 뭔가를 문장에도 내용 안에서도 고조시켜본다는 것이 나의 절실한 염원입니다. 「言靈의 도움」황국의 문자위에, 〈중략〉.....이는 진정 「조선인이 쓴 문학」에서 벗어나고 싶다는 그것만이 희망의 일종의 반동이라고 생각해 주십시오[7]

전쟁은 항상 새로운 문화를 창조해 내어 왔습니다. 전쟁은 하나의 위대한 탈피라고 말할 수 있습니다. 지금 이 세대에 태어나 그 위대한 탈피를 경험하고, 신문화건설의 일익을 담당해야 하고, 또 담당할 수 있다는 것은 실로 엄숙하고도 영광스런 의무일 것입니다. 이것은 당대 문화인의 유일한 긍지가 아닐 수 없습니다.[8]

문학자는 철저한 자각자임과 동시에 철저한 무자각자이다. 그러나 언제까지나 우리는 불명예스런 무자각자일수는 없다. 아니 그것뿐인가? 황민적자각(다가가기 쉽고, 이해하기 쉽기 때문에 이후「국민적 자각」이라 바꾸려고 한다)의 집단이 아니면 안된다. 작가는 작가이기 전에 인간이고, 인간이기 전에 국민이 아니면 안된다. 문학(예술)에 우선하는 것은 생활이며, 생활에 우선하는 것은 국가(조국)이기 때문이다.[9]

---

7) 정인택(1942), 「私が国語で文学を書くについての信念」, 「綠旗」, 1942.3, pp.132~133
8) 정인택(1942), 「엄숙한 의무」, 「半島之光」 1942.3(민족문제연구소 편 (2009), 앞의 책, p.488에서 재인용)
9) 文學者は徹底的自覺者であると共に、徹底的無自覺者でもあるといふ。 しかし、何時までも僕たちは不名譽な無自覺者であつてはならない。 否それのみか皇民的自覺(親しみ易く、判り易いから以後「國民的自覺」 と置き換へることにするが)の塊まりでなければならない。作家は作家

정인택에 있어서 친일에 대한 신념은 모든 것에 우선하여 자신이 강력한 '國家'의 체제 안에 귀속되었다는데 있었던 것 같다. 때문에 스스로 생활을 문학(예술)에 우선하여 보았으며, 그 무엇보다 우선하는 것은 '국가 = 조국' 이라는 등식을 만들어냈으리라 생각된다. 그러니까 글쓰기용어 문제에 있어서도 "言靈의 도움을 받아 황국의 문자 안에서......" 그리고 그 내용에 있어서도 "황민적 자각 안에서 국책에 따르는 방향을 모색해야 한다."는 결론에 도달하였던 것이다.

정인택의 친일에 대한 알리바이는 합병을 전후한 한일관계사 속에 미묘하게 자리하고 있는 아버지, 출생에 대한 갈등과 그로 인한 자신의 정체성문제, 그러나 결국 식민지 조선인일 수밖에 없는 상태에서 식민지 지식인이 겪을 수밖에 없었던 미래에 대한 끝없는 불안감과 그에 따른 허무감에 있었던 것 같다. 이는 정인택이 귀국을 앞두고 조선문단에 기고하였던 글에서도 살필 수 있다.

> 일즉이 朝鮮에 잇슬적에도 朝鮮의 文壇과 因緣이 업든나이나 東京으로 옴긴후는 내生活과 環境이 더욱더 朝鮮文壇과 나를, 아니 朝鮮과 나를 隔離식히고 마럿나이다. 理想的 畸形的 내生活은勿論 性格도 쏘한 重要한 地位를 占領하겟스나 보소서 내몸속에서 朝鮮사람이란 資格을 具備한곳이 털끗헤라도 잇는가를――10)

이 글은 정인택의 東京行의 원인, 그리고 훗날 그토록 활발한 작품

である前に人間であり、人間である前に國民であらねばならぬ。文學に(藝術に)先立つものは生活であり、生活に先立つものは國家(祖國)であるからである。(정인택(1942), 「新しき國民文藝の道」, 「國民文學」, 1942.4)
10) 정인택(1934), 「朝鮮文壇에주는글월 ― 東京에서본朝鮮文壇」, ≪매일신보≫, 1934.1.3

활동을 하였음에도 불구하고 어떠한 문학그룹이나 문학단체에 소속되어 있지 않고 독자적으로 활동하였던 중요한 단서가 되기도 한다. 오직 일제의 정책에 의한 문학단체 및 활동만큼은 어느 누구보다도 적극적일 수 있었다는 것도 동일한 이유가 아니었나 싶다.

한 치 앞을 내다볼 수 없는 예측 불가능한 미래에 대한 불안한 허무감으로 만사 무기력해진 상태에서 강제성을 띠고 다가온 새로운 강력한 체제는 정인택을 더욱 강한 흡인력으로 끌어들였을 것이다. 더욱이 자신이 반쪽 일본인이라는 생각과, 그 체제 안에 귀속되기를 바라는 욕망이 상호작용하여 상승효과로 나타난 결과 오히려 더 적극적으로 체제에 협력하는 길을 갈 수 있었던 것이 아니었을까 여겨지는 것이다.

1.2. 일본어 글쓰기

일제 말 한국작가의 일본어글쓰기는 자발적인 것보다는 일제의 정치적 목적과 그 요구에 의한 강압적인 것이 많았다. 일본어소설의 창작은 이미 합병이전부터 시작된 것이어서 일제 말기의 특유한 현상이라 할 수만은 없지만, 일제 말기에 발표된 일본어소설의 대부분은 문인들의 친일로의 경도 또는 일제의 국책선전이라는 수단에 의한 것이라 할 수 있다. 이 시기 문학자들에게 주어진 가장 큰 과제는 '일본어글쓰기의 보급'과 '국책의 선전'에 있었다.

글쓰기 용어 문제에 있어서 총독부 기관지 ≪매일신보≫의 '國語(일본어)'면의 창설은 중요한 의미로 다가온다. 1936년 미나미 지로가 조선총독으로 취임한 후 내선일체를 수행하기 위한 정책들을 추진하는 과정에서 1937년 1월 12일 ≪매일신보≫가 '國語'면을 창설한 이후 한국에서 한국인이 쓴 일본어작품이 발표되기 시작했기 때문이다. 수필 「書齋」(3.4~3.5)와 「淸凉里界隈」(6.26~7.2)는 내용으로 보면 단순한 신변잡기에 지나지 않으나, 그 발표지와 발표시기로 보아 ≪매일신보≫가 '國語'란을 창설한 직후였다는 점[11]에서 일본어글쓰기 정책에 부응한 정인택의 첫 번째 결과물로 보인다.

일본어글쓰기는 1939년 이후 현저히 증가하기 시작하였다. 그 구체적인 현상은 1941년 11월 창간된 잡지 「國民文學」에 이어 1943년 4월 〈조선문인보국회〉의 발족[12]을 계기로 급증하게 되며, 내용면에 있어서도 식민지 정책과 맥을 같이하고 있어 한층 강화되어가는 시국색을 엿볼 수 있다. 한일 양국 언어에 전혀 구애됨이 없을 정도로 매우 능숙한 일본어를 구사하였던 정인택은 이후 자신의 작품은 물론, 타인의 작품까지도 번역 소개[13]함으로써 국책에 적극적으로 협력하는 면을 보인다.

정인택이 가장 왕성하게 활동하였던 때는 한국 문학사에서 흔히 '암흑기'[14]라 일컫는 일제 말기이며, 정인택이 친일로 전환하여 발표

---

11) 布袋敏博(1996), 앞의 논문, p.113
12) 〈조선문인보국회〉는 1943년 2월 27일 조선문인협회(朝鮮文人協會), 국민시가연맹(國民詩歌聯盟), 조선가인협회(朝鮮歌人協會), 조선하이쿠작가협회(朝鮮俳句作家協會), 조선천류협회(朝鮮川柳協會)가 하나의 협회 산하에서 활동하기로 하고 발회한 문학진영의 통합단체임. (「문학진영의 통합」, ≪매일신보≫, 1943.2.28, 3면)
13) 정인택의 일본어 실력은 매일신보사 입사 당시 염상섭에게 칭찬 받을 정도였으며, 또 일본인 작가 다나카 히데미쓰(田中英光)가 "국어(일본어)에 능란하고 구성이나 줄거리도 교묘한 사람"이라고 평할 정도로 한국어보다 일본어에 더 능숙하였다. 정인택은 안회남의 「謙虛」, 이태준의 「不遇先生」, 이효석의 「一票の効能」 등 다수의 작품을 일본어로 번역 소개하기도 하였다.
14) 암흑기의 시점 설정에 있어서 具滋均(1948)은 1942년(「우리어문학회 国文学史」, 『現代文学』, 秀路社), 白鉄(1940)은 1941년(『朝鮮新文学史潮史』

한 친일소설이나 일본어소설은 한국문학사상 극심한 시련기라 할 수 있는 태평양전쟁 시기에 집중되어 있다.

1.2.1. 일본어소설

한국작가의 일본어소설에 대한 특징 중 하나는 사용언어가 모국어가 아님에도 불구하고 전혀 구애됨이 없이 능숙하게 구사하고 있다는 점에서 일본어로의 작품활동을 보다 용이하게 하기도 한다. 이 시기 여느 때보다 활발한 작품활동을 전개해 왔던 정인택은 친일문학의 선봉에 서서 본격적으로 일본어소설을 발표하게 된다. 정인택의 일본어소설은 대부분 일본의 정책적 조선문학 혁신에 적극 협력하고 순응한 친일기관지를 통하여 발표되었다. 이를 〈표 3〉으로 정리하였다.

<표 3〉 정인택의 일본어 소설[17]

NO	발표시기	작 품 명	소　　재	게재지	비 고
①	1940. 01	見果てぬ夢	부잣집 조선청년과 시골여급의 애정문제	朝鮮畵報	
②	1940. 09	母[15]	원문을 찾을 수 없으나, 어머니가 소재인듯 함	國民新報	
③	1941. 11	淸凉里界隈	애국반활동을 통한 도시근교 빈민가의 계몽	國民文學	
④	1942. 01	殼	내선통혼정책에 의한 내선결혼의 문제성	綠旗	
⑤	1942. 04	傘	가난한 모녀가정과 어린 딸의 정직성	新時代	

現代篇, 白楊堂), 張德順(1963)은 1939년(「日帝暗黑期의 文学史」, 「世代」, 1963년 9월~12월호, 世代社), 林鐘国(1966)은 1940년(『親日文学論』, 平和出版社)으로 학자에 따라 약간의 차이를 보이고 있으나, 대체적으로 문학적 암흑기라 함은 일제 말기 즉 1939년 이후부터 1945년 해방이전까지를 말한다.

⑥	1942. 04	色箱子	미천한 조선여성의 반생기와 신시대 지향성	國民文學	
⑦	1942 .05	晩年記	반항아들에 대한 아버지의 마음	東洋之光	
⑧	1942. 11	濃霧	만주개척과정에서 비적과 토벌대의 전투	國民文學	
⑨	1942. 12	一粒の種16)	만주를 배경으로 한 개척소설	新女性	
⑩	1943. 01	雀を燒く	체념에 빠진 젊은이의 희망을 시국으로 연결	文化朝鮮	
⑪	1943. 09	不肖の子ら	아들을 입영시키려는 어머니의 열정	朝光	
⑫	1943. 10	かへりみはせじ	조선인 지원병의 戰死를 향한 결의	國民文學	
⑬	1944. 01	武田大尉	조선인 공군장교 최명하의 무혼	國民總力	
⑭	1944. 05	愛情	직장여성의 시국에 대한 마음가짐과 애정문제	半島作家短篇集	
⑮	1944. 05	連翹	병약한 직장인의 시국을 향한 결의	文化朝鮮	
⑯	1944. ?	美しい話	러일전쟁당시 일본여인의 군국미담	淸凉里界隈	
⑰	1944. ?	濱	「見果てぬ夢」와 내용 동일함.	淸凉里界隈	
⑱	1944. 06	半島の陸鷲 武山大尉	조선인 공군장교 최명하의 무혼을 그린 「武田大尉」와 「붕익」을 장편화 한 전기소설	단행본	每日申報社 간행
⑲	1944. 07	覺書	입영을 앞둔 청년의 각오와, 군국의 어머니로서 후방 여성의 마음가짐	國民文學	

15) 「母」는 1940년 9월 1일자 ≪國民新報≫에 발표한 것(布袋敏博(2004), 「『國民新報』と植民地末期の朝鮮文壇」, 早稻田大學語學敎育硏究所, p.66)으로 되어 있으나 아직까지 원문을 찾을 수 없다.

16) 「一粒の種」 역시 녹기연맹의 자매지인 「新女性」 창간호(1942.2)에 일본어로 발표한 것으로 되어 있으나 아직까지 원문은 찾을 수 없다. 개척소설이라는 것을 보면 시기적으로 볼 때 만주 시찰 후 발표한 작품으로 추측된다.

17) 〈표 3〉은 百川豊(1995), 『植民地期朝鮮の作家と日本』(大學敎育出版, pp.28~29)에서 시작하였으며, 여기에 새로 찾아낸 작품 다수를 추가하고 보완하여 재작성한 것임. 이하 일본어소설 부분의 서지사항은 〈표 3〉으로 하며, 인용문은 번역문(번역 필자)으로, 원문은 각주처리 하였다.

정인택의 일본어소설은 모두 일제의 탄압과 언론 출판에 대한 감시가 극심했던 일제말기에 집중적으로 발표되었다. 이들 소설은 일제의 식민지 정책상 일본어글쓰기를 중요한 황민화정책의 일환으로 삼았던 시기에 발표하였다는 점 그리고 정책상 무엇보다도 우위에 있었던 '일본어 보급' 차원에서 본다면 일단은 국책에 부응한 작품으로 분류되며, 그 동안 친일의 문제에서 벗어날 수 없었던 것도 사실이다.

식민지 상황에서 한국문인들의 글쓰기 용어 문제는 최근까지 친일 여부에 대한 논란의 대상이 되고 있다. 이에 대해 심진경(2003)은 일본어로 쓰였다 할지라도 일본의 신체제에 동조하지 않는 작가의 소설은 친일소설의 범주에 넣지 않는 입장을 취하고 있으며,[18] 유종호(2005)는 "광기의 회오리가 불던 일제말기 국민총동원 시대에, 살기 위해 허드레 선전문건 몇 편을 썼던 문인들에게 친일의 낙인을 찍는 것이 과연 정의인가?"[19]라고 반문하면서, 문학과 작가는 문학적 자질과 업적 그리고 문학성에 따라 평가되어야 한다는 입장을 밝히고 있다.

식민지 현실에서 지배국의 강제성을 감안한다면 일본어소설에 대한 친일여부는 재평가되어야 한다고 본다. 다시 말하면 글쓰기언어에 따라 친일여부가 결정되는 것은 아니라는 말이다. 한글로 발표한 소설일지라도 적극적으로 일제의 식민지배에 협력하는 작품이 있는가 하면, 일본어로 발표하였어도 작가 나름의 역사성과 주체성을 가지고 민족문제를 날카롭게 제기하고 있는 작품이 있었다는 점이 이를 충분

---

18) 심진경(2003), 「여성작가 친일소설 연구」, 「배달말」 No.32, 배달말학회, p.91
19) 유종호(2005), 「광기의 시대 생존을 위한 몸부림에 '親日' 낙인찍는 게 과연 정의인가」, 《조선일보》, 2005.11.19, p.10

히 뒷받침 해 준다. 예를 들면 단순한 문화어 및 문화의 소개에 그치지 않고 "조선의 문화나 생활이나 감정을 일층 널리 일본의 독자에게 호소하고자"[20]하였던 김사량이나, 일본어글쓰기를 하면서도 작품 안에 한국인의 정신세계와 민족문제를 날카롭게 지적하고 있는 임순득[21]의 경우를 보더라도 일본어소설이라고 해서 모두 친일소설로 단정 짓기에는 문제성이 있는 것이다. 이는 내용에 대한 어떠한 분석이나 평가도 없이 단지 일본어소설이라는 이유만으로 친일소설로 분류[22]해버리는 섣부른 평가에 대한 필자의 반론이기도 하다.

---

20) 김사량(1973), 「朝鮮文化通信」, 『김사량전집』 IV, 河出書房新社, p.29
   또한 김사량은 1945년 12월 말 경 봉황각에서 열린 '문학자의 자기비판 좌담회'로 일컬어지는 '봉황각좌담회'에서 자신의 일본어글쓰기에 대하여 "一言으로 말하자면 文化人이란 最低의 抵抗線에서 二步退却 一步前進 하면서도 싸우는 것이 任務라고 생각합니다."라 발언함으로써, 자신의 일본어글쓰기는 글쓰기 용어문제를 넘어서서 문학자의 사명이었음을 강조한 바 있다.
21) 일제말기와 해방이후 북한에서 활동한 임순득은 식민지기와 북한문학의 가교역할을 한 평론가 겸 작가로 알려져 있다. 해방이전의 소설로는 등단작 「일요일(1937.2)을 비롯하여, 일본어소설 「名付親」(1942.10), 「秋の贈り物」(1942.12), 「月夜の語り」(1943.2) 등 3편과, 평론 4편, 수필 4편이 있는데, 이들 작품에서 임순득은 그가 꿈꾸어 온 자주적인 민족해방과 여성해방의 길을 제시하였다. 일제 말 조선어사용금지, 창씨개명 등 전쟁동원을 위한 온갖 정책이 난무하던 시기에 발표하였던 일본어소설 3편과 평론, 수필 등의 내용을 보더라도 오히려 한국적인 것을 찾아내려 하였으며, 여성의 주체적인 삶을 독려하였고, 민족성을 부각시키려 애쓴 흔적이 역력하다. 특히 「名付親」에서는 장차 태어날 아이의 작명과정에서 오히려 민족해방과 함께 여성문학이 지향해야할 목표를 분명하게 제시함으로써 민족 정체성 문제를 제기하였을 뿐만 아니라, 이 땅에서 태어난 아이(한국인)의 이름은 민족성과 주체성을 가진 한국인에 의해 지어져야 한다는 강한 메시지를 통하여 일제의 '창씨개명' 정책을 강하게 비판하였다.(박경수·김순전(2009), 「임순득, '창씨개명'과 「名付親」」, 「日本語文學」 제41집, pp.309~327 참조)
22) 이선옥(2003)은 「평등에의 유혹 ; 여성 지식인과 친일의 내적 논리」(「실천

정인택 일본어소설은 내용의 비중이 크건 적건 간에 대부분 시국과 연결되어 있어 친일성향을 드러낸다. 이를 내용면에서 보면, ①국가시책에 적극적으로 협력하는 내용의 목적성이 분명히 드러나는 소설로 「淸凉里界隈」, 「殼」, 「濃霧」, 「不肖の子ら」, 「かへりみはせじ」, 「連翹」, 「武田大尉」, 「美しい話」, 「半島の陸鷲 武山大尉」, 「覺書」 이상 10편, ②서지사항만 파악될 뿐 원문을 찾을 수 없으나 국책소설 성격을 띤 「母」와 「一粒の種」, ③평범한 일상을 다룬 내용에 지극히 적은 분량의 시국색을 가미한 「色箱子」, 「晩年記」, 「雀を燒く」, 「愛情」 등 4편, ④ 시국과 관련된 부분이 단 한 줄도 없는 「見果てぬ夢」, 「濱」, 「傘」 3편으로 분류할 수 있다. (여기서 「見果てぬ夢」와 「濱」는 「못다핀 꽃」의 개작인데, 내용의 변화는 없으나 제목과 주인공의 이름이 바뀌었다는 점에서 보면 시국과의 연관성을 배제할 수 없다. 개작과정에서의 문제점은 다음 장에서 논의하려고 한다.)

특히 군국물이거나 시국성향을 노골적으로 드러낸 작품을 보면 생사를 초월한 국가관, 자기희생을 통한 국가에의 적극적인 봉사 등 군국주의 사상을 기조로 하여 애국반, 황도조선의 건설, 내선일체의 앙양, 지원병과 징병의 권유, 침략전쟁과 만주개척의 예찬, 국책선전 등을 주 내용으로 하고 있다. 요컨대 천황과 국가를 위해 충성을 다하는 황민화의 역사적 당위성과 그 실현의 방향을 다양한 방식으로 서술하고 있는 것이다. 일본인 연구자 사에구사 도시카쓰(三枝壽勝)의 지적대로 「かへりみはせじ」와 「覺書」는 "자의(自意) 사고 판단의 정지, 자기추구정신의 저하"[23]가 드러날 정도로 주제의식이 결여되어 있어 작

문학」, 2002년 가을호, p.254)에서 임순득의 소설 「月夜の語り」가 단지 일본어소설이라는 점에서 친일소설로 분류했다.
23) 三枝壽勝(1976), 앞의 논문, p.90

품성보다는 목적성이 강한 선전문학의 한계에서 벗어나지 못하고 있다. 그 밖에도 일상적인 신변 이야기나 남녀 간의 애정문제를 다루면서도 시국적이고 군국적인 문제를 가미한 정인택의 일본어소설은 대부분 크건 적건 간에 일제의 식민지정책에 협력하는 친일성향을 드러내고 있다. 단지 「傘」만이 시국과 무관한 소설로 분류된다. 그렇다고 해서 「傘」가 김사량의 일본어소설이나 임순득의 그것처럼 민족의식이나 주제의식을 담고 있는 것이 아니어서 당시 정인택 문학의 한 단면을 보여주기도 한다.

이러한 현상은 일제말기의 식민지 조선에 대한 일본의 정치적 무력적 압박이 최고조에 달했던 시기의 현실상황과, 작가의 역사의식 그리고 민족의식의 결여가 그대로 작품에 반영된 때문일 것이다. 그럼에도 친일작가 정인택을 주목할 필요가 있는 까닭은 "일제의 문예정책을 충실히 반영하면서도 예술적으로 무리가 없다."[24]는 평가를 받고 있기 때문이라 할 것이다.

1.2.2. '개작소설'에 대하여

한국문학사에서 일제말기는 여느 때에 비해서 일본어소설의 양산이 두드러진 시기이다. 이를 면밀히 살펴보면 새로이 창작 발표한 경우도 있으나, 기존의 작품에 시국색을 가미하거나 시국의 추이에 맞게 개작하여 일본어로 발표하였거나, 혹은 이미 발표한 작품을 발표지를 달리하여 재발표하는 경우도 흔히 볼 수 있다. 이를 '개작소설'로 분류하여 논의하고자 한다.

'개작소설'은 그 내용면에서 시국적인 것을 부각시킨 것과 그렇지

---

24) 송건호 외(1979), 『해방전후사의 인식1』, 한길사, p.231

않은 것으로 나누어 볼 수 있는데, 한 작품을 두 번 이상 개작하여 발표하였다는 것은 당연히 전자를 부각시키기 위함이었으리라 여겨진다.

정인택의 '개작소설' 역시 일제 말기에 집중되어 있으며, 작품 발표 시점마다 시국의 추이와 밀접한 양상을 띠고 있다. 이를 구체적으로 살펴보면 기존의 작품에서 언어를 달리하여 다시 발표하거나, 이미 발표된 작품을 모아 단행본(작품집)으로 펴내면서 제목변경, 내용첨삭 또는 가필하여 발표한 경우도 있다. 여기에는 수필이 소설화 되면서 발표시기와 게재지에 따라 내용을 달리하거나, 같은 소재를 다룬 소설임에도 시국의 추이에 따라 약간 또는 대폭 수정을 거쳐 발표된 경우도 있었으며, 또 내용을 대폭 첨가하여 장편소설화 한 것도 파악되고 있다. '개작소설'의 글쓰기 용어문제는 말할 것도 없이 모두 일본어소설로 귀결된다.

호테이 도시히로는 이를 '다시쓰기' 혹은 '전용(轉用)'으로 분류하고, 그 형태를 ①수필로 쓴 작품을 소설로 개작하는 경우 ②한국어 작품을 일어로 옮긴 경우 ③일본어작품을 한국어로 옮긴 경우 ④한국 혹은 일본에서 발표한 것을 일본 혹은 한국에서 동시에 발표하는 경우 (같은 곳에서 두 번 발표된 경우 포함)로 나누었는데,[25] 정인택 '개작소설'의 경우 ①에 해당되는 것이 「淸凉里界隈」, ②에 해당되는 것이 「못다핀 꽃」(1939)→「見果てぬ夢」(1941)→「濱」(1944), 그리고 「동창(東窓)」(1943)→「連翹」(1944)이며, ③에 해당되는 것이 「다케다 대위(武田大尉)」→「붕익(鵬翼)」(1944)이라 할 수 있으며, 「覺書」는 기존의 작품에 가필, 개작한 경우에 해당된다고 볼 수 있겠다.

---

25) 布袋敏博(1996), 앞의 논문, p.112

정인택 소설의 개작 부분에 대해서는 시라카와 유타카(白川豊 1995)의 『植民地期 朝鮮の作家と日本』26)에서 「淸凉里界隈」, 「覺書」만이 약간 언급된 정도이다. 여기에 필자가 연구과정에서 찾아낸 3편을 더하여, 모두 5편(개작편 포함 15편)을 논의의 대상으로 하고자 한다. 이를 간략하게 〈표 4〉로 정리해 보았다.

〈표 4〉 정인택의 '개작소설' 현황27)

초 출					개 작				
작품명	발표 일자	장르	언어	게재지	작품명	발표 일자	장르	언어	게재지
淸凉里界隈	1937.6. 26~7.2	수필	일본어	每日申報	淸凉里界隈	1941.11.	단편	일본어	國民文學
						1943.04.	단편	일본어	朝鮮國民文學集
						1944.12.	단편	일본어	淸凉里界隈
못다핀 꽃	1939.05.	단편	한글	女性	見果てぬ夢	1941.01.	단편	일본어	朝鮮畵譜
					濱	1944.12.	단편	일본어	淸凉里界隈
동창(同窓)	1943.07.	단편	한글	朝光	連翹	1944.05	단편	일본어	文化朝鮮
						1944.12.	단편	일본어	淸凉里界隈
武田大尉	1944.01.	단편	일본어	國民總力	붕익(鵬翼)	1944.06.	단편	한글	朝光
					半島の陸鷲 武山大尉	1944.06.	장편	일본어	매일신보사 발간
覺書	1944.07	단편	일본어	國民文學	覺書	1944.12.	단편	일본어	淸凉里界隈

「淸凉里界隈」는 ≪매일신보≫에 1937. 6. 26~7. 2 사이에 연 4회에 걸쳐 일본어로 연재한 수필을 기조로 하고 있으며, 이를 소설화하여 1941년 11월 「國民文學」 창간호에 발표하였다. 수필 「淸凉里界隈」에서 정인택은 청량리에 이사 와서 1개월 정도 사는 동안, 도쿄의 나가사키초(長崎町)와 비슷한 분위기를 느끼고, 약 반년정도 지냈던 나가

---

26) 白川豊(1995), 앞의 책, pp.25~28
27) 박경수·김순전(2010), 「鄭人澤 〈改作小說〉 硏究」, 「일본어문학」 제44집, 한국일본어문학회, p.196

사키초 근처 풍경을 구체적으로 열거[28]하고 있었으나, 시국색을 가미하여 소설화 한 「淸凉里界隈」를 보면 이러한 부분이 모두 삭제되어 있다. 국책을 염두에 둔 소설 「淸凉里界隈」는 개인적인 감회보다는 시국의 경향을 표출하는 것이 우선이었을 것으로, 그 때문에 「國民文學」 창간호에 실릴 자격을 얻은 것으로 보인다. 이어 1943년 4월 『朝鮮國民文學集』에, 1944년 12월 창작집 『淸凉里界隈』의 표제작으로 실림으로써 도합 3회에 걸쳐 활자화되었다. 한편 『朝鮮國民文學集』에서는 「國民文學」에 발표했던 내용을 그대로 전재(轉載)하고 있으나, 작품 말미의 '追記'부분 "이제 아내는 우물펌프가 망가진 것쯤에는 끄덕도 하지 않을 것이다. 담 구석에서 귀뚜라미가 울고 있다."[29]는 구절이 삭제되어 있다. 그러나 맨 나중에 발간된 창작집 『淸凉里界隈』에서는 위 '追記' 부분이 다시 삽입되어 있다. 그리고 2장 말미부분의 "그렇게 함으로써 아내는 애국반장이라는 영예로운 직책을 더럽히지 않는 것이라 생각하는 것 같다."[30] 라는 문장은 「國民文學」 발표분에만 있을 뿐 『朝鮮國民文學集』과 창작집 『淸凉里界隈』에는 삭제되어 있다.

1939년 5월 잡지 「女性」에 발표했던 「못다핀 꽃」은 1940년 1월 「朝鮮畵報」에 일본어소설 「見果てぬ夢」로 번역 소개되었다. 이 과정에서 주인공의 이름이 바뀌게 되는데, 그것이 조선청년과 일본여인으로 설정되었다는 점에서 문제성을 안고 있다. 그리고 1944년 12월 창작집

---

28) 정인택(1937), 「淸凉里界隈(1)」, ≪매일신보≫, 1937.6.26, 6면

29) 追記、もう井戸のポンプを毀された位で、妻は怒り出したりなどしないだらう。垣根の裾でこほろぎが啼いてゐる。(정인택(1941), 「淸凉里界隈」, 『國民文學』 창간호, 1941.11, p.196과 정인택(1944), 『淸凉里界隈』, p.44)

30) さうすることに依つて始めて妻は愛國班長といふ榮職を汚さずに濟む, と考えられてある.(정인택(1941), 「淸凉里界隈」, 「國民文學」, 1941.11, p.188)

『淸凉里界隈』에 실려 있는 「濱」는 제목만 바꾸었을 뿐 내용은 동일하다. 말하자면 같은 내용의 소설인데, 발표 시기에 따라 주인공의 이름과 소설의 제목이 바뀌게 된 것이다.

「동창(東窓)」 역시 1943년 7월 「朝光」에 발표한 한글소설인데, 10개월 후인 1944년 5월 일본어소설 「連翹」로 개작되어 「文化朝鮮」에, 그리고 같은 해 창작집 『淸凉里界隈』에 실림으로써 3번 활자화되었다. 이러한 개작의 과정에서 태평양전쟁 중에 있었던 〈해군 제1차 특별공격대의 전모〉로 처리된 사건이 〈앗쓰지마(アッツ島) 수비부대의 전원 옥쇄〉라는 구체화된 사건으로 처리되면서, 주인공의 그에 따른 각오와 행동의 반전이 보다 강도 있게 묘사된다. 다만 「文化朝鮮」에 실린 「連翹」의 말미 부분인 "이 마을 모습이 그렇지는 않았을까?"[31]라는 문장이 작품집 『淸凉里界隈』에 실린 「連翹」에는 삭제되어 있어, 이후 작가 스스로가 마을 풍경에 대한 개인적 감회를 허용치 않았음을 알 수 있다.

한편 1942년 1월 17일 말레이반도 전투 중 전사한 최명하(崔鳴夏, 창씨명 武山隆)대위의 무공을 소설화하여 1944년 1월 일본어로 발표한 「武田大尉」는 그로부터 5개월 후인 1944년 6월 다시 한글소설 「붕익」으로 개작 발표된다. 이 과정에서 주인공 '다케다(武田)'가 '다케야마(武山)'로, '이토부대(伊藤部隊)'가 '가토부대(加藤部隊)'로 바뀐다. 이를 원형으로 하여 같은 시기에 다시 일본어소설로 대폭 가필 개작한 장편 전기소설 『半島の陸鷲 武山大尉』[32]가 매일신보사에 의하여 발

---

31) この部落の姿がそれではないか。 (정인택(1944), 「連翹」, 「문화조선」, p.52)

32) 『半島の陸鷲 武山大尉』는 1944년 6월 20일 매일신보사에서 每申皇民叢書 第二篇으로 간행된 것이다. 조선총독부 정보과, 조선군 보도부, 국민총력연맹 등의 추천을 받고 국민총력 조선연맹 한상용총장이 '題字'를 쓰고, 조선군 보도부장 長屋尚作의 '序', 매일신보사장인 金川 聖의 글 '陸鷲 武

간된다.

끝으로 1944년 7월 「國民文學」에 발표된 「覺書」는 같은 해 12월 창작집 『清凉里界隈』에 개작 발표하면서, 초출 내용 중 결말부분(p.98 이하)인 "내일 나는 XX부대에 입대한다. 1944년(쇼와 29년) 1월 20일이다. 〈중략〉 나는 그것을 모조리 '도키코'에게 맡길 것이다. 나머지는 '도키코'의 의지에 달려있다."33)는 약 1페이지 분량을 삭제하고, 대신 "죽을 각오를 하기까지가 힘들었다. 〈중략〉 누구에게도 지지 않는 皇軍의 一員이 될 것이다. 입영일을 앞에 두고 내가 생각하고 있는 것은 이것뿐이다."34)는 9페이지 분량(p.274 이하)의 내용을 가필하였다. 초출 「覺書」에서는 작가의 의지를 표명하지 못한 채, '뒷일은 '도키코'에게 맡긴다.'는 식으로 뭔가에 쫓기듯이 서둘러 결말지어버린 표가 역력히 드러나지만, 개작된 「覺書」는 그 부분을 삭제하고 가필함으로써 나름대로 완성된 면을 보인다.

정인택 개작소설의 면면을 살펴보면 전술한 대로 시국의 흐름과 상당히 밀접한 양상을 띠고 있음이 파악된다. 태평양전쟁이 고조됨에

山大尉に續け' 등이 붙어있다. 발행부수는 쓰여 있지 않으나, 44년 8월 간행된 大俗 保의 『陸の荒鷲 武山大尉』의 발행부수가 5000부 임으로 보아 그 정도 혹은 더 이상 발행되지 않았을까 추측된다. (布袋敏博(1996), 앞의 논문, p.110)

『半島の陸鷲 武山大尉』는 「붕익」의 확대편이기는 하나, 아직까지 작품자체가 발견되지 않고 있어, 구체적인 내용에 대한 논의의 대상에서는 제외하였다.

33) 明日、私はXX部隊へ入隊する。昭和二十九年一月二十日である。 〈略〉 私はこれをそつくり時子さんにあづける。凡ては時子さんの意志のままである。 (정인택(1944), 「覺書」, 「國民文學」, 1944.7, pp.98〜99)

34) 死ぬ覺悟の出來るまでが仲々だつた。〈略〉 ーー誰にも負けない皇軍の一員にならう。入營日を前にして私の思つてゐるのは、これだけである。 (정인택(1944), 「覺書」, 『清凉里界隈』, pp.274〜283)

따라 그의 소설에 전쟁과 관련된 역사적인 사건과 함께 전시의 긴박함이 그대로 묻어난다. 또한 전쟁에 직접적인 참여를 유도하는 차원에서 개인의 모든 생활이 전쟁 중심으로 펼쳐지며, 심지어는 광적인 묘사까지도 거리낌 없이 사용하고 있어 거의 작가로서의 사고 판단력이 정지된 상태임을 보여주기도 한다.

한편 이 시기 '개작소설'은 새로 작품을 구상할만한 시간적인 여유가 없었던 문학자들에게 작품활동의 한 방편으로 사용되었던 것 같다. 이는 식민지 말기로 갈수록 그들이 지배 이데올로기로 내세운 '내선일체 황민화의 문학화'와 함께 일본어글쓰기의 강요에 의하여 작품 편수를 채우기에 급급한 나머지 옛 작품에서 제목만 바꾸는 것으로 적당하게 때워 넘기려고 하는 소극성[35]의 결과였으리라 생각된다. 특히 「못다핀 꽃」→「見果てぬ夢」→「濱」의 경우가 그렇다. 주인공의 이름을 변경하는 것으로 내선화합을 시도하려 했다는 점에서 당국의 검열을 비켜간 것 같은 인상을 풍기기도 하지만, 기존의 작품에서 제목과 주인공의 이름만 변경하여 재발표했다는 것 뿐, 내용면에서 볼 때, 원작의 틀에서 거의 벗어나지 못하는 애매함을 보인다. 그렇지만 이를 개작에 의미를 두고 본다면 지배국에 의하여 글쓰기 용어와 주제가 강제된 악조건 하에서 당시 국가차원의 확실한 주제가 있건 없건 간에 소설을 계속 쓸 수밖에 없었던 식민지 작가의 내적 고통이 반영되었다고 볼 수도 있겠다.

자신의 생활 체험을 수필로 쓴, 이를테면 신변잡기에 시국색을 첨가하여 소설화 한 「淸凉里界隈」가 그렇고, 한국남자와 일본인 여급과의 애정문제를 다룸으로써 내선화합을 시도한 「見果てぬ夢」, 그리고

---

35) 布袋敏博(1996), 앞의 논문, p.119

병약한 직장인의 나태한 일상에 극적인 사건을 개입시킴으로써 남녀 노약자를 불문한 전 국민의 총동원화를 일깨우는 「連翹」가 그렇다. 이에 그치지 않고 전쟁 막바지로 갈수록 각종 '법령'과 '제도'에 순응하는 인물을 그린 「覺書」, 마침내는 모든 노력을 동원하여 그 '제도'에 희생된 인물을 보다 리얼하게 묘사한 「붕익」, 이를 확대하여 장편화 한 『半島の陸鷲 武山大尉』 등이 그렇듯이 일제 말기로 갈수록 후방에서의 역할보다는 직접적인 전투와 직결되는 당사자의 문제를 부각시킨 점에서 일제가 가장 역점을 두었던 내선일체, 황민화에 의한 모든 '정책'과 '제도'를 적극적으로 선전 선동하는 내용으로 일관하고 있음이 정인택 '개작소설'에서 드러나고 있는 것이다.

살펴본 바, 정인택의 '개작소설'은 내용면에서 전쟁의 추이에 따라 시국색이 강화되어간다는 점과, 초출작이 일본어소설이었건 한글소설이었건 간에 최종적으로는 일본어소설로 귀결된다는 것을 그 특징으로 들 수 있다.

한국 문학사에서 유래 없는 '개작소설'의 양산은 일제말기 현실과 상황이 만들어낸 결과물이라 하겠다. 시국이 날로 긴박해지는 현실에서 제시된 소설의 주제와 글쓰기 용어 문제는 친일을 추수하였던 정인택을 비롯한 조선 문인들에게 실로 중압감이 되기도 하였을 것이다. 소설을 새로 구상할 만한 시간적 여유가 없는 가운데서도 소설을 써야 하는, 아니 소설을 계속 쓸 수밖에 없었던 식민지 작가 입장에서는 작품 편수를 채워야 한다는 생각이 앞서, 그다지 쓰고 싶지 않은 작품을 옛 작품에 용어를 달리하고 시국색을 가미한데다, 발표 매체를 달리하여 재차 발표하는 형식을 취하였던 것 같다. '개작소설' 양산의 이면에 이러한 식민지 작가의 고충이 있었음은 결코 간과할 수 없는 부분이라 하겠다.

일제 말기에 강제되었던 일본어글쓰기에 의하여 양산된 '일본어소설'과 '개작소설', 즉 '조선인 일본어소설'은 참으로 어려웠던 한 시대를 거쳐오면서 문학적 맥을 이어왔다. 그러나 해방과 함께 시대가 바뀌면서 일제말기 일본어소설을 쓴 작가는 일단 '친일작가'로 분류되어 도외시되었으며, 그들의 작품을 '친일문학'이라는 별도의 틀에 가두고 은폐하기에 급급한 나머지 오늘날까지도 보편적인 한국문학으로 인식되지 못하고 있었던 것도 사실이다. 때문에 연구자들 간에는 '조선인 일본어소설'을 서자(庶子)와 같은 존재로 비유하는 한편, 그 존재감에 대해서는 "식민체제가 갑자기 종언해 버린 상태에서 누구의 의지와도 상관없이 구 식민지에 남아 혈통을 숨기고 살아야만 하는 '잔류고아'에 가까운 상태로 남아있다."고 표현하기도 한다. 이러한 점에서 한동안 한국문학자들의 접근을 어렵게 했던 것도 사실이나, 이제는 과거 뼈아픈 역사를 통해서 더 나은 미래를 구상하는 문학적 자세로 이를 수용하여야 하지 않을까 생각되는 것이다.

1.3. 내선일체의 구현

1.3.1. 내선일체 황민화의 당위성

중일전쟁(1937)을 기점으로 조선은 대륙진출을 위한 병참기지로, 또 인적 물적 자원의 배후기지로서 그 가치가 재평가됨에 따라 급기야 전면적인 전쟁동원 체제에 편입되기에 이른다. 이에 따라 식민지 조선의 사회, 교육 전반에 걸쳐 이전보다 훨씬 강도 있는 황민화정책이 실시되게 된다. 이는 궁극적으로 '내선일체'를 통한 '황민화'로 피지배민족의 신체와 정신을 지배하는 한편, 황도(皇道)정신에 의한 국가유용의 국민으로 양성[36]시켜 나가고자 하였던 미나미 지로(南次郎)

의 조선통치에 대한 목표이기도 했다. 이러한 맥락에서 '내선일체'와 '황민화'는 일제말기 식민지정책의 가장 중요한 '키포인트'였다 할 것이다.

'내선일체'와 '황민화'는 온전한 동화정책의 일신양두(一身兩頭)로 작용한다. '황민화'가 주로 도덕적 규범으로서 정신면을 강조하여 일본제국에의 충성심을 강요한 것이라면, '내선일체'는 조선과 일본이 동조동근(同祖同根)이라는 역사적 근거 제시를 꾀하며 식민지 지배를 정당화하려 한 것이다. 즉 '황민화'는 "조선민중 이천 오백만 모두가 '國體의 本意'를 관철하기 위해 철저하게 황국신민으로서의 修養과 鍊成을 實踐躬行하는 것"37)이고, '내선일체'는 "하나의 조상으로부터 피의 연결에 기초하여 필연적이고도 발전적인 환원"38)이라 하여, 전자는 도덕적 정신적인 지배논리로, 후자는 역사적 정당성을 꾸미는 지배논리로 삼았던 것이다. 이 두 논리는 상호간에 인과관계 및 보완관계를 구축하며, 양자 모두 천황귀일(天皇歸一)로 완성된다.39)

주지하고 있는 대로 '내선일체'의 논리적 근거가 되는 것은 바로 '일선동조론(日鮮同祖論)'이다. 일찍이 하야시 슌사이(林春齊)는 그의 저서 『東國通鑑』(1666)의 서문에, 그리고 후지와라 데이칸(藤原貞幹)은 『衝口發』(1781)에 각각 '스사노오노미코토(素戔鳴尊, 이하 스사노오)의 조선시조설'을 다룬 학설을 실어 스사노오와 단군의 동일설을 주창40)한 바 있다. 이후 아베 다쓰노스케(阿部辰之介)를 비롯하여 '일선

---

36) 西尾達雄(2003), 『日本植民地下における朝鮮學校體育政策』, 明石書店, p.589

37) 朝鮮總督府(1944), 「新しき朝鮮」, 朝鮮行政學會, p.25

38) 朝鮮總督府(1944), 위의 책, pp.15~16

39) 鄭昌石(1999), 「'戰爭文學'에서 '받들어모시는 文學'까지」, 「일어일문학연구」 제35집, 한국일어일문학회, p.336

40) 阿部辰之助(1928), 『新撰日鮮太古史』, 大陸調査會(保坂祐二(2000), 「최남선

동조론'을 주장하는 학자들41)은『古事記』,『日本書紀』를 근거로 한결같이 일본민족과 한국민족은 그 뿌리가 같다고 주장하였으며, 이 후 스사노오와 단군이 異名同一神이라는 연구도 활발히 나와 '일선동조론'에 일조하고 있었다.42)

조선과 일본이 동일한 조상을 가졌다는 日鮮同祖說은 이미 오래전부터 존재하고 있었지만, 이에 대한 학문적 기반이 갖추어지게 된 것은 東京제국대학 문과대학 일본사전공 교수들의 연구에 의해서이다.43) 당시 제국대학 일본사 전공 교수 시게노 야스쓰구(重野安繹), 구메 구니타케(久米邦武), 호시노 히사시(星野恒) 등은 당시 國學派 학자들에 신성시되었던『古事記』와『日本書紀』를 분석하여『國史眼』(1890)을 저술하였는데, 이 책에서 이들은 "스사노오가 한국의 지배자가 되고, 진무(神武)천황의 형 稻永命이 신라의 왕이 되었으며, 그의 아들인 신라왕자 아마노히보코(天日槍)가 다시 일본으로 귀복하고, 아마노히보코의 후손이자 중애천황(仲哀天皇)의 황후인 신공황후(神功皇后)가 신라를 정벌하여 신라왕을 항복시켰다."는 왜곡된 한일관계사를 인용하여, 한국에 대한 일본의 근친성을 주장하는 한편, 明治기 人類學과 日本史學 연구의 성과를 바탕으로 일본인의 우월성을 부각시켰다.44)

의 不咸文化圈과 日鮮同祖論」,「한일관계사연구」제12호, 한일관계사학회 편, p.167에서 재인용)
41) 金沢庄三郎의『日鮮同調論』, 吉田東伍의『日韓古史斷』, 青柳南昊의『朝鮮文化史大典』, 阿部辰之介의『新撰日韓太古史』등
42) 保坂祐二(1999),「日帝の同化政策に利用された神話」,「일어일문학연구」제35집, 한국일어일문학회, p.398
43) 三ツ井 崇(2004),「'일선동조론'의 학문적 기반에 관한 시론」,「한국문화」제33집, 서울대 규장각 한국학연구회 편, pp.249~250
44) 정상우(2001),「1910년대 일제의 지배논리와 지식인층의 인식」,「한국사

이에 근거하여 일제는 식민지인에 대하여 '열등한 민족이 우월한 민족에게 동화되어야 함이 당연한 이치'라는 식의 문명화의 사명으로 정당화하였다. 이러한 논리가 강점 후 언론인들에게도 수차례 논의되었으며, 마치 그것이 역사적 사실인양 신문의 사설란을 장식하였다.

> <u>我帝國이素尊以來로, 對韓의 關係는</u>……半島經營의 任에當홈을不拘
> 호고, <u>崇神垂人時代에俄然히半島와의交通을生</u>호야, 大伽羅國, 任那國,
> <u>新羅國等의王子來朝事件이突如히續出</u>홈과如흔 觀이有호얏슴은,日本
> 書紀의古傳이神勅의關係에申호야中斷된所以에不外홀뿐이라 〈중략〉
> 日本紀의斷片에據호야其事實如何를硏究호면, <u>出雲系神胤의諸豪族이,</u>
> <u>對韓政治의指導者되얏던것은, 殆히容疑홀것이無홀듯</u>호도다. <u>卽垂仁</u>
> <u>時代에三輪大友主君이, 新羅王子天日槍을審問</u>호얏슴이其一例라[45]

스사노오 이래 양국의 교류에 있어서 신라국의 왕자 아마노히보코(天日槍)가 일본으로 건너가서 귀화하여 살았다는 이야기나, 신공황후가 그 후손이라는 이야기는 신문이라는 매체를 통하여 당시 식민지 조선의 모든 민중에게 양국의 혈연적 교류를 입증하는 근거로 작용하게 된다. 여기에는 천황과 인민이 부자관계라는 것과, 그 부자관계의 조건은 '혈연관계'에 있다는 소위 君民同祖論[46]의 원칙에 따라 조선에 대한 강점이 '신화시대의 형제가 다시 一家를 이루는 원상복귀'임을 입증하려 한 의도가 포함되어 있었다. 이처럼 일제는 구전되어 온 신화나 설화를 정리 수록한『古事記』와『日本書紀』를 근거로 하여 이른바 '日鮮同祖論'을 역사적 사실화 하였으며, 그것으로 동화이념을 도

___

론」제46집, 서울대국사학과 편, p.190
45) 매일신보사(1918), 「我國史와 國體」, ≪매일신보≫, 1918.1.17. 1면
46) 保坂祐二(2000), 「최남선의 不咸文化圈과 日鮮同祖論」, 앞의 논문, p.180

출해 냄으로써 식민지 조선에 대한 인종적 근친성과 자민족의 우월성을 끊임없이 주장해 왔다.

이같은 양 민족의 '동조론', '동혈론'은 미나미 지로의 강력한 식민지 정책에 힘입어 중일전쟁 이후 다시 급부상하게 된다. 미테라이 다쓰오(御手洗辰雄)는 그의 「내선일체론」에서,

태고이래, 양 민족 사이에 어떠한 교섭이 이루어져 왔는가? 현재의 일본민족이 생성된 이후, 얼마나 많은 반도민족이나 漢민족이 흡수되었는가? .....성씨록에는 神別, 皇別에 대해 蠻別이 따로 있어 얼마나 많은 수의 고려, 백제, 신라 혹은 漢人이 도래하고 귀화했는지 나타나 있다.[47]

하여, 太古 이래 세월이 흐르는 동안 수많은 혈통이 섞여왔으니, 그 후손들인 양 민족은 하나일 수밖에 없다는 식으로 '내선일체'를 주장하였으며, 이러한 '동조론', '동혈론'을 조선총독부와 정치 지도자들이 수없이 반복하여 뒷받침 하고 있었다. 미나미 지로가 추구하였던 궁극적인 '내선일체'란 '일선동조론'에 근거하여 양 민족이 천황을 중심으로 진정한 혼연일체가 되는 것이었다.

"천황을 중심으로 하는 신념으로서 비로소 내선일체가 이루어지는 것이다. 즉 내선일체를 이론적으로, 역사적으로, 혹은 동양의 현상 세계의 환경으로부터 논하는 것은 어떻든 간에 오직 그 귀착점은 반드시 천황을 중심으로 하여 내선이 일체가 되지 않으면 안 된다."[48]

---

47) 御手洗辰雄(1939), 「內鮮一體論」, 『일본잡지 모던일본과 조선 1939』, 어문학사, p.110
48) 鈴木裕子(1992), 「國民精神總動員聯盟 役員總會席上 總督 訓示(1939.5.30)」,

그야말로 천황을 중심으로 심신은 물론 정신까지도 일체가 되는 것을 내선일체 최후의 단계로 간주하였던 것이다.

앞서 언급한 대로 중일전쟁으로 인한 급박해진 국내외 정세는 조선 문인들에 있어서 친일로의 방향전환에 대한 일종의 당위성을 제공하기도 한다. 여기에는 날로 승승장구하며 마침내 거대한 중국을 무너뜨리려 하는 일본을 바라보면서, 중국에 대하여 역사적 피해의식 속에서 살았던 조선인들은 비록 일본을 등에 업고서라도 중국을 침략하고 있다는 현실이 주는 모종의 승리감과 함께, 강력한 힘에 의지하여 작가로서의 삶을 영위하고자 하였던 욕구가 결정적인 동기로 작용하였을지도 모른다. 어쨌든 중일전쟁 이후 친일의 길에 들어선 대다수의 문인들은 강력한 체제하에서 문학예술을 영위하기 위한 방편으로 일제가 주장한 '同祖論', 혹은 '同血論'과 같은 동화이데올로기에 근거하여 정신적 차원에서의 '내선일체'를 강조하였다. 이에 따라 당시 문학 방향은 '내선일체와 황민화의 당위성 강조'로 기울어갈 수밖에 없었다. 당시 조선문단의 지도자급 위치에 있었던 이광수와 최재서의 신체제를 향한 문학방침을 들어보자.

> ……惶悚하옵게도 皇室을 비롯하여 臣民에 이르기 까지 內地人과 朝鮮人의 피는 하나으로 되어 있으며, 이로써 우리는 天皇陛下의 臣民으로써 忠義를 다하는者가 되어야 할 것이며 및 우리의 예술도 그러해야 할 것이다.[49]

요컨대 천황은 가치의 근원체로서 신민(臣民) 한 사람 한 사람에게

『從軍慰安婦・內鮮結婚』, 未來社, p.84
49) 이광수(1941), 「新體制下의藝術의方向」, 「三千里」, 1941.1, p.479

가치를 分與해 주시어 그의 생명을 가치 있는 것으로 하여 주시는 것이다. 〈중략〉 일본인은 건국 이래 이와 같이 천황에의 歸依를 그 인생관 세계관의 중추로 삼아왔던 것이다.[50]

同血論에 근거한 이광주의 주장은 오직 천황의 신민으로서 충의를 다하는 문학예술이 되어야 한다는 것이다. 이에 그치지 않고 양국민이 다시 하나 되는 방법으로 "우월한 민족의 일원이 됨으로써 오히려 자민족의 열등성을 극복한다."는 식의 '내선일체론'을 주장하였다. 또한 일본중심의 세계관을 자신의 신념으로 하였던 최재서의 천황에 대한 신앙심은 "천황에게서 받은 가치 있는 생명을 다시 천황에 귀의하는 것이 지극히 당연하다"는 식의 '내선일체론'이 되었다.

이는 일제가 주장하던 자민족 우월성에 동조함은 물론, 스스로가 열등한 민족임을 자인하며 우월한 민족으로 흡수되는 길을 논리적으로 제시한 것이라 할 수 있다. 이러한 '내선일체론'은 "폐하의 적자로서, 평등한 국민의 일원으로서 일본을 사랑하고 일본을 조국으로 한다."는 식의 '식민성'을 초월하여 스스로 제국주의의 주체가 될 수 있다[51]는 환상으로까지 진전되게 된 것이다.

'同祖論', '同血論'에 근거한 '내선일체론'의 궁극적인 목적은 태평양전쟁을 수행을 위한, 인력동원의 필요성에 의한 식민지정책의 일환이었다. 그럼에도 이광수, 최재서를 비롯한 수많은 지식인들은 이러한 논리에 동조함은 물론, 그 논리로 조선민중들에게 전쟁에 참여하는 것으로 국민된 의무인 다할 것을 종용하였다. 이렇게 함으로써 조선 민중들이 받아왔던 차별과 불평등이 사라지고 진정으로 일본인과

---

50) 최재서(1942), 「文學者と世界觀の問題」, 「國民文學」, 1942.10, p.11
51) 이경훈(1998), 『이광수의 친일문학연구』, 태학사, p.34

동등한 대우를 받는 내선일체의 완성이 이루어질 것으로 보았던 것이다.

1.3.2. 일제의 통혼정책과 내선결혼

전술한 대로 식민지 시대에 있어서 일제가 추구한 최대의 이데올로기, 통치목표에 대한 마지막 카드는 바로 '내선일체'와 '황민화'였다. 여기서 전자는 역사적 정당성으로, 후자는 도덕적 정신적 지배논리로서 상호간에 인과관계 보완관계를 구축하며 상승작용을 하게 된다.

'내선일체'란 말하자면 식민지 조선이 그 특성을 전면 해소한 채 천황중심의 가족국가적 형태 속으로 융합해 들어감으로써 형성되는 '一體'의 논리이다. 이는 표면상 불평등한 입장에 있는 조선인을 일본인과 똑같이 대우해 준다는 의미로 나타나기도 한다. 그러지만 그 속내는 조선인을 완전히 일본으로 동화시키는 것, 즉 민족말살을 획책하기 위함이었다. 이러한 수단 가운데 하나는 조선인과 일본인의 피를 섞어버리는 혼혈을 통한 '내선일체'였다. 이의 한 방법으로 제시된 것이 이른바 '日鮮通婚'에 관한 정책이었다.

일제의 통혼정책이 본격적으로 대두되기 시작한 것은 1919년 3·1운동 직후 '내지연장주의'가 식민통치이념으로 부상하면서부터였다. 당시 수상이었던 하라 다카시(原敬)는 동화정책의 일환으로 조선인과 일본인간에 있었던 공공연한 잡혼(雜婚)을 허락하는 방침을 취하여야 한다는 인식을 가지고 있었다. 이러한 인식을 반영한 정책들이 1920년대 초기에 본격적으로 전개되었는데, 그 중 하나가 조선인과 일본인 간의 결혼을 상징적으로 보여주는 예를 만드는 작업이었다. 바로 두 나라 왕실간의 혼인이 그것이었다. 마침내 일제의 의도에 따라

1920년 4월 거행된 李王世子 '은(垠)'과 일본왕족 '李本宮方子(李方子)'와의 결혼식은 '왕실간의 혼인'이라는 상징적인 예로 그치지 않고, 이를 계기로 일반 민중들의 통혼을 장려하는 정책으로 확대되어 갔다.

이를 위한 법률의 정비작업에 착수한 일제는 이듬해 6월 〈조선총독부령 제99호〉로 '內鮮人通婚法案'을 공포하였으며, 이어 1923년 7월 〈조선민사령〉의 제2차 개정을 통해 처음으로 '호적에 관한 규정'을 만들었다. 혼인, 이혼, 緣組(양자결연), 雜緣 등의 수속을 일본과 동일하게 만들어 권리관계의 이동을 분명히 하는 한편, 형식적으로나마 일본식 '家'개념의 호적제도를 조선에 도입 적용한 이른바 〈조선호적령〉을 시행하였다.[52] 이 두 가지 법률적 조치는 1920년 이후 일제의 식민지정책으로 전개되고 있었던 '일시동인'과 '내지연장주의'를 법률적으로 구현한다는 명분이 되었으며, 내선간의 통혼을 촉진하는 계기가 되었다.

일제의 통혼정책이 보다 중요성을 띠고 식민지정책의 전면에 드러난 것은 1936년 조선총독으로 부임한 미나미 지로가 '내선일체'를 식민통치의 최고의 이념으로 내세우고 본격적인 '황민화'에 착수하던 중일전쟁 이후였다. 미나미 총독이 구상하였던 '내선일체'란 바로 이런 것이었다.

나는 內鮮一體라는 것이 아주 어려운 것이라고는 생각하고 있지 않다. 왜냐하면 우리나라와 같이 정의에 입각한 통치는 세계 각국에 유례가 없는 숭고한 道義的 統治이기 때문이다. 〈중략〉 내가 항상 역설하는 것은 內鮮一體는 상호간에 손을 잡든다던가 形이 융합된다던

---

52) 최유리(1999), 「일제의 통혼정책과 여성의 지위」, 「국사관논총」 제83집, 국사편찬위원회, pp.139~140

가 하는 그런 미지근한 것이 아니다. 손을 잡은 사람은 떨어지면 또 별개가 되고, 물도 무리하게 흔들어 섞으면 융합된 모습이 되지만 그 것으로는 안된다. 形도 心도 血도 肉도 모두가 일체가 되지 않으면 안 된다.[53]

내가 항상 역설하지만 내선일체란 손을 잡거나 외형이 섞이거나 하는 것 같은 미적지근한 것이 아니다……외형도, 마음도, 피도, 살도, 모두가 일체가 되지 않으면 안 된다.[54]

미나미 총독에 있어서 '내선일체'의 궁극적인 상태는 바로 '心身의 온전한 일체'가 되는 것이었다. 이에 따라 內鮮간의 통혼은 '내선일체' 를 위한 정책의 중요한 요소로 부상하였다. 전쟁이 확대일로를 걷고 있는 상황에서 일본제국과 공동운명체라는 인식을 부여하기 위하여, 또 조선인의 내부로부터 분출될 수 있는 저항의 요인을 완화시키기 위하여 정신적인 정지작업이 필수적으로 대두되었는데, 미나미는 이 를 '내선결혼'을 통한 혼혈에서 찾고자 한 것이었다.

이러한 통혼정책에 또 하나 중요한 전기가 된 것은 1940년 2월 시행 된 '創氏改名', 즉 〈朝鮮民事令〉의 3차 개정이었다. 이는 일본의 호적 과 '家'제도에 대한 형식만을 도입했던 2차 개정에 비해 그 실질적인 내용까지도 조선에 적용하고자 한 것으로 볼 수 있다. 여기에는 종래 조선의 '姓'에 대신하여 '家'의 칭호인 '氏'를 붙여 호칭질서와 가족제도 의 기본단위를 '家'로 통일하였으며, 또한 '婿養子'와 '異姓養子'제도를

---

53) 조선총독부(1940), 「國民精神總動員朝鮮聯盟役員總會席上總督挨拶(1939. 5.30)」, 『朝鮮國民精神總動員』, p.101
54) 鈴木裕子(1992), 「國民精神總動員聯盟 役員總會席上 總督 訓示(1939.5.30)」, 『從軍慰安婦·內鮮結婚』, 未來社, p.84

신설함으로써, 부계혈통의 계승을 원칙으로 하는 조선의 가족제도는 그 근저에서부터 부정되기에 이르렀다.

일본식 가족제도의 도입, 혼인과 양자관계를 통한 양 민족의 혼혈로서 '내선일체'를 완성하고자 하여 개정된 법령은 일본인들의 조선인과의 통혼을 활성화 하는 데 큰 역할을 하게 되었다. 이는 〈표 5〉에서 제시된 조선인과 일본인간의 통혼이나 배우 관계에서 쉽게 파악할 수 있다.

〈표 5〉 조선인 對 일본인 配偶관계(1938~1942)[55]

년도	일본남자/ 조선여자	조선남자/ 일본여자	조선인이 일본인의 家에 入婚한 경우	일본인이 조선인의 家에 入婚한 경우	계
1938	68	578	261		907
1939	105	642	258		1,105
1940	94	859	257	3	1,213
1941	113	1,012	291		1,416
1942	172	1,094	262		1,528
계	552	4,185	1,329	3	6,069

〈표 5〉에서 제시된 수치는 물론 양국에서 이루어진 배우관계의 수가 포함된 것이다. 조선총독부는 이러한 현상에 대해 숫자적으로 드러난 극히 일부분이며, 실제의 수는 통계의 수십 배, 수백 배에 달하고 있다.[56]고 주장하고 있다. 정확한 통계자료를 얻을 수 없어 통혼의 진

---

55) 朝鮮總督府(1941, 1944), 「제79 제국의회 설명자료」(1941.12), 「제86 제국 의회 설명자료」(1944.12) (최유리(1999), 앞의 논문, p.147 참조)
56) 朝鮮總督府(1944), 「제86 제국의회 설명자료」(1944.12) (최유리(1999), 앞

행상 다소 과장된 면이 엿보이기도 하지만, 양국 간의 민족감정 혹은 통계에 산입하지 못한 사실혼 관계를 감안한다면, 그 수치가 이보다 훨씬 증가할 것이라는 예측은 충분히 가능하다 할 것이다.

〈표 5〉에서 유독 주목을 끄는 것은 3차 개정 공포된 〈朝鮮民事令〉 이후, '조선인 남자 對 일본인 여자' 구도의 배우관계가 현저한 증가세를 보이고 있다는 점이다. 이 시기 이러한 형태의 내선결혼이 급증세를 보인 것은 '창씨개명'과 함께 민족말살정책의 일환으로 실시된 '내선통혼정책'의 결과로 볼 수 있다.

여기에 일제의 비장한 전략이 숨어 있었으니, 가정의 대소사와 자녀양육이 여성의 손에 달려있다는 것을 인식하였던 바, 가정의 모든 대소사는 물론 국가의 미래를 지고나갈 자녀들의 교육만큼은 자국의 여성에게 담당케 하려는 정책적인 전략이 바로 그것이다.

이러한 내선통혼의 권장에는 이 시기 문학자들의 문학작품을 통한 영향력도 빼놓을 수 없다. 이는 일제가 가장 바람직하게 여기는 내선통혼의 구도인 '조선인 남자 對 일본인 여자'의 결합을 주제로 한 소설이 이 시기에 집중 발표된 것에서 쉽게 확인되는 사항이다.

내선결혼을 통한 혼혈로, 또 자국의 여성을 통한 자녀양육을 통하여 지극히 자연스럽게 한국인의 신체와 정신에 깃들어 있는 민족적인 것들을 말살하고 마침내 정신까지 온전히 일본화 하는 것으로 '내선일체'를 완성시키려 하였던 것이다. 그 가운데 국가 유용성에 따른 국민으로 양성하려는 의도가 깃들어 있었으니, '조선인 남자 對 일본인 여자'의 통혼을 구도로 한 '내선일체'를 추구하는 소설이야말로 친일소설 중의 백미(白眉)라 할 수 있을 것이다.

의 논문, p.148에서 재인용)

1.3.3. 내선결혼의 불구성

일제말기 강조된 통혼정책의 궁극적인 목표는 일본인과 조선인의 피를 섞어버리는 혼혈로서 '내선일체'의 완성에 도달하고자 함에 있었다. 이에 따라 대다수의 문학자들은 마치 유행병처럼 '내선결혼'이라는 주제를 놓고 글쓰기에 고심하였다. 그럼에도 실상 이 시기 '내선결혼'을 주제로 한 소설은 그다지 많지 않아, 당시 한국인이 쓴 일본어소설 전체의 10%에도 못 미칠 정도이다. 그러나 그 주제의 비중은 양을 훨씬 뛰어넘어, 이 시기 내선간의 통혼문제는 '창씨개명'과 함께 전 조선인의 황민화를 위한 가장 큰 이슈가 되었다.

조선인 남자와 일본인 여인을 설정하여 그들의 연애를 다룬 소설은 앞서 정인택 심리소설에서 몇 차례 다룬 바 있다. 정인택의 사소설 격이기도 한 지식인의 심리를 다룬 소설 대부분은 東京에서의 체험을 바탕으로 한 설정이었는데, 시세의 변화를 누구보다도 재빨리 포착한 정인택은 이후 '조선'을 배경으로 한 소설에서 자연스럽게 내선결혼 형식으로 이끌어 갔다. 「못다핀 꽃」의 개작편인 일본어소설 「見はてぬ夢」는 정인택이 東京에서 귀국하여 잠시 머물던 강원도의 한 어촌 마을 장전(長箭)을 배경으로 한 소설이다.

앞서 언급하였듯이 이 소설은 단순한 연애소설임에도 개작 과정에서 주인공 이름과 소설제목이 바뀌는 점에서 문제성을 안고 있다. 우선 주인공 이름의 변화를 보면, 시국의 추이를 따라가려는 작가의 의도와 일치하고 있음을 알 수 있다. 초출 「못다핀 꽃」에서 주인공의 이름은 '봉준'과 '금자(錦子)'(다른 이름은 '유리에'이며, 별명은 유령이라는 뜻의 '유-레이')이다. 그런데 개작된 일본어소설 「見はてぬ夢」에서는 '봉준'이 '성호(聖浩)'로 바뀌며, 여주인공 이름은 '유리에(百合江)'

로만 설정되고 있는 것이다.

술집 여급인 '유리에'는 혈혈단신 시골로 떠돌아다니는 스물네 살, 술 잘 먹고 놀기 잘하기로 소문난 여급이며, 무식한데다 몸은 망칠대로 망친 여인이다.[57] 이렇듯 무분별하고 복잡한 과거를 가진 '유리에'에게, 마을에서 다섯 손가락 안에 드는 부잣집 아들 '성호'는 순정으로 다가와 끊임없이 구애의 손길을 내민다.

세상의 추함을 모르는 성호는 유리에가 괴로워 할 만큼, 그만큼 유리에를 사랑하고 있었다. 어린 아이가 어머니 품을 찾는 것처럼 외골수적인 성호의 순정이었다. 유리에의 말 한마디로 도둑은 물론 살인까지도 감내할 헌신적인 성호였다.[58] (「見はてぬ夢」, p.248)

'유리에' 역시 '성호'에 대한 사랑은 간절하다. 그러나 무분별하고 복잡한 과거를 가진 자신의 처지를 돌아보며 '유리에'는 양심의 가책 때문에 수없이 갈등한다. 도저히 '성호'의 순수한 사랑을 받아들일 수 없었던 '유리에'는 결국 '성호'를 위한다는 명분으로 성호의 곁을 떠나기로 결심한다.

오늘 중으로 장전(長箭)을 떠나지 않으면 안 된다. 그래야만 어젯밤 슬픈 내 신상이야기는 꾸민 이야기가 아니라 점점 진실성을 띠고 아름다운 인상을 성호의 머릿속에 언제까지라도 심어 줄 수 있게 될

---

57) 정인택(1940), 「作中人物誌 － 「나」와 그들」, 「조광」, 1940.11, p.205
58) 世の汚れを知らぬ聖浩はさうやつて百合江が苦しむほど、それほど百
　　合江を愛してゐた。幼兒が母親の懷を求めるやうな、そのやうなひた
　　むきな聖浩の純情だつた。百合江の一言で泥棒は愚か、人殺しさへ兼ね
　　まじき獻身的な聖浩なのであつた。

거야 ―― 혼자 몸이라 홀가분한 것이 오히려 다행이라 생각하고 유리에는 세차게 도리질을 한 후 숨을 크게 들이마셨다.[59] (「見はてぬ夢」, p.249)

소설 제목처럼 결국 두 사람의 사랑은 '이룰 수 없는 꿈'이 되어버리고 만 것이다. 「見はてぬ夢」는 어찌 보면 국적과 상관없이 남녀 간의 순수한 애정문제를 다룬 작품이라 할 수도 있다. 그러나 언어를 달리하고 주인공의 이름(한국식 남자이름과 일본식 여자이름으로)을 바꾸어 재발표 한 것과, 돈 많은 재력가인 조선남자가 미천한 일본여성에게 끊임없이, 아무런 조건도 없이 구애의 손길을 내민다는 점에서 일제가 제시한 통혼정책의 구도에 합당한 작품으로 여겨지는 것이다. 일제가 가장 바람직하게 여기는 내선결혼의 구도가 조선남자와 일본여인의 결합이었으며, 게다가 조선인 측에서 더 적극적이었다는 점에서 국가시책에 부응한 면을 보여주었기 때문이다.

그러나 부잣집 아들이라는 것 외에 별다른 직업도 없이 술집여인을 탐닉하는 조선남성과 하류계급의 일본여성을 설정하여 즉흥적인 사랑을 나눈다는 내용만으로는 어쩐지 석연치 않다. 피차의 사랑에 거짓이 끼어들어 그다지 진정성을 찾아볼 수 없었으며, 결국은 헤어지게 됨으로써 '내선일체'의 구현에도 그다지 실효성이 없는 무미건조한 소설이 되고 만 것이다.

한편 태평양전쟁 발발 직후 발표한 일본어소설 「殼」(1942.1)는 일본

---

59) 自分は今日のうちに長箭を去らねばならない。さうすれば昨夜の悲しい身上話は益々眞實性を帯びて来て作り話らしからぬ美しい印象をいつまでも聖浩の頭の中に植ゑつけておくであらう。一人身の氣輕さが却つて幸せのやうにすら思へて百合江は激しくかぶりを振りそれから大きく息を吸ひ込んで見るのであつた。

여성을 조선인 가문에 입적시킴으로써 '내선일체'를 구현하고자 한 일제의 전략이 두드러진 작품이다. 주목되는 점은 '학주(鶴住)'와 '시즈에(靜江)'의 동거, 즉 비정상적인 혼인관계를 합법적인 결혼으로 이끌어 내려는 주인공 '학주'의 강한 의지력이다.

십여 년 전까지만 해도 마을에서 굴지의 부호였던 집안이 몰락하면서 소작인으로 전락하게 되자, 차남 '학주'는 학문에 뜻을 두고 고향을 떠나 경성에서 고학으로 중학을 마치고 직장에 다니던 중 일본여인 '시즈에'와 동거에 들어간다. 두 사람의 고민은 아들을 얻게 되면서 시작된다. 무엇보다도 부모님께 합법적인 결혼으로 인정받고 가문에 입적되는 것이 급선무였기 때문에, '학주'와 '시즈에는 아들을 앞세우고 시골로 향한다.

> '죄 없는 손자의 얼굴을 보면 고집스러운 아버지의 마음도 풀리겠지.' 그 것은 학주의 바램이었다기보다는 한시라도 빨리 남편 가문의 일원이 되고 싶어 한 시즈에의 바램이기도 했다.[60] (「殻」, p.158)

두렵고 애타는 마음으로 고향집에 도착하였지만 가문을 중요시 하는 아버지로부터 '시즈에'는 여지없이 거절당하고 만다. 일본국적을 가진 여인, 게다가 미천하기까지 한 '시즈에'를 도저히 받아들일 수 없었던 아버지는 양반가문을 더럽혔다는 이유로 완강하게 거부하며 문지방 넘는 것조차 허락하지 않았던 것이다. 고향에 다녀온 이후 폐렴을 앓던 아이가 죽는 등, 연이은 시련에 학주는 집안과 소식을 끊

---

60) 罪のない孫の顔を見ては頑なゝ父の心もほぐれずにをくまいと、それは寧ろ鶴住の願ひだといふよりも、一刻も早く夫の家の人になり度い靜江の自慰交りの望みだつたのであつた。

고 지내면서도 아버지 마음이 하루라도 빨리 돌아서기만을 학수고대
한다.

　태생도 모르는 여자라는 이유만으로 남편이라 부르는 사람의 집에
받아들여지지 않는다는 사실은 여자에게 너무 가혹하고 슬픈 일임에
틀림없었다. 그래도 시즈에는 그 슬픔을 혼자 가슴에 묻고 원망하지
않았다. 원망은커녕 오히려 신분이 낮은 자신에게는 과분하다면서
학주에게 온갖 애정을 쏟으며 이를 악물고 참았다.[61] (「殼」, p.158)

'시즈에'의 소원은 오직 불완전한 결혼을 정식결혼으로 인정받고 조
선인 가문에 입적되어 떳떳한 가족의 일원이 되는 것이었다. 동거한
지 어언 4년, '학주'는 이제 '시즈에'와의 사랑에 있어서 피나 관습의 차
이 같은 것은 아무 문제가 없다고 생각한다. 그러던 중 아버지가 위독
하다는 연락을 받게 되자, 실낱같은 기대를 가져본다. 위독한 상태이
니까 잘 설득하면 아버지의 허락을 얻을 수 있을지도 모른다는 희망
이 있었기 때문이다. 행여 또 다시 문전박대 당할까봐 혼자 가려는 '학
주'에게 '시즈에'는 함께 데려가 줄 것을 간청한다.

　"하지만…… 저도 데려가주세요. 아버님은 아버님이고 저는 저예요.
다시 쫓겨나더라도 꼭 같이 가고 싶어요. 정말이에요. 부탁이니까 데

---

61) どこの誰とも素性の知れない女だといふ、それだけの理由で自分が夫
　　だと信じ賴つてゐる人の家に受け納れて貰へない、その事實は女に取
　　つて遣瀬なく、悲しく、心許ない事實であるに違ひなかつた。それで
　　も静江はその悲しみを一人胸に悲めて怨めしく思ふどころか、却つて
　　身分の低い自分には分に過ぎる高望みだと、鶴住の精一ぱいの愛情を捧
　　げ、歯を喰ひしばつて默默と噛み堪えてゐるのであつた。

려가 주세요......[62) (「殼」, p.157)

'시즈에'의 애절한 부탁에도 '학주'는 아버지의 신경을 건드리는 것
이 오히려 역효과가 날 것을 염려하며 결국 혼자 내려간다. 그러나 시
골에 도착하자마자 '학주'는 아버지의 의도에 말려들었음을 깨닫는다.
아버지가 위독하다는 전보는 '학주'를 불러들이기 위한 거짓이었다.
양반가의 아들이 비정상적인 혼인관계를 유지하고 있는 것을 결코 용
납할 수 없었던 아버지는 이미 '시즈에'와 결혼하여 아이까지 두었던
자신을 도무지 인정하려 하지 않고 자기 의지대로 또 다른 혼인을 진
척시키고 있었던 것이다.

"X마을의 황씨네 딸을 며느리 삼기로 했다." 그것은 판결을 선고하
는 것처럼 냉연했다. 〈중략〉...."이번에 널 불러들인 것은 내 병 때문
만이 아니다. 혼담이 성립되었기 때문이야." 〈중략〉 "네 기분을 전연
모르는 것은 아니다. 그러나 아무리 몰락했다고 해도 가문, 가문은 중
요하다. "나를 닮아 너도 고집이 세니 너희들 사이를 억지로 헤어지
게 하고 싶지는 않았다. 그것은 나도 포기했다. 그 대신 내 말대로 명
목상 만으로라도 황씨 딸을 받아들여라. 받아들인 다음엔 너 좋을 대
로 해도 좋다. 경성에서 살고 싶으면 경성에서 살아도 좋다. 황씨 딸
은 나와 네 형이 맡을 것이다. 이제 됐냐? 왜 대답이 없어? 이만큼 말
해도 모르겠냐?".....[63) (「殼」, p.228)

---

62) 「でも..... 私、連れて帰つて戴きたいわ。お父さんはお父さん、私は私
　　よ。もう一度追ひ出されても――歸るだけは歸るのが――本當よ。お
　　願ひ、連れてつて.....

63) "X村の黃さんの娘を、貰ひ受けることにしたぞ"それは判決の言ひ渡し
　　のやうに冷然としてゐた。〈略〉....今度お前を呼び返したのはわしの病
　　氣の所爲ばかりでない、今の緣談が纏まつたからぢや、〈略〉....お前の

가문의 명예라는 것 때문에 혼인 상태에 있음에도 '시즈에'를 첩으로 둘 것을 강요하는 아버지의 태도에 '학주'는 심한 분노를 느낀다. 그리고 그런 아버지를 낡은 인습의 껍질에서 벗어나지 못하는, 즉 시세를 전혀 받아들이지 않는 고집불통에 도덕적으로 단죄 받아야 할 존재로까지 여기며 애통해 한다. 마침내 '학주'는 아버지와는 영원히 합치될 수 없는 평행선임을 인식하고 엄청난 불효를 감수하고서라도 아버지와 가문에 대한 인연을 끊기로 결심하기에 이른다.

아버지를 죽일 것인가, 시즈에를 살릴 것인가? 결국 그(그것만으로도 중대한 문제였지만) 문제에 지나지 않았지만, 결코 그 정도로 그치는 문제만은 아니었다. 그 깊은 곳에는 측량할 수 없을 만큼 잡다한 시사가, 제시가, 의문이 존재하고 있었다. 〈중략〉....학주는 역을 향해 미친 듯이 달리면서, 자신의 발이 집에서 한발 한발 멀어짐에 따라 시시각각 아버지의 생명이 단축되어가는 것만 같아서 남몰래 눈물을 뚝뚝 떨어뜨리며 '나는 아버지를 죽인 대 죄인이다. 대 죄인이다.' 며 마음속으로 계속 외쳤다.[64] (「殻」, p.229)

氣持が丸つきり判らぬでもない、しかし幾ら落ち目にならうとも、家柄、家門は大事ぢやぞ、〈略〉....わしに似てお前も意志つ張りぢやからお前たちの仲を無理に引き裂かうとは思はぬ、それはわしも諦めた、その代わりわしの言う通りにして、名目だけでも黄さんの娘を貰つてくれい、貰つた上で、お前の好きなやうにどうともしてくれい、京城で暮したければ、京城で暮しでもよい、黄さんの娘はわしが、お前の兄があづかつて置いてやる、よいか.....なぜ返事をせぬ、これだけ言つても判らぬか....

64) 父を殺すか、静江を生かすか、つまりは、それだけの(それだけでも充分に重大ではあるが)問題にすぎないが、しかし、決してそれだけに止まる問題でなかつた。その奥底には測り知れないほど雑多な示唆が、提示か、疑問が横はつてゐるのであつた。〈略〉....鶴主は駅の方へ向かつて気狂ひのやうに走り続けながら、自分の足が家から一歩々々遠く

중요한 것은 소설이 끝나는 시점에 이르러서도 이들의 사랑은 합법적인 결혼으로 성사되지는 못한다는 점이다. 시대의 흐름에도 전혀 요동하지 않는 아버지라는 커다란 장벽이 그들을 가로막고 있었기 때문이다.

민족적 위상의 격상을 내세운 '내선일체'란, 이처럼 민족적 감정 때문에 괴로워할 수밖에 없는 인물을 통하여 시도될 수밖에 없다. 아버지와 가문이라는 그 단단한 껍질을 깨부수지 않는 한, 일제가 추구하는 '내선일체'란 해결하기 어려운 난제이기 때문이다. 결국 이들은 비정상적인 혼인관계를 유지하면서 훗날, 즉 구세대가 퇴락할 날을 기약할 수밖에 없는 것이다.

「殼」는 양국 문명의 충돌과정에서 봉건적 세계관이 더 강하게 작용하는 가운데 뚜렷한 대안을 제시하지 못한 채 신사고를 지닌 신세대인 '학주'가 장차 풀어가야 할 과제로 제시되고 있다. 합법적인 내선결혼으로 완성되지 못한 상황에서 '내선일체'라는 과제의 해법을 찾기 위한 작가의 의도는 결국 가문과 인습에서 헤어 나오지 못하는 구세대(아버지와 형)와 신세대(신교육을 받은 '학주'와 '용주')의 사상적인 분리를 시도하는 것으로 재차 시도된다.

"……교장선생님한테서 지원병 이야기를 듣고 결심했어. 나도 지원병이 되어 일본을 위해 싸울 거야!" "……." 학주는 목이 메어 곧바로 대답할 수가 없었다. 그래. 용주도 아버지와 싸우지 않으면 안 될 것이다. 아버지의 딱딱한 껍질에 부딪쳐 튕겨 나갈 사람이 여기 또 하

につれ、刻刻と父の命が縮まつて行くうやうで、もう誰に見られたつていいと大粒の涙をぽたぽだ落し、僕は父を殺し大罪人だぞ、大罪人だぞ、と心の中で叫び続けた。

나 있었다. 그러나 그 껍질을 깨부수기는 어려울 것이다. 아버지는 그 껍질을 등에 진 채 그 무게에 눌려 부셔지겠지. 〈중략〉 "좋아, 형을 믿고 경성으로 와라!" 자신 있게 용주에게 말했다. 그리고 어른처럼 다부진 용주의 어깨를 붙잡고 세차게 흔들었다.[65] (「殼」, p.230)

여기에는 가문과 혈통을 목숨처럼 지켜온 아버지와 형이라는 껍질이 아무리 단단하다 하더라도, 또 그 껍질을 깨고 나올 때의 고통이 아무리 크다 하더라도 일제의 제도권 안으로의 편승을 요구하는 시대의 흐름은 거역할 수 없다는 메시지가 담겨 있다. 도저히 소통할 수 없는 아버지에게서 튕겨 나와 '시즈에'를 선택한 '학주'의 행동에서 이미 구시대와의 사상적 분리, 즉 민족성과의 단절은 예고되어 있었지만, 소설 말미에 신시대를 지향하는 동생 '용주'를 등장시킴으로서 이를 더욱 확고히 다져가고 있는 것이다. 지월병이 되어 일본을 위해 싸우기를 희망하는 동생 '용주'의 결심과, 그런 '용주'에게 발판이 되어 주리라 결심하고 동생을 격려하는 '학주'의 언행을 통하여 궁극적으로 '내선일체'와 '황민화'에 도달하고자 하였던 것이 아닐까 여겨진다.

앞서 살폈듯이 양국 남녀 간의 결혼 또는 사랑을 주제로 한 소설은 대부분 조선인 남자와 일본인 여인으로 설정된다. 이는 가정에서의

---

65) 「…校長先生から志願兵の話をきいて、僕は決心した。僕は志願兵なつて日本の爲に戰ひたいんだ!」「……」ぐつと詰つて、鶴柱は直ぐに答へることが出來なかつた。さうだ。用柱も一度は爭はなければならない....父のこちこちな甲羅にぶつかつて撥ね返されなければならない子が、此処にもう一人居る、しかしあの甲羅を叩割ることは難しい、父はあの甲羅を背負つたまゝ、今に自分の重さに押されてしまふだらう、〈略〉「よし、兄さんを賴つて、いつでも京城へ來い!」鶴柱は自信を以て用柱にさう言ひ、大人のやうに遲しい弟の肩をぐつと掴んで、強く前後に搖ぶつた。

자녀 양육과 교육이 대부분 여자의 주도하에 이루어지고 있다는 점을 간파한 일제의 통혼정책의 일환으로, '내선일체'의 완성을 위해서는 일본인 여자로 하여금 그 역할을 감당케 하려 하였던 의도에서 비롯된 것이다.

당시 문학인들은 일제의 이러한 정책에 부응하여 '내선결혼'을 주제로 한 소설을 다투어 발표하였지만 그것이 성공한 케이스는 극히 드물다. '내선결혼'을 완성으로 이끌어가려면 결국 일본인과 조선인이 '황국신민'으로서 하나가 되어야 한다는 또 다른 계몽의 이데올로기를 담아야 하는데, 문제는 이전 작품들과는 달리 성별 위계질서에 민족의 항이 끼어들면서 위계질서가 전도되고, 이로 인해 서사에 균열이 생기게 되기[66] 때문이다.

이 시기 국제질서로 볼 때 지배국으로서 일본은 식민지였던 조선에 대하여 월등히 우월적인 위치에 있었다. 그럼에도 한일 간의 연애나 결혼을 다룬 작품 대부분은 모든 면에서 한국인 남성이 일본인 여성에 대하여 우월한 위치로 나타나고 있다. 정인택의 「見はてぬ夢」나 「殼」도 예외는 아니다. 여기에 은밀하게나마 남성의 여성지배라는 봉건적 세계관이 작용하고 있기는 하지만, 지배국 일본의 여성이 단지 식민지 조선인의 가문에 입적되기 위해 갖은 수모와 모멸감을 참아내면서 노력한다는 설정은 어색하기 이를 데 없다.

전쟁이라는 초비상 시국에서 일본여성의 한국남성에 대한 강렬한 구애 혹은 한국남성의 일본여성에 대한 각별한 애정이란, 특별한 경우를 제외하고는 대부분 식민지정책에 따른 가상 설정으로 볼 수 있다. 따라서 이러한 주제나 인물 구도는 당시의 국제질서나 식민지 조

---

66) 김양선(2002), 「친일문학의 내적논리와 여성(성)의 전유양상」, 「실천문학」 겨울호, p.275

선에서 전개되고 있는 고통의 실체를 전혀 고려하지 않은 억지스런 연애물에 지나지 않는다 하겠다. 이러한 점에서 시도는 하였으나 끝내 완성에까지 이르지 못하는 '내선결혼의 불구성'이 드러나고야 마는 것이다.

2. 일제의 만주정책과 국책문학의 명암

2.1. 만주정책과 국책문학

일제의 만주정책은 다양하게 그리고 기술적으로 실시되었다. 일제는 1932년 ①順天安民 ②王都樂土의 실현 ③國際信義의 존중 ④문호개방 ⑤인재의 등용 ⑥五族協和를 건국이념[67]으로 내세우고 만주국 건국을 선포하였다. 이어서 '일본과 만주는 일심동체'라 규정하고 만소(滿蘇)국경을 지킨다는 명분으로 新京에 관동사령부를 설치함으로써 만주를 실질적인 지배권에 포함시키고 이를 발판으로 대륙침략을 위한 갖가지 정책을 치밀하게 추진하였다.

그 정책은 이른바 '일본과 만주는 하나'라는 정신에 의해 민족의 협화와 국토의 개척, 그리고 왕도낙토의 건설을 구현하려 하였던 것이다. 이를 위해서 京城의 '鮮滿拓植株式會社'와 新京의 '滿鮮拓植株式會社'가 실무를 담당하였는데, 이들은 첫째, 한국내의 우수한 농부들을 집단적 또는 집합적으로 이주를 시켰고, 둘째, 만주국 안의 기존 한국인들의 영농을 도왔다. 이같은 개척민정책은 '大蘇兵力배치' 및 '산업개발'이라는 두 가지 목적을 노린 것이었고 한민족을 한국으로부터 몰

---

67) 香川幹一(1938), 『滿洲國』, 東京古今書店, p.114

아내려는 민족해소전략과도 무관하지 않은 것이었다.[68]

　일제는 만주국을 건설하는 데 드는 엄청난 자금을 충당하기 위하여 거액의 공채를 발행하는 한편, 아편을 공식적으로 제조 확산시키는 정책을 펼치기도 했다. 1932년 〈아편법〉[69]과 〈아편법실시령〉을 반포하면서 아편전매제도를 확립하였던 일제는 이 아편전매를 통하여 거대한 이윤을 얻는 동시에 다른 한편으로는 만주의 거주민을 아편중독자로 만들어 그들의 지배정책에 대한 저항력을 약화시키려 했다.[70] 그리고 이들의 치료명목으로 '갱생원'을 설치하여 아편중독자를 수용하였는데, 이는 아편환자의 치료라기보다는 입소자들의 노동력을 착취하기 위한 수단[71]으로써의 시설이었다. 실제로 목수나 피혁공, 제화공과 같이 전쟁에 필요한 인력을 가장 우선하여 입소시켰던 것을 보면, '갱생원' 입소자들의 대부분이 군수물자를 만들 수 있는 기술자였다. 이처럼 만주국의 아편정책은 일본의 군수보충의 목적과 중국과 만주의 전체적인 국력을 약화시키는 수단이 될 만큼 양면성을 지니고 있었다.

　일제는 만주국 건국과 함께 그들의 식민정책을 강화하는 한편, 이를 문학적으로 뒷받침하도록 종용했으니 그것이 이른바 국책문학[72]

---

68) 신희교(1996), 앞의 책, p.84
69) 아편법에 따르면 만 25세의 아편중독자에 대하여 정부가 치료할 필요가 있다고 판단할 때 정부에서 판매하는 아편을 피울 수 있게 허락하고, 양귀비 재배는 정부의 허가를 받아야 하며, 수매와 제조, 가공, 판매는 정부에서 관장했다.
70) 조진기(2002), 「만주이민의 현실왜곡과 체제순응」, 앞의 논문, p.215
71) 季琨(2002), 「일제강점기 간도소설연구」, 경남대 박사논문, pp.84~85
72) '국책문학'이란 전시체제하 국책을 수행하기 위하여 농민문학, 대륙문학, 생산문학, 해양문학이라 불린 문학이 성행하게 되는데 이것들을 일괄하여 국책문학이라 부른다. 그 선구적 역할은 농민문학으로 시마키 겐사쿠(島木健作)의 「생활의 탐구」(1937)가 계기가 되었다. (조진기(2000), 「일제

이며, 만주의 경우 대륙개척문학으로 전개된다. 만주 개척문학은 이와 같이 일제의 국책과 동일 연장선상에 있었으므로, 일제의 만주지배정책을 비판 없이 수용하였다고 할 수 있다.

대륙개척문학은 1938년 국책을 뒷받침하기 위하여 발족된 〈농민문학간화회〉를 중심으로 하여 대륙개척에 관심을 갖고 있는 문학자가 회합하여 〈대륙개척문예간화회〉[73]를 결성하고 만주정책을 문학적으로 뒷받침하는 활동을 전개 하였는데, 말하자면 대륙개척을 다룬 우수한 작품을 장려하기 위한 종합적인 후원사업이었다. 이러한 모든 활동을 일원화하기 위하여 〈만주홍보협회〉가 창립되었고 재만 전 언론사가 이 협회에 강제적으로 가맹하기에 이른다.[74]

또한 국가이념에 따라 1936년 3월 탄생한 《만선일보》[75]는 "협화정신을 고무하고 재만 조선계의 국민적 자각을 강화하며, 조선계의 황민화 촉진에 적극적 참획"을 선언하고 일본 정부로부터 연간 6만4천 원의 보조를 받으며 만주국 정부의 대변인으로 어용의 길을 걷게 된다. 1941년에는 예문을 통제하는 '예문지도요강'[76]을 발표하고, 예문

의 만주정책과 간도문학」, 「배달말」 제27집, p.226)

73) 1939년 1월에 결성된 일본의 국책문학단체의 하나이며, 그 목적은 '대륙개척에 관심을 가지고 있는 문학자들이 회중하여 관계당국과 긴밀한 연락 제휴 아래 국가적 사업달성의 일조에 참여하여 문장 보국(報國)의 실적을 올리는 데' 있다. (『文藝年鑑』(1940.12), 第一書房, p.114)

74) 조진기(2002), 「만주이민의 현실왜곡과 체계순응」, 앞의 논문 p.216

75) 만주국 홍보처의 한글신문에 대한 통합 받침으로 《간도일보》(1923~1937까지 용정에서 발행)와 《만몽일보》(1933.8~1937까지 장춘에서 발행)를 합병하여 《만선일보》가 탄생함.

76) '예문지도요강'은 취지, 아국문예의 특질, 예문단체조직의 확립, 예문활동의 촉진, 예문교육 및 연구기관의 5개 항목으로 나누어져 있으며, 건국정신을 기조로 하는 예문의 창조와 그 육성 및 보급에 대하여 지시하고 있다.

은 물론 언론까지 통제하기에 이르니 만주국의 문예는 철저하게 국책 수행을 위한 국책문학의 성격을 지니게 된다.

같은 해(1941) 11월 국내에서는 시국에 맞추어 조선문단의 혁신을 도모하고자 새로운 의도와 구상아래 「文章」과 「人文評論」을 합병하여 「國民文學」이라는 잡지를 창간하기에 이른다. 언론통제에 의해 조선문단을 혁신할 의도와 새로운 구상아래 창간된 「國民文學」을 비롯한 친일성향의 신문 또는 문학지는 일제의 만주정책 수행을 위한 문학적인 보조 장치로 작용한다.

1942년 6월 정인택은 당국으로부터 南北滿州의 조선인 개척지를 시찰하고 거기서 얻은 견문으로 작품을 써달라는 의뢰를 받고 장혁주, 유치진과 함께 개척민 시찰차 만주로 떠났으며,[77] 이어 간도성(間島城)의 초빙으로 12월 하순 채만식, 이석훈, 이무영, 정비석 등과 함께 다시 방문하여 間島의 정치, 경제, 문화, 개척부락의 생활상 등을 둘러보고 온다. "그 곳 개척지 사정을 전혀 모르는 상태지만 눈에 보이는 것은 하나도 빼놓지 않고 올 決心"[78]으로 다녀온 2차례의 간도성 여행의 결과물은 〈표 6〉과 같은 작품으로 발표된다.

〈표 6〉 만주정책과 관련된 정인택의 작품[79]

순	발표일자	장르	언어	작 품 명	게 재 지	비고
1	1942. 6. 18	수필	일본어	哈爾濱にて	京城日報	
2	1942. 6. 23	수필	일본어	千辰にて	京城日報	

[77] 삼천리사(1942), 「문인근황」, 「三千里」, 1942.7, p.68
[78] 정인택(1942), 「滿洲行前記,」, 「三千里」, 1942.7, p.706
[79] 〈표 6〉은 정인택이 2차례 만주시찰의 결과물을 망라하여 필자가 작성한 것이다. 이 장에서도 인용문의 서지사항은 〈표 6〉의 출처에 의한다.

3	1942. 6. 25	수필	일본어	牧丹江にて	京城日報	
4	1942. 6. 30	수필	일본어	延吉にて	京城日報	
5	1942. 7.	수필	일본어	旅・信・抄	國民文學	
6	1942.7.27~29	수필	한글	大地의 歷史	每日申報	
7	1942. 7.	수필	한글	滿洲行前記	三千里	
8	1942. 8. 2	보고문	일본어	半島人開拓民の 生活	國民新報	
9	1942. 8	보고문	한글	滿洲開拓民視察 報告	綠旗	
10	1942. 8~10월	수필	일본어	開拓民の感情	春秋	
11	1942. 9.	수필	한글	沃土의 表情	新時代	
12	1942. 9	좌담회	한글	開拓農民視察座 談會	新時代	
13	1942.10.	座談會	한글	開拓民部落長現 地座會	朝光	
14	1942.11.	소설	일본어	濃霧	國民文學	
15	1942.11.	소설	한글	검은흙과 흰얼굴	朝光	
16	1942.12.	소설	일본어	一粒の種	新女性	
17	1943. 1.	수필	일본어	駱駝山にて	京城日報	
18	1943. 2	보고문	한글	間島城視察團報告	綠旗	
19	1943. 3.	수필	일본어	滿洲開拓地紀行	國民文學	
20	1943. 4	수필	한글	낙토에 충천하는 개척민의 意氣	半島之光	
21	1943.12.	방송소설	한글	淸香區	방송소설 명작선	

정인택이 만주를 배경으로 한 작품은 〈표 6〉에 나타나 있듯이 기행 수필 12편, 소설 4편, 그리고 보고문 및 좌담회 기록문 6편 등 모두 21편이다. 이들 작품을 통하여 일제의 만주정책에 부응하여 "만주개척민 사업이란 八紘一宇의 정신으로 일관되어야 하는 聖業"임을 강조하였다. 특히 조선 이주민들에게는 "민족협화의 중핵으로 고도의 생활양식을 만주의 기후와 풍토에 맞게 새로이 창조하는 동시에 원주민을 지도하여 신흥 농촌문화를 건설할 책임"[80]이 그들에게 있음을 당부하면서 자부심을 유도하기도 하였다. 또한 자기들이 먹을 식량의 경작을 포기하면서까지 콩이나 대마 같은 군수물자의 경작에 힘써온 만주 이주민들을 제일선의 용사로, 조선에 남아있는 자들을 후방국민으로 비유하면서 국책사업에 협력하는 길을 제시하기도 하였다. 열거한 작품 중 1942년 11월 동시에 양국어로 발표한 일본어소설 「濃霧」와 한글소설 「검은흙과 흰 얼굴」을 들어, 국책에 부응하는 이면에 내재되어 있는 정인택의 심상을 명암을 대비하여 고찰해 보고자 한다.

2.2. 국책문학에서의 明暗 대비

2.2.1. 개척이민으로의 유도

일제는 1932년 만주국 건국을 선포한 이래 新京에 관동사령부를 설치함으로써 만주를 실질적인 지배권에 포함시키고 이를 발판으로 대륙침략을 위한 갖가지 정책을 치밀하게 추진하였다. 우선 대대적인 이민정책을 실시하게 되는데, 이른바 국책이민[81]이라는 정책이 그것

---

80) 정인택(1942), 「沃土의 表情」, 「新時代」, 1942.8
81) 만주에의 이민정책에 대하여 矢內原忠雄는 '일본 농촌인구의 과잉문제를 해결하기 위한 것으로 경제이민이라기보다는 국책이민이라 할 수 있다. 즉 만주에 일본인을 이식시켜 민족적 발전지로서 일본의 권익을 영구적

이다. 국책이민으로서 최초의 이주는 1932년 10월 아오모리현(靑森縣)을 비롯한 동북지방의 재향군인 500명이었다. 당시 동만주에는 비적이라 일컫는 30만 명의 저항세력이 있었기 때문에 그들은 오른손에 총을, 왼손에 낫을 들고 이주하는 소위 제 1차 무장이민이었다. 이어서 제 8차까지 약 만 여명이 이주하게 된다.[82] 만주개척의 지도자로서는 청년의용군이 가세하였는데, 이들을 위하여 만주에 7개소의 훈련소를 개설하여 2개월간의 훈련을 통하여 농업개척자로서 요구되는 심신단련과 철저한 건국정신 그리고 농업기술을 습득케 한 후 만주개척의 지도자로 삼았다. 이로써 매년 3만∼5만 명을, 1936년부터는 향후 20년간 백만 호(500만명)에 달하는 이주 이민시킬 계획을 차질 없이 수행해 나아가고자 하였다.

일본인의 이주와 함께 대대적으로 장려된 것은 조선인의 이주였다. 일제는 조선인의 이주를 통하여 여러 가지 효과를 노리고 있었는데, ①식민지 조선의 과잉인구와 경지부족을 완화시키려 하였으며, ②일본으로의 무정견한 진출로 인해 일본에서의 노동문제를 야기하는 것을 방지하려 하였고, ③在滿 韓人의 성공은 식민지 조선에서 '사상상의 지극히 명랑한 시사(示唆)'를 내세우고 내선융화의 기초를 배양하려 하였으며, ④韓人을 '잘 소화하고 포용'하면 '전 아세아 민족의 갈앙(渴仰)과 신뢰'를 심화시킬 수 있을 것[83] 등. 조선인을 만주로 이주시

으로 확보하려는 정치, 군사적 사상이 배후에 존재한다.'고 지적한 바 있다.(川村 湊(1998), 『異鄕の昭和文學』−滿洲と近代文學, 岩波書店, p.36) 따라서 만주이민은 경제문제보다도 '국책'문제로서 실행되었다.

82) 제2차: 492명(1933년 7월), 제3차: 605명(300戶)(1934년 10월), 4차: 800명(1934), 5차: 1,000명(1935), 1937년 이후 계속하여 6차 7차 8차로 이루어져 약 1만여 명이 이주하게 된다. (조진기(2002), 「만주이민의 현실왜곡과 체제순응」, 앞의 논문, p.215)

83) 신주백(1999), 『만주지역 한인의 민족운동사』, 아세아문화사, p.315

킴으로써 다양한 정치적, 경제적 효과를 거둘 것으로 보았다.

일제는 1937년 '在滿朝鮮人지도요강'을 제정하여 東滿지방 5개 현(縣)과 동변도 지방의 18개현을 만주지역 조선인의 주거지로 정하고, 중소(中蘇) 중몽(中蒙) 국경일대 그리고 기타지역에 산재한 조선인을 강제로 특정지역에 집결시켰다. 그 결과 1939년에는 13,451개의 집단부락이 결성[84]되기에 이르렀다.

당시 북만주 지역에는 거주하는 개척민은 약 4만에 달했다. 이들의 생활상은 1920년대의 농업이민자들이 그랬듯이 소작생활을 면치 못했으며, 다른 직종을 가진 사람들도 끼니를 연명하기조차 어려웠다. 게다가 이중지배공간에서 당하는 불이익은 이들을 범죄의 길로 내모는 결과를 초래하여, "모피, 코카인 등 금제품(禁制品)의 밀매나 선량한 중국인에게 착취나 공갈 등 불량한 행위를 하는 등"[85] 당시 만주에 거주하던 조선인의 평판은 그다지 좋지 않았다.

일본에 있어서 개척문학이라는 장르는 일본 국내의 인구문제, 식량문제를 해결하기 위한 이민단의 모습을 그린 것으로 나타난다. 그런데 식민지 조선 문학 입장에서의 개척문학은 만주로 이주한 조선인 농민의 성공담이나 생활풍속을 그린 것, 만주에서의 산업개발이나 생산의 증산 장려책, 개척민들의 이주정책과 연관이 되는 것으로 나타난다.[86] 실제로 당시 만주로 이주한 조선인 이농민의 경우, 대다수가 일제의 만주정책에 의하였거나 아니면 고향에서 더 이상 생존이 위태로워 새로운 삶의 터전을 찾아 이주하였기 때문이다.

「검은흙과 흰 얼굴」은 일제가 정책적으로 조성한 지역에 대한 유토

---

84) 신주백(1999), 위의 책, p.305
85) 임학수(1939), 「북지견문록」, 「문장」, p.166
86) 布帶敏博(1996), 앞의 논문, p.100

피아적인 모습을 작가의 분신으로 투영된 듯한 '철수'의 감동을 리얼하게 묘사함으로써 조선 농민의 만주로의 이주를 독려하고 있다.

개척민 부락에 도착한 '철수'는 광활하고 기름진 땅과 거대한 수리시설에 감탄한다. 비옥한 농토와 콸콸 흐르는 물소리에 흥분한 '철수'는 그것을 일구어내느라 갖은 고초를 감내하는 순박한 농민들의 노고에 감격하기까지 한다. '기름진 땅', '풍부한 물'이야말로 농업을 근본으로 삼고 살아가는 조선농민들에게 그 어느 곳과도 비길 데 없는 유토피아로 내세우기에는 조금도 부족함이 없었기 때문이다.

저쪽 하늘 끝에서 이쪽 하늘 끝까지 철수의 시야를 가리는 것이라곤 아무것도 없었다. 〈중략〉 항용 쓴 넓다는 형용만 가지고는 도저히 이 북만주 6월의 평야를 표현할 수는 없으리만치 참말로 그것은 넓고 클 따름이다. 〈중략〉 바닥에 깔린 것은 시커먼 흙이다. 3, 4년은 보통이요, 10년까지도 거름없이 농사한다는 이 기름진 검은흙, 반길을 파도, 한길을 파도, 풀뿌리 나무뿌리 썩은 것이 섞여 희커멓게 변색한 진흙만이 나온다는 이 옥토. (「검은흙과 흰 얼굴」, pp.190~191)

물소리는 이 N하의 물을 끄려 디리는 용수로(用水路)에서 들리는 것이었다. 폭이 五메터, 길이가 十四킬로…… 〈중략〉 철수는 얼빠진 사람같이 그 물줄기만을 뚫어져라고 디려다 보고 있다. 〈중략〉 언저리가 넘게 물은 철철 콸콸, 벌판을 꿰뚫고 일직선으로 힘차게 흘러내려간다. (「검은흙과 흰 얼굴」, p.193)

끝없이 넓은 평야와 기름진 검은흙 그리고 거대한 수리관계시설에 감탄하면서도 '철수'는 만주개척이라는 성업(聖業)을 이루어내기까지 말할 수 없이 비참했을 농민들의 고초를 떠올린다. 그러나 예상과는 달리 조선농민에 비해 훨씬 도회적이고 품위 있는 세련된 여성들의 차림새에서 다시 한 번 놀라움을 금치 못한다. 그리고 그것에 대하여 일종의 서운함마저 느낀다. 그럼에도 일제가 정책적으로 조성한 지역에 대한 선전용 작품을 써야 하는 본연의 임무를 의식한 '철수'는 그 서운함마저도 이내 즐거운 마음으로 받아들인다.

조선에서 보는 농가보다 훨씬 정돈됐고 훨씬 깨끗하고 훨씬 침착한 품조차 엿보였다. 다음엔 역시 가조 지은 듯한 예배당이 나타났다. 마침 예배가 끝났는지 한쪽 문으로 10여명의 색씨들이 성경책을 옆에 끼고 우루루 쏟아져 나왔다. 그것을 보고 철수는 놀램을 금하지 못한다. 그것은 도저히 농촌풍경이 아니었다. 흰 저고리 검고 짧은 치마에 굽 높은 구두신은 색씨가 한둘이 아니었던 것이다. 순간 철수는 일종의 서운함을 금치 못하였다. 비참한 생활, 음산한 생활, 이 북만주벌판에서 조선 농민들은 오직이나 고생들을 하고 있을까 하던, 그리고 꼭 그런 생활만을 예기하고 있던 자기의 예상이 산산히 깨어져 나가기 때문이었다. 그러나 철수는 그 서운함을 눈물이 나도록 즐거운 마음으로 달게 받아드리는 것이다. (「검은흙과 흰 얼굴」, pp.193~194)

이처럼 만주 개척지의 우수한 조건들을 부각시킴으로써 민주 이주를 선전하는 한편 마을의 요지에 세워진 神社를 소개하는 것도 빼놓지 않는다. 이로써 만주 역시 조선과 마찬가지로 일본의 식민지임을 확인시킴과 동시에 일본의 주도아래 대동아공영권을 이루어 갈 것을 독려하고 있는 것이다.

한편 만주는 이제 왕도낙토가 되었다 여기며 뿌듯해 하던 철수는 그 날 저녁 숙소에서 옥같이 흰 얼굴의 젊은 여성을 발견하고 소스라치게 놀란다. 꿈에도 그리던 옛 애인 '혜옥'을 발견한 것이다.

철수는 잠간 의아스러운 눈초리로 그 뒷모양을 쫓다가, 그 뿐, 다시 문턱을 벼개삼고 누으려 하였다. 그러나 다음 순간 철수는 벌떡 상반신을 일으키고 있었다. 그리고 다악 방안에 들어서려는 여자의 흰 옆얼굴을 유심히 바라보았다. 많이 본 여자의 얼굴이다. 익히 아는 여자의 모습이다. ─그러나, 설마…… 철수는 도저히 있을 수 없는 기적을 눈앞에 본 사람 모양으로 눈이 휘둥그래졌다. (「검은흙과 흰 얼굴」, p.196)

성악을 공부하던 '혜옥'은 장래가 촉망도는 유망주였다. 그런데 물욕에 눈이 어두워진 어머니 때문에 '혜옥'은 행방을 감추어 버렸던 것이다. 그런 '혜옥'이 '마쓰바라'라는 이름으로 학교에서 열성적으로 아동을 지도하는 한편, 밤에는 야학을 열어 개척민들과 고통을 나누며 함께 생활하고 있음을 알게 된다. 만감이 교차한 '철수'는 앞뒤 정황으로 보아 '마쓰바라'가 옛 애인 '혜옥'임에 틀림없다고 확신하지만 굳이 확인하려 하지 않고 뿌듯한 마음으로 만족하는 것이다.

혜옥이라면 더욱 반갑다. 그러나 혜옥이 아니더라도 이 얼마나 훌륭한 여자의 생활인가. 〈중략〉 근대의 젊은 여성들이 이런데서 이렇게 꾸준히 살길을 찾아 나섰다는 것은 이것은 첫째로 누구를 위하야 만세 부를 일이냐. 그들 여자들 자신을 위하야서이다. 그렇다 ─ 철수는 비로소 그 여자가 혜옥이 아니라도 맘이 뿌듯하게 만족할 수 있었

다. (「검은흙과 흰 얼굴」, p.201)

이 부분을 유심히 살펴보면 일제의 만주 이주정책에는 개척민이나 사업상 관련된 특정인에 한하지 않고 남녀를 불문한 국민 모두가, 특히 지식인이 적극 동참해 줄 것을 촉구하고 있음을 쉽게 알 수 있다. 이는 장래가 촉망되던 소프라노 '혜옥'이 자신의 성공을 뒤로 하고 만주개척에 동참하고 있다는 점과, 이러한 현실을 매우 긍정적으로 받아들이며, 그 생활을 한껏 축복하고 있는 '철수'의 태도에서 여실히 드러난다. 헤어진 '혜옥' 대신 재창조된 연인 '마쓰바라'의 자존감과 선행을 부각시킴으로써 작가는 국민 모두가 만주개척이라는 '성업'에 동참하는 것이야말로 동아 신질서를 확립하는 길임을 강조하고 있는 것이다.

「검은흙과 흰 얼굴」은 특히 르포형식의 소설이라는 점에서 사실감과 설득력을 배가하고 있다. 이를 통하여 작가의 주장을 보다 리얼하게 펼쳐나감으로써 일제의 만주정책에 부응하는 국책문학으로서의 기능을 십분 발휘하고 있는 것이다.

2.2.2. 歸農(歸鄕)의 변용

일제강점기의 조선사회, 특히 농촌사회는 이처럼 자의 반 타의 반 떠남과 밀려남의 형세가 지속되고 있었다. 그 두드러진 원인으로는 일제의 토지수탈정책과 산미증식정책을 들 수 있을 것이다. 이미 합병이전부터 행해지고 있었던 일제의 토지수탈과 3·1운동 이후 실시된 산미증식정책은 대다수의 조선농민들로부터 농토를 앗아가는 결과를 초래하게 되었다.

이에 따라 조선농민들은 어쩔 수 없이 일본인 소유의 농토에서 소작하는 신세로 전락 할 수밖에 없었는데, 일본인 지주의 소작인 신세란 그리 만만한 것은 아니었다. 고율의 소작료와 이자에 마름의 착취까지 가세하여 농민들은 더 이상 버틸만한 여력이 없었다. 때문에 대다수의 농민들은 고향을 버리게 되었고, 그 중 일부는 쫓겨나다시피 男負女戴하여 만주로 향했다. 그러나 모두가 쫓겨 가는 형식만의 이농은 아니었다. 농업을 삶의 원천으로 하였던 조선농민으로서는 만주의 기름지고 광활한 땅에 대한 일종의 메리트도 작용하였기 때문이다.

「濃霧」는 전선 배후에서 흔히 있었던 비적토벌의 양상을 주로 다루고 있지만, 그 배경에 식민치하 조선농민의 문제를 심도있게 다루고 있다. 비록 소작농이지만 농사를 천직으로 여기고, 아들 또한 당연히 농사꾼이 되어야 한다는 생각을 가진 아버지 '천용희'와 농사꾼이 되기보다는 공부를 계속하기를 원하는 아들 '지타(千田)'와의 갈등이 그것이다. 공부를 썩 잘했던 '지타'는 공부를 계속하고 싶다는 생각 때문에 농사일 자체가 싫었고 농사꾼이 된다는 것은 더더욱 싫었던 것이다.

그때는 정말 농사일이 싫었다. 그 이유만으로 고향을 떠난 지타운 전수였다. 〈중략〉 학교를 졸업하고 난 2, 3년간 그는 줄곧 '농사꾼은 싫다. 공부를 계속하고 싶다'는 생각만 들어 매사가 즐겁지 않았다. 빈둥거리는 아들은 역시나 아버지 눈에 거슬렸다. 아버지는 역정을 내며 밭에 나가라며 채근했다. 설득도 했다. 그것이 화근이 되어 부자 지간에 싸움이 났고, 어느 화창한 봄날, 그는 마침내 마을에서 모습을 감추고 말았다.[87] (「濃霧」, p.117)

---

87) あの時は一途に百姓仕事が嫌だつた。それだけで故郷を飛び出した千田

아버지와의 불화 끝에 '지타'는 결국 고향을 등지고 가출하여 만주행을 선택했지만, 당초부터 '열심히 일해서 돈을 모으면 아버지를 농사꾼 신세에서 벗어나게 하리라'는 각오가 있었다. 그러나 때가 때인지라 고학할 수 있는 처지도 못되었던 '지타'는 교복 대신 기름투성이 작업복을 입을 수밖에 없었다. '지타'는 일하는 틈틈이 운전을 배워 드디어 가출한 지 3년 만에 운전면허를 취득하게 되자, 곧바로 운전병으로 입대하였다. 그리고 용맹스럽게 전투에 참여하였다가 부상을 입고 어쩔 수 없이 제대하게 되었다. 가까스로 회복한 '지타'는 군의 도움으로 만주척식회사(이하 만척(滿拓))에서 운전수로 일하게 된 것이다.

가출할 때의 굳은 각오와는 달리 아무것도 이루어 놓은 것 없이 5년이라는 세월이 훌쩍 지나버렸다는 것을 느낄 무렵, '지타'는 개척반장의 서류에서 아버지와 가족의 이름을 발견하고 놀라움과 혼란스러움에 어찌할 바를 모른다.

천용희. 59세. Z도 Z군 출신. 소작. 호주 란에 그렇게 쓰여 있었다. 아버지라는 것이 한 점 의심할 여지는 없었다. 가족 란에는 어머니와 여동생까지 분명하게 기재되어 있다. 아버지다. 아버지가 가족을 데리고 개척민이 되었고, 게다가 이 간도성내에 이주해 있다. 5년이나 잊고 지냈던 고향, 집, 아버지, 여동생―― 이 모든 것이 한꺼번에 혼란스럽게 지타운전수의 상념 속을 헤집고 다녔다. 자책과 회한의 정

運轉手だつた。〈略〉學校を出てから二三年間、彼は百姓は嫌だ、もつと勉強が續けたい、とそればかりを思ひ續け、快々として樂しまなかつた。のらくらしてゐる息子は流石に父の目に餘つた。父は口を醜くして野良に出ることを勸めた。口説きもした。それが口火となちて父子の間を諍ひが起こり、よく晴れたある春の日、彼はたうとう村から姿を消してしまつたのだつた。

이 교차하고, 복잡한 격정이 마음을 계속 뒤흔들었다.[88] (「濃霧」, p.116)

그 아버지가 지금 두 시간밖에 걸리지 않는 가까운 곳에 개척민이 되어 거친땅을 일구고 있다. 낯선 기후 풍토와 싸우면서, 비적들의 포위망 안에서, 노구에 째찍에.....[89] (「濃霧」, p.118)

'어쩐 일로 아버지까지 대대로 농사짓던 땅을 버리고 고향을 떠나 이곳까지 왔을까'를 생각하며 지타는 밀려드는 그리움에 어찌할 바를 모른다. 그러다가 언뜻 만주개척 이주민이 된 이유가 외아들인 자신 때문이라는 것에 생각이 미치게 된다.

아버지는 나를 찾으러 온 것이다. 그렇다. 그게 틀림없어. 내가 만주에 와 있다는 것을 아버지는 바람결에라도 들었음에 틀림없다. 사실 날이 얼마 남지 않은 아버지로서 외아들인 나는 생의 전부였을 것이다. 〈중략〉 아버지가 개척민 모집에 응한 것은 죽기 전에 한번 아들을 만나고 싶다는 유일한 소원이었을 것이다. 이제 의심할 여지는 없었다. 떨어져 지냈어도 아버지의 속내 정도는 손바닥 보듯 훤히 알

---

88) 千用熙、五十九歳、Z道Z郡出身、小作、戸主の欄にさう書かれてあつた。もう父であることに一點の疑ひもさし挾む餘地はなかつた。家族の欄には母と妹のことまでが、はつきりと書き込んである。父だ、父が一家を率ゐて開拓民となり、しかも、この間島省内に入植してゐるのだ。五年もの間忘れてゐた故郷のこと、家のこと、父のこと、妹のこと――それらが一ぺんに目ぐるしく千田運轉手の想念の中を驅けめぐつた。自責と懷舊の情が入り交じつて、複雜な激情が心をゆさぶり續けた。

89) その父がいま二時間とはかゝらない身近な所へ、雄々しく開拓民となつて來て、荒地を掘り起こしてゐる。馴れない氣候風土と戰ひながら、匪賊の包圍陣の中で、老骨に鞭打つて...

수 있었다.[90] (「濃霧」, p.118)

이처럼 '지타'는 아버지와 가족을 떠올리면서 더욱 사무치는 혈육의 정에 불타오른다. 따라서 '지타'가 비적들과 더욱 용감하게 싸울 수 있었던 것은 오직 아버지를 비롯한 가족을 만날 수 있다는 희망이 존재하고 있었기 때문이었다.

희망이란 아무리 비극적인 상황에서도 그것을 이겨낼 수 있는 힘을 부여하며, 향수와 그리움과 아픔을 서정화 시키기도 한다. 그 때문에 「濃霧」에서는 실향의식이 단순히 자기상실감에서 오는 갈등이나 향수의 서정화로 그치지 않고, 귀향의 변용이라 할 수 있는 '가족으로의 (마음의 고향) 회귀욕망'으로 승화되고 있는 것이다. '지타'는 농사일이 싫어서, 장차 농사꾼이 되기 싫어서 집을 뛰쳐나갔지만 이로 인하여 결국 농사꾼이 되겠다고 결심하기에 이른다.

계속 흐느끼면서 그는 마음속에서ㅡㅡ 아버지 살아만 계세요. 살아만 계신다면 이제 평생 곁에 있을게요. 저도 농사꾼이 되어 아버지를 도와드릴게요. 기쁘게 해드릴게요.... 끊어질 듯 간신히 외치고 있었다. 〈중략〉 이 모습 이대로 아버지한테 돌아가자. 언제까지나 빈농 일수는 없지 않은가. 만주에는 얼마든지 넓은 비옥한 토지가 있다. 그걸 개척하고 경작해서......[91] (「濃霧」, p.129)

---

90) ㅡㅡ父は自分を尋ねて來たのだ。さうだ、それに違ひない......自分が滿洲に來てゐるといふことを、父は風の便りにでも聞いたに相違ない。老先の短い父にとつて、一人息子の自分は生の凡てである筈だつた。〈略〉 父が開拓民の募集に應じたのは、死の前に今ひと目息子に合ひたいといふそれだけの切な願ひからであつたに違ひない。もうそれを疑う餘地はなかつた。離して暮らしてゐても、親爺の氣持ぐらゐは手に取るやうに判る。

이제 '지타'는 가족과 함께 드넓은 만주 땅을 개척하여 함께 살아갈
것을 꿈꾼다. 그러나 만주가 그리 만만한 곳이 아니었다. 주인 없는
땅이 아니며, 원주민과 농사방식도 달라 어려움이 많았다. 그러니까
만주 또한 지주의 땅을 빌려서 농사를 지어야 하는 일종의 소작인 셈
이다. 그럼에도 불구하고 소작인으로 쓰라린 기억이 많은 고향(조선)
보다는 가족들과 함께 이 곳 만주에서 개척하여 살아가는 것을 미화
함으로써 국책에 부응하고 있음을 알 수 있다. 농사를 근본으로 여기
고 살아온 조선 농민에게 가장 큰 비전일 수 있는 '비옥한 토지', 그리
고 '혈육의 정'은 '만주이주정책'을 위한 어떠한 난관도 극복할 수 있는
키워드가 되었으며, 정인택은 이를 국책수행의 장치로 활용하였던 것
이다.

2.2.3. 明暗 대비로 본 심리탐색

「검은흙과 흰 얼굴」과 「濃霧」는 태평양전쟁이 발발한지 1년 후인
1942년 11월에 동시에 발표한 작품으로, 같은 지역을 배경으로 하여
같은 시기에 양국 언어로 동시에 발표하였다는 점에서 특히 주목을
끈다. 이는 국책을 선전하는 목적문학으로서, 당시 지식인은 물론 일
본어를 해독할 수 없는 모든 계층의 사람들에게까지 만주의 유토피아
적인 모습을 선전하는 것으로, 조선인을 일본 제국주의의 국책으로
유도해가는 정인택의 문학성향이 드러나고 있다. 여기에서는 '검은

---

91) 咽び続けながら彼は心の中で――お父さん、生きてゐてくれつ。生き
　　てさえゐてくれたら、もう一生そばを離れないぞつ。俺も百姓になつ
　　てお父さんを手伝つて上げるつ。楽をさせるぞつ……絶え絶えに叫んで
　　ゐた。〈略〉素裸で父親のどころへ歸らう。いつまでも水呑百姓で置く
　　ものか。滿洲にはいくらでも廣い、肥沃な土地があるのだ。それを拓
　　き、それを耕し……

땅'에 대비되는 '흰 얼굴'에서 그리고 앞을 분간할 수 없는 짙은 안개(濃霧)로 인한 '어둠'에 대비되는 '밝은 빛'에서 내면화 된 작가의 심리를 유추해 보려고 한다.

「검은흙과 흰 얼굴」에서 '검은흙'과 '흰 얼굴'은 대비된다. 검은흙, 즉 검은 땅은 "3, 4년은 보통이요 10년까지도 거름 없이 농사지을 수 있는 기름진 옥토"이며, 무엇보다 땅을 소중히 여기는 농민들의 개척 이민을 유도하는 장치이다. 그러나 다른 한편으로 식민지기 암흑처럼 캄캄하기만 한 조선의 현실로 볼 수도 있다. '검은흙'에 대비되는 '흰 얼굴'은 이곳 개척지에서 '빛과 소금'의 역할을 감당하고 있는 '마쓰바라(혜옥)'이다.

> "……하여간 내 저런 여선생님을 여기와서 벌써 六년입니다만 첨봤습니다. 첨봤에요. 오신 이튿날 버틈 아이들 위해서 발 벗구 나스시는데…… 참 장하십디다. 장해. 그게 하루 이틀이 아니거든요. 요새는 애들하구 가치 논에를 다 들어가십니다. 밤에나 웬 쉬시나요. 틈 있는대루 학교에 못댕기는 애들 불러다 퐈 놓구 글 가르치시구, 또 그런가 하면 급할땐 산파노릇두 하시구…. <u>인젠 아마 가신대두 이 부락사람</u><u>의 붙잡구 안놀껩니다.</u>" (「검은흙과 흰 얼굴」, pp.197~198)

개척지와는 도저히 어울리지 않는 지식인 처녀가 개척민 마을을 위해 궂은일을 자처하는, 그래서 흰 얼굴의 '마쓰바라(혜옥)'는 마을의 미래로 부상된 존재였다. 이곳 마을사람들에게 없어서는 안 될 꼭 필요한 존재였으며, 특히 마을 아이들에게는 한줄기 빛이요 희망이었으며, 마을의 미래였던 것이다.

작가의 사고는 상당 부분 작품에 투영된다고 할 수 있다. 인물 설정

에 있어서도 조선적 정서를 환기시킬 수 있는 대상으로 헤어진 '혜옥'
대신 재창조 된 '마쓰바라'를 설정했음이 주목된다.

　－－암만해도 혜옥이다..... 술김도 있어, 철수는 더 그 의문을 그대
로 가슴속에 지녀둘 수 없었다. 철수는 좀 면구스러웠으나 그에 말을
끄집어내고 말았다.
　"저분이 학교 여선생님입니까?"
　"녜, 이댁에 하숙하고 기시답니다."
　"오신지 오래 되세요?"
　"글세 언제 오셌드라.... 아마 작년 가을이죠? 쥔님, 저이 「마쓰바라」
선생님이 오신게 작년 九월이지?" "녜"
　"「마쓰바라」 선생님요?"
　"녜. 어떻게 아십니까? 참 「마쓰바라」 선생님두 아마 고향이 서울이
시래지" (「검은흙과 흰 얼굴」, p.197)

　식민지기 암울한 현실에도 작품활동은 하야겠기에 '혜옥'의 존재를
'마쓰바라'라는 이름으로 감추고 시국에 따를 수밖에 없었지만 그 내
면에는 검은색과 대비되는 흰 색, 즉 흰 얼굴을 가진 '혜옥'에게서 한
민족 고유의 흰색을 내포하고 있지는 않았을까? 또 물욕에 눈이 어두
워 딸을 돈벌이에 이용하려던 어머니(식민지기 조선의 현실을 상징하
는 것으로 볼 수 있다.)와 더는 함께 살 수 없어서 집을 뛰쳐나왔지만,
조국 독립운동의 본거지이기도 한 이 곳 만주 땅에서 후학을 기르는
일에 전념하는 흰 얼굴 '혜옥'을 통하여 조국 광복 이후의 미래를 이끌
어갈 인재까지 염두에 두지는 않았을까? 하는 추측까지도 가능케 하
는 것이다.

「濃霧」는 소설 제목에서 알 수 있듯이 한 치 앞도 분간할 수 없는 짙은 안개에 싸여 미래를 내다 볼 수 없는 상황, 즉 어둡고 암울한 식민지 조선의 현실을 소설의 서두에 암시하고 있다.

> 9월도 중순이 지나자 백두산 기슭의 고원지대에는 매일같이 안개가 자욱했다. 월출과 경쟁이라도 하듯이 황혼이 깔리면 안개는 현성(현공사 소재지)을 좌악 드리워.....[92] (「濃霧」, p.113)

> 현성을 나오니 생각보다 짙은 안개가 모든 것을 감싸고 있었다. 앞 차가 어렴풋이 안개 속으로 사라져 버렸다. 물론 주위 전망 따위는 짙은 안개 때문에 전혀 분간할 수가 없었다.[93] (「濃霧」, pp.123~124)

「濃霧」의 배경인 대사하툰(屯:부락)은 특히 비적의 소굴이라고 일컬을 만큼 비적의 습격을 많이 당하던 지역[94]이었다.

만주국 건국 전후 개척실화를 그린 소설 「한등」[95]에서 보면 당시 '비적'이란 일제의 만주침략에 저항하는 '항일구국군'의 다른 이름으로 사용되고 있었다. 그 연장선에서 본다면 '비적'으로 불리는 조선의 항일독립군은 모두 일제의 토벌 대상일수밖에 없었다.

---

92) 九月も半ばを過ぎると、白頭山麓のこの高原地帯には毎日のやうに霧がゝつた。月の出と出足を競ふやうに、黄昏れ始めるともう霧はひたひたと縣城(縣公署所在地)を押し包み......

93) 縣城を出外れると、思つたよりも搖かに濃い霧が、凡てのものを包み隠してゐた。もう前の車の姿がぼやつと霧の中に溶け込んでしまふのであつた。無論、周圍の展望などは、稀に見るこの濃霧のために丸つきり利かなかつた。

94) 정인택(1942), 「개척민부락장 현지 좌담회-좌담회전기」, 「조광」, 1942.10, p.65

95) 松山實(1943), 「한등」, 「春秋」, 1943.4, p.139

실로 일제가 중국을 침공하는 과정에서 이들 비적들의 산발적 공격은 일본군의 진로에 상당한 지장을 주었다. 그럼에도 이렇게 짙은 안개 때문에 비적들과의 전투는 오리무중이었으며 戰線이 전진할수록 비적들의 출몰은 더욱 잦아 어려움은 더해갔다. 때문에 비적 토벌작전은 전쟁터의 전투 못지않게 치열했으며 많은 희생을 야기하기도 하였다.

불과 두 달 사이에 작은 전투 60여 차례, 토벌대도 적지 않은 희생자를 내고 말았다. 뿐만 아니라 사방에서 몰려든 비적단은 늘어난 반면, 사정은 날로 악화될 뿐이었다.96) (「濃霧」, p.120)

중일전쟁이 발발하자마자 트럭운전수로 전쟁터에 파견된 '지타'는 항상 선두에서 황군의 손이 되고 발이 되어 '용맹운전수'로 이름을 날렸다. 그러다가 산시성(山西城)전투 때 입은 부상 때문에 제대하였던 '지타'는 치료 후 만척에서 일하던 중 비적토벌에 나서게 되었다. 그런데 '지타'로서는 비적단과의 싸움이 그다지 편하지는 않았다. 실제로 비적단에도 조선인이 포함되어 있었지만 토벌대 역시 많은 조선인이 포함되어 있었기 때문이다. 이들은 서로 동족끼리 싸우면서 많은 희생자를 내는 아이러니를 보이기도 하였던 것이다. '지타'는 토벌대 입장에서 동족에게 총구를 겨누어야 하는 이러한 현실을 인식하고 부끄러움을 느끼며 초조함을 감추지 못한다.

---

96) 僅かふた月の間に小競合六十余回、討伐隊も少なからぬ犠牲者を出してしまつた。のみならず四方からなだれ込む匪賊は殖える一方で、事情は日に悪化するばかりであつた。

지타운전수는 벽 쪽을 향해, 억지로 눈을 감고 보면서 일종의 초조함과 부끄러움을 느꼈다. 아침부터 무슨 얼간이 짓이야. 나 하나 개인의 문제는 나중에라도 천천히 해결할 수 있다. 지금 나에게는 아주 중대한 책무가 있다. 조금만 자고 기운을 차려야지.....97) (「濃霧」, p.122)

토벌대와 비적단의 밀고 당기는 전투 속에서 '지타'는 이처럼 심리적 갈등을 겪지만, 그 갈등을 이내 개인의 문제로 치부해 버린다. 그리고 중대한 책무, 즉 국책을 수행하는 쪽으로 마음을 정리한다. 그러다가 어느 샌가 방 안으로 들어오는 희미한 불빛에 지타는 밖으로 나와서 무심코 하늘을 쳐다본다. 그리고 별이 반짝이는 하늘에서 안개층의 위층, 비록 캄캄하지만 맑고 드높은 하늘의 존재를 감지하였던 것이다. 식민지기 우리의 현실은 캄캄한 밤 자욱한 안개처럼 어둡고 암울하지만 언뜻 보이는 별이 총총한 밤하늘에서 희망과 밝은 미래를 예감하고 있지는 않았을까? 이는 안개 속 치열한 전투 중에서도 나타난다. 천우신조와도 같은 바람이 불어와 짙은 안개를 한꺼번에 몰아가 버린 것이다.

"바람이 분다." 누군가 트럭 위에서 환성을 질렀다. 그러고 보니, 볼에 닿는 안개의 흐름이 상쾌했다. 기분이 좋아졌다. 차체가 휘감아 올린 바람이 아니라 확실하게 바람이 분다는 증거였다. "바람이 분다." 뒤 트럭에서도 누군가가 말했다. "천우신조다." "안개가 걷히겠지." 3

---

97) 千田運轉手はそつと壁の方に向きを變へ、强ひて目をつぶつて見ながら、一種の焦立たしさと慙愧の念を覚えるのであつた。今朝からの俺は何といふうつけ者だつたらう、俺一個人の問題は後からでもゆつくり解決出來る、今の俺に重い大事な責務があるのだ、すこし寝て元氣をつけよう....

대의 트럭에서 만세소리가 터져 나왔다. 지금까지의 어둠은 완전히 사라지고 용사 하나하나의 얼굴에는 희망 섞인 새로운 용기가 넘쳐 흘렀다.98) (「濃霧」, p.124)

짙게 드리워져 시야를 가렸던 안개가 물러감과 동시에 찾아드는 햇빛은 기쁨과 희망, 그리고 승리를 예감하게 하였다. 백두산 기슭에서부터 산시성, 안도현……. 가는 곳곳마다 앞을 분간할 수 없는 안개 속이었지만 개척민으로 이주해 있는 아버지가 있을 것 같은 대사하로 가는 길은 그렇게 지독했던 농무도 아침바람에 하늘 멀리 날아가고 그 사이로 부드러운 햇살이 비추인 것이다.

빛은 정작 밝음과 희망을 내포하고 있다. 내성적이고 나약한 성격 탓에 맞서기 보다는 그 때 그 때 시류에 따라 적절하게 순응해 버린 정인택이었지만, 이 때(1942년)만 해도 한국인으로서 그의 내면 깊숙한 곳에는 가까운 미래에 있을 조국 광복을 염두에 두었다는 것을 쉽게 유추할 수 있는 부분이라 하겠다.

검은 땅에 대비되는 흰 얼굴에 감추어진 이미지와 어두움이 밝음으로 반전되는 것에서 알 수 있듯이, 明暗을 대비하여 절망에서 희망으로의 염원을 고려한다면, 그의 내면은 한국인의 피가 흐르는 한국인으로서 신체의 역사도 재확인 할 필요가 있을 것이라 여겨지는 것이다.

---

98) 「風が出たぞつ」誰かゞトラツクの上で歡聲を上げた。さう言へば、ひんやりと頬に当たる霧の流が、心地速度を增し、渦を巻いてゐるとも思へた。それは車體が捲き起す風のあふりからばかりではなかつた。確かに風が出た證據だつた。「風が出たぞつ」後のトラツクでも誰かゞ話した。「天佑だあ!」「霧が晴れるぞつ」期せずして三台のトラツクから萬歲の聲が湧き上つた。今までの暗さがすらりと消え、勇士の面々の面上には、希望を混へた新しい勇氣が漂々と充ち溢れた。

3. 日常化된 戰爭과 '國民'化 프로젝트

전쟁을 수행중인 국가에 있어서 가장 본질적인 부분은 역시 병력이다. 1941년 12월 태평양전쟁이 발발하자, 이전부터 병력부족에 허덕이던 일제는 부족한 인력을 식민지 조선에서 해결하기 위하여 병력충원을 위한 각종 제도와 동원령을 발포하는 등 '내선일체에 의한 황군 만들기' 즉, '병력으로 활용할 수 있는 조선인의 국민화'에 주력하게 된다.

근대국민국가에 있어서 병력은 '國民化'가 중요한 관건이 되는데, 이 경우 '國民'은 국가를 위해 죽을 수 있는 명예를 가진 사람과, 그렇지 못한 사람의 두 가지 부류로 분류된다. 전쟁을 수행하는 국가에서 전자는 당연히 '국민'의 자격이 주어지는데 반해, 후자는 '비국민'이라는 비난이 주어지게 된다.

여기서 '國民'이란 전쟁시 '國家'를 위해 죽을 수 있는 사람에게만 해당된다. 그렇다면 '國家'에서는 '國民'의 희생을 무엇으로 보상할 것인가? '國家'라는 개념이 생성되기 훨씬 이전부터도 그랬듯이 근대 국민국가에서는 戰死에 대한 위험부담을 전리품(전쟁터에서 획득한 재물이나 여자 등)으로 보상하기도 하였으며, 만약 戰死하였을 경우 국가는 이들을 애국자로 추앙하는 것으로 위로 혹은 보상해왔다. 이 과정에서 애국자로 추앙되어 국립묘지에 안장하게끔 하는 장치는 개인의 희생을 '國家'를 위한 영웅적인 행위로, 혹은 영광스런 죽음으로 변환시켜준다. 그것이 일본의 경우 靖國神社에 합사(合祀)되는 것[99]으로 나타난다.

---

99) 다카하시 데쓰야 · 이목 옮김(2008), 『국가와 희생』, 책과함께, pp.255~264 참조

이 장에서는 일제가 식민지배의 이데올로기로 삼았던 내선일체와 황민화에 따른 '國家'와 '國民'의 역학적 관계를 태평양전쟁시기 총력전체제하에 발표된 정인택의 후방소설[100]과 전쟁소설에서 찾아보고, 이를 '국가주의 윤리'차원에서 접근해보려고 한다.

3.1. '戰士'로서의 후방여성

사회는 남성과 여성간의 관계에 의한 집합을 토대로 형성되며, 그 토대위에 사회적으로 규정된 기준에 따라 제각기 합당한 역할과 행위를 제시한다. 지금까지 총력전을 통해 국민국가가 남성과 여성의 이미지를 재편성할 때에도 그 양태는 두 가지로 나타났다. 이는 성별역할분담을 유지한 채 사적영역의 국가화를 목표로 삼는 것과 성별역할분담 자체를 해체하는 것[101]으로, 일본을 비롯한 파시스트 국가들은 전자의 전략을 취했다. 이 같은 분리형 진더 전략 아래에서 국가가 직접 전쟁에 참여하지 않았던 후방여성에게 기대한 것은 병사를 출산하는 역할과 경제전의 전사로서의 역할이었다.[102]

---

100) 원래 후방문학의 개념은 1904년 러일전쟁 이후에 확립되었는데, 직접 전쟁하지 않는 후방을 의미하는 銃後라는 일본어에서, 전쟁총동원시기에 '銃後人力管理'로, 후방 인력의 바람직한 역할을 계몽하기 위한 국책전쟁문학이다. 호테이 도시히로(布袋敏博)는 "국가 통제 아래 전쟁을 승리로 이끌기 위해 '나'를 희생하고 국가에 봉공하는 멸사봉공의 시대, 즉 총력전 시국에 전쟁을 승리로 이끌기 위해 후방에서 현모양처 혹은 그에 준하는 여성상이나, 근로봉사로 국가에 헌신하는 여성상을 요구함에 있어서, 바로 그런 활동상을 그린 것, 혹은 그러한 생활을 추진하기 위해 쓰여진 소설"을 〈후방소설〉이라 정의하였다. (布袋敏博(1996), 앞의 논문, p.8)
101) 이승원 외 공저(2004), 『국민국가의 정치적 상상력』, 소명출판, p.229
102) 우에노 지즈코 저·이선이 역(1998), 『내셔널리즘과 젠더』, 박종철출판사, p.65

　조선총독부에서는 일본의 이러한 여성정책을 식민지 조선의 여성 정책에 그대로 반영하여 "一家의 생활을 전시체제에 적응시킬 것, 의례 남자만 밖에 나가서 할 줄 알았던 근로부분에 婦人들의 근로를 能率化할 것, 미래 國民의 어머니로서 子女양육과 家庭敎育을 담당할 것"103)을 전시하 여성의 임무로 들었다.

　전술하였듯이 전쟁을 수행중인 국가에서 '국민'의 자격을 얻기 위해서는 국가를 위해 싸우다 죽을 수 있는 사람이어야 했다. 이를 바꾸어 말하면, 여성이라도 전쟁에 참가할 수 있는 참가형여성이라야 국민의 자격을 가질 수 있다는 것이다. 그러나 분리형 젠더 정책을 수행하였던 일본에서 여성의 역할은 후방에 있었다. 남성의 전유물이었던 전쟁에 여성도 전쟁에 공헌할 수 있다는, 즉 '女性도 戰士'라는 구호는 난무하였지만, 정작 여성이 '국가'를 위해 목숨을 걸고 전쟁터에 나가는 '국민'으로서의 최후의 영예는 불허함으로써, 여성은 국가의 이름으로 호명된 희생104)일 수 밖에 없었다.

　'戰士'로서의 후방여성의 역할은 크게 두 부류로 나누어 볼 수 있다. 이에 대한 실천사항은 태평양전쟁 직후 〈임전보국단〉 주최로 경성 부민관에서 열린 여성강연회에서, 친일을 추수한 여성문인들의 주장에서 구체적으로 제시된다. 여기서 최정희는 가정이란 테두리 안에서 여성이 할 수 있는 것은 "장차 전쟁터에 나갈 군인들을 강하게 키울 것과, 조만간 입대할 아들은 붙잡지 말고 대범하게 보내줄 것"105)을 주장하는 것으로 '군국의 어머니'를 내세웠으며, 모윤숙은 '여성도 戰

---

103) 重光兌鉉(1942), 「戰時下의 女性啓蒙問題」, 「春秋」 1942.4, p.45
104) 노상래(2005), 『「조선국민문학집」 소재 이중어 소설연구」, 「어문학」 제90호, 한국어문학회, p.479
105) 최정희(1942), 「君國의 어머니」, 「三千里」, 1942.7, p.652

士'라 하여, "여성들이 가정 바깥의 세계에 진출하여 국가주의적 동원에 호응할 것, 즉 남자들이 전쟁터에 나가 비어있는 공장이나 회사에 여성들이 진출하여 후방의 전사로 활약해야 한다는 것"[106]을 강하게 주장하였다.

3.1.1. 戰線도우미로서의 여성像

전시 일본의 여성정책은 이중의 기대, 즉 '가족체계의 보존'과 '노동력감소의 보전'이라는 두 축으로 진행되었다. 이것이 식민지 조선에서는 '노동력감소의 보전'과 '애국반 활동' 그리고 '전쟁터에 출전할 병사 만들기'의 양상으로 나타났다. 먼저 '노동력감소의 보전' 측면부터 살펴보고자 한다.

전시체제하 일제의 농업·농민정책의 최대목표는 농산물 증산과 군수산업 및 전쟁에 필요한 인력의 동원이었다. 전쟁이 확대되고 장기화됨에 따라 군인, 군속, 광공업 및 산업노동자 등에 대한 수요가 증가하여 노동력 부족현상이 나타나게 되자 인력부족을 절감한 일제는 전 조선 인구의 70%를 차지하고 있는 농민층을 겨냥했다. 특히 그 가운데서 조선총독부가 주목하여 동원 대상으로 삼았던 것은 농촌의 여성노동력이었다. 당시 여성노동력 동원방침에 의하여 일제는 여성노동력을 ①보다 많은 식량생산을 위하여 농업노동력으로 적극 활용하려 하였고, ②非군수산업등에서 남성을 여성으로 대체하여 유휴 여성노동력을 군수산업으로 이동시키고자 하였으며, ③종래 방직공장 위주로 취업했던 여성노동력을 중공업부문(특히 광산에서 광부로 동원)으로 활용[107]하고자 하였다. 이후 농촌여성의 광공업 부문의 진출

---

106) 모윤숙(1942), 「女性도 戰士다」, 「三千里」, 1942.7, p.648
107) 곽건홍(2001), 『일제의 노동정책과 조선노동자』, 도서출판 신서원, p.285

이 현저히 증가하여 여성 광산노동자의 비율도 상당히 높아졌으며, 그 활동상이 신문에 연재됨으로써 이러한 추세가 시대의 요구임을 인지하게 하였다.

> 부녀자들이.... 광산으로 달려가서 남자들이 무색할 만치 일을 하고 있는데... 갱도는 斜坑으로서 평균 18도의 경사이다.... 깊이 약 1천 미터 아래서 연약한 부녀자들의 손이 힘차게 곡괭이를 휘두르고 있는 것이다.....[108]

열악한 환경에서도 남자 못지않게 일하는 적극적인 여성광부들의 활약상을 다룬 기사에 힘입어 여성의 노동력을 가사노동으로부터 생산노동으로 바꾸어가는 것은 물론, 산업전선에서 일하다가 전쟁터로 나가는 남성의 빈자리를 마땅히 여성이 채워야 한다는 의식이 이 시기 후방소설의 한 주류를 이루었다. 이 시기 소설의 한 양상은 입대하는 청년과 결혼을 앞둔 약혼자와의 대화에서도 엿볼 수 있다.

> 그런데 가네무라 녀석! 모두가 있는 앞에 약혼자를 불러, "이제부터 여자는 일선 장병과 마찬가지로 후방의 전쟁터에 임하지 않으면 안 돼! 내가 입영한 후, 그대는 바로 공장에 가서 일하세요."고 엄숙한 어조로 명령한 거예요. 그러자 복순도 "옛."하고 또렷이 대답했지요. 정말 눈물어린 감격의 장면이었지요.[109]

---

108) ≪매일신보≫(1944), 「여자근로현지시찰기 휴일없는 地底전장」, 1944.12. 16 (곽건홍(2001), 앞의 책, p.289에서 재인용)

109) 「それで金村の野郎、皆の居る前に許婚を呼んでこれからの女は一線將兵と同じく銃後の戰場に立たなければならない。俺の入營後、君はすぐ工場へ行つて働きなさいと嚴肅な語で言渡したんですよ。すると福順もハイツとはつきり答へましたね。涙ぐましい感激すべき場面で

이는 남성노동력의 유출에 따른 인력부족을 보전하려는 일제의 여성노동력 정책에 따른 후방소설의 한 양상으로, 총력전 시대에 합당한 후방국민의 마음가짐에 그치지 않고 이를 선구적으로 실천하기를 종용하는 의미이기도 하다. 실로 전쟁터에 나간 남성 대신 후방에 남아 있는 여성들이 그들의 노동까지 감수하는 것쯤은 당연한 일이 된 것이다.

정인택 후방소설의 한 양상은 주로 총력전 수행을 위한 일사불란한 마음가짐을 요구하며, 근검절약과 근로봉사, 저축장려 등의 가정생활 개편과, 애국반을 통하여 총력전에 대비할 것을 주제로 하고 있다.

총력전 체제아래서 여성은 더 이상 가정에만 안주할 수 없었다. 가정 일은 물론 '국민총력'이라는 목표 아래 너나 할 것 없이 공적인 장소로 활동영역을 넓혀야만 했다. 1940년 10월 개편된 〈국민총력조선연맹〉의 말단조직인 애국반은 월 1회 정기회(常會)를 열어 각 가정의 주인(혹은 주부)이 출석하도록 되어 있었는데, 1942년 이후부터는 여성인력의 활용방안으로 주부가 반장을 맡는 것이 더 효과적이라는 판단에서 실제 애국반 활동은 여성 중심으로 되어갔다.

후방여성의 보다 적극적이고 본격적인 활동은 「淸凉里界隈」(1941.11)에서 두드러진다. 자신의 생활체험을 묘사한 단순한 신변잡기에 지나지 않은 수필에 시국색을 첨가하여 소설화한 「淸凉里界隈」는 특히 후방에서 여성의 적극적인 활동을 부각시킴으로써 후방여성인력의 활용방안과 여성 중심의 효과적인 애국반 활동을 홍보하는 후방소설의 진수를 보여준다.

「淸凉里界隈」는 대도시 근교의 허름한 '人文學院'과 아이들의 일상

したよ」(조용만(1943), 「佛國寺の宿」, 「國民總力」, 1943.10, p.34)

사를 주로 다루고 있지만, 소설의 중핵은 청량리 애국반 반장인 아내가 시국의 동향을 파악하고 거기에 능동적으로 대처하고 있는 여인상에 있다.

"조선인이 조선인으로 남은 것 자체가, 혹은 민중의 일상생활 영위 그 자체가 황민화정책을 저해하는 가장 큰 요소"[110]인 상황에서 무식한 사람은 정책 수행상의 장애가 될 수밖에 없었다. 따라서 이들 부부에게 문맹과 미신, 그리고 가난 속에서 살아가는 이웃은 연민의 대상인 동시에 교화의 대상이었던 것이다. 따라서 아내의 역할은 반장일 뿐만 아니라 동네의 정신적 지주이기도 하다. 어머니의 병을 고치기 위해 손가락을 자른 '갑돌'이네 살림을 보살피는가 하면 날로 피폐해져가는 '人文學院'을 회생시킬 계획을 세우기도 하고, 학교 운동장에 방공호를 만들 구체적인 계획까지 세우는 등, 동네의 일을 돌보기에 눈코 뜰 새 없이 바쁜 나날의 연속이다.

> 시국을 설명하거나 국민 방공의 필요성을 가르치기도 하고 실제로 지도를 하기도 하며……한 집 한 집 이를 되풀이하며 십 몇 호를 돌아다니다보면, 아내의 표현대로 '녹초'가 되는 것이었다. 저녁에 아무리 녹초가 되어 돌아와도 아내는 다음날 아침이 되면 놀랄 정도로 기운이 펄펄 났다. 그리고 서둘러 동네의 온갖 일을 처리해 나갔다.[111]
>
> (「淸凉里界隈」, 「國民文學」 창간호, p.187)

---

110) 宮田節子 著·이영랑 역(1997), 『朝鮮民衆과 皇民化政策』, 일조각, p.96
111) 時局を說いて聞かしたり、國民防空の必要を敎へたり、實地の指導に
　　當つたり….一軒一軒それを繰り返して十何軒も廻ると、妻の表現に依
　　れば'しんが疲れる'さうなのであつた。夕方になつてどんなにぐつた
　　り疲れて歸ても、翌る朝になると、しかし妻は見遠えるばかりに生氣
　　を取り戻すのであつた。そしていそいそと、七面倒な班內の雜事を片
　　付けて行つた。

지식인의 아내로서 애국반장을 맡아 집회에 참석하고, '국민총력'과 '정보' 등 잡지를 통하여 시국의 동향을 파악하여 유효적절하게 대처함으로써 문맹과 미신 속에서 살아가는 가난한 지역주민들을 황국신민으로 교화시켜 나가고 있다.

「淸凉里界隈」는 이처럼 태평양전쟁기 총력전 수행을 위하여 적극적인 애국반 활동은 물론 모든 일에 솔선수범하여 어려운 일을 맡아 해결하면서 이들을 전선도우미로 교화시키는 것으로, 총력전체제하 바람직한 후방여성의 모델이 설득력 있게 제시되었음을 알 수 있다.

「色箱子」(1942.4)는 하급 조선 여성의 옛 상전에 대한 보은을 시국과 연결시켰다는 점에서 후방소설에 포함시킬 수 있다. 여성의 억척스런 노동력과 근검절약, 저축정신에 의하여 형성된 재산이 전시 총동원체제하 후방의 임전태세를 위해 사용함으로써 후방국민의 마음가짐을 행동으로 보여줄 것을 촉구하기도 한다.

온갖 고생과 노력 끝에 경성에 일류여관을 소유한 부자가 된 '정숙'은 자식하나 없어 외로워하던 중, 시집올 때 가져온 색상자를 열어보고 옛 주인마님을 떠올린다. 열일곱 어린나이에 출가하자마자 이판서댁의 집안일을 거들었던 정숙으로서는 몰락해 가는 처지였던 주인댁에서 벗어나려고 주인마님을 가슴 아프게 했던 것이 늘 마음에 걸렸던 것이다. 어느새 흘러버린 세월에 마음이 허전해진 '정숙'은 유족이라도 찾고자 하여 몇 날을 수소문을 하는데, 겨우 찾아간 허름한 집에서 마님은 임종을 맞고 있었다. 때마침 찾아가 임종을 지킨 '정숙'은 장례식을 최대한 화려하게 치른 후, 유족들이라도 예전처럼 모시고 살고 싶다는 뜻을 밝혔다. 그런데 장남이 이를 거절하며 그 돈을 차라리 애국반 사업에 기부하자는 의견을 내놓는다는 이야기다.

여기서 이판서 일가는 李朝 황실, '정숙'은 이미 망해버린 나라에 연연하지 않고 현실에 따라 사는 인물[112]을 떠올리게 한다. 지나온 세월에 대한 회한에서 조국과 민족에 대한 갈등이 드러나기도 하지만, '정숙'의 이전의 삶으로의 회기 욕망은 신시대를 추수하는 장남의 제안을 받아들임으로써 일단락되어진다.

어쨌든 '정숙'의 후방국민다운 행동은 주인마님의 유족이 원하는 방향으로 은혜를 갚는데서 나타난다. 2년 전 만주 '산시토벌전'에 투입되어 장렬히 전사한 차남을 안타까워하며, '정숙'은 장남의 뜻에 따라 마을 한가운데 있는 넓은 땅을 사기로 결심한다. 거기에 큰 방공호를 파서 전쟁에 대비하는 한편, 그 땅의 절반은 마을사람들 공동으로 밭을 일구고 양계까지 곁들여 반원들을 이끌어 갈 수 있도록 한다는 것이다. 이처럼 자신이 가진 재력으로 신시대 신체제를 추수하는 장남을 배후에서 돕겠다는 것으로 후방여성의 본을 보인 것이다.

전시 하 후방국민이 지녀야 할 마음가짐에 대한 일례는 「愛情」(1944.5)[113]에서 찾아볼 수 있다. 같은 사무실에 근무하는 '태기'에게 호감을 가지고 있었던 '현숙'은 '태기'의 프러포즈를 받은 이후 하루하루가 즐겁다. 그러던 어느 날 '태기'가 암거래에 손을 댄 것을 알고 '현숙'은 몹시 갈등한다. 이런 긴박한 시국에 암거래를 한다는 것을 안 이상, '현숙'은 비록 사랑하는 사람이라 하더라도 결코 그것만큼은 용납할 수 없었기 때문이다.

무서울 정도의 속도로 복잡한 상념이 현숙의 머릿속에서 소용돌이쳤다. 어떻게 하는 것이 자신에게 가장 올바른 길인가? 미로 속에 발을 들여 놓은 것처럼 현숙은 그저 당황해 할 뿐이었다. ― 그 사람을

---

112) 임종국(1966), 『친일문학론』, 앞의 책, p.364
113) 정인택(1944), 「愛情」, 『半島作家短篇集』, 朝鮮圖書出版, pp.24~37

사랑하고 있기 때문만은 아니다. 그 사람이 나와 아무런 상관이 없는 사람이었다 하더라도 나는 후방국민으로서 그것을 말리지 않으면 안 된다. 설령 그 사람과 내가 아무 관계가 아닐지라도 나는 그 사람을 구해 낼 것이다. 〈중략〉 그 사람은 나를 원망할 지도 모른다. 하지만 이런 경우 원망을 듣는 것이, 나로서는 그 사람에 대한 최대한의 애정이다. 무슨 일이 있어도 나는.....114) (「愛情」, p.34)

실상은 '태기'가 감옥에 들어갈 것을 생각만 해도 견딜 수 없을 만큼 괴로운 '현숙'이었다. 그런데 한 번만 눈감아 달라며 사정하는 '태기'를 바라보면서 '현숙'은 진정한 애정이 무엇인가를 고민하다가 마침내 용기를 내어 파출소로 향한다. 전 국민이 총동원되어 전시체제를 이끌어가야 할 이 때 후방국민으로서 개인의 이득을 위해 부정한 짓을 한다면, '현숙'으로서는 그것을 바로잡는 것이 '태기'를 향한 최대한의 애정임을 깨닫게 되었기 때문이다.

이상 「淸凉里界隈」, 「色箱子」, 「愛情」는 전반부에서는 평범한 일상적인 이야기로 진행되다가 점차 시국과 연결 지음으로써 후반부에서야 시국적인 색채가 드러나는 공통점을 보인다. 특히 「淸凉里界隈」는 발표시기와 게재지, 또는 내용의 흐름에서 시국과 절묘하게 조화를

---

114) 恐ろしい早さで、複雑な想念が賢淑の頭の中で過を卷いた。どうすることが、一番自分のとつて正しい道なのか. 迷路の中へ踏み込んだ人のやうに、賢淑はたゞ取り乱すばかりであつた。ーーあの人を愛してゐるるばかりではない、あの人が路傍の人であつたとしても、私は銃後の國民として、あれを止めさせなければいけなかつた。あの人と私との間に、何事みなかつたと假定して、私はあの人を救ひ出さう。〈略〉あの人は私を怨むかも知れない。でも、こんな場合、怨まれることが、あの人に対する私の最大の愛情なのだ。どうあつても私.......

이루고 있다는 점에서 후방소설로서의 묘미를 더한다. 이같이 짜임새 있는 구성으로 자연스럽게 시국과 연결시킴으로써 작가는 일제의 문예정책을 충실히 반영하고 있었던 것이다.

열거한 소설은 총력전체제하 후방여성의 마음가짐과 그에 따른 행동을 통하여 전시하 바람직한 후방여성상을 묘사하고 있다는 점에서, 또한 여성의 나아갈 방향을 설득력 있게 제시하고 있다는 점에서 후방소설로서의 면모를 유감없이 보여주고 있다고 하겠다.

3.1.2. 어머니의 '희생'과 국가주의 윤리

國家는 군대를 보유하는 시점부터 國民으로부터 거부할 수 없는 '희생'을 요구해 왔다. 이는 개인의 '희생'을 바탕으로 근대국민국가가 유지되어 왔음을 설명해주고 있다.

중국대륙에 대한 침략전쟁이 점점 확대되고 장기화되어감에 따라 모든 일상을 '準전시체제화'하면서 다양한 전략을 구사하던 일제는 특히 인적자원에 한계를 느끼고 조선청년들을 그들의 침략전쟁에 이용하려 하였다. 때문에 일제말기는 전쟁에 승리하기 위해서 國家의 통제아래 개인적인 모든 것을 國家에 奉公하는 이른바 멸사봉공(滅私奉公)의 시대, 즉 총력전의 시대였다고 할 수 있다.

이 시기의 후방소설은 애국반 활동이나 후방국민의 마음가짐을 그렸던 초기에 비해, 대부분 지원병이나 징병에 관련된 내용이 주류를 이룬다. 지원병을 출정시키게 된 가정을 그린 것, 지원병이 될 것을 촉구하는 '군국의 어머니'를 다룬 소설이 바로 그것이다. 여기에 어머니에 대한 '희생'의 요구와 '국가주의 윤리'라는 역학관계가 있으며, 그 이면에 '천황제 가족국가관', 즉 '가족주의 천황제'에 대한 이데올로기가 자리하고 있었다.

일본은 明治維新 때 국민통합을 위해 권력주체에서 밀려나 있던 천황을 끌어들이면서 그들이 탄압하였던 기독교의 유일신(唯一神) 교리를 답습하여 인간인 천황을 헌법상 '살아있는 신(現人神)'으로 규정하였으며, 국가를 확장된 가정으로 여기는 '가족주의 천황제'를 정립시켰다. 이 때 정립된 '천황제 가족국가관'은 천황을 크게는 인간을 비롯한 세상 모든 만물의 주인으로, 작게는 가정(家)의 가장으로 인지하게 하였다.

전쟁이 확대되어감에 따라 천황(국가)과 신민의 관계를 父子관계로 정립시킨 가족주의 국가관은 식민지 통치에도 이입되었다. 이 시기 다수의 문학자들은 각종매체를 통하여 앞장서서 이를 이념화 시켜나갔다. 특히 이광수는 조선인으로서는 납득하기 어려운 일본인의 천황에 대한 '忠'의 감정을, 유태인들이 그들의 神(여호와 하나님)을 받드는 것에 비유하면서 이해를 구하였다.

日本人의 忠의 感情은 漢字의 忠자만으로는 說明할 수 업는 것이니 도리어 猶太人의 여호와에 對한 忠에 接할 것이다. 日本人은 내가 享有한 모든 幸福을 天皇께서 바짭는 것으로 생각한다, 내 土地도 天皇의 것이오, 내 家屋도 天皇의 것이오, 내 子女도 天皇의 것이오, 내 몸도 生命도 天皇의 것이라고 생각한다, 天皇께로부터 바짜온 몸이길래 天皇이 부르시면 언제나 浮湯渡火라도 한다는 것이오, 子女도 財産도 天皇께서 바짜온 것이매 天皇께서 부르시면 고맙게 바친다는 것이다, <u>천황은 살아계신 하느님이신 때문이다.</u> 이것이 支那나 歐洲의 군주 대 신민의 관계와 판이한 점이다. <u>朝鮮人은 이 점을 바로 把握하여야 한다.</u>[115]

실로 일본에 있어서 헌법상 천황은 기독교의 하나님과도 같은 살아 있는 神이었다. 그러나 당시 조선인 정서로 그런 사실을 받아들이기 어렵다는 것을 잘 아는 이광수는 '천황 = 하나님'이라는 논리로, 모든 것, 즉 토지나 가옥 그리고 자녀까지도 다 천황이 주신 것이니, 천황이 원할 때면 언제라도 내가 가진 모든 것을 천황(국가)에게로 귀속시키는 것이 당연하다는 것을 모든 조선인이 주지하도록 하였다. 이러한 이데올로기의 주입은 조선 청소년을 전쟁에 끌어들이기 위하여 정책적으로 의도된 것이라 하겠다.

그러나 모자(母子)관계가 절대적이었던 조선의 현실에서 징집대상이 되는 아들을 가진 어머니에 대한 황민화가 더 시급한 문제로 대두되었다. 때문에 당시 일제의 황민화정책은 아들이나 남편을 전쟁터에 보내지 않으려는 어머니와 아내의 저항 앞에 '황국의 어머니 없이 황국의 건전한 병사 없다.'라는 구호를 내걸고 '조선의 부녀자에 대한 교육'을 재편·강화 하여 '모성애의 나아갈 방향'으로까지 확대116)하게 된다. 아들을 가진 조선 어머니에 대한 교육의 요지는 당시 주한일본 군사령부 보도부장 정훈의 담화문을 통하여 공지되었다.

> 반도 부인 여러분이 천황폐하의 적자로서 또는 비상시 대일본국민의 일원으로 자기의 현재생활이 과연 의당한 것인가를 三省해 보기 바란다. 반도 부인 여러분이여, 여러분의 노력은 새로운 동양건설의 시국에 국민으로서 과연 충분한 임무를 다하고 있는가를 다시 생각해 보라. 또는 모친으로서 자녀가 장래 국가를 등에 지고 나서도록 또는 천황폐하의 적자로서 비상시 대일본 국민으로서 훌륭히 천황폐

---

115) 이광수(1940), 「心的新體制와 朝鮮文化의進路」, ≪매일신보≫, 1940.9.4
116) 宮田節子 著·이영랑 역(1997), 앞의 책, p.76

하를 위하여 진폐(塵肺)한다는 일본정신을 자녀에게 심어주고 있는
가. 〈중략〉 아무리 재산과 지위를 가졌더라도 자녀에게 단련된 체격
과 최후의 힘은 사(死)라는, 즉 一死報國의 혼을 넣어주지 않으면 이
세상에서 한 사람의 인간으로서 가치를 발휘할 수 없다는 것을 어머
니 되시는 이들은 반드시 알아야만 쓸 것이다. 〈중략〉 반도 동포가
황국신민이 되는 길은 간단하다. 즉 자기의 신명을 천황폐하에 바침
에 있다. 내 자식을 사랑하여 장래의 광명과 행복을 원한다면 일본정
신의 시련장이고 실천장인 兵營에 보내달라. 이것이 모친의 진정한
사랑이요 반도 동포의 행복이다.117)

이 글은 세 가지로 요약되는데 이는 첫째, 자식사랑의 개인주의적
인 생각을 버릴 것. 둘째, 자식을 지원병으로 보낼 것. 셋째, 어머니의
진정한 사랑이란 자식으로 하여금 천황폐하의 말(馬) 앞에서 명예로
운 전사를 할 수 있는 정신을 불어넣어주어야 할 것을 말하고 있다.
자식을 진정으로 사랑하고 자식의 장래를 생각한다면 솔선하여 兵營
으로 보내줄 것을 당부하고 있는 것이다.

가족주의 천황제 이데올로기를 바탕으로 한 어머니에 대한 '희생'
의 요구는 '국가주의 윤리'가 되어 후방소설의 또 하나의 맥을 이룬
다. 이 시기 지원병이나 징병을 소재로 한 소설에서는 남편이나 아들
이 국가의 부름을 받아 전쟁터에 나가는 것을 지극히 당연하게 여기
는 한편, 징집 당사자인 아들보다 더 적극적인 어머니像을 제시함으
로써 국책을 선전하며 천황의 방패로서 전사하기를 선동하는 내용으
로 일관한다.

---

117) 정훈(1939), 「반도 부인에게 고함」, ≪매일신보≫, 1939.7.4~7.6 (임종국
　　편(1987), 『親日論說選集』, 실천문학사, pp.244~247에서 재인용)

정인택의 지원병이나 징병에 관련된 소설의 시도는 일본여인의 군국미담을 그린 액자형 소설 「美しい話」[118]이다. 「美しい話」는 당시 친일논설에서 흔히 접할 수 있는 군국여성의 나아갈 바를 일본의 한 집안을 예로 들어 계몽 선전한다.

작가라는 직업을 가진 '나'는 일 때문에 東京에 갔다가 이사했다는 선배의 집을 방문하게 되는데, 마침 선배가 사는 집이 10년 전 하숙했던 곳의 바로 옆집이었던 때문에 당시 여자들만 살고 있어 궁금해 했던 기억을 떠올리며 선배로부터 그 집안의 내력을 듣게 된다.

우에노(上野)전쟁 때 남편을 잃고, 러일전쟁 때 장남 '가쓰히코(克彦)'와 차남 '노부히코(信彦)'마저 잃은 '오시노(お篠)'는 결혼한 지 얼마 되지 않아 남편을 잃은 며느리 '기미(キミ)'와 외롭게 살던 처지였다. 어느 날 '지요(千代)'라는 젊은 여자가 찾아와 며느리로 호적에 올려달라고 '오시노'에게 간청한다. 어머니는 아들이 출전하기 전 가난한 무사의 손녀딸 '지요'에 대한 이야기를 가끔 들려주었던 것을 기억하였지만, 아들이 전사한 처지인지라 도저히 받아들일 수 없음을 밝힌다. 그러나 '지요'는 '노부히코'와 출전하기 전날 밤 서로 부부의 연을 맺은 사이임을 강조하면서 '오시노'를 집요하게 설득한다.

"천황의 방패로써 산화한 용사의 아내로 사는 것이 나로서는 가장 행복합니다. 부디 제 소원을 들어 주세요, 허락해 주실 때까지 여기서 한 발짝도 움직이지 않을 겁니다. 저는 노부히코님이 출정하는 그 날부터 오늘 일을 각오하고 있었습니다. 전쟁터로 가고 나서는 2번밖에

---

118) 정인택(1944), 「美しい話」, 『淸凉里界隈』(「美しい話」는 작품집 『淸凉里界隈』에 실린 11편의 일본어소설 중 아직까지 초출 발표지를 확인하지 못한 유일한 소설이다.)

소식이 없었습니다만, 편지에는 언제나 「나는 천황을 위해 죽는다. 당신은 이제부터 미망인으로서 살아가는 법을 배워 두는 게 좋을 거다.」 라 하였습니다. 부족한 사람입니다만, 부디 노부히코의 아내로 호적에 입적시켜 주세요...” 한 번 말을 꺼낸 이상 이대로 물러설 것 같지는 않았다. '지요'의 안색을 보던 중에 '오시노' 도 '기미'도 몹시 당혹했다. 어엿한 정식 혼인이었다 하더라도 '지요'를 받아들인다는 것은 있을 수 없었다. 하물며 본인들끼리 겨우 한 번 약속한, 단지 그것뿐인 사이가 아닌가. 〈중략〉 “그 마음만으로 노부히코와의 의리는 지켰으니까......” “당치않습니다. 무슨 말씀이십니까? 의리를 지키자고 말씀드린 것은 아닙니다.” “그런 억지를......그럼 부모님의 허락이라도.....” “아니요 부모님이라도 안 된다 하실 수 없습니다. 어머님. 제발.....부탁드립니다. 저를 곁에 있게 해 주세요.”119) (「美しい話」, pp.143~144)

---

119)　大君の御楯となつて散つた勇士の妻として生きることが、私には一番幸福なのです。どうぞ私の願ひをお聞届け下さい、御承知下さるまではどうあつてもこの場を動きませぬ、私は信彦さまが出征なさるその日から今日あることを覺悟いたして居りました、戰地へ行かれてからは、二度しか便りがございませんでしたが、いつも手紙に、わしは大君の御ために死ぬ、そなたは未亡人としての生き方を今から習ひ覺えて置くがよい、と申してでございました、不束な者でございますが、どうぞ信彦さまの妻として籍にお入れ下さいまし.....利かぬ氣の、一度言ひ出したら後へは退きそうもない、千代の顔色を見てゐる中に、お篠もキミも、ほとほと當惑してしまつたのだつた。れつきとした正式の許婚であつたとしても、この千代の申出を受付けることは憚られる。ましてや、本人同志、たつた一度口約束しただけの、ただそれだけの仲ではないか。〈略〉「その氣持だけで、信彦への義理立ては済んだのですから......」「滅相もない、何を御言います。義理を立てるつもりで申してゐるのではございませぬ」「はあで、無理難題を..... それでは何れそなたの親許とも談合の上.....」「いいえ、親にも否やは言はせませぬ。どうぞ、お母さま、お願ひでございませ、千代をお傍に置いて下さいませ」

마침내 '지요'는 '노부히코'의 아내로 시모무라가(下村家)에 입적되게 된다. 지요는 적극적인 성격으로 요코하마의 외국인 가게에서 때마침 유행하던 양재기술을 배워서 당당하게 자립함은 물론, 집안을 다시 일으키게 된다. 두 아들을 나라에 바친 어머니를 존경하는 마음으로 일평생 모시며 가계를 일으킨 며느리 '지요'의 일화에 감동한 '나'는 선배의 권유에 따라 때마침 조선에 내려진 징병제와 연결 지어 소설화 할 것을 흔쾌히 승낙한다는 내용으로, 「美しい話」는 군국 여성의 나아갈 바를 시사한다. 이러한 경향은 징병제 실시를 전후하여 발표한 채만식의 소설 『女人傳記』에서도 살펴볼 수 있다. 채만식은 이 소설에서 "內地(일본)의 어머니들은 이천육백여 년을 두고 한결같이 나라를 위하여 아들네를 전지에 내보내되⋯⋯ 늠름하기를 잊지 아니하는데 비해, 나라 위할 줄을 모르고 오직 自我本位, 一家族本位로만 살아온 조선 백성은 어머니들의 군국에 대한 정신적 준비가 충분치 못하였기 때문에 內地의 어머니들을 본받아야 할 것"120)을 강하게 역설한다. 「美しい話」는 군국 일본여성을 본받아 조선에 '군국의 어머니像'을 제시하고 있다는 점에서 이와 상통한다 하겠다.

「不肯の子ら」(1943.9)는 조선 민중들에게 전쟁의지를 고취시키기 위해 만든 아주 짤막한 辻(네거리)소설이다. 입대하기 전에는 방탕했던 장남이 불과 6개월의 지원병 훈련으로 의젓하고 단정한 젊은이가 되어 돌아오자, 어머니는 아들을 새사람으로 변화시켜준 국가에 대한 고마움을 표명하며, 남은 두 아들도 지원병으로 입대시키려고 한다. 그런데 마침 조선에 징병제가 실시되자 어머니는 아들 셋이 모두 전쟁터에 나가 국가를 위해 싸울 수 있게 되었다며 기뻐한다.

---

120) 채만식(1987), 『女人傳記』, 『채만식전집』 4권, 창작과 비평사, p.310 참조

남은 두 아들은 지원병이 되지 않는다 해도 좋다. 조선에도 영예로운 징병제가 실시되었기 때문이다. 불구가 아닌 한, 半島의 젊은이들도 국가의 간성이 될 때가 온 것이다.[121] (「不肖の子ら」, p.68)

「不肖の子ら」는 이야기의 줄거리도 없고, 게다가 당사자인 아들은 전혀 등장하지 않은 채, 징병제가 실시된 것을 아들보다 더 기뻐하는 어머니만을 보여줌으로써, 징집에 해당되는 아들을 둔 어머니들을 선동하는데 그치고 만다.

「かへりみはせじ」(1943.10)는 전쟁터(陣中)에서 보내는 서간체 형식의 소설로, 이 역시 뚜렷한 줄거리가 없는 상태에서 국가에 대한 충성만을 천명해나가고 있는데, 이를 '국가주의 윤리'와 결부시켰다는 점에서 「不肖の子ら」에 비해 논리적 진보를 보인다. 그 내용을 보면, 아들의 안위를 위하여 센진바리(千人針)를 넣어준 어머니에게 주인공은 오히려 후방에서 어머니가 지녀야 할 마음가짐을 수없이 당부한다. 뿐만 아니라 '나라를 위해 싸우다 반드시 죽어라.'고 말할 수 있는 '군국의 어머니'가 되어주기를 요구하고 있다. 이를 서간이라는 특수한 양식을 사용하여 설득력을 배가함으로써 독자를 감동 감화하게 하는 효과를 연출한 것이다.

같은 맥락의 「覺書」(1944.7)는 외아들을 국가에 바치는 어머니의 희생으로 국가(천황)의 건재를 희구하는 어머니像을 섬세하게 묘사함으로써, 국가와 조선총독부의 전시총동원 정책에 순응하면서도 그 구성이나 내용면에서 소설다운 면모를 보여준다.

---

121) 後の二人は志願兵にならずともよかつた。半島にも譽れの徵兵制かしかれたからだ。もう不具でない限り、半島の若者たちも國家の干城になれる時が來たのだ。

아버지께 버림받고도 온갖 고생 마다하지 않은 어머니 덕에 어렵사리 대학을 마치게 된 '나(淳一)'는 빨리 성공해서 어머니의 애정에 보답하려고 결심하지만, 친한 친구들이 출진하는 것을 보고 심경에 급격한 변화를 일으킨다. 어머니로부터 수없이 들어온 "훌륭한 사람이 되라."는 말의 의미를 깊이 음미하던 순일은 어머니와 국가 사이에서 수없이 갈등하며 방황하다가 가까스로 마감일 전날 돌아와 친구 작은 아버지로부터 어머니의 각오를 전해 듣는다.

> 오키(沖)의 작은아버지가 어머니를 찾아와서 "순일군을 어떻게 하실 생각이십니까?" 라고 물었을 때, 어머니는 일언지하에 "지원하게 하고 말구요." 라고 웃으면서 단호하게 말했다고 한다. 그리고 "나는 순일을 나 한사람을 위해서 교육시킨 것은 아닙니다. 세상을 위해 나라를 위해 유익한 사람이 되게 하려고 나는 어떠한 고생도 참아왔던 것입니다. 〈중략〉 순일이 마감일까지 돌아오지 않는다면 내가 대신 수속 할 겁니다."[122] (「覺書」, 「國民文學」, pp.97~98)

평상시 아들에게 입버릇처럼 당부하였던 "훌륭해지라"는 가르침의 의미는 아들이 죽음을 무릅쓰고라도 국가(천황)를 위해 싸우는 것이었음을 어머니는 행동으로 보여주고 있는 것이다. 이러한 어머니의 결단에 힘입어 '순일'은 나라를 위해 싸우다 반드시 전사할 것을 다짐

---

122) 沖の小父さんが母を訪ねて、「淳一君をどうなさるお積りですか」と訴いたとき、母は言下に、「志願させますとも」そう言ひ切つて微笑んた、といふのである。わたしは淳一を、わたし一人のために教育したのではありませんでした。世のため、國のため役に立つ人に育てようと、わたしはどんな苦勞でも我慢して來たのです。〈略〉淳一が締切の日までに歸つて來なかつたら、わたしが代つて手續します。

한다. 그런 아들에게 어머니는 반드시 전사하여 야스쿠니신사에 안장
될 것을 예감하며 아들에게 진정 위대한 사람이 되었다며 격려한다.

"무슨 말이야! 너는 나라의 간성이야! 머잖아 너는 야스쿠니 신사
에 모셔져 신이 될 사람. 이런 훌륭한 사람이 어디에 있을까. 너는 진
정 위대한 사람이 되어 준거야."123) (「覺書」, p.98)

이처럼 「覺書」는 외아들을 전쟁터로 내모는 어머니의 충성심을 부
각시키는 이면에 국가의 건재를 위해서 필수적으로 뒤따라야 하는 개
인의 희생을 강요하고 있다. 이러한 행위는 사후에 '야스쿠니신사'에
안장될 수 있으리라는 필수불가결한 장치가 준비되어 있기 때문에 가
능하다 할 것이다.

사랑하는 자식을 死地로 내보내야 하는 조선의 어머니에게 '야스쿠
니신사'는 '국가주의 윤리'로서 그나마 위안이 되었고, 또 자기존재의
표상이 될 수 있었다. 때문에 흔들리는 아들에 앞서 어머니는 아들을
반드시 전쟁터에 보내리라는 단호한 결정을 내릴 수 있었던 것이다.
결국 일제의 분리형 젠더 전략이 식민지 여성에게 부여한 사명은 이
처럼 '야스쿠니의 어머니'가 되는 것이었다.

흥미를 끄는 점은 「不肯の子ら」, 「かへりみはせじ」, 「覺書」 모두가
가족구성원이 홀어머니와 아들로 설정된 곁손가정이라는 점이다. 남
편이 일찍 사망하였거나 혹은 버림받은 처지에서 어머니는 숱한 어려
움을 이겨내며 자신의 모든 희망을 걸고 최선을 다해 양육한 아들이

---

123) 「何をお言ひだえ。あなたはお國の干城ですよ。今にあなたは靖國の
お社に祀られ、神様になる人。こんな偉い人がどこに有るものです
か。あなたは本當に立派な、偉い人になつておくれだつた。」

었을 것이다. 그럼에도 자신의 생명과도 같은 아들을 명분 없는 전쟁터에 앞장서서 보내려 했다는 것은 평범하지 못했던 작가 자신의 성장과정과 결부한 조선 가부장제에 대한 일종의 반발이었으리라 생각된다. 그 때문에 자신의 소설에 새로운 체제로의 편입을 종용하였고 종국에는 전사하여 영웅이 되는 길을 선택하는 것에 정당성을 부여하였음을 알 수 있다.

실상 어머니나 아내가 태평양전쟁에 자식이나 남편을 死地로 내보내어 戰死하게 하고 유족으로서 사회나 국가로부터 칭송받는 행위란, 인간적인 면에서 보았을 때 부도덕의 극치이다. 그럼에도 이러한 개인적인 부도덕이 국가가 주관하는 국립묘지, 즉 '야스쿠니신사'에 안장되는 것으로, 더 큰 단위의 조직(사회·국가)으로부터 위로나 보호받는 것은 국가주의 이데올로기에 의한 수많은 개인의 희생을 바탕으로 국가가 존재하게 되는 기본적인 케이스124)가 된 것이다.

가족국가 일본이 일찍이 가족을 국가라는 공동체의 척도로 삼았던 것은 무엇보다도 어머니가 '여성의 중심축'이라는 것과, '가족(家)의 중심축'이라는 것을 인지했기 때문일 것이다. 이렇듯 사적영역에서 공적영역으로 흡수된 가족개념이 천황제 국가주의 이념의 근본 축으로 확장되어 간 것이다.

일제는 메이지유신 이후 국민과의 친화감 조성을 위해 정립시켜왔던 '가족주의 천황제'를 이처럼 조선 통치에까지 활용하였던 것이다. '가족주의 천황제'는 아들(병사)을 낳아 그들의 침략을 위한 전쟁터에 보내야 하는 식민지 조선의 어머니들에게 '국가주의 윤리'로서 정당화되었으며, 모든 것을 천황에게로 귀속시켜야 한다는 암시와 함께 교

---

124) 다카하시 데쓰야·이목 옮김(2008), 앞의 책, pp.255~264 참조

화적 묘사로서 후방문학의 근본이 되기도 하였다.

그러나 '천황의 臣民 의식'이나 '일본정신'을 체득한다고 해서 조선인이 일본인이 된다는 것은 논리적으로 불가능한 일일 것이다. 천황을 기독교의 '살아계신 하나님'과 동일하게 받아들이라는 것이나, 모든 것이 다 천황의 소유이니 천황이 원할 때 언제든지 자신이 가진 모든 것을 천황에게로 귀속시켜야 한다는 것은 어불성설일수밖에 없다. 기독교 교리를 답습한 '가족주의 천황제'에 의한 명분 없는 무한책임의 강요는 천황에게 맹목적으로 귀의하였던 당시 정치 지도자 혹은 친일작가들에게나 가능했을법한 논리라 여겨지기 때문이다.

3.2. 戰時의 '國家', 그리고 '國民'

3.2.1. 후방 국민의 총동원化

전쟁이 가속화되면서 작품활동에 대한 일제의 압력도 한층 더 제재가 가해지자, 정인택은 본격적으로 일제의 식민정책에 부응하는 수많은 기획에 끊임없이 참여한다. 그리고 그 결과를 신문 잡지 등 각종 매체를 통하여 양국언어로 발표함은 물론, 이전의 무기력한 지식인형 인물소설에서 이제는 뚜렷한 신념을 가지고 소위 '성전(聖戰)'을 치러내기 위한 의지형 인물로 형상화하기에 이른다.

일본 제국주의에 있어서 소위 '성전'의 기본적 의미는 '神國일본이 수행하는 전쟁'으로 날조되어 중일전쟁 이후 사용되기 시작했는데, 전쟁이 확대됨에 따라 그 의미가 역사적으로 소급되어 갔음은 물론 공간적으로도 무한대로 팽창되어 일본의 모든 전쟁을 합리화시켜 나갔다. 이러한 전쟁의 추이와 규모의 확대는 전 국민을 전쟁열기로 몰아넣었다. 이에 따라 민중들은 선택의 여지도 없이 비장한 성전의식에 휩싸여[125] 전쟁을 위해서는 어떠한 일도 감수하여야 한다는 식의 사회 분위기를 조성하였다.

여기에는 경성방송국의 라디오방송의 역할이 상당했다.[126] 당시 라디오방송은 청취자들에게 새로운 문화적 감수성과 동일한 국가관을 생성시켰다. 국가에 속한 모든 지역의 상호 이해를 확산시키고 개개인의 생각과 이상 혹은 목적을 통일시켜주는, 일종의 '국가적 통일성'으로 대체시킬 수 있는 유일한 수단이 바로 라디오방송이었던 것이다. 일제는 이를 통하여 제국의 이념과 국가적 프로젝트를 선전하는 효과적인 수단으로 이용하기에 이르렀다.

중일전쟁 발발이후 조선인의 사상개조와 국가정책에 대한 선전의 중요성을 실감하면서 일제는 라디오방송을 통하여 청취자를 '대중적 국민감정으로 동원'하기 위해 총력을 기울였다. 황군의 의기를 고취시키기 위한 각종 군가를 방송하고, 시국관련 라디오 소설을 현상 모집하여 방송함으로써 이 시기 '방송소설'이라는 새로운 장르가 만들어지기도 하였다.

소설이 방송의 새로운 장르로 대두될 수 있었던 것은 일제의 황민화정책의 일환이자 전시하 물자절약을 이유로 민간지를 강제 폐간시킨 결과이기도 하였다. 「인문평론」, 「문장」 등 잡지는 물론, 《동아일보》와 《조선일보》마저 폐간되면서 신문이나 잡지를 통해 소설을 접

---

125) 정창석(1999), 「戰爭文學'에서 '받들어 모시는 文學'까지」, 앞의 논문, p.336
126) 방송편성이나 기술면에서 실험운영을 벗어나지 못했던 경성방송국은 1931년 만주사변을 계기로 라디오가 보도기관으로서의 기능을 발휘하기 시작하였으며, 1933년부터 한국어와 일본어 방송을 따로 독립시키는 이중방송을 실시하면서 수신기 등록은 급격히 증가하였고, 이후 전체 등록 수의 20%에 불과하던 한국인 청취자 수도 40%로 크게 늘어나게 되었다. (방일영문화재단(2000), 『우리방송 100년』, 현암사, p.32)

할 수 없게 된 독자층은 라디오로 방송되는 소설에 귀를 기울일 수밖에 없었다. "불특정다수를 대상으로 일방적으로 송신한다."[127]는 방송의 성격과 용어의 의미를 고려해 볼 때 '방송소설'이란 명칭이 붙어 있는 소설은 내용면에서 볼 때 정책에 대한 전략과 선전성이 한층 분명하게 드러난다.

이 시기 방송되었던 방송소설을 모아 조선출판사에서 펴낸『방송소설명작선』에 실려 있는 정인택의 소설「청향구」(1943.12)[128]와「나무의 일생」(1943.12)[129]은 일제의 전략과 선전성에서 단연 돋보이는 작품으로 꼽을 수 있다.

방송소설「청향구」는 일제가 '청향공작(淸香工作)'을 전개시킨 중국 내 모범지역을 소설의 제목으로 한 것이다. 일제는 '청향구'와 같은 모범지역을 점차 확대시켜 나감으로써 전면적인 중국침탈을 가속화하려는 계획을 가지고 있었는데, 그 지역적 공간에서 벌어지는 사건을 소재로 하고 있다.「청향구」는 '채화'를 중심으로 제국주의와 대동아공영권에 절묘하게 부합되는 인물 '이노우에(井上)'와 '유초민'의 이야기를 그린 멜로물의 성격을 띠고 있다. 원래 항일구국군의 선봉이었던 '유초민'은 '이노우에'의 헌신적인 마을사랑에 감화하여 마침내 일제의 '대동아공영권'을 추수하게 된다는 내용이다. 여기에 '일본과 중국의 결합'이라는 대의명분 아래 약혼녀 '채화'의 희생이 강요되고 있

---

127) 라디오(radio)라는 말이 등장한 것은 1920년을 전후하여 무선전화가 본격화 되면서부터이다, 본리 '라디오'라는 용어는 '정기적으로 행해지는 무선전송'이라는 의미로 사용되었고, 그 후 radio broadcasting은 '라디오방송'으로 번역되어 사용되었다. (이내수(2001),『이야기방송사』, 씨앗을 뿌리는 사람, pp.33~34)
128) 정인택(1943),「청향구」,『방송소설명작선』, 조선출판사, pp.119~145
129) 정인택(1943),「나무의 일생」, 위의 책, pp.101~115

다는 것도 빼놓을 수 없는 부분이다. '채화'의 희생이 어쩐지 일본과 중국 두 나라의 헤게모니 싸움에서 늘 희생양이 되었던 힘없는 나라 조선의 이미지를 풍기고 있기 때문이다.

「나무의 일생」은 황폐해진 마을을 살리려는 사람의 헌신적인 노력으로 조성된 울창한 삼림이 목조선의 재료로 공출되게 되자, 이를 영광스럽게 생각한 마을사람들이 나무심기에 더욱 열심을 낸다는 내용으로, 정책에 대한 선전의도가 여실히 드러난다.

같은 맥락의 방송소설 「푸른언덕」(1944.5)[130]은 언덕 하나를 사이에 둔 바닷가 마을에 사는 '덕수'가 황폐한 언덕에 나무심기를 하여 성공한 케이스를 주 내용으로 하고 있다. 3년 전 마을에 엄습한 유행병으로 가족을 모두 잃고 미치광이처럼 지내던 '덕수'는 어느 날 문득 깨달은 바가 있어 새로운 생활을 다짐한다. 그것은 바닷바람에 실려 온 모래 때문에 나날이 황폐해져 농사조차 지을 수 없는 마을의 땅을 기름진 옥토로 바꾸려는 것이었다. 이를 위해 '덕수'는 바닷가 언덕에 나무심기를 시작하였는데, 거센 모래바람 때문에 공들여 심은 나무는 심는 족족 말라서 죽어버린다. 그것이 몇 년에 걸쳐 반복되자 '덕수'는 결국 전 재산을 날려버리고, 하는 수 없이 바닷가 언덕아래 움집으로 옮겨와 살게 된다.

처음 이 일을 시작할 때 격려해 주던 사람들도 이제는 자신을 미치광이 취급하게 되었고, 심지어는 동리의 아이들한테까지도 업신여김을 당하는 신세가 되어버린 것이다. 그럼에도 이에 굴하지 않고 나무심는 일을 계속하던 '덕수'는 어느 날 짚으로 된 거적 그늘에서 해당화 새싹이 난 것을 발견하고 말할 수 없이 기뻐한다. '덕수'는 이튿날부터

---

130) 정인택(1944), 「푸른언덕」, 「방송지우」, 1944.5

당장 짚단으로 그늘을 만들어 그 나무를 살리는 데에 성공한다. 이듬 해부터 '덕수'는 언덕에 계속 소나무를 심고 가꾼 결과, 마침내 무성하 게 자란 나무는 거센 모래바람을 막아주는 방풍림, 방사림이 되어주 기에 이른다. 그 덕분에 그간 황폐했던 논과 밭을 기름진 땅으로 일구 어 낼 수 있게 되었고, 때마침 '결전의 해'를 맞아 실시된 목재공출에 도 단연 으뜸가는 성적을 올리게 된다. 마을 사람들은 '덕수'가 심은 나무가 마을을 살렸다며 송덕비를 세워 '덕수'의 공로를 기린다는 내 용이다. '덕수'와 같은 선구자적 인물을 다룬 「푸른언덕」은 전시 물자 난 속에서 바람직한 후방국민의 본보기로 삼기에 부족함이 없었을 것 이다.

일제가 요구하는 바람직한 후방국민의 본보기는 노약자이거나 병 약자일지라도 예외일 수는 없었다. 「행복(幸福)」(1942.2)[131]의 '김지도' 노인은 젊은 시절 방탕한 생활로 물려받은 재산을 모두 탕진하고, 이 제는 집도 가족도 없는 초라한 복덕방 노인으로 전락한다. 조선에 지 원병제도가 실시된 지 얼마 되지 않은 어느 날, 예전에 함께 지낸 적 이 있던 '춘홍'이 노인을 찾아와 자기 집으로 데려가더니 한 소년의 성 장 기록이 담긴 앨범을 보여준다. 그리고 김노인과 헤어질 때 뱃속에 있었던 아이였음을 설명하면서 사생아인 처지에서 지원병은 불가능 하니 호적에 입적시켜줄 것을 부탁한다. 생각지도 않았던 의젓한 아 들에 곱고 부유한 중년의 '춘홍'까지 다시 얻게 된 김노인은 아들의 '아 버지'라는 호칭에 뛸 듯이 기뻐하면서, 이 도든 행복을 가져다 준 '지 원병제도'를 찬양한다는 내용이다.

「해변(海邊)」(1943.12)[132]은 1943년 8월 공포된 〈해군특별지원병

---

131) 정인택(1942), 「행복」, 「春秋」 1942.2, pp.180~192
132) 정인택(1943), 「해변」, 「春秋」 1943.12, pp.150~155

령〉을 선전하는 소설로, 궁벽한 어촌에서 주정꾼으로 개망나니 행세를 하여 급기야 동네사람들에게 쫓겨났던 '덕모'가 아버지의 사망소식을 듣고 3년 만에 고향으로 돌아와 개과천선하고 해군지원병으로 지원하게 된다는 내용이다. 떠날 때의 모습과는 달리 모범청년이 되어 돌아온 '덕모'는 정어리공장에서 일하던 중에도 아버지를 삼켜버린 바다에 대한 앙갚음을 할 거라는 생각을 놓지 않는다. 그러던 중 언젠가 "아버지가 일생을 바친 바다에 헌신하는 길만이 아버지의 한을 푸는 길"이라 일러준 김선생의 말을 떠올리며 '덕모'는 바다에 대한 앙갚음의 방법을 찾아낸다. 때마침 '옥희'가 가져다준 신문에 실린 〈해군지원병제〉에 대한 기사를 본 것이다. '덕모'는 감격한 나머지 해군에 지원병으로 입대할 것을 결심하게 된다.

> 조선의 三면을 에워싼 바다. 너그럽고, 대범하고, 자비스러운 바다. 거기서 살고 거기서 죽는 것을 조선 청년들은 오랫동안 잊어버리고 있었다. 〈중략〉 <u>바다는 소리높이 노래부르며 '덕모'를 부르고 있는 것이다. 조선 청년들을 부르고 있는 것이다.</u> (「해변」, p.155)

「해변」은 단지 '덕모' 한 사람의 해군에의 지원과정을 다룬 것은 아니다. 삼면이 바다로 둘러싸인 환경에서 자란 '덕모'와 조선청년들의 바다를 향한 꿈을 해군지원병으로 유도하고 있는 것이다.

지원병제도 덕분에 사생아의 입적을 흔쾌히 받아들이고 행복을 찾았다는 「행복」의 김노인, 아버지를 삼킨 바다에 앙갚음하려 했던 '덕모'에게 바다에 대한 헌신의 열정을 품게 하여 해군지원병으로 지원할 수 있도록 유도하는 「해변」의 김선생 역시 바람직한 후방국민의 본보기로 들어, '전 국민의 총동원화'를 유도하고 있음을 알 수 있다.

한편, 「동창」(1943.7)과 일본어소설 「連翹」(1944.5)는 같은 소재로 개작의 형식을 취하고 있다. 병약한 40대 직장인의 지루하고 일반적인 일상에 극적인 사건이 개입하면서 병약하고 나태하기만 하였던 주인공의 생각이 바뀌고 그에 따른 새로운 각오와 행동의 반전이 뒤따른다. 이 과정에서 눈여겨봐야 할 부분은 초출 「동창」에서는 〈해군 제1차 특별공격대의 전모〉로 처리되었던 사건이 「連翹」에서는 1943년 5월 29일의 사건, 즉 알류산 열도에 소재한 〈앗쓰지마(アッツ島)수비부대의 전원 옥쇄사건〉으로 구체화 된 점과, 또 주인공의 내면 갈등의 변화가 개인적인 것에서 국가적 차원의 문제로 강화되는 부분이다.

그럴 임시에 <u>海軍 第一次特別攻擊隊의 全貌</u>가 발표된 것이었다. 나는 키다란 감동에 압도되어, 거이 아무 느낌조차 갖일 여유가 없을지경이었다. 그리다가, 문득 그들⋯⋯군신이라 숭앙되는 어른들의 나이가 모두 二十代라는것을 발견하고 나는 얼른 내 나이와 비겨보지 않을 수 없었다. 가장 年長한 분도 오히려 나와 다섯 살의 差가 있는 것이다. <u>순간 나는 스스로 얼굴이 확확 달른것을 금하지 못했다. 부끄러움과 두려움과 시세움과, 그런 가지각색의 감정이 복바쳐, 그날 밤을 나는 거이 새이다싶이 하였다.</u> 겨우 동창이 밝아 올 지음에서야 나는 한 개의 結論을 얻어갖이고, 비로소 잠들 수 있었다. (「동창」, p.156)

<u>야마자키 부대의 장렬한 옥쇄가 전해진 것은 그 즈음이었다. "앗쓰지마(アッツ島) 수비부대는 5월 29일 전원 옥쇄하였습니다. 부대장은 육군대령 야마자키 다모요이고...."</u> 뒹굴며 라디오를 듣고 있던 나는 물벼락이라도 맞은 것처럼 놀라 용수철처럼 벌떡 일어났다. 나는 오랫동안 멍하니 앉아 있을 뿐이었다. 감동이 너무 커서 아무 느낌도 없었다.

그 안에서 불덩어리 같이 분노가 뒤죽박죽 몸속을 헤집기 시작했다. 갑작스럽게 나는 라디오 스위치를 끄고 짐승처럼 방안을 이리저리 돌아다녔다. 〈중략〉 당장 전투복으로 갈아입고 전쟁터로 달려가 거기서 싸우다 죽는다 해도 좋았다 —— 그렇게라도 하지 않으면 수습이 안 될 것 같았던 것이 그때의 심적 상태였다. 하지만 조선태생인 나로서는 병적이 없다. 그리고 나는 벌써 40고개를 넘었다. '전원 옥쇄... 전원옥쇄'라 중얼거리다가 나는 그대로 쓰러져버렸다.[133] (「連翹」, p.50)

과거의 생활에 대한 뉘우침과 새로운 다짐으로 이어지지만,「동창」에서의 행동은 역시 소극적이다. 이러한 시국에 요양을 핑계 삼아 무위도식하는 것이 부끄러워 스스로 내린 그 한 개의 결론이라는 것이, 고작 잘 아는 선배를 찾아가서 일자리를 부탁하는 것뿐이다. 그리고 선배가 구해준 일자리를 "동창이 밝았으니 재 넘어 긴 밭을 온 힘을 다하여 갈 수밖에 없는"[134] 심정으로 받아들이고, 요양 겸 고향근처의 시골에서 일하겠다는 결심을 한 것이 나약한 주인공의 최선이었다.

---

133) 山崎部隊の壯烈な玉碎が傳へられたのは、その頃だつた。「アッツ島守備部隊は五月二十九日全員玉碎せり。部隊長は陸軍大佐山崎保代なり....」寢ごろんでラジオを聞いてゐた私は、水を浴せられたやうな驚きに打たれて、ばね仕掛けのやうに撥ね起きてゐた。私は長い間呆然と坐ってゐるきりだつた。感動が大き過ぎて、何も感じ取る假がなかつたからだつた。その中、火の塊まりのやうな憤ろしさが、滅茶苦茶に體中を驅け廻り始めた。思わず、かつとなつて、私はラジオのスヰチを切り、獸のやうに部屋の中を行つたり來たりした。〈略〉その場で戎衣の着換へ、暗雲に戰線へ驅け付けて....　そこでぶつ倒れて死んでもいゝだーーさうでもしなければ、收まりがつかないやうな、その時の心的狀態だつた。だが、半島生れの私には兵籍がない。そして、私はもう四十の坂を越してゐる。全員玉碎、全員玉碎と呟やきながら、私はそのまゝぶつ倒れてしまつた。

134) 정인택(1943),「東窓」,「朝光」1943.7, p.157

그러나 그로부터 10개월 후 개작하여 발표한 일본어소설 「連翹」는 먼저 태평양전쟁중의 그 역사적 사건을 〈앗쓰지마(アッツ島)의 옥쇄사건〉으로 구체화하고 있다. 동시에 늘 병약하여 병원생활을 반복하던 주인공의 심적 상태를 매우 적극적으로 변화시킨다. 이러한 적극성은 결말 부분의 아침햇살에 빛나는 개나리를 바라보는 주인공의 감동의 변화에서 더욱 명확해진다.

그것이 마치 내 앞날을 축복하는 象徵과도 같아서 나는 가슴이 뿌듯하도록 행복感과 만족感을 한데 느끼고 만다. (「동창」, p.160)

강인한 힘을 감추고, 언제나 조용하고 차분하다. 마치 전쟁중의 일본의 모습이 아닐까? 열렬한 의지를 품고 있으면서도 겉으로는 호수면 같은 고요함을 띠고 있다. 하지만 한번 그 속으로 들어가면 모든 것을 태워 버릴만한 정열이 열화처럼 타오르고 있다. "좋아, 해보자."[135] (「連翹」, p.52)

병약한 자신에 대한 자책으로 괴로워만 하던 주인공에게 '옥쇄소식' 이라는 극적인 사건은 주인공의 성격까지 변화시킨다. 시국에 대한 주인공의 확고한 결의와 "좋아, 해보자."라는 표현에서 국가를 위해 뭔가를 해야겠다는 행동을 예시하고 있음을 알 수 있다. 이로써 후방국민이 지녀야 할 마음가짐과 그에 따른 행등은 병약자일지라도 예외일

---

135) 逞しい力を秘めて、いつもいつもしつとりと落ち着いてゐる。まるで戦う日本の姿のやうではないか。烈々たる意志を藏して、上べは湖面のやうな靜けさを湛えてゐる。でも、一度その底へ潛り込むと、何物をも燒き盡さずには置かぬ情熱が、烈火と燃えさかつてゐるのだ。「よし、やるぞ。」

수 없다는 것을 보여주고 있는 것이다.

방송소설의 선전성과 생산성, 「행복」에서 보여준 초라한 복덕방 노인의 행복한 삶, 「해변」의 개망나니 청년이 다시 찾게 된 삶의 의미, 그리고 병약하고 무기력했던 직장인의 삶에 활력소를 불어넣어준 것도 모두 지원병제도가 가져다준 선물이라는 것을 정인택은 자신의 소설 속에서 구체화시키고 있다.

이시기의 정인택 후방소설은 이처럼 후방국민들에게 전시 긴박한 상황임을 직시할 것과 그에 따른 마음가짐으로 생활할 것을 촉구함으로써 민중들의 일상까지도 전쟁을 중심으로 이끌어가고 있었던 것이다.

3.2.2. '제도'와 '희생'의 美學

1941년 12월 태평양전쟁이 발발 이후 전국(戰局)이 점차 심각해지자, 지원병제만으로는 병력의 수급을 감당할 수 없게 된 일제는 1942년 5월 각의에서 앞으로 있을 조선에서의 징병제 실시를 위한 준비를 공포한 후, 마침내 1943년 〈징병제〉 실시를 선포한다. 〈징병제〉는 일본의 패색이 짙어가던 1944년과 1945년 전쟁이 극에 치닫게 됨에 따라 더욱 강력히 시행된다.

이 시기의 문학은 징병에의 독려보다는 전쟁에 직접 참가하여 전사하는 것을 영웅시하는 목적성 문학이 주류를 이루고 있는데, 이러한 시류는 정인택의 몇몇 작품에서 특히 두드러진다. 그 주제는 다분히 '국가(천황)를 위한 충성만이 영광된 길'이라는 것이다. 천황을 위해 목숨을 바치는 것, 즉 천황의 방패막이로서 죽는 것이 남자로서의 본분임을 강조하면서 조선청년의 영웅적 심리를 전쟁터로 유도해 내고 있는 것이다.

전쟁문학의 가장 두드러진 성격은 생사를 초월한 국가관, 즉 군국주의자들이 강요하는 개인의 희생을 통한 적극적인 충성 등을 내용으로 하고 있다.

1943년 〈징병제〉가 공포된 해에 발표된 「かへりみはせじ」는 징병에의 독려를 여러 관점에서 생각하게 하는 작품이다. 이 소설의 주인공 '현(賢)'은 대학진학을 포기하고 아버지의 뒤를 이어 농촌 발전에 헌신하려고 고등농림학교(서울대 농대의 전신)에 진학했다가 지원병으로 입대한 인물이다. 이 소설의 표제로 삼은 「かへりみはせじ」는 『万葉集』에 실린 오토모노야카모치(大伴家持)의 詩 「海ゆかば」[136]에서 취한 것으로, 천황을 위해 죽을 수만 있다면 뒤돌아보지 않겠다는, 말하자면 '천황의 방패가 되어 반드시 전사할 것'이라는 각오를 주 내용으로 하고 있다. 편지 형식으로 이어지는 「かへりみはせじ」는 이렇다 할 내용이 없는 상태에서 주인공의 천황(국가)에의 결사적인 충성맹세만이 부각되어 戰死를 향한 무서운 집념으로 나타난다.

---

136) 「海ゆかば」는 태평양전쟁 이후 가장 부각되었던 창가로, 1942년 12월에 국민가로 지정되어 '제2의 國歌'로 불리면서 대대적인 보급 활동에 의해 일본 전역으로 퍼져나갔다. 학교, 공장, 음악회, 기타 모든 공공장소에서의 회합이 있을 때마다 국민의례 다음이나, 해산 직전에 반드시 제창하게 하였다. 조선에서도 이와 같은 방식으로 전개되었으며, 〈국민총력조선연맹〉의 말단 하부조직을 통하여 이를 지속적으로 선동하였다. (高橋健二(1943), 「國民皆唱運動の實踐」, 「音樂之友」 1943.3, p.51 참조) 천황을 위하여 개인의 희생을 강요하는 내용으로 되어 있는 「海ゆかば」는, 海行かば 水漬く 屍 / 山行かば 初生す 屍 / 大君の 辺にこそ死なめ / かへりみはせじ。(바다에 가면 물에 빠진 시체 / 산에 가면 풀이 우거진 시체 / 천황 곁에서 죽을 수만 있다면 / 뒤돌아보지 않으리)라는 내용으로 되어 있다.

    지금 저는 죽을 곳을 찾고 있습니다. 그리고 '어떤 죽음을 맞이하면 가장 지원병답게, 징병제 실시를 본 조선인답게, 그리고 이 아무개의 아들답게 죽을 수 있을까' 그것만을 생각하고 있습니다. 〈중략〉 국가에 가장 도움이 될 만한 행동으로 죽고 싶다는, 단지 그것만을 생각하고 있습니다.[137] (「かへりみはせじ」, 『淸凉里界隈』, p.221)

    '죽음'에 대하여 프로이트가 강조하는 것은 인간의 죽음에 대한 '태도의 변화'이다. 인간의 무의식 속에서 모든 사람들이 자신의 불멸을 확신하고 있다는 사실은 자신의 죽음을 상상하는 순간에도 자기 스스로가 구경꾼으로 존재한다는 것에서도 알 수 있다. 그러나 그것이 전쟁에 의하여 타자의 죽음을 반복적으로 경험하고, 또 그 안에서 사랑하는 사람의 죽음과 적의 죽음을 동시에 경험하게 되면서 타자의 영역에 존재하던 '죽음'의 경계는 서서히 무너지게 된다[138]는 것이다.

    「かへりみはせじ」에서 이러한 '태도의 변화'는 영웅적 관념의 탄생으로 나타난다. 그리고 이때의 영웅적 관념은 시너지가 되어 어머니와 동생에게까지 이어지면서, 그 결과 가족구성원 모두가 국가(천황)를 위해 기꺼이 희생의 제물이 될 것이라는 결의를 얻어내기에 이른다.

    소극적이지만 일파만파 파장을 일으킬 수 있는 부분이 바로 동생이 형의 부대로 보내어질 '慰問袋' 안에 '조선에 징병제가 실시되었다.'는

---

137) いま 僕は 一生けん命 死にばしよを さがして 居ります。 そして どんな 死に方を すれば もつとも 志願兵らしく、 もつとも 徵兵制の じつしを 見た 半島人らしく、 そして 李なしかしの 子らしく 死ねるかと そればかりを かんがへて ゐます。 〈略〉 もつとも おくにの おやくに 立つやうな はたらきをして 死にたいと そればかりを 考へて 居ます。

138) 송민경(2003), 「일제하 방송소설 연구」, 연세대학교 석사논문, pp.49~50

내용의 신문기사 조각을 넣어 보낸 행위이다. 여기에 단순히 형에게 〈징병제〉실시에 대한 소식을 알려즌다는 차원을 넘어 '형과 같은 병사가 되고 싶다'는 자기 소망을 함께 담아 보냈다는 점에서 문제성이 있는 것이다. 동생의 이러한 행위가 블씨가 되어 그 소식을 접한 주인공과 부대장 이하 부대원 전원이 동방요배를 하고 기미가요를 합창하며 "천황폐하 만세"와 "반도 징병제 실시 만세"를 외치는 등 부대 전체의 집단행동으로 표출되기에 이른 것이다. 부대원들의 이러한 행동은 주인공에게 더욱 영웅심을 부추기게 된다. 그 영웅심의 실체는 주인공이 동생에게까지 반드시 전사할 것을 강요하고 있는 편지내용에서도 확인할 수 있다.

　　현! 축하한다. 〈중략〉 네가 스무살이 되면 영광스런 부름을 받는거다. 반도출신인 너에게 황공하옵게도 위대한 마음을 내려주신거다. 죽음으로써 이 천황의 은혜에 보답하지 않고서는 정말 천황의 가호라도 두려울 것이다. 현! 힘을 내라. 신의 방괘가 되어, 형의 시체를 넘어가렴. 광대무변한 성은에 보답하는 길은 그것 하나, 다만 그것뿐이다.139) (「かへりみはせじ」, 『淸涼里界隈』, p.219)

이는 일전에 그의 문학방침에서 "황민적 자각을 이루어 진정한 일본인으로 재탄생한 선구자로서의 문학인 혹은 지식인은 민중을 끊임

---

139) 賢坊よ。お目出度う。〈略〉お前は二十になれば、晴れのお召しにあづかるんだ。畏れ多くも、股肱と賴む、と半島生れのお前に忝けない大御心を垂れ贈ふたのだ。一死以てこの君恩に報ぜずしては、まこと冥加のほども恐ろしい。賢坊、頑張れよ。醜の御楯となつて、兄の屍を乗り越へておくれよ。廣大無邊な聖恩に應へ奉る道はそれ一つ、そして、たゞそれだけだ。

없이 계몽하고 이끌어야 한다."[140]고 밝혔던바, 이러한 작가의 의도가 전쟁이 점차 극에 치달아감에 따라, 거의 사고 판단의 정지 상태에까지 이르게 된 것으로 볼 수 있다. 정인택은 이 시기 소설에서 이처럼 거침없는 광적인 표현까지 불사하며 조선청소년들의 영웅심리만을 부각시켜 강권에 가까우리만치 징병을 독려하고 있었던 것이다.

한편「覺書」는 죽음을 앞둔 이러한 영웅적 심리를 남자로서의 대의명분과 적절하게 접목하여 진행함으로써 구성과 내용면에서 한층 진전을 보인다.「覺書」에는 제도에 호응하여 기꺼이 입영하기를 자처하는 조선청년의 내면의 과제가 '죽음에의 공포와 육친에 대한 미련을 어떻게 극복할 것인가?'로 제시되고, 이를 극복하는 과정이 주인공 심경의 변화를 통하여 적나라하게 드러난다.

주인공 '순일(淳一)'이 극적 대립을 일으키는 부분은 '조선에 명령된 징집에 응할 것인가, 응하지 않을 것인가?'에 대한 갈등이다. 마침내 주인공은 징집 대상보다 나이가 2살이 더 많음에도 직접 지원병 신청을 하리라는 결론을 얻어내는데, 이 과정에서 타자의 죽음에 대한 경계가 서서히 무너지게 되는 경험을 하게 될 뿐만 아니라 비로소 그것이 내재화되기에 이른다. 그 결과 자신이 전쟁에 참여하여 전사하는 것으로 완결성을 찾는다.

> 나는 갑종(甲種)으로 합격한 순간부터 전사하리라고 마음속으로 다짐하고 있었다. 조선학병의 이름을 걸고 기필코 전과를 올려 사람들을 분발하게 하는 화려한 전사를 해야겠다고 마음속으로 다짐했다. 이 엄숙한 시대에 태어나서 조국의 융성을 양 어깨에 짊어지고 흔연히 천황을 위해 죽는 것이야말로 남아의 본분이 아니고 무엇이겠는

---

140) 정인택(1942),「作家の心構へ・その他」,「國民文學」, 1942.4 참조

가?141) (「覺書」, 『淸凉里界隈』, pp.278~279)

  국가(천황)를 위해 죽음으로써 비로소 얻어지는 명예는 식민지 조
선인으로서 '황국신민'의 자격이다. 그 자격을 얻기 위한 필수 불가결
한 것이 바로 '생명을 담보한 희생'인 것이다. 그러나 개인의 모든 명
예는 정작 사후에 이루어지는 것이므로, 당사자로서는 그 명예로움과
는 별도로 죽음에 대한 공포 혹은 삶에 대한 미련이 남게 마련이다.
여기에 영웅적 관념에 의한 태도의 변화가 요구되는 것이다. 때문에
주인공이 죽기를 결심하기까지의 숱한 마음속의 갈등과 죽음에 대한
공포는 '대의(大義)'를 얻었다는 데서 해소된다.

  죽음을 넘어서, 삶도 없고, 죽음도 없는 지극히 평정된 마음으로 國
恩에 보답 할 때는 지금이라고 나는 靈感처럼 싹튼 그 결의를 순순히
받아들일 수 있었다. 나는 이제 숲처럼 흔들리지 않는다. 사는 것도
죽는 것도 지금 내 안중에는 없다. 누구에게도 지지 않는 皇軍의 一員
이 된 것이다. 입영 일을 앞두고 내가 생각하고 있는 것은 이것뿐이
다.142) (「覺書」, p.283)

---

141) 私は甲種で合格した瞬間から、俺はきつと戰死するだらう、と心に決
      めてゐた。半島學兵の名のかけて、かならず立派な働きをし、香薰を
      奮起させるやうな華々しい戰死をしてやらう、と心に決めてゐた。
      この嚴肅な時代に生れ合せて、祖國の融體を雙肩に擔ひ、欣然大君の
      御馬前に死ぬことこそ男兒の本懷でなくで何であらう。
142) 死を越えて、生もなく、死もなく、極めて平靜な心で、國恩に報じる
      時は今だそ、と私は靈感のやうに萌したその決意を、素直に受け入れ
      ることが出來た。私はもう林のやうに動かなかつた。生も死も、今や
      私の眼中になかつた。ーー誰にも負けない皇軍の一員にならう。入營
      日を前にして私の思つてゐるのは、これだけである。

그 '대의'라는 것은 '皇軍의 一員', 즉 '국가(천황)를 위해 죽을 수 있는 명예'를 얻었다는 것에 있다. 그것이 바로 '戰死에 대한 대의명분'이었으며, 이 시대에 태어난 '男兒의 본분'이라는 것이다. 그러니까 주인공은 이러한 결론을 얻은 후에야 비로소 마음의 평정을 얻게 되었다는 것이다.

「かへりみはせじ」와 「覺書」가 전쟁과 관련된 '제도'를 소재로 한 것에 비해, 「붕익」(1944.6)[143]은 그 '제도'에 희생된 실제인물을 묘사함으로써 '국민'된 양심을 행동으로 이끌어낸 전기소설이다. 태평양전쟁 시기 항공부대로 용맹을 떨치던 가토(加藤)전투대의 일원으로 활약하다가 전사(1942.1.17)한 조선인 장교 최명하(창씨명 다케야마 류(武山隆))는 중일전쟁 시기 중국 산시성(山西省)전투에서 조선인 지원병으로서 최초로 전사한 이인석(李仁錫)상등병과 함께 당국의 가장 큰 선전대상이 되었던 실제인물이다. 일제는 이를 조선인 지원병을 향한 충군애국의 본보기로 삼았던 것이다.

조선인 지원병 다케야마가 출전한 말레이시아 콸라룸푸르 전투는 일본이 개발한 신예전투기 '매(隼)'의 성능을 실험하기 위한 공중전이기도 했다.

「콸라룸푸르」空中戰은 순전히 彼我戰鬪機에 의한 大東亞戰爭 최초의 空中戰이요, 처음으로 만난 敵의 集團勢力이라는 점에 그 의의도 있고 특징도 있는 것이다. 이 戰鬪에 의하여 우리나라 新銳戰鬪機 「매(隼)」의 우수한 성능은 뚜렷이 징명된것이다. 「매」에 대한 信賴와 必勝不敗의 確信은 敵機擊墜數보다도 더욱 큰 정신적 課題였다. (「鵬翼」, p.30)

---

143) 정인택(1944), 「붕익」, 「조광」, 1944.6, pp.28~37

첫 전투에서 대승을 거둔 주인공 다케야마는 신예전투기 「매」에 대한 신뢰와 필승불패의 확신을 가지고 인도네시아 수마트라 섬에 소재한 파칸발 비행장 공격에 출정하게 된다. 그런데 치열한 전투 중 적탄을 맞고 동료 사이토(齊藤)조장과 함께 밀림 속에 불시착한다. 비행기는 부서지고 무전기마저 고장 난 상태에서 원주민의 도움으로 마을 촌장 집에 숨어서 상처를 치료하던 중, 스색중인 적병에 포위당하게 되자, 순간 다케야마는 어떤 모양으로 전사할 것인가를 고민한다.

순간 武山中尉의 귀에는 ― ― 자아 인젠 죽을 때가 왔다. 남부끄러운 주검을 말아라. 皇國의 臣民다웁게 日本의 軍人다웁게 네 최후를 찬란하게 장식해서 이 고장 原住民들의 머릿속에 깊은 印象을 남겨놓아라, 그뿐이냐 너는 半島 청소년의 선각자로서 가장 軍人다운 주검을 하게 되었다. 네 뒤에서 徵兵制를 목표로 수없는 半島 청소년이 軍門을 향하야 달리고 있다는것을 최후의 一瞬까지도 잊지를 말아라…… 이런 웨침이 역역히 들려 왔다. (「鵬翼」, p.37)

부상당한 채 포로가 될 처지에 이른 다케야마 중위는 마침내 죽어야 할 때임을 스스로 깨닫고 자신의 입 안에 총구를 겨눔으로써, '국민'된 의무를 완수한다는 것이다. 이처럼 조선인 지원병이 죽음을 앞둔 마지막 순간까지 '반도 청소년들의 선각자' 역할을 자처하며 전사한다는 데서, '국민'된 양심을 행동으로 이끌어 내기에 이른 것이다. 게다가 「붕익」은 '국민'된 행동, 즉 戰死에 대한 국가적 차원의 위로와 보상을 제시하고 있어 더욱 목적성을 드러내고 있다.

六個月後인 七月二十一日 「스마트라」島 戡定後 現地部隊의 搜索으

로 武山中尉와 齊藤曹長의 장엄한 최후는 비로소 알려졌다. 武山中尉
는 一月二十日付로 大尉로 昇進하였고 이어 殊勳甲 功四旭六의 恩賞
에 浴하였다. 半島出身將校로서 實로 두사람째의 殊勳甲이였다. (「鵬
翼」, p.37)

　　사후의 "대위(大尉)로의 昇進"과 "殊勳甲 功四旭六의 恩賞"이라는 포
상은 일제가 모든 조선인 지원병에 대한 전략의 일환이었는데, 정인
택은 이를 소설의 결말부분에 첨가하여 선전효과를 배가하였던 것이
다. 이에 그치지 않고 정인택은 픽션을 가미하여 확장한 장편소설『半
島の陸鷲 武山大尉』(1944.6)을 발표하였는데, 그것이 조선통치에 협
력한 공로를 인정받아 1945년 3월 '국어문학총독상' 수상의 영예까지
안겨주게 된 것이다.

　　전쟁에 관련된 각종 '법령'과 '제도'에 순응하는 인물을 그린 「覺書」,
마침내는 모든 노력을 동원하여 그 '제도'에 희생된 인물을 보다 리얼
하게 묘사한 「붕익」, 이를 확대하여 장편화 한『半島の陸鷲 武山大尉』
는 「かへりみはせじ」와 더불어 지원병의 정신자세를 가르쳐주는 일
종의 군사교본과도 같은 성격을 지닌 소설이라 하겠다. 전쟁말기 소
모전으로 병력부족을 절감한 일제가 조선청년을 병력으로 활용하기
위하여 희생을 강요하며, 이것이야말로 동등한 황민으로 대우한 것이
니 영광스럽게 여기도록 시사하고 있는데, 정인택은 이러한 작품을
통하여 일제말기 식민지 정책을 선전하고 조선 민중들을 선동하였던
것이다.

　　전쟁이 일상화되다시피 하였던 일제말기 내선일체 황국신민화를
내세우며 조선인의 전쟁참여를 독려한 소설이 담고 있는 의미를 정리
해 보면, ①총력전체제에서는 후방여성이나 노약자, 어린이까지도 예

외가 아니라는 것(특히 여성의 역할이 중요하다는 것을 일깨우고자 함). ②강한 군인은 강한 어머니에 의해 만들어진다는 것. ③징병에 응하는 병사는 결사보국의 각오가 있어야 한다는 것. ④징병에 응하는 것이야말로 천황의 은혜에 보답하는 것임을 주지시켰다는 것으로 정리할 수 있겠다.

실로 한 차례 전투가 끝나고 나면 승리하였건 패배하였건 승패에 상관없이 수많은 사상자가 나오게 마련이다. 때문에 전쟁을 대비하고 있거나 혹은 전쟁 중인 국가는 '전사자 추모'의 문제에서 자유로울 수가 없다. 국민국가의 정체성 형성 및 통합이라는 과제의 핵심에 이들의 죽음이 위치해 있기 때문이다. 이 때 국가가 가장 선호했던 방법은 전사자의 추모공간을 조성하고, 추모의례를 행하는 것이었다. 이러한 방법이란 실제로 전쟁에 대한 기억을 전승하고 국민국가의 정체성을 창출하거나, 혹은 강화하는데 크게 기여[144]해 왔던 것도 사실이다.

그것이 일본에 있어서 '조국을 위한 숭고한 희생'으로 추모하며 사후의 영예로움을 기리는 기제장치로서의 '야스쿠니신사'였다. 조선 청년들을 전쟁터로 보내어 생명의 담보하는 데 있어 희생의 대가 혹은 사후에 있을 영예로움의 장치로 '야스쿠니신사'가 제시된 것이다. 이를 통하여 "장래의 국민들에게도 국가를 위하여 자기희생의 의무를 다할 것"[145]을 강하게 요구하는 한편, 그 대가를 약속하는 대외적인 명분으로 삼았던 것이다.

정인택이 소설 「かへりみはせじ」와 「覺書」에서 조선인 지원병을 죽음의 행진으로 동원시키기를 자처하였던 것은, 국가에서 운영하는

---

144) 공제욱·정근식 공편(2006), 『식민지의 일상 : 지배와 균열』, 문학과 과학사, pp.395~396
145) 다카하시 데쓰야·이목 옮김(2008), 앞의 책, p.255

‘야스쿠니신사’에 합사되는 명예로움을 획득할 수 있다는 이러한 장치가 있었기 때문에 가능했을 것이다.

식민지 문인들이 차별철폐의 지표로 받아들였던 징병제도는 ‘야스쿠니신사’에 합사되는 것으로 보상받는, 구조적으로 ‘희생’의 논리에 따른 죽음의 동원이었다 할 수 있겠다. 정인택을 비롯한 수많은 조선 문인들이 헌법적 주권성이 부여되지 않는 식민지 상황을 용납하면서도 민중들을 죽음의 행진에 기꺼이 동원하는 데 앞장서 왔던 것은 사후의 영예로움을 기리는 추모장치인 ‘야스쿠니신사’와 함께 그들이 이데올로기로 삼았던 국가에 대한 희생의 논리, 즉 이러한 ‘희생의 美學’이 있었기에 가능했던 것이 아니었을까 여겨지기도 하는 것이다.

제6장
또 다른 전환점에 서서

정 인 택, 그 생 존 의 방 정 식

정 인 택 , 그 생 존 의 방 정 식

제6장

또 다른 전환점에 서서

1. 8·15와 문단의 추이

8·15 해방과 함께 한반도는 감격에 휩싸여 태극기의 물결이 온 나라를 뒤덮었다. 이러한 감격과 열광의 함성 속에는 조만간 독립된 통일정부가 수립되어 새로운 역사의 장이 펼쳐질 것을 고대하는 민중들의 염원이 담겨 있었다. 그러나 그 직후부터 빚어진 정치적 상황은 한 민족의 소망과는 사뭇 다른 방향으로 전개되어가고 있었다.

해방 당일부터 서울을 중심으로 하여 정국은 이미 준비라도 되었던 것처럼 분주한 움직임을 보였다. 여운형을 중심으로 한 〈조선건국준비위원회〉(이하 건준)가 8월 15일 서울에서 문을 열었으며, 박헌영을 중심으로 한 사회주의자들은 서울에 〈조선공산당〉을 재건하였다. 새로 발족한 〈조선공산당〉은 곧 그들 나름대로의 정세판단에 따라 행동지침을 만들었는데, 그것이 바로 8월 20일 열성자대회의 결의에 따라 작성되어 9월 25일 〈조선공산당중앙위원회〉의 이름으로 내놓은 '현정세와 우리의 임무'였으며, 그 부제는 '정치노선에 대한 잠정적 결정'

이었다.[1] 사회주의노선의 실천을 기한 〈조선공산당〉은 여러 시와 도에 지부를 조직하고 지역과 직장 단위로 세포조직을 만드는 등 놀라운 속도로 자체조직을 확대하여 점차 전국적인 규모의 조직을 갖추어 나갔다.

그러나 8월 하순 38선 이남에 미군이 진주할 것이라는 사실이 알려지면서 상황은 달라졌다. 〈건준〉이 9월 6일 〈조선인민공화국〉(이하 인공)의 수립을 선언했으나 바로 다음날 〈美극동군사령부〉가 군정실시 방침을 발표하여 김빠지는 상황이 되어버린 것이다. 이어서 8일 인천상륙 감행, 9일 서울에 입성한 미군이 조선총독부로부터 공식적인 항복을 받아내는 것으로 힘의 공백상태는 일단락되었지만, 그로부터 일주일 후 소련정치국이 38선 이북에 독자적인 정책을 펼 뜻을 밝혔다.

한편 〈건준〉을 견제하며 임시정부가 국내로 들어오기를 기다리던 김성수, 송진우 등 우익정치인들은 9월 16일 보수 세력을 모아 〈한국민주당〉(이하 한민당)을 발족하고, 〈인공〉은 지명도 높은 이승만을 주석으로 하는 조각을 다급하게 발표했다. 그러나 미국에 머물며 사태를 예의주시하던 이승만은 이를 거부했다. 미군정이 〈인공〉을 승인하지 않는다고 발표한 10월 10일 항일유격대 출신 김일성이 이북에 〈조선공산당〉 분국을 창설하기로 결정하고 독자적인 활동에 들어갔다.[2] 해방된 한반도에 소련군과 미군의 정치적 개입과 국내 정치인들의 좌우익 이념대립에 의한 충돌은 실질적으로 남과 북의 양분화를 초래하기에 이르렀다. "左右는 있어도 南北은 없다"는 몇몇 정치인들의 구호가 무색할 정도로 해방 정국은 실세들의 헤게모니 세력다툼에

---

1) 김용직(2007), 『김태준평전』, 일지사, p.399
2) 강맑실(2010), 『근현대사신문』 현대편, 사계절출판사, p.11 참조

요동하고 있었다.

그럼에도 광복 후 두 달이 채 못 되는 기간 동안에 남한의 〈조선공산당〉은 거의 완벽하게 계급주의 체제를 구축해 나갔다. 이 과정에서 이를 지원할 보조단체, 외곽조직을 결성하는 것은 필수였다. 〈조선공산당〉의 여러 외곽조직 가운데 하나가 〈조선문학가동맹〉인데, 그 전신은 임화, 김남천이 주동하여 발족한 〈문학건설본부〉(이하 文建)였다. 임화, 김남천은 KAPF의 소장파로서 한 때 조선문단의 주도권을 장악했던 인물로, 8·15 바로 다음날인 16일부터 옛 KAPF계와 동반작가를 주축으로 하여 재빠르게 조직을 만들어 17일 한청빌딩에 〈文建〉의 간판을 내걸었다. 〈文建〉은 애초에 계급적 의도를 은폐하고 정치적 색채를 가장한 범 문단적 문학단체를 표방하였기 때문에 생리적으로 이들을 싫어한 소수 우파 문인을 제외한 많은 문학자들이 모여들었다. 임화 등은 이에 문화, 예술을 총괄하는 〈文化建設中央協議會〉를 발족함으로써 재빨리 문단과 예술계를 장악3)하였다. 그리고 기관지로 「文化戰線」을 발행하였는데, 그 창간호에 "계급문학 노선을 유보시킨다."는 것과 "문학과 문학인의 당면임무가 '민족문학건설'에 있음"을 분명히 밝혔다.

이에 대한 반발은 박세영, 한설야, 송영, 이동규, 이기영 등 일부 계급문학운동가들 사이에서 일어났다. 이들은 과거 자신들이 끝까지 KAPF를 고수하고자 했음에도 불구하고, 지난 1935년 〈전주사건〉4)으로 대부분의 중앙위원들이 수감되어 있는 중에 임화, 김남천, 김기진 등이 종로경찰서에 'KAPF 해산계'를 제출했던 인사들이 탈이데올로기 노선을 표방하며 민족문학건설을 선언한 〈文建〉에 대하여 동의할 수

---

3) 조연현(1966), 「해방문학서설」, 『해방문학 20년』, 정음사, p.10
4) 1934년 2월부터 12월까지 KAPF 맹원(盟員) 80여 명이 검거된 사건을 말함.

없었던 것이다. 그리하여 송영, 이기영 등은 9월 30일 이에 대항하는 조직을 결성하였는데, 그것이 바로 한설야를 중앙위 의장으로 한 〈프로레타리아예술동맹〉(이하 프로예맹)이었다.

〈文建〉보다 한발 늦게 조직 결성을 완료한 〈프로예맹〉은 발족과 함께 세 가지 행동강령[5]을 내세우고 〈文建〉에 정면대응 입장을 취하였다. 그리고 기관지 「예술운동」을 통하여 '확고한 세계관과 不動의 이데올로기를 파악, 견지(堅持)'하는 것을 문학예술운동의 전제로 규정하여 〈文建〉의 노선에 제동을 걸었다. 〈프로예맹〉은 철저하게 KAPF의 전통을 고수하고자 하였기 때문에 다분히 위장된 형태의 민족문학 건설을 표방한 〈文建〉을 단호하게 배격했다. 비록 짧은 기간이었지만 이처럼 그 대립상은 첨예하게 나타났다.

그럼에도 다음 단계에서 사정은 전혀 예기치 못한 방향으로 흘러 1945년 12월 3일 〈프로예맹〉 측은 임화 등의 〈文建〉과 합동회합을 하였으며, 이후 12월 6일 두 단체의 연합을 결정한 공동성명서가 발표되었다. 그리고 그로부터 1주일 후인 12월 13일 두 단체는 기존의 조직을 해체하고 발전적 통합조직을 표방한 〈조선문학동맹〉으로 거듭나게 된다. 이는 분단 이후 남북한 문학예술단체의 통일문제를 토론하기 위한 전날의 '아서원 좌담회'에서 결정된 사항이었다.

해방 후 고향 함흥에 체류하던 한설야가 김사량, 이기영등과 함께 서울에 온 것[6]은 바로 남북 문학 예술인들의 노선통합, 즉 남북한으

---

5) 一. 우리는 프롤레타리아 문학건설을 기함.
　　 一. 우리는 파시즘 문학, 부르조아 문학, 사회개량주의 문학 등 일체 反動 文學을 배격함.
　　 一. 우리는 국제 프롤레타리아 문학 운동의 촉진을 기함.
6) 1945년 12월 12일자 ≪중앙신문≫기사 "小說家韓雪野氏 咸南人民報社長으로 活躍하시는 氏는 平壤을 것쳐 入京하섯는데 三坂道 六0의 四三에 滯

로 나눠진 프롤레타리아계 문인들의 대동단합을 꾀하기 위함이었다. 그런데 좌담회가 끝나자 바로 북한으로 돌아간 것을 보면, 〈프로예맹〉 측의 의도는 반영되지 않았음을 짐작케 한다. 당초 〈프로예맹〉의 행동노선은 계급주의 고수에 있었는데, 통합 발족한 〈조선문학동맹〉의 행동강령은 〈文建〉 측의 그것을 그대로 옮겨놓은 듯 '민족문학건설'이 표방되어 있었다. 이는 〈프로예맹〉이 〈文建〉쪽으로 흡수 통합되었음[7]을 말해주고 있다.

留" 참조.

7) 이데올로기 고수의 입장을 표방하고 나선 〈프로예맹〉이 이 과정에서 일 방적으로 흡수 통합되어버린 것은 〈프로예맹〉의 논리적 한계에 있었다. 〈프로예맹〉이 계급노선을 내건 것은 프로문학단체를 표방한 그들로서 당연한 것이었지만, 당시의 문단상황은 KAPF시대의 그것과는 근본적으로 달랐다. 일제치하에서 계급주의자는 유물변증법적 철학을 고수하는 것만으로도 민족적 저항의 대의명분에 입각할 수 있었다. 그러나 해방된 마당에서는 그것이 대중의 포섭과 그를 통한 정권획득 투쟁으로 재해석될 필요가 있었다. 무엇보다 재건파 공산당의 8월 테제가 바로 그랬다. 공산당의 경직된 폭력혁명 시도에 대해서 그들은 부르주아 민주혁명 노선을 채택했으며, 그 핵심이 된 것이 바로 즉시 투쟁을 전개하는 것보다는 그 전 단계에 해당하는 인민대중의 교양과 그 조직을 통한 기반구축이었던 것이다. 임화 등의 '민족문학건설론'은 바로 이런 부르주아 혁명론의 문학, 예술에 해당되는 경우였다. 또 하나 감안되어야 할 것이 KAPF의 해소와 비해소, 그리고 찬성 반대의 문제이다. 〈프로예맹〉의 대부분이 KAPF의 해체에 반대를 한 것은 사실이다. 그러나 여기에서 반드시 검토되어야 할 것이 있다. KAPF를 고수한다는 것은 끝까지 계급주의문학을 지켰다는 행동의 실적과 관계된다. 1935년 KAPF의 해산계를 내면서 임화, 김남천 등이 일단 계급문학운동에서 후퇴한 것은 사실이다. 그들은 일종의 전향자가 되었고 한때, 일제의 국책문학에 정면으로 맞서 싸우지도 않았다. 그러나 그것은 정도의 차이였다. KAPF 해체를 반대했던 〈프로예맹〉측 역시 일제 암흑기의 한때를 일제의 극책 문학운동에 영합, 타협한 상태로 보냈다. 이를테면 태평양전쟁 첫해에 싱가포르가 함락되자 朴世永은 일본군의 승전을 축하하는 축사를 보냈으며, 韓雪野는 「國民文學」에 일제의 신체제 수립에 호응하는 글 「大陸」, 「北京通信」을 썼다. 李

〈文建〉은 〈프로예맹〉을 흡수하는 형식으로 통합하여 〈조선문학동맹〉을 발족함으로써 주도권 장악에 성공하기는 했지만 〈文建〉의 궁극적인 목표는 조선문단 전체의 장악이었다. 이를 위해서 일단은 전국규모의 문학자대회가 시급히 요구되었다. 이를 계기로 문단의 절대다수를 차지하고 있는 비 KAPF계 순수 문학인들을 동맹의 테두리 안으로 영입해 들일 수 있는 계기와, 아울러 방관적 태도를 취하고 있는 일부 문학인들의 참여를 촉구하고자 하였던 것이다.

본래 공산당 조직은 '一國一黨' 원칙이 대 전제로 되어 있었다. 그런데 38선 이남에서는 다분히 반자본주의 성향을 띤 〈조선인민공화국〉이 발족한 상태에서 '열성자대회'를 계기로 당 조직이 박헌영계로 넘어가 있는 상태였다. 게다가 이북은 이미 소련군 관리체제에 들어가 있어, 재건파의 주도하에 당 사업이 전개될만한 상황이 아니었기 때문에 누군가가 당 조직을 주도할 수 있는 입장이 아니었다. 그럼에도 소련군 입장에서 볼 때 〈조선공산당〉이 미군의 통제아래 있다는 것은 쉽사리 용납될 수 있는 상황이 아니었다. 이에 이북에서도 10월 13일 〈조선공산당 북조선분국〉을 설립하게 됨으로써 조선공산당은 '一國一黨' 원칙이 무너지게 되었다. 그러나 이미 박헌영 중심의 통일단 형태로 탈바꿈한 〈조선공산당〉으로서는 그런 그들에게 문학단체의 양분은 허용할 수 없는 일이었다. 그것을 일거에 지양 극복하면서 문학동

箕永 역시《매일신보》를 통하여 「文學의世界」, 「一坪農園」등을 발표하였으며, 1943년 9월 말부터 11월 초에 걸쳐 일제의 침략전쟁을 위한 생산보국을 바탕으로 한 「鑛山村」을 같은 신문에 연재하였다. KAPF시절에 쓴 「고향」과 비교하면 이것이야말로 너무 뚜렷한 전향이 아닐 수 없다. 임화와 김남천의 KAPF 해산계 제출이 계급문학자로서의 전선이탈이라면 이들도 그런 기준에서 자유로울 수가 없는 입장이었다. 바로 여기에 〈프로예맹〉파의 행동방향 설정에 한계가 있었던 것이다. (김용직(2007), 앞의 책, pp.407~408)

맹의 발족을 기정사실화 하기위해서라도 전국규모의 문학자대회가
시급했던 것이다.[8] 급기야 〈조선문학동맹〉은 12월 13일 합동총회를
열고 새로 〈조선문학가동맹〉의 발족을 결의하였다. 여기서 '전국문학
자대회'를 개최할 것을 결정하고, 준비위원으로 김태준, 권환, 이원조,
한효, 박세영, 이태준, 임화, 김남천, 안회남, 김기림, 김영건, 박찬모
등을 선임하였다. 그리고 다음과 같은 요강도 만들었다.

一. 회의는 1946년 2월 8, 9 양일간.
二. 회장은 서울 종로 기독교청년회관
三. 대회성원은 指名 文學者로서 加盟 수속 완료한 자로 구성하기로
　　함. 문학자의 지명은 준비위원이 심의 결정하기로 함.
四. 朝鮮文學同盟은 대회의 승인에 의하여 완전한 성립을 인정케 하기
　　로 함. 즉, 朝鮮文學同盟은 과도기적 기관으로 자처함을 확인함.

〈조선문학가동맹〉이 준비한 문학자대회는 예정대로 1946년 2월 8
일 오전 11시 종로 기독교청년회관에서 열렸다.[9] 이 때 초대된 문학
인의 수는 213명[10]이었으나 이 대회의 초청인사 262명과 방청자 387
명을 포함하면 대회장에 참석한 인원은 대략 800명 선에 이르렀다. 대
회는 ①개회 ②애국가 제창 ③개회사 ④점호 ⑤임시집행부 선거 ⑥연

---

8) 김용직(2007), 앞의 책, p.409
9) 자유신문사(1946), 「今日文學者大會」, 《자유신문》, 1946.2.8, 2면
10) 자유신문사(1946), 「全國文學者大會招請者」, 위의 신문, 1946.2.7, 2면(김용
　　직(2007)의 『김태준평전』, p.410에는 초청된 문학인의 수가 233명으로 되
　　어 있으며, 이의 출처는 1946년 1월 28일자 《자유신문》에 보도된 것으로
　　되어있는데, 이는 오류이다. 당시의 신문을 샅샅이 찾아본 바, 1946년 2월
　　7일자 《자유신문》에 보도되었으며, 초청된 문학인의 수도 213명으로 되
　　어 있었다. 필자는 이를 원전에 근거하여 바로 정정하였다.)

합국에 대한 감사 경의 ⑦대회가 이루어지기까지의 경과보고 ⑨메시지 낭독과 축사 순으로 진행되었다. 홍명희의 인사말을 이태준이 대독한 후 회원 점호에 이어 임시집행부를 구성하였는데, 의장에 이태준, 김태준, 임화, 이기영, 한설야가, 서기는 홍구, 박찬모, 여상현, 이봉구, 김영석이 지명되었다. 그리고 각종 단체에서 보낸 메시지 낭독에 이어 특별보고[11]와 일반 문학관련 보고 강연이 13개 파트로 나누어 다음과 같은 주제로 진행되었다.

朝鮮文學一般에 關한 報告와 今後의 方向 -- 林　和

朝鮮小說에 關한 報告와 今後의 方向 -- 安懷南

朝鮮詩에 關한 報告와 今後의 方向 -- 金起林

朝鮮評論에 關한 報告와 今後의 方向 -- 李源朝

朝鮮戲曲에 關한 報告와 今後의 方向 -- 韓　曉

朝鮮古典文學에 關한 報告와 遺産繼承에　關하여 -- 李秉岐, 金台俊

國語의 再建과 文學의 使命 -- 李泰俊

文學에 잇서서 새로운 創作方法에 關하야 -- 金南天

啓蒙運動의 展開와 新人의 育成 -- 金午星

朝鮮農民文學의 今後方向 -- 權　煥

朝鮮兒童文學 現狀과 今後의 方向 -- 鄭芝溶, 朴世永

世界文學의 過去와 今後의 動向 -- 金珖燮, 金永鍵

其他地方情勢報告 -- 李箕永, 韓雪野, 崔明翊, 安含光[12]

위의 주제를 살펴보면 새로운 정세에 처한 조선문학의 현실과 금후

---

11) 朴致祐 : 國粹主義의 파시즘화의 위기와 문학자의 임무
　　申南澈 : 민주주의와 휴머니즘
12) 자유신문사(1946), 앞의 신문, 1946.2.8, 2면

의 문학방향에 대한 제시처럼 보이기도 하지만, 실제로 각 보고 강연의 내용들은 심히 개념적이고 도식적인 논지로 일관되어 있었으며, 보고자와 그 주제에서 좌파문학자대회의 특색이 두드러졌다. 다음날까지 이어진 이 대회는 ①일본 제국주의 잔재의 소탕 ②봉건주의 잔재의 청산 ③국수주의의 배격 ④진보적 민족문학의 건설 ⑤조선문학의 국제문학과의 제휴 등 강령과 모두 15개조로 된 규약도 의제로 채택하여 심의에 붙였다. 그 과정에서 〈조선문학동맹〉이란 단체 명칭이 〈조선문학가동맹〉으로 수정[13]되었으며, 홍명희를 위원장, 이태준, 이기영을 부위원장으로 한 중앙집행위원이 공식적으로 선출[14] 승인되었다. 그러나 이기영의 경우 '아서원 좌담회'가 끝나고 한설야와 함께 바로 북한으로 돌아갔기 때문에 실제로 '전국문학자대회'에 참가하지 않았으므로[15] 임원진의 임명은 본인의 승낙을 얻지 못한 상태에서 남측의 의도대로 행해진 것이었다.

대회에 불참한 〈프로예맹〉측의 이기영을 부위원장으로 추대하면서, 집행위원 구성에 임화나 김남천 등 〈文建〉측 주동자의 이름이 올

---

13) 조선문학가동맹서기국(1946), 『건설기의조선문학』, p.230
14) 〈조선문학가동맹 중앙집행위원회〉

    위원장 - 洪命熹   부위원장 - 이태준, 이기영
    서기장 - 이원조   총무부 - 김광균, 朴贊日
    조직출판부 - 洪九
    소설 부위원장 - 안회남   시 부위원장 - 김기림
    평론 위원장 - 김태준   희곡 위원장 - 李曙響
    농민문학부 위원장 - 권환   사무장 - 李根榮
    아동문학부 위원장 - 정지용 사무장 - 尹福鎭
    고전문학부 위원장 - 李秉岐 사무장 - 李明善
    외국문학부 위원장 - 결원   사무장 - 金永鍵
15) 布袋敏博(2007), 「초기 북한문단 성립과정에 대한 연구」, 서울대 박사논문, p.22 참조

라있지 않은 것은 그들 나름의 계산[16]에 의한 것으로 보인다. 당시 임화나 김남천이 재건파 공산당에 밀착된 상태였으며, 암암리에 그들의 비호를 받고 있었던 것은 대회당일 박헌영이 보낸 메시지의 내용에서도 알 수 있다. "문화인의 과업은 빛나는 민족문화의 건설"이라든가, "조선 문학인은 오랫동안 조선인민을 분열시키고 해독을 주었고 오늘에 있어서도 조선을 그르치게 하는 分派的 根性을 뿌리째 뽑아버려야 한다."는 구절은 임화의 의지를 그대로 승인하여 공식화시킨 증거로 볼 수 있다. 결국 '전국문학자대회'는 조선공산당을 뒤에 업은 임화의 지배체제를 공식화 하는 계기가 되었고, 그 위치를 튼튼하게 구축시켜준 셈이 되었다. 이에 따라 해방이후 한국문단은 〈조선문학가동맹〉의 실세인 임화가 표방하는 민족주의 문학노선의 길을 걷게 되었던 것이다.

해방 직후의 '민족문화건설'에 대한 이들의 조급성은 역사의 편향성을 낳은 듯하다. '나라 찾기'의 시대에서 '나라 만들기'의 시대로 그 성격이 바뀌기는 하였지만, 이에 대한 열망이 강하면 강할수록 조급성은 고조되어, 당시의 문화는 '운동으로서의 문화' 측면으로 기울게 하는 일종의 편견을 낳게 한 것이다.

---

16) 이기영이나 한설야가 당시 38선 이북에 있었던 것은 다분히 의도적으로 참석하지 않았거나 방관자의 입장을 취한 것으로 보는 견해가 많았는데, 한설야, 이기영은 김사량, 안함광, 김조규 등 해방 이전부터 활약한 문학자와 해방 후 소련군과 함께 북조선으로 들어온 고려인(조선계 러시아인) 조기천, 소련파 문학자 임순득, 그리고 이른바 월북문학자들과 함께 새로운 나라 만들기의 일환으로 북조선 문단형성에 관여하고 있었다. (布袋敏博(2007), 「초기 북한문단 성립과정에 대한 연구」, 서울대 박사논문, p.4 참조) 이는 3월 25일 이기영, 한설야, 김사량, 안함광 등이 평양에서 결성된 〈북조선예술총연맹〉의 집행위원과 예술위원회 위원에 포함되어 있다는 점에서 확인할 수 있다.

해방을 전후하여 1년 가까이 정인택의 표면적인 활동은 거의 없었다. 해방직전까지도 수그러들지 않았던 광적인 친일행적에 대한 회한과, 해방을 맞아 또 다시 자신의 정체성 문제에 골몰하여 그것이 자신의 거취문제까지로 연결되지 않았나 싶기도 하다. 다만 활발한 문학 활동에도 불구하고 '전국문학자대회'를 의하여 초청한 문학인 213명의 명단에서조차 정인택의 이름을 찾아볼 수 없었다는 점은 당시 정인택의 한국문단에서의 위치와 그의 문학사적 지명도가 어떠했는지 짐작하게 할 뿐이다.

2. 이념의 반전, 또 반전

2.1. 민족성 회복의 시도

8·15 광복은 국내외적으로 또 다른 위기를 초래하였다. 광복을 맞아 이 땅에 새로운 민족국가 수립의 계기가 부여되었음에도 강대국들의 이해관계에 따라 한반도의 실상은 미소군정체제하의 분단 상태나 다름없었다. 그 가운데서도 이념의 대립은 좌우익으로 나뉘어 날카롭게 대립하는 특수한 상황에 처해 있었다.

민족의 한결같은 염원이 분단 상황의 극복과 통일정부의 수립이었음에도 남한 내의 박헌영을 정점으로 하는 좌파 공산당과 이승만을 추대한 우익 한민당 사이에는 출발점부터 첨예한 대립양상으로 나타났다. '대동단결론'을 주장하며 민족적 역량의 결집을 최우선 과제로 하였던 이승만 측과, 일제 잔재의 청산을 선결요건으로 내세운 〈조선공산당〉의 대립이 그것이다. 〈조선공산당〉을 비롯한 여러 좌익단체

의 주장은 "민족반역자의 제거와 보수 반동세력을 제거한 다음 진보
적 민주주의 세력을 주축으로 하여 통일정부를 세우자는 것"이었다.
한 치의 양보가 없는 이러한 대립 상황은 해방의 자유를 맛볼 겨를도
없이 정국을 들끓게 하였다. 그 가운데서 일제 잔재의 청산을 내세웠
던 〈조선공산당〉을 등에 업은 좌익세력이 문단을 주도하게 되자, 자
의건 타의건 일제에 협력하였던 친일문인들로서는 막연한 불안감에
휩싸이지 않을 수 없었다.

친일문인들의 해방 후 자신의 행적에 대한 반성 또는 문학적 대응
은 다양하게 나타났다. 이광수, 이석훈 등은 반성문 내지 자기변명을
한 후 작품활동으로 이어간 반면, 최재서는 단 한편의 글도 발표하지
않음으로써 거의 광적이다시피 한 그의 친일행각이 좀처럼 회복하기
힘든 깊은 상처로 남았음을 표명했다. 그리고 아무런 대응 없이 작품
활동을 재개하면서, 작품 속에서 과거 친일에 대한 반성하는 면을 보
여주는 부류도 있었다.

이태준은 「解放前後」,[17] 김남천은 「一九四五 八·一五」[18]를 신문에
연재하는 것으로 작품활동을 시작하였는데, 김남천은 소설 속에 일제
때 '학병격문사건'으로 검거된 '김지달'과 그 애인 '박문경'이 해방 직후
정치적 소용돌이 가운데서 자기를 비판하고 노동운동에 참가해 가는
과정을 묘사함으로써 민족성 회복의 길을 모색하였다. 또한 김상덕,
조용만, 최병일, 이석훈 등은 '위인전'이나 '혁명가 열전'류의 작품을
출판함으로써 과거의 행위를 반성하고 있음을 표명하기도 하였다. 당
시 이석훈의 심경은 자신의 소설 『殉國革命家烈傳』의 서문에 드러나
있다.

---

17) 이태준(1946), 「解放前後」, 「文學」, 1946.7, pp.4~34
18) 김남천(1945), 「一九四五 八·一五」, ≪자유신문≫, 1945.10.7~1946.6.7

“나는 一介 平凡한 文人으로서 先烈들이 生命을 걸고 日帝와 싸운
反面에 내自身 安易한 生涯에 執着한 것을 反省하니, 참으로 汗顔을
이기지 못하겠으며, 애오라지 微々한 文章奉公의 길로나마 先烈의 英
靈앞에 謝過하는 것밖에 道理가 없는 것이다.”[19]

이석훈은 이처럼 자신이 “安易한 生涯에 執着”하여 친일의 길을 걸
었던 점을 고백하며, “文章奉公의 길로나마 선열의 영령 앞에 謝過”한
다는 뜻을 밝힘으로써 자신의 친일행각을 깊이 반성하고 있음을 표명
하였다. 이에 비해 성격적으로 결벽증에 가까웠던 채만식은 해방 후
의 풍조와 당시 세태를 풍자한 작품을 주로 썼는데, 특히 일제말기 자
신의 행적을 그대로 담은 「민족의 죄인」을 보면, 작품 속에 친일협력
을 한 ‘나’를 주인공으로 등장시켜, 스스로가 ‘민족의 죄인’이었음을 고
백하고 있다.

「民族의 罪人」의 주인공 ‘나’는 1943년 2월 황해도강연을 ‘대일협력
의 첫거름’으로 하여 그 후도 각 지방 시국강연회, 매일신보연재소설
등으로 대일협력을 계속하여 “한정없이 술술 자꾸만 미끄러져들어가
는 대일협력이란 수렁(無底沼)”에 빠지게 되었다가 일본 패전의 형세
가 짙어지는 1945년 5월 고향에 疏開하고 피신했다.[20]

채만식의 경우처럼 자기 스스로를 그 비판의 대상으로 하여, 작품
속의 ‘나’를 통하여 민족의 죄인임을 고백하는가 하면, 정인택의 경우
는 소설에 등장한 제3의 인물의 언설을 통하여 일제말기 자신의 친일

---

19) 이석훈(1947), 『殉國革命家烈傳』, p.3 서문에서
20) 채만식(1948), 「民族의 罪人」, 「백민」, 1948.10, pp.33~46 (三枝壽勝(1976),
　　「狀況과 文學者의 姿勢」, 경희대 석사논문, p.149에서 재인용)

행적에 대한 회한과 변론을 토로하고 있다. 일제말기의 소설에서 전혀 찾아볼 수 없는 투철한 민족정신을 「황조가」(1947.3)[21]에서 보여주고 있는 것이다.

> 나라를 찾기 위하야, 三千만 겨레의 해방을 위하야, 일본 관헌과 싸우고 있는 학성인줄 알았을 때, 惠玉은무엇이라 형언할수 없는 감동에 압도되어......(「황조가」, p.89)

> 아무리 돈만 아는 사람이기로서니, 지금 조국의 해방과 자주독립의 날을 맞이하야, 三천만 겨레가 감격의 눈물을 흘리고 있는 이 판에, 일본놈들이 감춰 두었던 물건을 사다가 장사하려는 궁리만 하고 있다니...... 이 이가 과연 조선사람일까? 이런 사람이 어떻게 새로 건국되는 새나라 국민이 될수 있을까? "에에, 더러운......." 惠玉은 혜옥은 순간 무슨 천계나 얻은듯이, 여러날을 두고 머리를 앓든 문제에 대하야 단현코 해결을 내릴 수 가 있었다. (「황조가」, p.92)

이처럼 '과거에 친일했던 자' 혹은 '제 살길을 위하여 민족성을 짓밟는 자'를 거의 철퇴에 가까운 비판의 대상으로 삼는다. 이로써 자신의 정체성을 찾아가는 한편 '새로 건국되는 새나라 국민'이 되기 위하여 민족성 회복을 시도하고 있었음을 짐작할 수 있다.

---

21) 정인택(1947), 「황조가」, 「백민」, 1947.3 (이 장에서 정인택의 소설 「황조가」를 논함에 있어, 작품명이 유리왕의 漢詩 「黃鳥歌」와 동일한 관계로, 유리왕의 漢詩는 「黃鳥歌」로, 정인택의 소설은 「황조가」로 표기하여 구분하였다.)

2.1.1. 되살아난 이념

정인택의 초기사상은 앞에서 언급한대로 마르크시즘적 사회주의 사상이었으며, 그에 따라 형성된 신념은 급변하는 시세의 흐름 속에서도 굳건하게 내면화되어 있었던 것 같다. 초기소설 「준비」와 「조락」에서 살펴본 바, 주인공이 신념을 펼칠 수 없는 현실적 여건을 개탄하였던 부분에서나, 또 자신의 무기력함을 인정하고 과거를 되돌아 볼 때면 반드시 잠재되어 있던 이념이 내면의 중심에 있음을 발견할 수 있다. 이는 정인택의 생애에서 이념이 매우 중요한 의미를 지니고 있었음을 말해주며, 알게 모르게 이념에 대한 강한 애착으로 나타나기도 한다.

정인택이 문학활동을 시작할 즈음인 1930년대는 사회주의 사상이 일제의 극심한 탄압을 받게 되어, 자신의 사상적인 이념을 공식적으로 작품에 드러내기에는 대단히 어려운 여건이었다. 마침내 KAPF가 해산된 것과 수많은 문인들의 전향에서 알 수 있듯이 당시 좌익이념은 크게 위축되어 지하로 잠적할 수밖에 없었다. 따라서 정인택의 사상 또한 거세된 이념으로서 내면화될 수밖에 없었던 것이다. 이렇게 내면화된 이념이 1930년대 후반의 심리소설 「미로」에 伏字化되어 나타나기도 한다.

12관도 못되는 허약한 내 몸이 얼마되지는 않는다 하드라도 <u>2년 동안의 고역(苦役)을 용하게 치르고 나왔을 때, 나는 그것만으로 다행하다 생각하고</u>, 〈중략〉 여기서부터 시작하여 자기가 밟아온 소위 '2년 동안의 고난의 길'을 이야기하는 것이, 여러번 되풀이는 했지만 역시 싫지는 않은 모양이어서……　(「迷路」, pp.37~38)

그러나 <u>내 자신 조금도 희망을 가질 길이 없다. 너무나 참담한 우리들의 주위가, 내 환경이 나를 여지없이 무찔러 놓은 듯만 싶어, 그래도 지다니, 지다니 하고 속으로 발악을 하면서도 무의식중에 그 압력에 타눌리고 말았든지 역시 유미에의 말대로 할 수밖에 없다마는..... 하고 생각하면서도 진심으론 그 말을 믿으려 하지 않고, 만약 그러한 소성(小成)의 생활에 안주하고 만다면 큰일이라고 그리고 십중팔구는 그렇게 될 것을 한탄하지 않을 수 없다.</u> (「迷路」, p.40)

2년여의 복역을 마치고 출감한 주인공이 옥중에서 얻은 병으로 사경을 헤매는 상황에서도 이념의 문제는 다시금 불거지기 시작한다. 갈 곳 없는 처지에서 '유미에'의 헌신적인 사랑과 도움으로 생명을 이어가고 있는 이러한 소시민적인 생활이 천만다행한 것임에도 불구하고, 주인공은 그것에의 안주를 곧 이념의 포기처럼 여기며 고통스러워하고 있는 것이다. 이는 시대적 상황과 관련하여 작가 스스로 내면화 하였던 이념이 이렇게나마 잔존해 있었음을 말해줌과 동시에, 또 이렇게나마 삶을 지탱해가는 의미를 전적으로 그것에 두고 있었음을 말해주기도 하는 것이다. 그러니까 「미로」의 주인공이 느끼는 고통이란 伏字化되었던 이념과 일제말기 현실생활과의 사이에서 결코 양립할 수 없는 갈등, 바로 그것이었다. 주인공이 보여주는 중차대한 고민은 바로 이러한 점에서 연유한 것인데, 그것이 일제말기 정책적으로 문예부분의 탄압이 강화되면서 '國策'이라는 강력한 자성에 이끌리어 이념의 주체가 '國家(천황)'로 전도되기에 이른 것이다. 말하자면 그동안 막연하게나마 형상화되었던 사회주의 사상적 이념을 자신의 정체성과 결부하여 국가주의 이념으로까지 승화시키려 했던 것으로 볼 수 있다.

1945년 8월 15일 일제로부터의 해방은 더할 나위 없는 민족적인 환희요 기쁨이었으나 그 이면에는 복잡하고 어려운 시련이 도사리고 있었다. 일제말기 國策에 협력하였던 문인들의 심정은 조만간 불어 닥칠 회오리를 예감하면서 몹시 혼란스러웠음은 말할 나위도 없었을 것이다. 해방직후 정인택이 잠시 동안 잠잠하였던 것도 같은 이유였으리라 짐작된다. 대부분의 친일문학자들이 그랬듯이 정인택 역시 이즈음 다시 한 번 스스로에게 자신의 이념의 대상을 묻지 않을 수 없었던 것이다.

호테이 도시히로(1996)는 그의 논문에서 일제말기 일본어글쓰기를 한 친일작가들의 해방 후의 대응을 첫째, 반성문 내지 자기변병 등을 발표한 것. 둘째, 과거의 행위를 반성했다는 증거 내지 변명으로 위인전이나 혁명가열전류의 작품을 쓰는 것. 셋째, 아무것도 하지 않고 여전히 작품활동을 한 것 등으로 분류하였는데, 이무영과 함께 정인택을 세 번째 예[22]로 거론한 바 있다. 정인택의 경우 반성문이나 자기변명 또는 위인전, 혁명가 열전 등의 작품을 쓰지는 않았지만, 김남천이나 채만식 등과 같이 작품 속에서 자신의 친일행적에 대한 변론이나 반성하는 면을 보였다는 것은 앞서 살편 바 있다. 아울러 일제말기 伏字化되었던 등단 초기의 이데올로기, 즉 사회주의 이념을 다시 표면으로 드러내기 시작하는데, 이 모든 것을 애국 애족적 차원에서 바라보고 있다는 점이 이시기 정인택 소설의 가장 큰 특징으로 꼽을 수 있다 하겠다.

「황조가」의 '학성' 역시 「미로」의 주인공과 마찬가지로 신념에 따라 행동하다가 옥고를 치른다. '학성'이 감옥생활을 한 죄목은 일제하 민

---

22) 布袋敏博(1996), 앞의 논문, p.121

족해방을 위한 '항일독립운동'으로, 여기에는 다분히 민족성이나 민족의식을 내포하고 있다. 그 민족성이 좌익이데올로기에 근저를 두고 있음은 '학성'의 행위에서 드러나지는 않지만, 여주인공 '혜옥'이나 그 주변인물의 행위를 통하여 소설 곳곳에 드러나고 있다.

> "어디서?"
> "부녀동맹에서"
> "너 부녀동맹 댕기니?"
> "응...... 언니, 인젠 우리들 조선여성두 해방되지 않었수?"
>
> (「황조가」, p.90)

「황조가」를 집필하던 시기는 미군정체제하에서도 문단의 주도권이 좌익세력에 있었던 시기이다. 1920년대 프로문학이 주류를 이루던 때 문학자의 길을 꿈꾸어 왔던 정인택이었지만 일제의 사회주의에 대한 탄압이 강화되던 시기에 등단한 탓에, 초기소설에서는 한 식민지 지식인의 이념이 현실에 무너져가는 과정과, 마침내 현실과 타협하는 과정을 구체적으로 그려냄으로써 이념의 싹을 거세시켜버린 듯한 인상을 주기도 한다. 그러나 그 이념의 실체는 내면 깊숙한 곳 어딘가에 굳건히 존재하고 있었다. 그것이 1930년대 말 심리소설에는 일제의 검열과 탄압을 피하여 伏字化하는 것으로 막연하게나마 형상되어 나타났으며, 해방이 되자 시류의 흐름과 맞물려 당당하게 표면으로 드러나게 된 것이다.

이처럼 정인택이 초창기에 지녔던 사회주의에 대한 이념은 일제의 통치가 종식된 해방과 함께 되살아났다. 그리고 그것이 혼란스러운 정치상황 가운데 숱한 우여곡절을 겪은 후, 마침내 자진월북이라는 행동까지도 유도해 내었던 것이다.

2.1.2. 여성성의 반전

광복 이후 좌익사상이 문단을 주도하게 되면서 이전의 소설에 비해 여성성을 부각한 소설이 현저해지는데, 이는 체제와 제도에 얽매였던 이전의 여성에 비해 사회주의 계열의 여성이 줄기차게 주장해 오던 여성해방과 같은 맥락으로 볼 수 있다.

「황조가」에서 보면 해방 이후의 정인택은 다시 등단 초기에 지녔던 이념과 그의 본류이다시피 한 심리적 내면묘사로 천착하였음을 알 수 있다. 여기서 주목되는 점은 해방 이후 혼란스런 사회상을 계급적으로 미천한 여성인물 '혜옥'의 시각으로 묘사함으로서, 여성인물 '혜옥'을 그 주체로 내세웠다는 점이다.

이전의 정인택 소설에 묘사된 여성인물을 보면 대체적으로 '아내' 혹은 '어머니'라는 이미지를 강하게 내포하고 있어, 여성성에 대한 독자적인 면모는 거의 드러나지 못했다. 지식인인 남성인물에 반해 여성인물의 직업이 '여급' 또는 '기생'이라는 직업을 가지고 있는데다가 더욱이 의지할 곳 없는 혈혈단신이었다는 점에서 모든 것을 여성 쪽에서 일방적으로 제공하는 것이 당연시 되어왔다. 남녀 간에 계급의 차이를 두어 남성을 더욱 우러르는 이러한 설정은 정인택이 남성중심의 가부장적 사고에서 벗어나지 못함을 말해주고 있다.

그런데 「황조가」의 여성인물 '혜옥'의 경우는 사뭇 다르다. 신분은 '빠―'의 여급으로 예전과 별반 다르지 않지만, 인물유형 면에서 이전과는 확연히 다르게 묘사되고 있음을 알 수 있다. 남녀가 동등한 관계로 설정되어 있을 뿐만 아니라 여성인물이 작품 전면에 나서서 적극적으로 소설을 이끌어 감으로써 기존의 여성성에 대한 반전을 보여주고 있는 것이다. 이러한 점은 '혜옥'이 '학성'을 만나는 과정에서 확연히 드러난다.

> 혈혈단신으로, 서울에 올라 왔을 때, 惠玉의 나이 겨우 갓스물. 홀어머니를 잃은 외로움조차 느낄 사이없도록, 생활의 협위가 마닥뜨렸다. 그 당시, 여자 혼자서 살아갈 길은, 한길 밖에 없었다. 혜옥은 여관 주인이 권하는 대로 종로 뒷골목 어느「빠아」로 눈 감고 뛰어들었다. <u>거기서 학성이를 만나서 깨끗이 사귀어 온지 삼년, 혜옥은 그제서야 비로소 학성이에게 모든 것을 받치고도 후회 안할 결심이 생겼고, 학성이도 또한 그랬다.</u> (「황조가」, p.88)

혈혈단신에 '빠-'의 여급이라는 직업을 가진 여성이었음에도 '학성'은 '혜옥'의 육체를 존중하여 3년 동안이나 깨끗이 사귀어왔으며, 서로의 사랑을 확인한 후 합의하에 결혼생활에 들어갔다. 이는 비록 직업여성과 고객의 만남이었을지라도 두 사람의 만남이 상호 동등한 위치에서 만난 수평적 관계였음을 말해주고 있는 것이다. 그런데 결혼 이후 '혜옥'이 잠시나마 이전의 여성 캐릭터로 돌아간다는 점에서 작가의 가부장적 고정관념으로부터의 탈피가 그리 쉽지만은 않음을 보여준다. 정인택 작품속의 여인들이 항상 그랬듯이 「황조가」의 '혜옥' 역시 학성을 사랑으로 감싸며 서럽게 번 돈을 고스란히 내준다. 어쩌다 한 번씩 찾아와서 돈만 가져가는 '학성'에게 서운함이 없진 않았으나, 그럼에도 '학성'에 대한 '혜옥'의 사랑은 그것까지도 감싸기에 부족함이 없었다.

그 날도…. 그러니까 그게 아마 작년 봄일께다. 한 十여일만에 찾아
온 학성이는 미칠듯이 반기는 惠玉을 잠간 품에 안았다 놓았을 뿐,
입 한번 맞추러 들지 않았다. 그것을 분하게 생각하기 전에, 혹시 이
이가 어디 몸이나 성치 않은가─ 그런것을 먼저 걱정하는, 惠玉은 그
런 「타이프」의 여자였다. (「황조가」, pp.88~89)

그러나 이 시점에서 정인택의 여성성에 대한 반전은 '혜옥'의 남편
에 대한 사랑을 애국적 차원에서 국가적인 것으로 승화시키는 기지로
나타난다. '학성'의 이러한 태도와 근심스런 표정의 정체를 궁금해 하
던 차에 '혜옥'은 '학성'으로부터 거액을 만들어 줄 것을 요구받게 되
고, '혜옥'은 그것이 독립운동자금임을 알게 되면서 '혜옥'은 비로소 남
편의 실체를 알게 된 것이다. '학성'이 뜻하고 있는 일이 무엇인지 알
게 된 '혜옥'으로서는 그것만이 남편 '학성'에 대한 사랑이라 믿었기 때
문에 어떻게든 그 돈을 마련해주어야겠다는 결심을 하게 되고, 자신
의 희생을 다짐하지 않을 수 없었던 것이다.

여기서 이전 소설과의 현격한 차이를 발견하게 되는데, 그것은 바
로 여성의 입장에서 국가와 민족의 문제에 까지 동참했다는 사실이
다. 더욱이 독립운동자금을 마련을 위한 '혜옥'의 적극적인 행동은, 마
음뿐이 아닌 행동을 수반한 애국심이라는 것에서 파격적이다. 비록
그 행동이 돈 많은 졸부에게 후처로 들어가는 조건으로 받은 5천원을
독립운동자금으로 건네주는 것이었지만, '혜옥'으로서는 자신의 몸을
던진 희생이었으며 자신의 처지에서 할 수 있는 최선이었다.

미천한 제 몸이 잃었던 나라를 찾기 위하야 그리고 삼천만 겨레를
위하야 유용하게 씌인다면 이 보다 더한 기쁨이 있느냐고 惠玉은 스

스로 영웅적 감격도 맛볼 수 있었다. (「황조가」, p.92)

그런데 그런 보람도 없이 바로 다음날 학성은 검거되어버린다. '혜옥'에게는 돈만 아는 졸부의 첩으로 살아야 하는 비참한 생활만이 기다리고 있었다. 이미 남녀평등을 경험하였고, 민족해방운동에 참여하여 영웅적 감격까지 맛보았던 '혜옥'으로서는 자신을 멸시하고 돈만 밝히는 졸부와의 삶에서 아무런 의미를 찾을 수 없었다. 그리하여 '혜옥'은 과감하게 그 삶을 박차고 나올 결심을 하게 된다.

이 과정에서 당시 사회상이 여성의 시각으로 묘사된다는 점에서 작가가 사회의 일원으로서 여성을 참여시키려 애쓴 점을 발견할 수 있다. 남성도 감히 하지 못할 일을 해냈다는 성취감과 그에 따른 영웅적 감격으로 기뻐함은 물론, 이제는 여성의 목소리가 당당하게 심판자의 위치에까지 서 있다는 점에서 그러하다.

이는 사회주의 여성성과도 직결된다. 사회주의 여성성을 추구하던 당시의 북한문학을 살펴보면 여성문제를 다룬 작품이 상당하다. 일차적으로는 여성작가들의 창작이 있었겠지만 남성작가들이 여성문제를 다룬 작품도 적지는 않다. 이같은 현상은 해방 직후부터 북한이 여성문제를 매우 중요시하여 남녀평등법을 제정했다는 사실과, 그 이후 여성문제 해결을 위하여 다각적으로 노력하였다는 사실을 고려한다면 지극히 자연스러운 일[23]일 것이다. 이러한 점에서 「황조가」는 해방 이후 점차 활성화되기 시작한 여성해방 차원에서 뿐만 아니라, 당시 문학적 대세에 따른 정인택의 뛰어난 현실적응력을 보여주고 있는 작품이라 하겠다.

---

23) 김재용(1997), 「북한의 여성문학」, 「한국문학연구」 제19집, 동국대 한국문학연구소, p.152

이러한 추세에 따라 여성을 독립된 사회의 일원으로 자리매김하려는 작가의 몸부림은 '혜옥'의 마음가짐과 행동으로 드러난다.

'혜옥'은 조국 광복을 맞아 출소자들이 탄 트럭을 보자마자 이내 '학성'을 떠올리며 그리워한다. 그리고 수소문 끝에 '학성'이 살아있다는 소식을 듣게 된다. 그럼에도 애써 '학성'을 찾지 않고, 혹시라도 '학성'이 자신을 찾는다 해도 결코 응하지 않으리라는 굳은 결심을 함으로써, 당시 남성으로부터의 해방을 추구하는 사회주의 여성을 보여주고 있다. 그런데 아이러니하게도 소설의 말미에 여성의 힘찬 재출발에 있어서 남성이 없는 외로움을 문제점으로 제시하고 있어 그 특유의 소심함과 우유부단함을 드러내고 만다.

> '아직 내 나이 어린데..... 그러면, 장차 외로워 어떻게 지내나? 혜옥은 고무신을 질질 끌면서, 영애 집을 향하야 다름질치며, "<u>조선여성두 해방 됐대지?</u> 그러면 동무가 일천오백만이나 되는데…… 외롭긴 뭬 외로워?" 그렇게 속으로 웨치고, 천변ㅅ가에 다다러서야 겨우 숨을 돌린 후, 걸음을 천천히 할수잇었다. (「황조가」, p.93)

이는 남성중심의 사회적제도와 자신의 가부장적인 사고에서의 탈피가 그리 쉽지 않다는 것을 말해준다 하겠다. 그럼에도 여성을 중심 인물로 설정하여 여성성을 부각시키고, 마침내 천오백만 조선여성을 동지 삼아 스스로 홀로서기를 다짐한 '혜옥'의 재출발은 사회적 제도와 남성으로부터 해방된 여성의 재생과정에서의 진통을 여실히 보여주고 있다 하겠다.

소설 「황조가」는 고구려 유리왕의 4언 4구로 된 漢詩 「黃鳥歌」24)를

---

24) 고구려 유리왕의 漢詩 「黃鳥歌」는, '翩翩黃鳥 雌雄相依 念我之獨 誰其與歸

소설 제목으로 그대로 차용하였다는 점에서도 여성성과 계급에 대한 획기적인 반전이 내포되어 있음을 암시하고 있음을 알 수 있다. 이는 무엇보다도 인물의 구도에서 선명하게 드러난다. 이를테면 漢詩「黃鳥歌」는 남성인 유리왕을 중심으로 한 삼각구도로 되어있지만, 소설 「황조가」는 여성인물인 '혜옥'을 중심으로 전 남편 '학성'과 졸부인 현 남편과의 삼각구도로 설정되어 있어 여성인물을 주체로 내세우고 있다는 점이다.

계급의 반전은 더욱 흥미롭다. 주지하고 있는 대로 유리왕의「黃鳥歌」는 최고 권력자인 남성인물 유리왕이 왕비 '宋氏'를 잃은 후 새로 맞아들인 계실(繼室) '화희(禾姬)'와 '치희(稚姬)'의 사이가 좋지 못하여 다툰 끝에 떠나버린 '치희'를 생각하며 노래한 것이다. 이에 비해, 소설「황조가」는 미천한 여성인물 '혜옥'이 홀로서기를 시도하면서도 남성의 부재에 대한 외로움을 토로하고 있다. 정인택은 '혜옥'의 이러한 심정을 사랑하는 여인 '치희'를 만날 수 없는 유리왕의 외롭고 허탈한 심정에 비유함으로써, 미천한 여인을 한 시대를 풍미한 일국의 왕과 비견하는 파격적인 구도를 취하고 있는 것이다.

여성에 대하여 유독 가부장적인 면을 보여 왔던 정인택이 굳이 이러한 구도를 설정하여 여성성을 부각시키려 한 의도는 해방 이후 여성인력 활용방안의 일환으로 전개된 사회주의 여성해방운동과 무관하지 않다는 것을 여실히 보여주고 있다. 기존 여성성에 대한 반전은 물론, 계급에 대한 반전까지 보여주고 있는 소설「황조가」의 중심인물 '혜옥'의 행위는 바로 그런 차원에서였던 것이라 할 수 있겠다.

(펄펄 나는 꾀꼬리는 / 암수 서로 정다운데 / 외로운 이내 몸은 / 누구와 함께 돌아갈꼬)'라는 내용으로, 암수가 다정히 노니는 꾀꼬리의 모습을 보던 유리왕이 짝을 잃은 자신의 외로운 처지와 심정을 노래한 것이다.

2.2. 민족성 회복의 불발

8·15 광복은 곧바로 통일국가 수립으로 이어지지 못하고 혼란스러운 가운데 3년의 모색기간을 거쳐야 했다. 해방 직후 하루빨리 민족성을 회복하고 국가의 재건을 모색하였던 정치세력들은 '태극기'와 '애국가'로서 '자주독립'과 '통일'에 대한 과제를 공유하였다. 그리고 '國號'를 통해 통일 민족국가로서의 정통성과 정당성을 인정받고자 하였다.

국가건설 노선과 연계된 국가상징에 대한 최초의 구상은 이승만과 중경 임시정부의 '大韓'과 건국준비위원회의 '朝鮮'이 자연스럽게 대립되었다. 당시 정치세력들이 주장하였던 國號는 '대한민국', '조선인민공화국', '고려공화국', '새한', '대진' 등이 거론[25]되고 있었는데, 결국 대한민국의 '大韓'과 조선인민공화국의 '朝鮮'으로 압축되었으며, '南(右)大韓' 對 '北(左)朝鮮'의 노선을 띠고 활발하게 주도권 다툼을 벌였다. 그러나 남한 내 정치흐름에 깊숙이 개입한 미국과 미군정의 통치정책에 따라 정계구도가 개편되면서 '大韓'으로 대표되는 우익의 국가건설 방안이 정치 제도권에서 절대적 우위를 차지하게 되었다. 그 결과 이승만이 정계의 주도권을 잡은 후, 법률안 제정을 통하여 선거에 의한 과도정부 수립을 지속적으로 주장하였으며, 마침내 유엔소총회의 결의에 따라 남한만의 총선거를 통한 정부수립으로 연결되었다. 그러나 민족정부로서 국제적으로 아직 정식승인을 받지 못한 상황에서 국내 반대파 세력들의 도전과 저항이 정권의 정통성을 위협하였다. 이에 따라 이승만 정권은 이러한 갈등과 위기, 또 북한정권을 견제하고 정통성의 문제를 해결하고자 '一民主義'라는 강력한 통치지배이

---

25) 김혜수(1997), 「해방후 통일국가수립운동과 국가상징의 제정과정」, 「국사관논총」 제75집, 국사편찬위원회 편, p.125

념과 국가상징의 확립을 꾀하는 한편, 정통성과 법통성에 근거하여 國號는 '大韓民國' 國旗는 '太極旗', 國歌는 '愛國歌'로 하는 국가상징을 정책적으로 확립시키기에 이른다. 그리고 이를 통하여 민족정통성에 입각한 한반도의 유일한 민족정부는 '大韓民國'이라는 것을 분명히 하고자 하여 이를 법률로 제정하고, 여기서 "우리나라의 국호는 大韓民國(또는 韓國)으로 하고 북한 괴뢰정권과의 확실한 구별을 위해서라도 朝鮮을 사용하지 못하며 지명으로도 사용하지 못한다."[26]고 규정하기에 이르렀다.

이러한 역사의 흐름 속에서도 끊임없이 작품활동을 이어간 정인택은 한국전쟁을 앞두고 장편소설을 기획하였고, 이를 『靑葡萄』[27]라는 이름으로 ≪자유신문≫에 연재하기 시작한다. 『靑葡萄』를 집필할 무렵 정인택은 그간 사상논쟁의 회오리 속에서 또 다시 전향의 과정을 거치며, 전향한 문인들로 구성된 〈보도연맹〉에 소속됨으로써 표면상 우익을 표명하고 있었다.

해방 이후의 작품활동에 있어 문인 정인택의 변화를 가장 잘 포착해 낸 소설은 말할 것도 없이 「황조가」와 미완성 장편소설 『靑葡萄』일 것이다. 이 두 작품은 여러 가지 면에서 지극히 상반된 면을 보이며, 소설 작풍의 현격한 변화를 보여주고 있다. 그럼에도 단 한 가지 공통점이 있었으니 그것은 소설 제목을 특징적인 詩歌에서 차용했다는 점이다. 고구려 유리왕의 「黃鳥歌」와 민족시인 이육사(李陸史)의

---

26) 1950년 1월 16일 국무원 고시 제7호 '국호 및 일부 지방명과 지도색 사용에 관한 건'에 의함.
27) 정인택(1950),『靑葡萄』, ≪자유신문≫, 1950.5.5~6.26, 1면 (정인택 장편소설 『靑葡萄』 또한 민족시인 이육사의 詩 「청포도」와 작품명이 동일하므로, 이의 구분을 위해서 정인택의 소설은 원문대로 『靑葡萄』, 이육사의 詩는 「청포도」로 표기하기로 한다.)

詩 「청포도」28)가 그것이다. 이를 자신의 소설 제목으로 차용하여 사용하는 것으로 정인택은 해방 이후 특수한 공간에서 집필한 자신의 작품에 뭔가 특별한 의미를 부여하려고 하였던 것이 아닐까 생각된다.

소설 『靑葡萄』는 해방된 조국에서 정치력을 펼치고자 오랜 외국생활을 접고 귀국한 김우석 박사(이하 김박사)가 주동인물로 등장한다. 소설 서두에 이육사의 詩 「청포도」 전체가 그대로 차용 수록되어 있어, 서두부분만 보아도 일제치하에서 伏字化되어 나타났던 등단 초기의 이념과 함께 민족성 회복의 시도가 이 소설에까지 연결되는 듯하다.

"아이야 우리 식탁엔 은쟁반에 하이얀 모시 수건을 마련해 두렴..... 좋아 외국에 오래 있어서 그런지 이 하얀 모시수건이란 말이 여간 좋지가 않단말야..... 나는 이 사람의 이 「청포도」란 시만 읽으면 고국에 돌아온 기쁨을 느낄 수 있거든. 아이야 우리 식탁엔 은쟁반에....." 김박사는 활짝 열어저친 창밖으로 멀리 시선을 굴려 하염없이 서울 거리를 내려다보며 또 한 번 소리내어 시를 읊기 시작하였다. 〈중략〉 "하이얀 모시 수건을 마련해 두렴.... 하얀.... 모시...." (『靑葡萄』, ≪자유신문≫ 1950.5.5, 1면)

---

28) 1939년 8월호 「文章」지에 발표한 이육사의 詩 「청포도」는, "내 고장 七月은/ 청포도가 익어 가는 시절/ 이 마을 전설이 주저리주저리 열리고/ 먼 데 하늘이 꿈꾸며 알알이 들어와 박혀/ 하늘 밑 푸른 바다가 가슴을 열고/ 흰 돛단배가 곱게 밀려서 오면/ 내가 바라는 손님은 고달픈 몸으로/ 靑袍를 입고 찾아온다고 했으니/ 내 그를 맞아 이 포도를 따 먹으면/ 두 손은 함뿍 적셔도 좋으련/ 아이야 우리 식탁엔 은쟁반에/ 하이얀 모시 수건을 마련해 두렴."이라는 내용으로, 詩의 순수성을 민족의 현실과 결합하여 예술로서 승화시킨 이육사의 장점이 두드러진 대표적인 詩이다.

주지하다시피 「청포도」는 절망의 시대에 몸부림치던 민족시인 이육사의 강인한 의지를 내면화하여 순수 서정으로 승화한 詩이다. 「청포도」는 이육사의 다른 詩와 마찬가지로 민족의 수난을 순수하고 감각적인 기법으로 아름답게 채색하였다는 점에서 연구자들은 그의 애국사상을 높이 평가하기도 하며, 거기서 해방을 향한 민족의 끈질긴 염원을 도출해 내기도 한다. 소설 『靑葡萄』는 이러한 점과 이육사의 詩 「청포도」를 읊으면서 해방된 조국에 돌아온 기쁨을 만끽하는 김박사의 모습에서 '청포도'로 상징되는 절개나 민족적 지조에 대한 서사를 기대하게 한다. 그러나 그러한 기대는 소설이 진행되는 동안 쉽게 무산되어버리고 만다.

연재하던 중 한국전쟁이 발발하여 43회로 중단된 미완성 장편소설 『靑葡萄』는 「훈풍」(1~6회), 「젊은마음」(7~15회), 「소낙비」(16~23회), 「꿈결같이」(24~38회), 「사랑의 꽃다발」(39~43회)이라는 작은 타이틀로 진행되어 가는데, 그 내용을 보면 당초의 기대와는 달리 민족성이나, 정인택 소설에서 흔히 볼 수 있는 사상이나 이념과 관련된 내용조차 찾아볼 수 없다. 해방된 조국에서 정치인의 뜻을 펼치고자 미국에서 귀국한 영문학자 '김우석 박사'와 딸 '마리'의 이야기와, 각각의 연애사가 교대로 이어질 뿐이다.

국회의원 당선을 목표로 출사표는 던졌으나 출마 자체가 본인의 의지와는 상관없었던 때문인지 당선을 염원하는 사람들이나, 당선을 위해 힘쓰는 선거운동원들과는 달리, 정작 본인은 선거운동에 소극적인 면을 보인다. 이러한 행동의 이면에는 여기자 '은숙'과의 만남이 자리하고 있었다. 지성과 교양을 갖춘 30대 독신 여기자 '은숙'은 김박사에게 국회의원 당선을 포기하게 할 정도의 경이로운 존재로 다가왔던 것이다.

…….그럴 지음에 눈 앞에 은숙이 나타낫던것이다. 김박사는 은숙을 통하여 비로소 고국의 새로운 여성들의 모습을 엿보았다. 언어 동작이라든가 교양이라든가 기상이 오히려 경박한 미국 여자들보다 월등하다는 것을 깨닫고 －－좀 과장해서 말하면 김박사는 그것만으로도 고국에 돌아온 보람이 있었다. 만족할 지경이었다. 봉건시대 한국 여자들만이 머릿속에 남아있는 김박사에게는 이것은 사실 너무나 큰 놀람이었다. 그래서 김박사는 은숙고 가까이하려 햇고 가까이 해 왔던것이다. (『靑葡萄』, 1950.5.18, 1면)

봉건시대 여자들만이 머릿속에 남아있는 김박사로서는 고국 여성의 이러한 변화가 경이롭기만 하였다. 처음엔 호기심으로 다가갔지만 점차 애정으로 발전해 감에 따라 고국에 돌아온 보람을 거기서 찾을 정도로 새롭게 변화된 여성에 몰두하게 되면서 더욱 선거나 정치에서 마음이 멀어진다. 마침내 김박사는 선거 강일 투표장에서 자기의 소중한 한 표를 상대방에게 던져버렸고, 그 한 표 차이로 아깝게 낙선하는 것으로 당선을 바라던 주변사람들을 안타깝게 한다. 그러나 정작 본인은 오히려 잘 되었다 여기며, 그동안 선거문제로 분주했던 생활에서 벗어나 본연의 영문학자의 길로 돌아가려고 한다는 내용이다.
　미완성 소설 『靑葡萄』는 정인택의 이전의 소설에 비해 여러 가지 면에서 변화를 추구하였다는 점이 눈에 띤다. 우선 등장인물이 이전의 소설을 주도하였던 궁핍과는 거리가 먼 부르주아라는 점과, 소설에 잠재되어 있는 배경이 미국이며, 주동인물이 영문학자였다는 점에서 비록 짧은 기간이지만 격세지감을 느끼게 한다. 게다가 정인택 기존의 소설에서 지식인 남성인물의 전유물이었던 ‘기자’ 혹은 ‘작가’로 대변되는 직업을 ‘여성’에게 부여한 것에서 작가가 지니고 있던 기존의 사고가 이 시점에서 반전되어 있었음을 보여주기도 한다.

인물의 성격과 행동 또한 당시 정인택의 심적 변화를 짐작케 한다. 우유부단함과 나약함, 그리고 정치적인 면에 상당한 관심은 있었으나 정치권에 좌우되고 싶지 않은, 그러나 자기 본연의 길만은 끝까지 고수하려는 정인택의 심리가 등장인물의 성격으로 그대로 드러나 있다. 혼란스런 정국과 개인의 생존문제가 역학적으로 작용하고 있던 시기에, 개개인의 생존문제에 관심을 기울일 여력조차 없었던 '국가' 그리고 자신과는 온전한 공통분모가 될 수 없었던 '민족'에 대한 재인식의 표명이었으리라 여겨지는 것이다.

더욱이 『青葡萄』는 시세의 흐름에 민감한 정인택이 자신의 소설을 한국전쟁 직전까지, 그것도 시사성이 강한 일간신문에 지속적으로 연재하고 있었음에도 전쟁직전의 급박함은 소설 어느 곳에서도 찾아볼 수 없었다. 이러한 점에서 그동안 엄청난 무게로 마음을 짓눌렀던 '국가'와 '민족'에 대하여 초연해진 심정을 소설 『青葡萄』를 통하여 어느 정도나마 표명한 듯하다. 역사의 거센 풍랑 속에서 고독한 생을 가까스로 헤쳐 나온 정인택으로서는 이러한 김박사의 캐릭터를 통하여 자신의 심정의 일면을 토로하고 싶었던 것은 아니었을까 생각된다.

이후의 후속작품을 찾아볼 수 없는 시점에서, 이제 작가 정인택이 직접적으로 남긴 족적은 미완성 장편소설 『青葡萄』로 마무리해야 할 듯하다. 애초에 장편으로 계획되었던 소설이었지만 전쟁으로 인하여 중단되었기에 섣불리 단언하여 평가할 수는 없지만, 어쨌든 「황조가」를 통하여 회복을 시도하였던 민족성이 『青葡萄』에서 다시 흐지부지되어버린 듯한 인상을 지울 수 없다.

3. 이념과 생존의 대칭점에서

1945년 8월 15일. 마침내 온 겨레가 그토록 갈망하던 해방을 맞이하였지만 그 기쁨을 만끽하기도 전에 한반도를 둘러싼 국내외 정세로 인한 위기와 갈등은 민족의 불안감을 가중시켰다. 미소 군정체제하에 실질적으로 남북이 분절된 상태에서, 자주독립국가 건국을 추구하던 국내인사들도 좌우익으로 나뉘어 첨예한 대립양상을 띠며 정국을 혼란 속으로 몰고 감에 따라, 이전과는 또 다른 긴박감과 혼란, 시련의 도래를 예고하고 있었다.

게다가 戰後 한국 문제를 둘러싸고 1945년 12월 16일 미국, 영국, 소련 3개국 외상이 소련의 모스크바에서 결의한 이른바 〈모스크바삼상회의〉의 '임시정부수립'과 '5년간의 신탁통치'에 관한 결의문[29]은 민중

---

29) 1945년 12월 16일 미국, 영국, 소련 3개국 외상이 소련의 모스크바에서 전후 한국문제에 대한 결의를 하였는데, 여기에서 미국의 신탁통치案과 소련의 임시정부案이 절충되어 의결되었다. 그 요약문은 다음과 같다.
  1) 조선을 독립국가로 재건설하기 위해...... 임시조선민주주의 정부를 수립할 것이다.
  2) 조선임시정부 구성을 원조할 목적으로 .... 남조선 미국점령군과 북조선 소련점령군의 대표자들로 〈공동위원회〉가 설치될 것이다. 그 제안 작성에 있어 〈공동위원회〉는 조선의 민주주의 정당 및 사회단체와 협의해야 한다.
  3) 조선 인민의 진보와 민주주의적 자치발전과 독립국가 수립을 원조 협력할 방안의 작성은 조선임시정부와 민주주의 단체의 참여하에서 공동위원회가 수행하되, [〈공동위원회〉의 제안은 최고 5년 기한으로 4국 신탁통치의 협약을 작성하기 위해 소·미·영·중 정부와 협의한 후 제출되어야 한다.] (* [ ]부분 북한측 변역문 : 〈공동위원회〉의 제안은 조선임시정부와 협의 후 5년 이내를 기한으로 하는 조선에 대한 4개국 후견의 협정을 작성하기 위하여 소·미·영·중 정부의 공동심의를 받아야 한다.)
  4) 긴급한 제 문제를 고려하기 위하여...... 2주일 이내에 조선에 주둔하는

들을 들끓게 하였고, 이후 민족 간의 첨예한 대립과 갈등으로 몰고 가기에 이르렀다. 이는 '미소공동위원회 개최와 결렬', '조선정판사 위폐 사건',[30] '남조선 총파업과 10월 항쟁'[31]으로 이어져 해방 이후 한반도는 거의 편할 날이 없었다.

해방 직후 가장 급선무였던 것은 일제통치하에서 거의 말살되다시피 하였던 민족기능의 회복이었다. 이에 따라 정치적으로는 자주정부의 수립, 경제적으로는 민족경제의 안정, 이념적으로는 민족정기의 회복[32]이 주요 관건으로 부상하였다. 그 중에서도 특히 민족정기 회복을 위한 친일파의 처단문제는 자주정부 수립이나 민족경제 문제에

미·소 양군사령부 대표로 회의를 소집할 것이다. (강맑실(2010), 『근현대사신문』 현대편, 사계절출판사, p.16)

30) 1946년 3월 초순 공산당 간부와 당원들이 위조 조선은행권을 만들어 시중에 유통시킨 사건을 말함. 해방 직후 공산당이 접수하여 당 본부 건물로 사용한 近澤빌딩 아래층에 일제가 조선은행권을 찍은 동판과 당시로서는 최상급 인쇄시설이 보관되어 있었는데, 공산당이 조직 선전사업을 펴나가면서 기하급수적으로 늘어난 비용을 감당하기 위해 공산당 재정부장 이관술(李觀述)과 해방일보사 사장 권오직(權五稷)이 주동하여 조선은행권을 찍어 유통하였는데, 미군정이 이를 적발하여 기소한 것이다.

31) 38선 이남에서의 민중의 분노는 9월 23일 부산을 시작으로 하여, 4만여 철도 노동자들이 파업에 돌입하였으며, 이어 전차, 출판 등 다른 부문도 동참하면서 25만여 노동자가 참여하여 전국적인 총 파업으로 확산되었는데, 9월 30일 김두한이 이끄는 우익단체와 경찰이 합동하여 무력으로 진압하면서 기세가 한풀 꺾이게 되었다. 총파업에 이어 10월 1일 대구에서 경찰의 발포로 1명이 사망하자 분노한 시민들이 경찰서, 군청 등을 습격한데서 발단이 된 10월 항쟁은 전국으로 확산되면서 3·1운동 이래 최대 규모의 항쟁으로 기록 되고 있다. 민중들의 주된 표적은 미군정을 등에 업고 미곡강제수집 등 횡포를 부린 친일경찰로, 이 두 사건은 독립국가 수립 지체와 경제적 혼란에서 비롯되었다는 분석이 지배적이나 미군정은 배후에 공산주의자들이 있다며 경찰과 우익을 동원하여 힘으로 눌러 억압했던 것이다. (강맑실(2010), 위의 책, p.17 참조)

32) 임종국(1991), 『실록친일파』, 돌베게, p.259

못지않은 비중을 지니고 있었으며, 반드시 선행하여 해결해야 할 중요한 과제로 부상하였다.

문단의 상황도 이러한 문제에서 예외일 수는 없었다. 일제 말기 친일에 협력하였던 문학자들은 지난날 자신의 문학적 자세를 돌아보지 않을 수 없는 상황에 처하게 되었다. 그 대표적인 것이 1945년 12월 12일 '아서원좌담회'에 이어 12월 말 경 봉황각에서 열린 '봉황각좌담회' 즉 '문학자의 자기비판 좌담회'이다.

이 좌담회는 해방 직후 식민지시대 문학자들의 친일행동에 대한 문인 스스로의 자기비판을 제기한 유일한 예로서 문인들의 자기반성을 문제 삼는 하나의 시금석으로서 의미를 갖는다. 여기에는 '일본어로 작품에 친일적인 것과 순수문학적인 것이 있을 수 있는가?'라는 일본어작품의 순수문학 평가문제가 놓여있었다.[33] 출석자는 발언 순으로 김남천, 이태준, 한설야, 이기영, 김사량, 이원조, 한효, 임화 이상 8명이었으며, 〈조선문학가동맹〉의 2대 서기장인 김남천의 사회로 각자의 근황과 해방을 맞은 소감을 순서대로 발언하는 것으로 진행되었다. 여기서 김사량의 발언이 참석자들에게 성실한 자기비판으로 받아들여져 여타 문학자들의 자기비판을 촉구하는 불씨가 되었다.

> "朝鮮의 眞情 우리의 生活感情 이런것을 「레알」하게 던지고 呼訴한다는 높은 氣槪와 情熱밑에서 붓을 들엇든것이오만은 지금와서 反省해볼때 그 內容은 如何間에 亦是 하나의 誤謬를 犯하지안햇나 생각하고 있는것을 率直히 告白하는바입니다."[34]

---

33) 김윤식(1991), 「광복후의 문화운동연구」, 「국사관논총」 제25집, 국사편찬위원회, p.239

34) 人民藝術社(1946), 「文學者의 自己批判座談會」, 「人民藝術」 제2호, 1946. 10, p.42 (김윤식(1989), 『해방공간의 문학사론』에서 재인용)

이를 계기로 일본어 집필문제와 자기비판에 대한 문제가 활발하게 논의되기 시작하였다. 이에 대하여 이태준은,

> "나는 八·一五以前에 가장 威脅을 느낀것은 文學보다 文化요 文化보다 다시 言語였습니다. 作品이니 內用이니 第二, 第三이요 말이 없어지는 危機가 아니였습니까? 〈중략〉 그런데 이点엔 消極的으로나마 關心을 갖지않고 도리혀 朝鮮語抹殺政策에 協力해서 日本말로 作品行動을 轉向한다는 것은 民族的으로 여간 重大한 反動이 아니였다고 봅니다. 그러므로 나는 같은 朝鮮作家로 最後까지 朝鮮語와 運命을 같이하려 하지않고 그러케 쉽사리 日本말에 붓을 적시는 사람을 은근히 가장 원망했습니다."35)

라, 반론을 제기하여 김사량을 정면으로 비판한 것으로 두 사람은 날카롭게 대립하였다. '언어의 지킴에 문사의 본분이 있다'는 이태준의 주장은 민족 언어를 지키는 것을 민족정신 혹은 민족의식의 동일한 선상에 두었던 것이다. 이태준의 이러한 발언은 이데올로기의 절대성을 주장하는 한효, 한설야 쪽과 같은 시각이었다. 김사량은 이에 반박하여,

> "一言으로 말하자면 文化人이란 最低의 抵抗線에서 二步退却 一步前進하면서도 싸우는 것이 任務라고 생각합니다. 무엇을 어떻게 썻느냐가 論議될 問題이지 좀 힘들어지니까 또 옷, 밥이 나오는 일도아니니까, 꾹들어가 팔짱을끼고 앉었든것이 드높은 文化人의 정신이었다고 生覺하는데는 나는 反對입니다."36)

---

35) 人民藝術社(1946), 위의 책, p.45

라며, 자신의 창작활동에 비추어 '문인이라면 붓을 끊는 것보다는 어떤 문자로라도 계속 글을 써야한다'는 관점에서 이태준의 발언에 정면으로 반론을 제기했다. 결국 이 문제는 결론을 얻지 못한 채 좌담회는 끝났다. 이 좌담회의 주제가 된 '식민지시대 문학자의 행동에 대한 자기비판'이라는 문제의 제기는 말할 것도 없이 조선공산당이 제시한 것으로, 민족문화 건설을 표방하였던 〈조선공산당〉 산하 〈조선문학가동맹〉의 실세인 임화, 김남천도 이 문제를 상당히 중요시 여기고 있었던 듯하다. 해방 직후 발빠르게 문단을 장악하고 〈조선문학가동맹〉을 결성한 이들이 '전국문학자대회'를 통하여 민족문화 건설을 주창하게 되면서 민족성 문제는 문단의 화두로 부상하였다.

앞서 「황조가」에서 살펴본바, 이 시기 정인택의 문학은 사회주의 성향을 띠고 있었으며, 소설속의 인물을 통하여 투철한 민족의식과, 또 민족해방을 위해서라면 내 한 몸 내던지기를 망설이지 않는 과감한 행동도 보여주었다. 이는 일제말기 그의 행적과 문학성향에 전적으로 상반되는 것으로, 작가에게 내재되어 있는 사상이 아무리 그렇다할지라도 이전에 비해 상황이 급반전됨은 물론, 소설의 내용 또한 너무 과장 표현되었다는 느낌을 받는다. 이렇게나마 공개석상이 아닌 자신만의 공간에서 자기비판 내지는 자신의 정체성에 대하여 재차 확인하였음을 표명한 것이 아닐까 여겨지기도 하는 것이다.

1948년 8월, 남한 단독정부의 수립은 남한 내 좌익성향의 문인들에게 또다시 회오리가 되었다. 실상 휴전협정 성립 이후부터 몇몇 형무소에서는 좌익 지도자급 위치에 있었던 정치범에게 '진술서'나 '자서전'이라는 이름의 사실상의 전향서를 요구하기 시작하였다. 그리고 형

---

36) 人民藝術社(1946), 위의 책, p.46

무소 자체에서 정치범들을 대상으로 대한민국에의 충성여부를 묻는 사상동태조사를 실시하기도 하였다. 뿐만 아니라 미군정 포고령에 의하여 검거된 좌익에 대한 수사과정에서 무지막지한 고문을 통하여 전향강요와 탈당성명이라는 사실상의 전향성명 강요가 자행[37]되기도 하였다.

실제로 사상전향이라는 장치는 일본에서도 패전과 함께 없어졌으며, 한국에서도 〈조선형사령〉 및 〈치안유지법〉의 폐지와 함께 없어졌다. 그러나 새로 수립된 남한정부에 등용된 친일세력들로 인하여 그것이 온존되어왔던 것이다.

당초 정치범들을 대상으로 하였던 전향 문제의 여파는 당연히 문인들에게도 파급되었다. 남한 정부는 과거 〈조선문학가동맹〉에 속해있던 좌익계열의 문인들을 〈보도연맹〉이라는 단체에 가입할 것을 강요하면서 실질적인 전향을 요구하였다. 정인택의 경우도 〈반민족행위특별조사위원회〉(이하 반민특위)[38]의 조사에 의하여 1949년 4월 19일 발표한 '미체포 반민자 리스트(문화부)'에 이름이 올라[39] 있었던 적이 있었다. 그런데 정인택이 반민자로서 체포된 기록은 찾을 수 없다. 이는 연이은 정치적 사건과 정부의 친일세력과의 결탁으로 인하여 1949년 10월 마침내 〈반민특위〉가 해체되었던 때문으로 파악된다.

이 무렵 많은 문학가들이 〈보도연맹〉에 가담하면서 전향을 표명하였는데, 정인택의 경우도 예외는 아니었다. 전향 이후 정인택의 행적은, 1949년 대한민국에 대한 충성맹세 그리고 남한 정부가 문화인들

---

37) 서준식(1993), 앞의 책, p.23 참조
38) 〈반민족행위특별조사위원회〉는 중도 좌익세력이 민족적 견지에서 출발하여 1948년 남한만의 제헌국회에서 통과한 〈반민족행위처벌법〉에 의하여 동년 10월 구성된 단체이다.
39) 민족문제연구소 편(2009), 앞의 책, p.491

의 단결과 선전을 위해 개최한 종합예술제에서 북한의 문인들을 향하여 "민족정신과 양심을 환기하여 대한민국의 품으로 돌아올 것"[40]을 촉구하는 내용의 메시지 낭독 등으로 이어진다. 여기에는 일제말기의 행적과 해방 후 재차 사회주의 이데올로기에 경도되었던 자신의 과거에 대한 청산의 의미까지 담겨 있었으리라 여겨진다.

해방 이후 정인택의 친일행적과 좌익사상은 이처럼 끊임없이 정치권의 도마 위에 오르내리고 있었다. 이러한 상황 가운데서도 정인택의 작품활동은 지속되었는데, 정치적으로 예민하였던 이시기 역시 사상이나 이념과는 무관한 아동문학으로 그는 작품활동의 맥을 이어갔다. 소년소설 3편의 창작과 출판사 동지사(同志社)에 근무하면서 동화집 『난쟁이 세 사람』의 발간이 그것이다.

「문인주소록」에서 확인한 바, 정인택은 1950년 2월 〈보도연맹〉에서 근무[41]하고 있었으며, 더욱이 동년 5월부터 한국전쟁 직전까지 신문에 연재한 장편소설 『靑葡萄』의 내용에서도 '韓國'이라는 국호를 사용[42]하고 있어, 적어도 한국전쟁 직전까지 표면적으로는 완벽한 우익성향을 표명하고 있었다.

해방 이후 첨예한 이념대립과 그로인한 일련의 정치적 사건들은 마침내 1950년 6월 25일 '한국전쟁'이라는 민족적 비극을 초래하게 되었다. 그 가운데서도 사상의 문제는 끊임없이 화두가 되었으며, 상호간

---

40) 정인택(1949), 「북조선문학예술총동맹에게 경고」, 《서울신문》, 1949.12. 5. 3면
41) 문예사(1950), 「문인주소록」, 「문예」, 제2권제2호, p.188
42) 이는 소설의 내용에서 확인된다. 정인택이 좌익에 경도되어 있을 때 발표한 「황조가」에서는 국호가 '朝鮮'으로 표기도어 있었으나, 전향한 이후에 발표한 『靑葡萄』를 보면, 남한 정부수립 이후의 공식 국호인 '韓國(大韓民國)'으로 표기하고 있다.

승패가 엇갈리는 가운데 정치 지도자들은 여전히 수많은 민중들을 정치적인 도마 위에 올려놓고 서로 어긋난 법을 적용하여 처단하기에 여념이 없었다. 한국전쟁 중 정인택은 서울 소재 서대문형무소에 수감[43]된 적이 있었는데, 정확한 죄목은 알 수 없으나 사회주의 성향의 문인이었던 박영희, 정지용, 김기림과 함께 수감되었다는 점에서 이 역시 사상이 문제가 되었음을 짐작하게 한다.

길지 않은 해방공간에서의 문화 혹은 문학이란 '나라 만들기'와 밀접한 관련이 있었던 만큼, 정치권의 움직임에 민감하지 않을 수 없었으며, 또 그 희생양이 되지 않을 수 없었던 것 같다. 해방 이후 반전되는 정치적 풍파 속에서 정인택은 최대한 정치권에 휘말리지 않으려고 스스로 삼가고 자제하는 면을 보이기도 하였으나, 결코 그것에서 자유로울 수는 없었다.

결국 정인택의 최종 선택은 자신이 지녀왔던 사상의 굴레에서 조금이나마 자유로울 수 있으리라 여겼던 북한행이었다. 전쟁 막바지인 1953년 부인과 세 딸을 데리고 북으로 후퇴하던 인민군을 따라 스스로 월북하는 것으로, 내면 깊숙한 곳에 존재하고 있던 이념에 따른 삶을 선택하였던 것이다.

---

43) 김팔봉(1989), 「백조동인과 종군작가단」, 『김팔봉문학전집 V』, 문학과지성사, p.44

제7장
정인택, 그 생존의 방정식

1. 시대의 특수성 제고

2. 생존을 위한 방정식

정 인 택, 그 생 존 의 방 정 식

제7장

정인택, 그 생존의 방정식

1. 시대의 특수성 제고

일반적으로 한 작가를 연구한다는 것은 그 작가의 생애와 시대배경, 그리고 작품 전반을 통하여 이루어진다고 할 것이다. 한 작가의 모든 것, 이를테면 출생에서 성장과정, 가족, 교우관계, 시대배경 등은 물론이거니와 작가 내면의 심리 또는 사상의 움직임까지도 음으로 양으로 작품 안에 스며들어있기 때문에 더욱 그러하다. 가장 중요한 것은 그 작가의 활동시기와 시대배경이라 할 수 있다. 이는 작가의 순수성과 불가분의 관계를 가지고 있기 때문이다. 따라서 정인택이 태어나 활동한 시대의 정치적 상황과 사회적 문학적 배경을 우선하여 살펴보는 것은 반드시 선행되어야 할 것이라고 본다.

실로 정인택은 국운이 풍전등화와도 같았던 1909년에 태어나 식민지기 36년을, 이념대립으로 얼룩진 해방 이후 5년을, 한국전쟁기 3년을 통째로 겪어내면서 한국 역사상 가장 힘들고 어려웠던 시기를 민족적 감정 때문에 스스로 반목과 대립을 거듭하는 삶을 살아온 작가였다고 할 수 있겠다.

정인택의 초등학교 시절은 식민지 초기 무단통치의 와중에서도 아버지의 후광에 힘입어 별다른 어려움은 없었던 것 같다. 자연스럽게 일본의 글과 문화를 익히며 문학적 자질을 키워나간 정인택이 문학에 뜻을 두었던 중학시절은 정치적으로는 일제의 폭압적인 무단정치가 표면적으로나마 다소 완화되었던 시기였으며, 문학적으로는 러시아에서 발생한 사회주의 문학운동이 일본문단을 거쳐 조선문단으로 파급되던 시기였다. 이러한 문단상황은 초기에 신경향파문학의 새로운 맥을 형성하였고, 점차 정치적 성향을 띤 프로문학예술운동으로 이어져, 조선문단은 KARF의 시대로 접어들게 되었다.

정인택이 경성제국대학에 입학하던 1927년은 이러한 프로문학예술운동이 이전과는 다른 새로운 면모, 즉 이전의 무산계급에 대한 막연한 동정에서 벗어나 마르크스주의적 세계 인식의 초보적 이해를 갖추기 시작한 때이다. 이러한 사회적 배경에서 정인택은 마르크시즘적 사회주의 이념에 경도되었으며, 여러 가지 이유로 학업을 중단하고 습작의 시간을 보낸다.

프로문학운동이 체계를 잡아가던 1929년, 세계를 강타한 대공황은 일본 자본주의에도 커다란 위기를 불러 일으켰으며, 이를 타개하고자 일제는 만주사변(1931)을 일으킨다. 이를 기점으로 하여 본격적으로 대륙진출을 기도한 일제는 조선을 대륙진출을 위한 인적 물적 자원의 병참기지로 규정하고, 군수물자를 조달하기 위하여 광공업 활성화에 박차를 가하였다. 이에 따른 광공업의 팽창과 함께 노동자의 수효가 급증하게 되자 일제는 정책적으로 노동자 농민 등 하층계급의 인력관리에 들어가게 되었고, 이들 노동자들의 선동을 유발할 소지가 다분한 프로문학운동을 강압적으로 탄압하기에 이른다.

이후의 사회적 이슈는 식민지 지식인의 행보에 맞추어지게 된다. 군수산업의 일환으로 광공업이 팽창함에 따라 하위계층인 노동자의 수효는 증가한데 반해 지식인 계층의 취업은 갈수록 악화일로에 있었다. 실제로 교육기회와 고용기회가 일본인들에게 편중되어 있는 현실에서, 식민지 조선인들에게는 유학을 통하여 전문교육을 이수하였음에도 이를 근거로 한 고용기회는 좀처럼 주어지지 않았던 것이다. 관료충원의 기회가 거의 소수 친일적인 사람들에 의해 독점되었기 때문에 일반적으로 지식인이라 불리는 계층의 엘리트로의 진입의 기회는 지극히 드물어 실제로 대부분의 지식인들의 위치는 下向移動되는 결과를 감수해야만 했던 시대였다. 1930년대의 신문 잡지에 지식인들의 취업난과 함께 그에 따른 좌절에서 오는 불안감 등이 연일 지면을 장식하였던 것도 이러한 연유에서였다.

이후 새로운 문학사조를 추구하는 세력이 급부상하게 되는데, 이들이 바로 이러한 도시세대 9인의 작가들로 구성된 〈구인회〉이다. 이들은 급격한 산업화로 인한 도시화의 특성을 체험하며 성장한데다 서구 모더니즘의 영향을 받아 새로운 시각과 기법으로 인간의 내면세계에 관심을 보이며, 이른바 모더니즘을 추구하는 문학운동을 주도하게 된다. 식민치하 어려운 환경이었음에도 이 시기는 당시의 풍조로 볼 때 파격적일만큼 다양한 표현기법을 구사할 수 있었으며, 또 자기만의 독특한 문학적 취향을 그런대로 발휘할 수 있었던 시기였다 하겠다.

그러나 중일전쟁(1937.7)을 전후한 급박해진 정치적 상황은 특히 교육부분과 문예부분에서 획기적인 변화를 초래하였다. 앞으로 있을 더 큰 전쟁을 대비한 미나미 지로의 강력한 식민지정책은 점차 식민지 조선인들의 심신을 강압적으로 통제하기에 이른다. 1938년 3월 '조선어사용금지'를 골자로 한 〈제3차 조선교육령〉에 의하여 4월에는 조선

내 각종 학교 명칭과 교육내용을 일본인 학교와 동일화 시켰으며, 〈국
어보급정신대〉(1940.12) 등을 결성하여 일본어보급에 열을 올렸다. 이
러한 제도의 저항에 대한 억압과 통제는 급기야 ≪동아일보≫ ≪조선
일보≫ 폐간(1940.8)에 이어 순수 한글 문예잡지인 「문장」과 「인문평
론」의 폐간으로 대표되는 언론말살정책으로 나타난다.

태평양전쟁(1941)을 전후하여 일제는 더욱 극심한 정치적 압력을
가하기 시작했다. 조선인을 태평양전쟁의 인적자원으로 활용하고자
'내선일체'와 '황민화정책', 즉 민족말살을 위한 정책의 현실화에 더욱
박차를 가하였다. 이를 위한 모든 제도 및 법령이 난무하는 가운데,
문학자들에게 강제된 사명은 '국책으로의 협력'에 따른 글쓰기였다.
문학예술에 가해진 이러한 굴레 속에서 문인으로 살아남기 위한 몸부
림은 작가 본연의 순수문예창작을 위축시키는 한편, 그들의 순수성을
굴절시키거나, 혹은 전혀 다른 방향으로 왜곡시키는 결과를 초래하기
도 하였다. 그 결과 문학자들이 중심이 되어 〈조선문예회〉,[1] 〈국민정
신총동원조선연맹〉,[2] 〈조선문인협회〉, 〈대동아문학자대회〉,[3] 〈국민

---

[1] 1935년 5월 총독부 학무국의 주선으로 이광수, 최남선 등이 중심이 되어
조직한 단체인 〈조선문예회〉는 문예와 연예 각 방면에 대한 교화선도를
통한 사회교화의 명분으로 발기되었으나 궁극적 목적은 전시체제에서
황국정신의 현양에 있다. (박경수(2007), 앞의 논문, p.21 참조)

[2] 〈국민정신총동원조선연맹〉은 1938년 6월 59개의 사회교화 단체 대표자
들과 윤치호, 이병길 등 개인 56명이 장기전에 대처한 후방에서의 봉사문
제 등을 협의한데서 결성된 단체로서, 황국정신의 현양, 내선일체의 완
성, 전시 경제체제에의 협력, 노동보국 등의 강령을 국민운동으로 전개하
였으며, 1939년 1월 〈조선연맹〉으로, 1940. 4월에는 〈국민정신동원〉으로
개칭하고, 「새벽(曉)」, 「愛國班」, 「總動員」 등의 기관지를 발간하여 전시
체제에 대비한 황국화 운동을 적극적으로 전개해 나아갔다. 이 연맹은 나
중에 〈국민총력조선연맹〉으로 개편되어 황도조선의 실현을 위한 대표적
인 어용단체로 활동하였다. (박경수(2007), 앞의 논문, 같은 면 참조)

[3] 이른바 〈조선문인협회〉의 조직을 활성화하여 문학자의 정신적 무장을 꾀

총력조선연맹〉[4] 등의 단체를 비롯하여 사상범보호관찰소를 중심으로 한 전향자들로 구성된 〈시국대응전조선사상보국연맹〉(1938), 내선일체 실천과 황국신민의 도(道)를 받들자는 취지로 이광수가 발기한 〈황도학회〉(1940), 삼천리사 주최의 〈임전대책협의회〉(1941), 황국정신 앙양과 근로보국을 취지로 하여 각계 인사가 망라된 〈흥아보국단준비위원회〉(1941)와 〈조선임전보국단〉(1941) 등의 친일 어용단체가 우후죽순처럼 설립되기에 이르렀다. 이 같은 문학단체와 거기에 속한 문학자들은 앞장서서 국책을 추수함은 물론, 친일 어용적 성향의 글쓰기로 독자들에게 국책을 선전하고 선동하였으니, 이 시기는 한국문학사상의 암흑기로 일컬어질 만큼 문학적 순수성을 찾아볼 수 없었던 시기였다 할 수 있겠다.

을사보호조약(1905) 이후부터 한국은 일본의 내정간섭을 받았으며, 합병이후 해방을 맞을 때 까지 한국인의 안위는 이처럼 국가(한국)로부터 보호 받을 수 없었다. 실로 한국인은 식민지인으로서 일제가 정한 법령의 구속을 받아야 했던 것이다. 전쟁기에 접어들면서 점차 강

한 모임으로, 1942년 9월에 이광수, 김동환, 이태준 등이 주체가 되어 일제당국에 적극적으로 협력하는 문학활동을 결의하면서 〈대동아문학자대회〉를 개최하였다. 이 대회는 3년에 걸쳐 모두 세 차례에 걸쳐서 개최되었는데, 제1회 대회는 1939.11.4~5까지 경성 '대동아회관'에서, 제2회 대회는 1943년 일본에서, 제3회 대회는 1944.11.12부터 3일간 중국 남경에서 개최되었는데, 이광수는 일본 대표의 일원으로서 참석하였다. (박경수(2007), 앞의 논문, 같은 면)

4) 1940~1945에 이르는 사이에 걸쳐 거대한 조직과 강력한 실천력으로 일본의 장기전 수행에 수반하는 후방활동의 제반 문제를 처리해 나아간다는 취지하에 설립된 〈국민총력조선연맹〉은 '국체의 본의에 기하여 내선일체의 實을 기하고 각 직역에서 멸사봉공의 성을 봉하여 協心戮力(협심육력)하여 국방국가 체제의 완성, 동아 신질서 건설에 매진할 것'을 그 목적으로 하고 있다. (박경수(2007), 앞의 논문, 같은 면)

화되어가는 식민치하에서, 특히 일제말기로 갈수록 작품활동을 계속하면서 민족의식을 내세운다는 것이 사실상 불가능한 현실에서 식민지 작가가 스스로 감당하고 헤쳐 나가야 할 운명이란, 시대에 부응하면서 내부세계, 즉 자기존재의 의미를 추구해 가는 것뿐이었다.

그렇다면 광복이후는 어떠했는가? 일제의 폭압으로부터 해방은 맞았지만, 해방 자체가 자력에 의한 것이 아니었기 때문에 국가의 실질적인 주도권은 다시 미국과 소련이라는 강대국의 손으로 넘어가게 되었다. 이로써 한반도는 강대국의 세력다툼 가운데 또 다른 형태의 식민지 상황을 연출하고 있었다. 미·소 강대국의 개입은 한반도를 남북으로 갈라놓게 되었으며, 더욱이 같은 공간에서 동족간의 이념대립은 한민족을 좌우로까지 갈라놓는 상황으로 치닫게 되었다.

이 모든 폐해는 고스란히 민중들의 몫으로 돌아갈 수밖에 없었다. 실질적으로 남북이 분단된 상황도 모자라 좌우로까지 나뉘어 상호간에 첨예하게 대립하였으니, 그 틈바구니에서 이념의 승패에 따라 각계각층의 얼마나 많은 사람들이 좌충우돌 하였으며 사상문제로 고충을 겪었는지는 짐작하고도 남음이 있을 것이다. 마침내 한반도는 각각의 정부가 수립됨으로서 공식적인 분단국이 되었으며, 상호간 이념대립의 끝은 마침내 동족상잔의 비극인 한국전쟁을 초래하지 않았던가? 그러나 전쟁 중에도 사상의 문제는 종결되지 않았다. 승패가 엇갈리는 가운데 정치지도자들은 여전히 서로 어긋난 법을 적용하면서 수많은 민중들을 정치적 도마 위에 올려놓고 처단하기에 여념이 없었다.

이처럼 주권을 빼앗겼던 식민지기 36년과, 주권을 되찾았음에도 실질적인 주권행사를 할 수 없었던 광복 이후 5년여 기간은 한국역사상 사회지도층 인사에서부터 일반 민중들까지 개개인의 거취문제가 참으로 애매모호하였던 시기였다.

한국문단의 근대화가 태동할 무렵인 합병을 전후하여 태평양전쟁으로까지 이어지는 일제강점기 그리고 광복 이후 정치적 혼란기를 거쳐 한국전쟁에 이르기까지 그 애매모호한 시기에 자연인으로서의 정인택의 삶이 위치하고 있었으며, 그에게서 존재의 이유가 되었던 문학이 함께 하고 있었던 것이다.

2. 생존을 위한 방정식

태어난 이듬해 주권을 잃고 일제의 통치하에서 성장하였으며 한국전쟁을 끝으로 생을 마감한 정인택은 생애 한 순간도 주권다운 주권을 가져보지 못한 채 역사의 소용돌이 속에서 격변의 삶을 살다 간 비운의 작가였다고 할 수 있겠다.

그의 삶이 예사롭지 못했으리라는 것은 생몰년도만 보아도 쉽게 짐작할 수 있겠지만, 그가 권력을 좇아 한일 양국을 넘나들며 수없이 반민족적인 행적을 남겼던 아버지와 일본여인 사이에서 '서자'로 태어났다는 것만으로도 앞으로의 삶이 충분히 어렵고도 고달프리라는 것은 쉽게 예측된다 하겠다. 이처럼 동 시기 여타의 작가들과는 출생부터가 남달랐지만, 그래도 정인택의 어린 시절은 표면적으로는 남들이 부러워할만한 부유한 환경과 잘 갖추어진 가족구성원 속에서 별다른 어려움 없이 성장하였다. 그럼에도 그의 어린 시절은 가족 이외에 교류하는 친구 하나 없을 정도로 매우 외롭고 고독하였다.

나이 어렸을적엔 「안악군수」라는 別名을 들었다. 〈중략〉 유난히

무섬을 탄 때문도 있지만 열네살 되든해까지 혼자서 밤에 外出을 못
했다. 學校에 다닌때까진 집안食口外에 동무라고 없었다. 한집에서
한달을 같이살면서 한번도 말을 주고받고 안하고 지낼수도 있었다.5)

정인택은 이를 스스로 "지지리도 못난 천품(天稟)"6)이라고 하는데,
한집에 살면서 한 달씩이나 대화 없이 지낼 수 있을 정도의 천품이란,
어린 시절 정인택과 가족과의 관계가 그리 순탄하지 않았음을 짐작케
한다. 훗날 그의 소외의식의 출발점은 아마도 출생과 관련하여 알게
모르게 소외된 상태에서 자기만의 세상을 만들어 갔던 것에 연유하였
던 것 같다.

정인택의 문학적 소양과 자질은 아버지로부터 물려받은 점도 있었
겠지만, 초등학교 3학년 때(1921년 1월), 內鮮아동융합 차원에서 실시
한 새해맞이 연하장 주고받기 일환으로 쓴 글이 채택되어 신문에 실
림7)으로써 세상에 드러나게 된다. 이는 아버지를 여위고 난 직후, 마
음 둘 곳 없었던 정인택에게 장차 문학인에 대한 비전을 품게 하는 계
기가 되었던 듯하다. 이러한 비전이 중학시절 내내 친구들과 함께 한
문학서클 활동과 엄청난 양의 독서로 이어져, 훗날 작가로서의 토양
이 되기도 한다. 이는 대학 입학에 입학하여, 개인 사정으로 학업을
포기한 이후 습작으로까지 이어진다. 그러다가 준비했던 작품이 신문
사 현상 공모에 당선됨으로써 작가로서의 꿈을 이루게 된다. 그러나
등단초기에 붙들었던 사회주의 사상이 일제 탄압에 직면하게 되면서
좌절을 경험한 정인택은 아동문학 몇 편을 남기고 東京으로 떠나게

---

5) 정인택(1940), 「孤獨」, 「人文評論」, 1940.11, p.170
6) 정인택(1940), 「孤獨」, 앞의 책, p.171
7) 정인택(1921), 「內鮮兒童融合の楔子」, 《경성일보》, 1921.1.11

된다.

정인택의 東京行에는 일제의 사상적 탄압과 자신의 문학공부 차원이라는 표면적인 이유도 있었겠지만, 그 이면에 자리하고 있었던 이유는 바로 자신의 정체성 문제였던 것 같다. 성장기부터 줄곧 갈등과 고뇌의 씨앗이 되어온 자신의 출생관련 문제, 합병을 전후한 한일관계사 속에 미묘하게 자리하고 있는 아버지를 알아간다는 것에 대한 두려움, 열다섯 연상인 이복형과의 껄끄러운 관계 등이 자신의 정체성 문제와 어우러져 정인택의 東京行을 재촉하였던 것으로 파악된다.

이는 귀국을 앞두고 신문사에 기고한 글에서 살펴볼 수 있는데, "朝鮮에서도 朝鮮의 文壇과 因緣이 없었다."거나, 혹은 "자신의 몸 안에서 朝鮮사람이란 資格을 具備한곳이 털끝만치도 없었다."[8]는 자괴감 섞인 표현에서 충분히 유추해 볼 수 있다. 성장기 자신의 정체성에 대한 보루로 인식하였던 아버지를 알아간다는 것에 대한 막연한 두려움과, 자신이 반쪽 조선인이었다는 사실을 알고 난 이후의 정신적 방황에 대한 해법을 東京에서 찾아보려고 했지만, 뚜렷한 대책 없이 시작한 東京생활은 방황의 연속일 수밖에 없었다. 때문에 정인택의 東京에서의 생활은 학교에 적을 두지 않은 채, 내내 습작과 방랑을 반복하였던 것이다. 이는 절친한 친구이자 사상을 함께하였던 문우인 박태원의 그것과는 사뭇 다른 성격을 지닌 고독한 방랑이었다. 그 방랑의 정체 역시 자신의 정체성 문제와 그에 따른 조선문단에 대한 스스로의 소외감에 있었다.

숨기려지안나이다 이러케存在한것이, 이러케存在하엿스니 남은것

---

8) 정인택(1934), 「朝鮮文壇에주는글월 – 東京에서본朝鮮文壇」, ≪매일신보≫, 1934.1.3

은 批判뿐이요 ○○는 아닐것이외다 그러나 <u>이러한 狀態에 빠저서 처</u>
<u>음으로 나는 참스런 朝鮮을－－ 朝鮮의 文壇을 理解할수잇섯다.</u> 敢히
웨치나이다 그것은 <u>徹底하게 朝鮮을 理解하는 局外者의 資格까지 兼</u>
<u>備하야 批判할수잇섯다는</u> 쯧으로 아르소서9)

그러나 3년 반 동안의 혹독한 생활고를 겪으면서도 문학에의 꿈은
결코 버리지 않았으며, 그 고통스런 습작기간 동안에도 조선문단에
대한 관심은 끊이지 않았다. 인용문에서처럼 그나마 스스로 갈등을
극복하고 귀국하여 활동하고자 하여 수차례 조선문단을 타진하여 보
았으나 그다지 성과는 없었던 듯하다. 여기에는 당시 사회적 분위기
도 그러했지만, 소심하고 나약한 성격이 조선문단에 대한 일종의 피
해의식을 초래하여 더더욱 자신의 설자리를 찾지 못하였던 것으로 보
인다. 그 때문에 고독함 속에서 홀로 독자적인 길을 갈 수밖에 없었던
것이다.

그러는 가운데 학창시절부터 절친한 친구였던 박태원과 그를 통해
알게 된 李箱을 통하여 문학적 교류를 하였으며, 자신의 목숨만큼이
나 사랑한 여인 권영희를 아내로 맞게 되는데, 한 때 李箱의 애인이기
도 하였던 권영희를 취하고자 하여 쏟은 열정과, 그 과정에서 벌인 자
살소동은 정인택의 성품과 심상을 충분히 살펴볼 수 있는 부분이라
하겠다.

李箱과 박태원은 당시 문단을 리드하던 〈구인회〉의 중추적 멤버였
다. 이들은 이전과는 다른 파격적인 소재와 창작기법으로 1930년대
중후반 한국문학의 맥을 이어왔다. 그런데 정인택은 거의 매일 어울

---

9) 정인택(1934), 위의 신문, 같은 면(○○는 원문이 훼손되어 알아볼 수 없
   는 부분임)

려 다닐 정도로 그들과 친분이 두터웠으며, 문학성향이 비슷하였음에
도 역시 〈구인회〉라는 문학단체와는 전혀 무관하였다. 그럼에도 그들
의 영향력은 정인택 문학의 곳곳에 드러나 있다. 때로는 李箱의 영향
을 받아 식민지 지식인의 폐쇄된 심리를 그린 작품으로, 때로는 박태
원의 영향을 받아 이전과는 다른 기법의 창작활동으로 자신만의 문학
세계를 펼쳐나갔던 것이다. 어쨌든 이 시기 정인택은 자신의 문학적
생애를 통틀어 자력에 의한 가장 왕성한 창작력을 보였다.

정인택의 문학적 변신은 태평양전쟁을 전후하여 현저하게 두드러
진다. 중일전쟁에서 거대한 중국을 거뜬히 물리치고 승리하는 일본을
바라보면서 친일로의 길을 모색하였던 정인택은 미국을 상대로 태평
양전쟁을 일으키고 영국이 최후의 보루로 여겼던 싱가포르까지 함락
시키는 등 더 큰 세계를 꿈꾸는 강한 일본을 추종하지 않을 수 없었다.
소극적이고 나약했던 정인택이었지만 이러한 세계사적 변화를 계기
로 강력한 그 무엇이 배경으로 작용하면서 그간의 폐쇄된 심리로부터
의 탈출을 시도하였던 것이다. 스스로 조선문단에서 소외되었다 여기
며 독자적인 문학활동을 고수해왔던 정인택에 있어서 당시 국가적 차
원에서 시행되었던 '國民으로의 편입' 요구는 오히려 그간의 응어리진
마음을 해소할 수 있는 계기로 작용하였던 듯하다. 이는 이후 친일을
위한 문학단체에 가입하여 적극적으로 활동하는 한편, 일제의 식민통
치 최후 목표인 '내선일체'와 '황민화'를 선전 선동하는데 작가로서의
노력을 아끼지 않은 그의 행보에 그대로 드러나 있다. 실로 정인택은
'國家를 위한 國民文學'의 길을 거침없이 당당하게 걸어갔던 것이다.

그러나 정작 '일제가 조선인을 진정 그들의 國民으로 받아들였는
가?' 라는 질문에 명쾌한 대답을 줄만한 지도자급 정치인은 아무도 없
었으리라 생각된다. 조선인의 國民化에 대한 중차대한 목적은 무엇보

다도 전쟁을 위한 자원이요 도구였기 때문이다. 그럼에도 당시 정인택을 비롯한 수많은 문인들은 제국의 신민이 됨으로서 주권을 획득할 수 있다는 가능성 속에서 요동하고 분열하였던 것이다.

그러나 그것도 길지 않았다. 급작스럽게 주어진 해방의 자유와 혼란스런 정국의 추이는 정인택에게 막연한 불안감으로 다가왔다. 일제 말 거의 광적으로 매달렸던 그 무엇에 대한 허망함이 채 가시기도 전에 불어 닥친 이데올로기 논쟁은 정인택의 신념에도 혼란을 불러일으키게 되었다. 이 시점에서 정인택은 자신이 결코 일본인이 아니었으며, 일본인이 될 수도 없었음을 깨닫게 된 듯하다. 그의 광기어린 일본인화는 결국 절망밖에 낳지 못했다. 이제 자신이 서야 할 곳은 정작 아버지의 나라 한국임을 깨닫고, 대세에 따라 사회주의 성향의 작품을 통해서나마 민족성 회복을 시도해 보았다. 그러나 좌우익 혼란기 국내의 정치적 상황은 그것마저도 용납하지 않았다.

1948년 8월, 남한 단독정부수립을 기점으로 대세는 우익으로 기울게 되었으며, 이에 따라 정인택과 같은 좌익성향의 문인들은 다시 한 번 사상전향과 〈보도연맹〉의 가입을 강요받기에 이른 것이다. 결국 정인택은 생존을 위하여 전향의 의사를 표명하기에 이르렀고, 대한민국에의 충성을 맹세하기도 하였다.

첨예한 이념의 대립은 마침내 동족간의 전쟁을 초래하였다. 3년 동안이나 지속된 한국전쟁의 와중에서도 사상의 문제는 끊임없이 정인택을 따라다니며 정치적 도마 위에 오르내리게 하였다. 마침내 정인택은 전쟁 막바지인 1953년, 자신이 초창기부터 지녀왔던 사회주의 사상의 본거지라 여겼던 북한을 선택하여 자진 월북하는 것으로 이념의 갈등에서 벗어나고자 하였다.

정인택의 월북행은 두 가지의 추측을 가능케 한다. 그 하나는 전쟁

중 투옥되는 과정에서 그간의 자신의 행적이 결코 사상문제에서 자유로울 수 없으리라는 점이었으며, 또 하나는 한국전쟁 중 이태준, 안회남, 오장환을 따라 월북하여 종군기자로 활동하였던 절친한 친구 박태원의 영향[10]이 있었으리라는 점이다.

어쨌든 정인택은 태어나고 자랐으며 일생동안 문학적 생애를 함께 하였던 서울을 뒤로하고 자진하여 월북하였다. 이로써 자기 안에 내재되어 있는 이념을 펼쳐나가고자 하였으나, 월북한 지 얼마 되지 않아 이념과 오욕으로 점철된 파란만장한 생을 마감하게 된 것이다.

정인택의 문학활동은 창작기간을 통틀어 생을 다하는 날까지 끊임없이 지속되었다. 급변하는 정치적 소용돌이 속에서 때로는 이념이나 사상이 문제가 되어 자유로운 작품활동이 어려웠음에도 불구하고 위기에 봉착할 때마다 문학적 시비에서 벗어날 수 있는 소년소설로 이어가는 것으로 중단 없는 활동을 보여왔다.

정인택이 활발한 문학활동을 하던 1930년대 후반, 절친했던 문우 李箱 박태원과 밀접한 문학적 교류를 하면서도 〈구인회〉란 문학단체와 무관하였던 점, 그리고 정인택이란 이름을 광복이후 개최하였던 〈전국문학자대회〉를 위한 문학인 초청자 명단에서조차 찾아볼 수 없었던 점은 그의 문학활동을 평가하기에 앞서, 한국문학사에서 그의 문학적 위치를 가늠하게 하는 시금석이 되기도 한다.

실로 정인택은 자신의 고백처럼 "조선의 문단과 인연이 없어서"였는지, 아니면 자신의 신체에 "조선사람이란 자격을 구비한 곳이 털끝만큼도 없었던 때문"이었는지, 일제말기 친일과 관련된 단체 이외에 조선문단에서의 활동근거 및 활동내용은 전혀 없었다. 뿐만 아니라

---

10) 김상태(1996), 앞의 책, p.29

초창기부터 사회주의 이념을 지니고 있었음에도 프로문학에 대한 문학적 업적 또한 전혀 없었다. 이러한 점은 학창시절부터 줄곧 같은 이념의 길을 걸어오면서 프로문학에 대한 업적이 많았던 문우 박태원과 비교할 때 현격한 차이를 보인다. 이는 1930년대 중반 〈구인회〉의 중추적 인물로, 해방이후에는 〈조선문학가동맹〉의 집행위원을 맡는 등 문학인으로서 문단을 리드하는 문학단체에서의 활동도 상당하였던 박태원, 그리고 파격적인 모더니즘을 구사하던 작가 李箱과 또 조용만 등 당시의 문학을 대표하는 작가들과의 각별한 친분을 생각할 때 납득하기 어려운 부분이기도 하다. 끊임없는 왕성한 작품활동에도 불구하고 정인택이 한국문단의 어느 곳에도 소속되어 있지 않았다는 것은 어쩌면 그의 출생문제와 그가 천품이라고까지 여기는 고독과 소외의식이었던 것 같다. 그것이 스스로 국내 문단 혹은 문인들과의 괴리감을 조성하고 스스로 독자적인 길을 고수하지 않았나 싶기도 한 것이다.

실로 정인택은 한국 역사상 가장 어려웠던 시기에 태어난 탓에 참으로 부박한 삶을 살아온 문학인이었다 할 수 있겠다. 출생부터가 평범하지 못한데다 성장기 또한 일제치하 식민지인이라는 특수한 상황에서 성장하였다. 그 과정에서 아버지의 것에 대한 두려움, 단 한 번도 가까이 해보지 못했던 어머니의 것에 대한 배척과 애정이 교차함에 따라 식민지기를 살아가는 내내 그의 감정은 항상 복잡 미묘하였다. 그것이 때로는 의식의 분열로 여겨질 만큼 시세의 흐름에 민첩하게 변화하는 모습으로 나타났으며, 광적인 글쓰기의 집착으로 나타나기도 하였다.

한국역사상 가장 급변하던 시기 격동의 삶을 살아온 정인택의 생애 전반은 마치 한국역사의 자화상과도 같다는 생각이 든다. 그의 생존

기간(1909~1953)에 걸쳐있는 굴곡진 한국역사를 살펴볼 때, 당시 한국의 모습과 가장 흡사한 작가로 정인택을 꼽을 수 있겠다는 말이기도 하다. 이 또한 급변하는 역사의 흐름을 놓치지 않고 그때그때의 심경을 작품으로 승화시킬 수 있었던 '문학에의 열정'이 있었기에 가능한 일이다.

이제 정인택에 있어서 '생존'이란 일반적인 삶이 아니라 '작가로서의 삶'이었다는 정의를 내릴 수 있을 것 같다. 실로 정인택의 문학을 향한 열정만큼은 타의 추종을 불허할 정도였으며, 삶의 의미를 문학에 두었다고 할 정도로 오직 자신의 문학을 중심으로 인생관, 세계관, 우주관을 펼쳐나갔기 때문이다. 그 때문에 정인택은 급변하는 역사의 소용돌이 가운데서 단 한 번도 시세의 흐름을 거스르지 않았으며, 잠시도 붓을 놓지 않고 외길 작가의 길을 걸어갔던 것이다. 시류에 따라 행동으로 표출된 몇 차례의 방향전환 또한 작가로서 살아남기 위한, 즉 자신의 문학을 영위하기 위한 것이었으며, 막바지에 월북행을 선택한 것도 같은 맥락이었을 것으로 추측된다.

때로는 자기납득이 되지 않아 고뇌에 휩싸일 때도, 때로는 주변의 숱한 따가운 시선과 비난에도 아랑곳하지 않았던 '작가로서의 삶'이야말로 정인택에 있어서 자기 스스로가 도출해 낸 '생존의 해법'이었으리라 여겨지는 것이다.

제8장
결론

일제말기 조선 문인들에게 강제되어 양산되었던 '조선인 일본어소설'은 한국문학사에서의 위치정립은 고사하고 아직까지 총체적인 정리조차 되어있지 않은 상태이다. 피식민자 입장에서 볼 때 그다지 기억하고 싶지 않은 역사의 산물일 수도 있겠지만, 분명한 역사적 사실이었다는 점과 한국문학사의 한 흐름가운데 위치하고 있었다는 점에서 총체적인 정리와 온전한 위치 정립이 요구된다.

정 인 택 , 그 생 존 의 방 정 식

제8장

결론

태어난 이듬해 한일합병을 맞게 되어 일제의 통치하에서 자라고 한국전쟁을 통째로 겪은 후 생을 마감한 정인택은 급변하는 역사의 소용돌이 속에서 시대 상황에 따라 다양한 입지의 변신과 함께 문학경향에 있어서도 변모를 거듭한 작가라 할 수 있겠다.

본 연구는 20여 년의 활동기간에 비해 상당히 많은 작품을 남기고 있었지만, 그간 동 계열의 작가나 작품연구에 포함되었거나, 부분적인 연구에서 정인택의 전 생애에 걸친 전체적인 연구, 즉 굴곡진 역사의 한 가운데서 처절한 문학인의 삶을 살아온 문인 정인택의 전체적인 것을 재조명하려 하였다는 점에서 출생이전의 직계가계 및 아버지의 행적, 그리고 최근 발굴된 자료에 근거하여 정인택 사후 유족의 행적(부인 권영희, 막내딸 정태은, 형 정민택)까지 확장하여 생애를 재구성하였다.

이 연구를 위하여 필자는 정인택과 관련된 자료 등을 일일이 추적하여 찾아내려 하였던 바, 그 동안 알려지지 않았던 문학작품을 상당수 찾아낼 수 있었으며, 새로 찾아낸 작품은 〈부록〉의 작품연보에 추가함으로써 정인택의 문학작품을 순차적으로 좀 더 명확하게 정리할 수 있었다. 이 과정에서 기존 연구에서의 불명확한 부분이나 오류를 당시의 신문, 잡지 등을 비롯한 관련 자료들을 근거로 바로잡아 정리할 수 있었다. 정인택의 가족관계 그리고 '국어문학총독상'과 같은 시상(施賞)의 명칭에 대한 부분은 필자의 석사논문(2007) 「정인택의 일본어소설 연구」에서 정리한 바 있어, 여기에서는 그 이후에 찾아내어 바로잡아 정리한 것을 열거해 보았다.

첫째, 정인택 본명 관련 부분이다. 민족문제연구소에서 펴낸 『친일인명사전』을 보면(p.485) "본명은 정태양인데, 1930년경 정인택으로 개명했다."고 되어있다. 이는 생애부분에서 언급한대로, 초등학교시절에도 이미 정인택이란 이름이 사용되고 있었음이 확인되었다. 그리고 경성제일고보 입학당시(1922) 출석부에는 '정태양'으로 기재되어있었는데, 얼마 되지 않아 정인택으로 개명되었다는 사실이 같은 급우이자 문우인 조용만의 회고에서 확인되었다. 또 하나 1941년 1월 9일자 ≪매일신보≫에 정인택이 「祝 興亞維新」이라는 글을 남긴 것으로 되어있는데(p.490), 당시 신문을 찾아 확인한바 각계각층 인사들이 〈祝 興亞維新〉이라는 글자가 들어간 마크 주변에 인적사항을 남긴 것이며, 여기에 참여한 정인택은 작가 鄭人澤과 무관한 東一銀行 ○○지점에 근무하던 鄭寅澤임이 확인되었다.

둘째, 문학 장르에 관한 부분이다. 김신영(2000)은 '동화'와 '소년소설'이 엄밀히 구분되는 장르임에도 정인택의 초기 아동문학 4편을 본문에서는 '소년소설'로 작품목록에서는 모두 '동화'로 일괄 정리하였다. 이를 원전에 근거하여 동화 3편(「나그네 두 사람」, 「시계」, 「청개구리」), 소년소설 1편(「눈보라」)으로 정리하였다.

셋째, 정인택의 결혼년도이다. 윤태영(1968)의 저서 『절망은 기교를

낳고』에는 결혼년도가 1935년 8월 29일로 되어있고, ≪한국일보≫기사
(1990.9.11, 13면)와 김상태(1996)의 저서(『박태원－기교와 이데올로
기』, p.25)에는 결혼사진과 함께 결혼년도가 1938년으로 표기되어 있
어 혼선을 보인다. 첫아들 '태혁'의 출생년도(1936)와 절친했던 문우 李
箱의 사망년도(1937)를 감안하여 볼 때, 정인택의 결혼년도는 1935년
임이 분명하므로, 전자를 따라 1935년으로 정리하였다.

넷째, 정인택의 아내 권영희의 재혼년도이다. 김상태(1996)는 그의
저서『박태원－기교와 이데올로기』에 정인택의 미망인 권영희가 박
태원과 재혼한 해를 1955년으로 기록하고 있는데, 정인택의 막내딸
정태은의 회고(문학사상사(2004), 「월북작가 박태원의 『갑오농민전
쟁』과 비참한 최후」)에 근거하여 1956년으로 정리하였다.

다섯째, ⟨전국문학자대회⟩에 초청된 문학인의 數와 그 출처이다.
김용직(2007)은 그의 저서『김태준평전』(p.410)에서 1946년 2월 ⟨전국
문학자대회⟩에 초청된 문학인의 수가 233명이며, 그 출처를 1946년
1월 28일자 ≪자유신문≫이라고 하였는데 이는 오류이다. 당시의 신문
을 샅샅이 찾아본 바, 동년 2월 7일자 ≪자유신문≫에서 확인할 수 있
었으며, 초청된 문학인의 수도 233명이 아니라 213명이었음을 확인하
고, 원전에 근거하여 이를 바로잡아 정리하였다.

여섯째, 아동문학 관련부분이다. 이재철(1983)은 저서『아동문학작
가론』에서 정인택의 아동문학에 관하여 "해방 이후 실로 우연한 기
회에 아동문학과 인연을 맺게 되었다."거나, "그가 아동을 위한 작품
을 쓰기 시작한 것이 1948년 5월 잡지 「소학생」에서 부터였다."고 기
록하고 있다. 그런데 정인택은 등단초기인 1930년에 이미 동화 3편,
소년소설 1편을 신문에 발표하면서 아동문학과 인연을 맺었으며, 일
제말기에도 1편의 소년소설을 발표한 바 있다. 이는 정인택에 관한

전반적인 것을 파악하지 못한데서 온 오류이므로 이를 바로잡아 정리하였다.

이같은 오류는 대부분 정인택과 관련된 직접적인 연구물에서 보다는 동 시기 활동한 문학인의 연구물이나 혹은 주변자료에서 찾아낸 것이다. 이는 기존의 연구가 미진하여 정인택에 관한 전반적인 것을 파악하지 못했기 때문이라 여겨진다. 또 정인택에 대한 평가가 편협적이었던 것은 친일에 협력하였던 문인에 대한 부정적인 시각이 작용하였을 것으로 파악된다.

구한말 국운이 풍전등화와도 같았던 1909년, 정인택은 복잡다단한 한국 근세사 가운데서 권력을 좇아 한일 양국을 오가며 동분서주하였던 아버지 정운복의 둘째아들로 태어났다. 정치가, 언론인, 저술가였던 아버지를 가장 많이 빼어 닮은 정인택은 초등학교 3학년 때 자신의 글이 신문에 실리는 경험을 한다. 일본인 생모를 두었던 탓에 어렸을 적부터 늘 혼자였던 정인택은 아버지의 사망 이후 그 고독이 더하여 거의 침식을 잊을 정도로까지 독서에 빠져든다. 그의 문학적 자질은 이 시기의 독서습관에서, 그리고 훗날 그의 성품과 문학이 허무주의적 경향을 띠게 된 것은 이 때 읽었던 니체와 즐겨 보던 비극영화에서 기인하였던 것 같다.

이렇게 중학을 마친 정인택은 사회주의 운동의 열기가 한창이던 1927년 경성제국대학에 입학하였지만 졸업하지 못하고, 일찍부터 희망하였던 유학의 길도 쉽사리 열리지 않아 나름대로 습작의 시간을 보냈다. 당시 조선사회를 휩쓸던 사회주의 영향으로 마르크시즘적 사회주의 이념을 자신의 신념으로 지니고 있던 정인택은 소설 「준비」가 신문 현상공모에 2등으로 당선되면서 문단에 등단하였다. 그러나 사회주의가 일제의 탄압에 직면하게 되자 아동문학 몇 편을 남기고 東

京으로 건너갔다. 정인택의 東京行을 드고, 혹자는 일제의 사회주의 탄압에 원인이 있다고 하지만, 그 이면에는 스스로 '朝鮮人의 資格'을 물었던 그의 정체성 문제, 그래서 애초부터 朝鮮文壇과는 인연이 없었 다는 체념이 함께하고 있었다.

東京行을 통해서 무언가 추구하려 했지만, 東京생활에서 정인택이 얻은 것은 혹독한 궁핍과 방황, 그리고 허무의식 뿐이었다. 3년 반이 라는 고통스런 습작기간을 정리하고 귀국하였을 당시는 사회주의 이 념을 추구했던 문인들이 지하로 잠적하였거나 단체가 해체되는 상황 이었다. 정인택이 소원하였던 것, 즉 대의적인 명분은 이미 '조락'해 버렸기에, 그의 자전적 소설이라 할 수 있는 「조락」 이후의 작품경향 을 보면 사회에 대항하기라도 하듯 허무주의에 빠진 무기력한 지식인 의 내면심리에 치중하는 심리주의 소설로 일관하였다.

정인택 심리소설에서 간과할 수 없는 것은 정인택의 심리소설을 지 배하는 인물구도가 조선인 지식인 '나'와 '유미에'로 대표되는 일본인 여급이라는 점이다. 여기서 '나'로 대변되는 조선 지식인의 캐릭터는 심신이 병들어 하는 일 없이 여인에게 기대어 살아가는 처지인 반면 '유미에'류의 일본여인은 병마에 시달려 성격까지 괴팍한 주인공에게 물심양면으로 베풀며 정욕과 생활의 근간이 되어준다. 이러한 점에서 주인공 '나'에게 '삶의 희망' 혹은 '우상'으로 표현되고 있기는 하지만, 당시 식민체제하에서 사회가 외면한 조선 지식인의 기초생활 정도는 지배국일본이 담당하여야 한다는 암시 또한 부정할 수는 없을 것 같 다. 정인택은 그것을 東京에 소재한, 계급적으로 미천한 일본여인에게 서 찾고자 하였던 것이 이 시기의 소설에 또 다른 의미를 부여한다 할 수 있겠다.

이후의 '우상', 즉 정인택의 신념은 중일전쟁 이후 날로 팽창해 가는 지배국 일본과 강력한 전시체제로 개편되어가는 식민지 조선의 현실을 직시하면서 획기적인 반전을 보이게 된다. 희망 없는 삶을 통탄하며 현실을 비관하던 나약한 모습의 정인택에게 다가온 강력한 국가체제는 그동안 마음 속 깊은 곳에 잠재하고 있던 숱한 내면적 갈등과 어우러져 스스로에게 결단을 촉구하게 된 것이다. 그 결단은 말할 것도 없이 전쟁을 위하여 대폭 개편한 강력한 국가체제로의 편입이었으며, 이에 따른 신념의 대상 또한 '個人(여인)'에서 '國家'로 확장되기에 이르렀다. 이 모든 결단이 행동으로 표출되어 이 시기의 정인택은 생애를 통틀어 문학인으로서 가장 적극적인 면모를 보여준다. 일제가 식민지 통치에 있어서 최후의 목표로 삼았던 '내선일체'와 '전 조선인의 황민화'를 위한 국가적 프로젝트에 어느 누구보다도 전면에 나서서 이를 따르고 몸소 실천하였으며, 그에 따른 작품활동을 통하여 독자들을 독려하는 등 문학자로서 주어진 사명을 충실하게 감당해 나아갔다.

그 일례로 도시 외곽의 풍정과 서민들의 삶에 애국반 활동을 통한 계몽적 요소를 가미하여 총력전체제하 후방에서의 마음가짐과 그에 따른 행동을 통하여 바람직한 여성상을 그려낸 소설 「淸凉里界隈」로 정인택은 시국적인 측면과 함께 문학성까지 인정받아 친일작가로 부상하는 계기가 되었다. 그런가하면 이전 심리소설 구도인 조선인 남성과 일본인 여인과의 연애를 「見果てぬ夢」와 「殼」에서 일제가 가장 바람직하게 여기는 내선결혼의 구도로 자연스럽게 이어감으로써 온전한 내선일체를 목표로 한 〈내선통혼정책〉에 부응하였다. '조선인 남자 對 일본인 여인'구도의 내선결혼이란 혼혈은 말할 것도 없고, 가족구조상 조선여자가 차지하고 있던 부분(특히 자녀양육)을 일본인 여자로 대체시킴으로써 조선인의 일본인화, 말하자면 창씨개명보다 강도가 더한 내선일체 정책의 일환이었다.

또한 대륙진출을 위한 〈만주이주정책〉에 부응하여 2차례 만주 시찰을 다녀온 후, 십 수편에 달하는 여러 장르의 문학작품을 발표함으로서 만주 이주를 독려하였다. 그럼에도 만주관련 소설 속에 내재되어 있는 '명암의 반전'이나 '절망에서 희광으로의 염원' 등에서 민족적인 것을 엿볼 수 있었으니, 이때만 해도 정인택 내면에는 國家(천황)와 민족 사이에서의 갈등이 존재하고 있었던 것으로 보인다.

그러나 1943년을 기점으로 전쟁동원을 위한 각종 제도가 난무하게 되면서, 정인택의 친일성향은 급진적으로 강화되어간다. 이 시기 정인택은 일제의 침략전쟁에 대한 찬미, 지원병과 징병의 권유 등 일제의 식민지정책에 대하여 거의 광적인 선전, 선동을 주 내용으로 하는 문학작품으로 일관하게 되는데, 여기에는 구조적으로 '國家'와의 역학적 관계에 의한 '희생'의 논리가 포함되어 있다. 전쟁이 극으로 치닫게 됨에 따라 전쟁 당사자 혹은 아들을 가진 후방 여성들의 마음가짐을 이러한 논리를 설득력 있게 제시한 작품을 통하여 지원병이나 징병을 위한 각종 제도를 선전하고 독려하였다. 그 중 조선인 지원병의 무공을 다룬 전기소설 『武山大尉』(1944.1)와 일본어소설 11편을 실은 창작집 『淸凉里界隈』(1944.12)가 조선총독부의 식민지통치에 적극 기여한 공로로 1945년 3월 '제3회 국어문학총독상'을 수상함으로써 황도문학 작가로서의 입지를 굳게 다지기도 하였다.

일제가 '내선일체'와 '황민화'의 마지막 카드로 제시하였던 창씨개명 대상에서조차 자유로울 수 있었던 정인택의 적극적인 친일은 어쩌면 출생 때부터 예고되어 있었는지도 모른다. 성장기부터 시작된 자신의 정체성 문제, 예측 불가능한 미래에 대한 불안감, 그에 따른 허무감으로 만사 무기력해진 상태에서 접하게 된 강력한 통치자와 신체제라 일컫는 새로운 국가체제는 정인택을 강한 흡인력으로 끌어들이기에 충분했던 것 같다. 여기에 자신이 반쪽 일본인이라는 생각이 상호작용하여 더욱 상승효과로 나타남으로써 오히려 더 적극적으로 체제에 협력하는 길을 선택했던 것이 아니었을까 여겨지는 것이다.

해방 직후 정인택은 그간의 광적인 친일행각에 대한 회한과 자신의 정체성 문제에 골몰하여 표면적인 활동은 거의 없었다. 그러다가 좌익세력이 문단을 주도하게 되자 당시 추세에 따라 초창기에 지녔던 사회주의 이념으로 환원된다. 그리고 활동을 재개하면서 중도좌파 언론기관의 편집을 맡게 된다. 아이러니한 점은 이러한 저널리즘적 영향력과 좌익성향의 사상 그리고 연이은 작품활동에도 불구하고 해방 이후 〈전국문학자대회〉를 위하여 초청한 문학인 213명(친일작가와 잘 알려지지 않은 군소작가도 상당수 포함됨)의 명단에서조차 정인택의 이름을 찾아볼 수 없었다는 점이다. 이는 자의건 타의건 간에 한국 문단에서 철저하게 배제되어 있는 정인택의 위치와 문학사적 지명도를 말해주는 근거가 된다.

해방 이후의 작품활동에 있어 작가 정인택의 변화를 가장 잘 포착해 낸 소설은 말할 것도 없이「황조가」와『靑葡萄』일 것이다. 이 두 작품은 여러 가지 면에서 지극히 상반된 면을 보이며, 소설 작풍의 현격한 변화를 보여주고 있다. 그럼에도 단 한 가지 공동점이 있었으니 그것은 소설 제목을 특징적인 詩歌에서 차용했다는 점이다. 고구려 유리왕의 漢詩「黃鳥歌」와 민족시인 이육사의 詩「청포도」를 자신의 소설에 도입하여 사용함으로써, 해방공간이라는 특수한 공간에서 집필한 작품에 뭔가 특별한 의미를 부여하고 싶었던 것이 아니었을까 생각된다.

여기에 정인택의 파격적인 思考의 반전이 주목된다. 남성인물 유리왕을 중심으로 계실 '화희'화 '치희'의 삼각구도였던 漢詩「黃鳥歌」에 비해, 정인택의 소설 「황조가」는 여성인물 '혜옥'을 중심으로 전 남편 '학성'과 졸부인 현 남편의 삼각구도로 설정되어 있다. 뿐만 아니라 국가와 민족 문제를 위한 주체로 여성인둘 '혜옥'을 내세웠던 것도 그렇다. 이는 여성에 대해서 유독 가부장적인 면을 보여왔던 정인택에 있어서 획기적인 반전으로, 해방이후 점차 활성화되어가던 여성해방운동과 민족성을 부여한 사회주의 여성성을 자신의 문학에 반영시킨 결과로 볼 수 있겠다. 당초 정인택이 지니고 있었던 사상은 마르크시즘적 사회주의 이념이었다. 그것이 일제의 사회주의 탄압으로 인하여 표면화 할 수 없게 되자, 초기소설에서는 한 식민지 지식인의 신념이 무너져 현실과 타협하는 과정을 구체적으로 그려냄으로써 이념의 싹을 거세시켜버린 듯한 인상을 준다. 그럼에도 그 신념의 실체가 내면 깊숙한 곳에 존재하고 있었던 때문에 그의 심리소설에 伏字化되어 나타났으며, 해방 이후에는 이러한 시류의 흐름에 따라 당당하게 표면으로 드러낼 수 있었던 것이다.

그러나 그것도 잠시였다. 1948년 남한만의 단독정부 수립을 기점으로 대세는 다시 급반전되었다. 실상 기군정에 의하여 휴전협정 성립 이후부터 좌익 지도자급 정치범들에게 요구되었던 전향서가 정부수립 이후 일반 정치범들에게까지 확대되었다. 당초 정치범들을 대상으로 하였던 이같은 전향문제의 여파는 〈조선문학가동맹〉을 주축으로 한 좌익계열의 문인들에게도 파급되었다. 좌익성향의 문인들에게의 전향 요구는 대한민국에의 충성맹세와 〈보도연맹〉 가입의 강요로 나타났다. 정인택의 경우 〈조선문학가동맹〉과는 관련이 없지만 좌익성향을 지녔다는 점에서 예외일 수는 없었다. 앞서 그의 행적에서 언급하였듯이 정인택 역시 〈보도연맹〉 가입은 말할 것도 없고, 대한민국에 대한 충성맹세와 북한 문인들을 향한 메시지 낭독 등에서 전향을 강제당한 흔적이 역력하다.

그런 가운데서도 창작에 대한 열정은 지속되어 소년소설 3편을 연이어 발표하였다. 실로 정인택에 있어서 아동문학이란 진정 그 수혜자인 아동을 위한 것이라기보다는 정인택이 작가로서 사상적 위기에 봉착했을 때 작품활동을 이어가기 위한 방편으로 파악된다. 이는 초기에는 시국에의 협력, 후기에는 성인소설 기법이 두드러진다는 점에서도 알 수 있다. 식민치하와 좌우익 대립기라는 그 치열했던 생존의 현장에서도 끊임없이 문학 활동을 영위해 갈 수 있었던 것은 바로 사상시비에서도 자유로울 수 있는 아동문학이 있었기 때문에 가능했던 것이 아닐까 여겨지는 것이다. 정인택의 마지막 작품은 전향자들로 구성된 〈보도연맹〉에 소속되어 표면상 우익을 표명하고 있던 한국전쟁 직전부터 발표하기 시작한 미완성 장편『靑葡萄』이다. 이육사의 詩「청포도」를 소설의 서두에 차용함으로써 '청포도'로 상징되는 절개나 민족적 지조에 대한 서사를 기대하게 하지만, 그러한 기대는 소설이 진행되는 동안 무산되고 만다. 김박사의 국회의원 출마문제 그리고 김박사와 딸 '마리'의 연애사가 교대로 진행되다가 한국전쟁 발발로 소설이 중단되기 때문이다.

소설『靑葡萄』는 미완성이기에 작품에 대한 섣부른 평가는 할 수 없지만, 전향과정을 거친 후 정인택의 변화를 포착할 수 있었던 점에서 가치가 있다 하겠다. 정인택 소설에서 그간 남성의 전유물이었던 '기자'라는 직업이 여성인물 '은숙'에게 부여되었다는 점과, 남한의 국호인 '한국(대한민국)'을 사용하였다는 점에서 전향 이후 작가의 이념과 가치관이 또 다시 반전되었음을 보여주고 있다.

길지 않은 해방 공간에서 문화 혹은 문학이란 '나라 만들기'와 밀접한 관련이 있었던 만큼, 정치권의 움직임에 민감하지 않을 수 없었을 것이다. 거듭되는 정치적 풍파 속에서 정인택은 최대한 정치권에 휘말리지 않으려고 스스로 삼가고 자제하는 면을 보이기도 하였으나 결코 그것에서 자유로울 수는 없었다. 문학적 생존을 위해 좌우익을 넘나들며 썼던 글들 또한 끊임없이 도마 위에 오르내리곤 하였다. 마침내 이념의 대립 끝에 발발한 한국전쟁 와중에서도 중첩된 사상문제는 지울 수 없는 문신처럼 남아, 전쟁의 승패에 따라 정인택은 남북한 양측의 처벌대상에서 제외할 수 없는 인물이 되어있었다. 전쟁 중 서대문 형무소에 수감되었던 것도 이러한 사상문제였던 탓에 정인택은 그 문제에서 조금이나마 자유롭고자 하여 전쟁 막바지에 자신이 태어나고 일평생 살아왔던 서울을 뒤로하고 북한행을 감행하였던 것이다.

정인택은 실로 삶의 의미를 문학에 두었을 만큼 오직 자신의 문학을 중심으로 인생관, 세계관, 우주관을 영위하였던 작가였다 할 수 있겠다. 그 때문에 급변하는 역사의 소용돌이 가운데서 단 한 번도 시세의 흐름을 거스르지 않았고, 자신의 문학적 행위에 대해서는 침묵과 변명 또는 합리화로 일관하면서까지 잠시도 붓을 놓지 않고 외길 작가의 길을 걸어갔던 것이다. 저널리즘에 종사하였던 것이나 몇 차례의 방향전환 또한 작가로서 자신의 문학을 영위하기 위한 것이었으며, 막바지에 월북행을 선택한 것도 같은 맥락이었을 것이다.

태어나서 사망할 때까지 한 번도 주권다운 주권을 가져보지 못하고, 그래서 전혀 주체적인 행위를 하지 못했던 정인택의 행적을 놓고 단정적인 평가를 내리기는 어렵다. 지향점을 찾을 수 없는 시대적 상황에서 그의 문학적 추구가 어떠한 작용과 반작용을 불러일으켰는지 논하기에 앞서, 국가가 보호해 주지 못했던 개인의 삶을 오늘날의 잣대로 평가하기에는 무리가 따르기 때문이다.

복잡한 한일관계사 속에서 일본인을 생모로 둔 '서자'로 태어났지만 명백한 한국인이었던 정인택 연구를 마치면서 아직도 한국문학사에서 '서자'처럼 취급되고 있는 식민지 말기 '조선인 일본어소설'의 수용을 제언한다.

일제말기 조선 문인들에게 강제되어 양산되었던 '조선인 일본어소설'은 한국문학사에서의 위치정립은 고사하고 아직까지 총체적인 정리조차 되어있지 않은 상태이다. 피식민자 입장에서 볼 때 그다지 기억하고 싶지 않은 역사의 산물일 수도 있겠지만, 분명한 역사적 사실이었다는 점과 한국문학사의 한 흐름가운데 위치하고 있었다는 점에서 총체적인 정리와 온전한 위치 정립이 요구된다.

최근 들어 시대적 특수성을 지닌 이러한 문학을 한국문학과 일본문학의 경계면에 해당되는 '경계문학'의 범주로 보고 일국주의적 내셔널리즘 차원을 넘어선 다각적인 연구가 시도되고 있는 추세이기도 하다. 물론 이러한 다각적인 연구, 즉 '경계문학'이라는 별도의 카테고리로의 접근도 필요하다. 그러나 '조선인 일본어소설'은 그 주체가 모두 한국 작가였으며, 또 그것이 그들 작품활동의 연장선에 있었다는 점에서 먼저 한국문학의 영역에 접근시켜 정리하는 작업이 선행되어야 할 것으로 보는 것이다.

한국병합 100주년, 한국전쟁 발발 60주년에 즈음하여 지나온 역사의 고빗길을 하나하나 되짚어보는 시점에서, 어쩌면 역사의 희생양이었을 그들과 그들이 남긴 작품도 이제는 아우르고 수용하는 성숙한 자세가 필요하다는 생각이 든다. 일제강점기와 이념대립으로 얼룩진 참으로 어려운 시대를 작가로 살아오면서 다수의 문학적 발자취를 남긴 정인택과 같은 문인들의 존재를 격동기 한국문학의 또 다른 잔상으로 받아들여야 하는 것도 오늘날 우리가 감내해야 할 문학적 운명이라 여겨지기 때문이다.

1. 텍스트

人文社 編(1997), 「國民文學」, 全12卷, 綠蔭書房(東京)

大村益夫·布袋敏博編(1997), 『朝鮮文学関係日本語文献目録』, 綠蔭書房(東京)

__________________(2001), 『近代朝鮮文學日本語作品集』, 創作編(1939~1945) 全6卷, 綠蔭書房

__________________(2002), 『近代朝鮮文學日本語作品集』, 評論 外(1939~1945) 全3卷, 綠蔭書房

__________________(2004), 『近代朝鮮文學日本語作品集』, 創作編(1901~1938) 全5卷, 綠蔭書房

__________________(2004), 『近代朝鮮文學日本語作品集』, 評論 外(1901~1938) 全3卷, 綠蔭書房

酒井興三吉 編(1944), 『半島作家短篇集』, 朝鮮圖書出版(株)

石田耕造 編(1944), 『新半島文學選集』, (株)人文社

李光熙 編(1989), 『越北作家代表文學3』, 瑞音出版社

原文社 編(1977), 「朝鮮文學作品年鑑」, 原文社(서울)

* 그 밖에 정인택 문학작품과, 직접적인 관련 자료는 〈부록〉의 작품연보로 대체함.

2. 국내문헌

〈단행본〉

강만길·성대경 엮음(1996), 『한국사회주의운동인명사전』, 창작과비평사

강맑실 편(2010), 『근현대사신문』 근대편, 현대편, 사계절출판사

강진호 외 공저(1995), 『박태원 소설 연구』, 깊은샘

공제욱·정근식 공편(2006), 『식민지의 일상-지배와 균열』, 문학과 과학사

곽건홍(2001), 『일제의 노동정책과 조선노동자』, 도서출판 신서원

구인환(1973), 『아동문학』, 방송통신대학출판부

具滋均(1948), 「우리어문학회 国文学史」, 『現代文学』, 秀路社

국사편찬위원회(1971), 『자료대한민국사』, 탐구당

권영민(1986), 『해방직후의 민족문학운동연구』, 서울대출판부

김경중(1994), 『아동문학론』, 신아출판사

김상태(1996), 『박태원 - 기교와 이데올로기』, 건국대 출판부

김순전 외 공저(2006), 『조선총독부 초등학교수신서』 上·下, 제이앤씨

김용직(2007), 『김태준평전』, 일지사

김윤식 편(1991), 『이상문학전집』 3, 문학사상사

______ 편(1991), 『이상문학전집』 2, 문학사상사

______(1973), 『한국문학사논고』, 법문사

______(1975), 『문학과 비평』, 일지사

______(1980), 『한국근대문학양식논고』, 아세아문화사

______(1989), 『해방공간의 문학사론』

김팔봉(1989), 「백조동인과 종군작가단」, 『김팔봉문학전집Ⅴ』, 문학과지성사

綠旗聯盟 編(1944), 『徵兵の兄さんへ』, 興亞文化出版

민족문제연구소 편(2009), 『친일인명사전』, 민연(주)

박경식(1986), 『日本帝國主義의 朝鮮支配』, 청아출판사

박찬승(1992), 『한국근대정치사상사 연구』, 역사비평사

방일영문화재단(2000), 『우리방송 100년』, 현암사

백 철(1949), 『조선신문학사조사』 현대편, 백양당

서정자(2001), 「한국 여성문학과 페미니즘」, 『한국 여성소설과 비평』, 푸른
    세상

석용원(1980), 『아동문학원론』, 동아학연사

송건호(1979), 『한국현대사론』, 한국신학연구소 출판부

송민호(1991) 『일제말 암흑기 문학연구』, 새문사

宋永奉(1994), 『原色世界大百科事典』, 한국교육문화사

신주백(1999), 『만주지역 한인의 민족운동사』, 아세아문화사

신희교(1996), 『日帝末期小說研究』, 국학자료원

윤소영 외 공역(2007), 『일본잡지 모던일븐과조선 1939』, 어문학사

여강출판사 編(1987), 「朝鮮紳士寶鑑」, 『韓國近代史人名錄』, 朝鮮文友會(19
      13)

迎日鄭氏世譜所(1981), 『迎日鄭氏世譜』 上·中·下, 回想社

원종찬(2001), 『아동문학과 비평정신』, 창작과 비평사

윤태영·송민호 공저(1969), 『絶望은 技巧를 낳고』, 교학사

이강언(1992), 『한국현대소설의 전개』, 형설출판사

이경훈(1997), 「이상과 정인택」, 『작가연구』, 새미

______(1998), 『이광수의 친일문학연구』, 태학사

______(2000), 「이상과 정인택 2」, 『철천의 수사학』, 소명출판사

이내수(2001), 『이야기방송사』, 씨앗을 뿌리는 사람

이상일(1998), 『축제의 정신』, 성균관대학교 출판부

이승원 외 공저(2004), 『국민국가의 정치적 상상력』, 소명출판

이재선(1983), 『한국현대소설사』, 홍성사

______(1986), 『한국단편소설연구』, 일조각

______(1997), 『현대한국소설사』, 민음사

이재철(1969), 『兒童文學槪論』, 文運堂

______(1983), 『한국아동문학작가론』, 개문사

이홍직 편(1978), 『국사대사전』, 동아출판사

林 和(1940), 『문학의 논리』, 학예사

임종국(1991), 『실록친일파』, 돌베게

______(1966), 『친일문학론』, 평화출판사

전혜자(1987), 『현대소설연구』, 새문사

정보석(1990), 『한국언론사』, 나남출판

정비석(1949), 『소설작법』, 신대한도서주식회사

정신문화연구원 편(1991), 『한국민족문화대백과사전』

정운현(1994), 「일제 잔재의 청산과 창씨개명 문제」, 『창씨개명』, 학민사

정한숙(1992), 『소설기술론』, 고려대출판부

조남현(1988), 『북으로 간 작가선집』 8, 을유문화사

조연현(1966), 「해방문학서설」, 『해방문학 20년』, 정음사

체신부 기획관리실 편(1971), 『대한민국체신연혁』, 대한민국체신부

채만식(1987), 『여인전기』, 『채만식전집』 4권, 창작과 비평사

최기숙(2001), 『어린이 이야기, 그 거세된 꿈』, 책세상

한국여성연구회 편(1992), 『한국여성사』, 도서출판 풀빛

한석정(1999), 『만주국건국의 재해석』, 동아대출판부

한용환(1992), 『소설학사전』, 고려원

〈번역서〉

Leon Edel 著·李鍾鎬 譯(1983), 『現代心理小說硏究』, 형설출판사

宮田節子 著·이영랑 譯(1997), 『朝鮮民衆과 皇民化政策』, 일조각

다카시 후지타니 著·한석정 옮김(2003), 『화려한 군주』, 도서출판 이산

다카하시 데쓰야 著·이목 옮김(2008), 『국가와 희생』, 책과함께

로버트 험프리 著·이우건 유기룡 譯(1989), 『현대소설과 의식의 흐름』, 형
        설출판사

릴리언 H 스미드 著·김요섭 譯(1979), 『아동문학론』, 교학연구사

우에노 치즈코 著·이선이 譯(1998), 『내셔널리즘과 젠더』, 박종철출판사

田中英光 著・임종국 譯(1978), 『취한들의 배』, 평화출판사
콜론타이 著・신윤선 譯(1947), 『연애와 신도덕』, 신학사

〈논문〉

강현구(1989), 「정인택 소설연구」, 「어문논집」, 안암어문학회

季　琨(2002), 「일제강점기 간도소설연구」, 경남대학교 박사논문

金基泰(1983), 「일제식민지 교육정책과 한긴족의 교육적 저항」, 「논문집」
　　　제17집, 인천교육대학교

金永旭(1975), 「일제의 식민지 교육정책에 대한 고찰」, 「順天看專論文集」
　　　창간호

김강진(1993), 「정인택 소설연구」, 대구대학교 석사논문

김신영(2000), 「정인택 연구」, 상명대학교 석사논문

김양선(2002), 「친일문학의 내적논리와 여성(성)의 전유양상」, 「실천문학」
　　　겨울호, 실천문학사

김윤식(1968) 「여성과 문학」, 「아세아여성연구」 제7집, 아세아여성연구회

______(1991), 「광복후의 문화운동연구」, 「국사관논총」 제25집, 국사편찬
　　　위원회

김재용(1993), 「환상에서 환멸로-카프작가의 전향문제」, 「역사비평」 24
　　　호, 역사문제연구소

______(1997), 「북한의 여성문학」, 「한국문학연구」 제19집, 동국대 한국문
　　　학연구소

김주현(1999), 「이상 문학의 텍스트 확정을 위한 고찰」, 「안동어문학」 제4
　　　집, 안동어문학회

김진석(1990), 「1930년대 한국 심리소설 연구」, 고려대학교 석사논문

김　철(2002), 「몰락하는 新生」, 『상허학보』 제9집, 상허학회

김혜수(1997), 「해방후 통일국가수립운동과 국가상징의 제정과정」, 「국사

관논총」 제75집, 국사편찬위원회

김화선(2002), 「韓國 近代 兒童文學의 形成過程 研究」, 충남대학교 박사논문

노상래(2005), 「『朝鮮國民文學集』 소재 이중어 소설연구」, 「어문학」 제90호, 한국어문학회

______(2004), 「「國民文學」 소재 한국작가의 일본어 소설연구」, 「한민족어문학」, 한민족어문학회

노성환(1998), 「神話와 日帝의 植民地敎育」, 「한국문학논총」 제26집, 한국문학회

문학사상사(2004), 「월북작가 박태원의 『갑오농민전쟁』과 비참한 최후」, 「문학사상」, 33권8호

박경수(2007), 「정인택의 일본어소설 연구」, 전남대학교 석사논문

______(2009), 「격동기 작가 정인택의 사상변화와 방향전환」, 「日本語文學」 제40집, 한국일본어문학회

박경수·김순전(2007), 「식민지기 만주정책과 국책문학에서의 明暗의 表象」, 『日本語文學』 제35집, 한국일본어문학회

____________(2008), 「『普通學校國語讀本』의 神話에 應用된 〈日鮮同祖論〉 導入樣相」, 『日本語文學』 제42집, 日本語文學會

____________(2008), 「日帝末 전시총동원체제하의 〈後方小說〉 研究」, 「日本研究」第37號, 한국외국어대학교 일본연구소

____________(2009), 「임순득, '창씨개명'과 「名付親」, 「日本語文學」 제41집, 한국일본어문학회

____________(2010), 「鄭人澤 〈改作小說〉 研究」, 「일본어문학」 제44집, 한국일본어문학회

박광현(2005), 「「國民文學」의 기획과 전망」, 「배달말」 vol.37, 배달말학회

박진우(1998), 「文明開化期의 天皇像과 民衆」, 「일본학보」 제40집, 한국일본학회

保坂祐二(1999), 「日帝の同化政策に利用された神話」, 「일어일문학연구」 제3
　　　　5집, 한국일어일문학회

　　　　(2000), 「최남선의 不咸文化圈과 日鮮同祖論」, 「한일관계사연구」
　　　　제12호, 한일관계사학회

三ツ井 崇(2004), 「'일선동조론'의 학문적 기반에 관한 시론」, 「한국문화」
　　　　제33집, 서울대 규장각 한국학연구회

三枝壽勝(1977), 「狀況과 文學者의 자세」, 경희대학교 석사논문

서준식(1993), 「전향, 무엇이 문제인가」, 「역사비평」 24호, 역사문제연구소

송민경(2003), 「일제하 방송소설 연구」, 연세대학교 석사논문

심진경(2003), 「여성작가 친일소설 연구」, 「배달말」 No.32, 배달말학회

오병기(1993), 「1930년대 심리소설과 자의식의 변모양상」, 「대구어문논총」
　　　　제11집

이기문(1997), 「어원탐구 − 어린이」, 「새국어생활」 여름호, 국립국어연구원

이상경(2004), 「1930년대의 신여성과 여성작가의 계보연구」, 「여성문학연
　　　　구」, 한국여성문학학회

이선옥(2003), 「평등에의 유혹 ; 여성지식인과 친일의 내적 논리」, 「실천문
　　　　학」, 2002년 가을호, 실천문학사

이종화(1993), 「정인택 심리소설 연구」, 「現代文學理論硏究」 제3집, 현대문
　　　　학이론학회

張德順(1963), 「日帝暗黑期의 文学史」, 「世代」 9~12월호, 世代社

정상우(2001), 「1910년대 일제의 지배논리와 지식인층의 인식」, 「한국사론」
　　　　제46집, 서울대국사학과

정창석(1999), 「'戰爭文學'에서 '받들어 모시는 文學'까지」, 「일어일문학연
　　　　구」 제35집, 한국일어일문학회

　　　　(2006), 「현대 천황제 사상」, 「일본문화학보」 제31집, 한국일본문화
　　　　학회

정태은(2004), 「나의아버지 朴泰遠」, 「文学思想」 33卷 8号, 문학사상사

정혜정·배영희(2004), 「일제강점기 보통학교 교육정책연구」, 「교육사학
　　　연구」 제14집, 서울대학교 교육사학회

조남현(1983), 「韓國現代小說에 나타난 知識人像 硏究」, 서울대학교 박사
　　　논문

조진기(2000), 「일제의 만주정책과 간도문학」, 「배달말」 제27집, 한국배달
　　　말학회

______(2002), 「만주이민의 현실왜곡과 체제순응」, 「현대소설연구」 제17
　　　호, 한국현대소설학회

최유리(1999), 「일제의 통혼정책과 여성의 지위」, 「국사관논총」 제83집, 국
　　　사편찬위원회

최인학(1997), 「일본마츠리(祭)와 한국의 축제비교」, 『일본연구』 제11호,
　　　한국외국어대학교 일본연구소

布袋敏博(1996), 「일제말기 일본어소설 연구」, 서울대학교 석사논문

______(2007), 「초기 북한문단 성립과정에 대한 연구」, 서울대학교 박사
　　　논문

〈신문, 잡지 자료〉

高橋健二(1943), 「國民皆唱運動의 實踐」, 「音樂之友」 1943년 3월호

김기림(1939), 「모더니즘의 歷史的 位置」, 「인문평론」, 1939년 1월호

김동인 외(1939), 「조선문단사절 특집－북지전선에 황군위문 떠남에 제하
　　　야」, 『삼천리』, 1939년 6월호

김남천(1945), 「一九四五 八·一五」, ≪자유신문≫, 1945.10.7～1946.6.7

모윤숙(1942), 「女性도 戰士다」, 「三千里」 1942년 7월호

박태원(1931), 「끄라토코프作 小說『세멘트』」, ≪동아일보≫, 1931.7.6, p.4

______(1931), 「리베딘스키의 作 小說『一週日』푸로레타리아 文學의 最初

　　　　의 燕」, ≪동아일보≫1931.4.20, p.4

　　　　(1931), 「아·파데이에프의 小說『壞滅』, 現代소비엩, 푸로레文學의

　　　　最高峰」, ≪동아일보≫1931.4.27, p.4

　　　　(1931), 「하르코프에 열린 革命作家會議」, ≪동아일보≫1931.5.6〜5.10,

　　　　p.4

　　　　(1934), 「딱한 사람들」, 「중앙」, 1935년 9월호

　　　　(1936), 「천변풍경」, 「조광」, 1936.8〜10, 1937.1〜9월까지 연재

　　　　(1965), 「암흑의 황국을 부시는 투쟁의 력사」, ≪문학신문≫1965.11.1

　　　　6일자

방정환(1930), 「7周年記念을 맞으면서」, 「어린이」, 1930년 3월호

　　　　(1920), 「새로 개척되는 '동화'에 관하여」, 「개벽」 제4권 제1호

삼천리사(1942) 「문인근황」, 「삼천리」, 1942년 7월호

松山實(1943), 「한등」, 「春秋」, 1943년 4월호

유광현(1944), 「血液型이야기」, 「조광」, 1944년 8월호

유종호(2005), 「광기의 시대 생존위한 몸부림에 '親日' 낙인찍는게 과연 정

　　　　의인가」, ≪조선일보≫, 2005.11.19, 10면

이기문(1997), 「어원탐구－어린이」, 「새국어생활」여름호, 국립국어연구원

이광수(1940), 「心的 新體制와 朝鮮文化의 進路」, ≪매일신보≫1940.9.5일자

　　　　(1941), 「新體制下의藝術의方向」, 「三千里」

이원조(1941), 「新春創作界」, 「인문평론」, 1941년 2월호

　　　　(1941), 「2, 3월 창작계」, 「인문평론」, 1941년 4월호

이태준(1946), 「解放前後」, 「文學」, 1946년 7월호

임순득(1942), 「名村親」, 「文化朝鮮」1942년 10월호

　　　　(1942), 「秋の贈り物」, 「每日寫眞旬報」, 1942년 12월호

　　　　(1943), 「月夜の語り」, 「春秋」, 1943년 2월호

임학수(1939), 「북지견문록」, 「문장」, 1939년 7월호

조용만(1943), 「佛國寺の宿」, 「國民總力」, 1943년 10월호

______(1987), 「李箱時代, 젊은 예술가들의 肖像」, 「文學思想」, 제174호~17
　　　6호, 文學思想社

重光允鉉(1942), 「戰時下의 女性啓蒙問題」, 「春秋」, 1942년 4월호

최재서(1942), 「文學者と世界觀の問題」, 「國民文學」, 1942년 10월호

최정희(1942), 「君國의 어머니」, 「三千里」, 1942년 7월호

______(1942), 「야국초」, 「國民文學」, 1942년 11월호

______(1942), 「二月十五日の夜」, 「新時代」, 1942년 4월호

玄東炎(1933), 「인텔리의 悲哀性」, 「新東亞」, 1933년 11월호

3. 일본논저

高仁淑(2004), 『近代朝鮮の唱歌敎育』, 九州大學出版會

關英雄(1955), 『兒童文學論』, 新評論社

金史良(1973), 「朝鮮文化通信」, 『金史良全集』 IV, 河出書房新社

吉田東伍(1893), 『日韓古史斷』, 富山房

鈴木文四郎(1944), 「進步する朝鮮－小磯總督に訴く」, 『朝鮮同胞に告ぐ』,
　　　京城大東亞社

鈴木裕子(1992), 『從軍慰安婦・內鮮結婚』, 未來社

鈴木正幸(2005), 『皇室制度』, 岩波新書

林建彦(1982), 『近い国ほどゆがんで見える』, サイマル出版者

白川豊(1995), 『植民地期 朝鮮の作家と日本』, 大学教育出版(岡山)

西尾達雄(2003), 『日本植民地下における朝鮮學校體育政策』, 明石書店

小田省吾(1917.7), 『朝鮮總督府編纂敎科書槪要』, 朝鮮總督府

阿部辰之助(1928), 『新撰日鮮太古史』, 大陸調査會

二反長半(1958), 「兒童小說の書き方」, 『兒童文學の書き方』, 角川書店

日笠 護(1930), 「神功皇后以前の內鮮關係の考察」, 「文敎の朝鮮」第2集, 朝鮮

敎育會

井上秀雄(1991),『古代日本人の外国観』, 学生社

眞弓常忠(1999),『神道の世界』, 朱鷺書房

嵯峨敞全(1993),『皇國史觀と國定敎科書』, かもがわ出版

布袋敏博(2004), 「『國民新報』と植民地末期の朝鮮文壇」, 早稲田大學語學敎
育研究所

河 かおる(2001), 「總力戰下 朝鮮女性」, 「歷史評論」

香川幹一(1938),『滿洲國』, 東京古今書店

부록

정인택 작품연보(연대순)

1921년	1월 11일자 ≪경성일보≫에 일문으로 쓴 왕복 연하엽서가 실림.(정인택 ↔ 山本厚) **
1930년	1월 11~16일 ≪중외일보≫에 **단편「準備」** 발표
	6월 25~28일 ≪매일신보≫에 동화「나그네 두 사람」 발표
	7월 9일 ≪매일신보≫에 동화「시계」 발표
	7월 13일 ≪매일신보≫에 동화「불효자식」 발표
	9월 11~10월 5일 ≪매일신보≫에 **소년소설「눈보라」** 연재
1931년	8월 29일~9월 1일 ≪매일신보≫에 수필「동경의 揷畵」 연재
1932년	10월「동양」에 평론「조선 화전민의 생활」 발표 **
1933년	2월「동양」에 평론「통계로 본 조선농민의 생활」 발표 **
1934년	1월 3일 ≪매일신보≫에 평론「朝鮮文壇에 주는 글월 – 東京에서 본 朝鮮文壇」 발표
	2월 24일~3월 3일 ≪매일신보≫에 수필「봄·東京의 感情」 연재
	5월 20일「월간매신」에 수필「犯罪實驗管」 발표
	7월 28일~8월 3일 ≪조선일보≫에 평론「文藝時評」 발표
	10월「신동아」에 **단편「凋落」** 발표
	12월「신동아」에 수필「東京의 겨울밤 風景」 발표
1935년	2월 19일~2월 28일 ≪매일신보≫에 **단편「斷橋異聞」** 연재
	5월 30일~6월 1일 ≪매일신보≫에 수필「감정의 빈곤」 연재
	8월 6일~8월 8일 ≪매일신보≫에 수필「지성의 문제」 연재

1936년	5월 23일 《매일신보》에 서평 「이석훈소설집 「황혼의 노래」를 읽고」 발표
	6월 「중앙」에 **단편 「촉루」** 발표
	7월 「중앙」에 평론 「文壇一題 − 畸形兒的 思考에 關하야」 발표
1937년	3월 4일~5일 《매일신보》에 일문으로 쓴 수필 「書齋」 발표
	4월 3일~6일 《매일신보》에 수필 「嗚 裕貞金君」 발표
	5월 「조선문학」에 「이런 것을 생각함」 발표
	6월 26일~7월 2일 《매일신보》에 일문으로 쓴 수필 「淸凉里界隈」 연재
1939년	4월 「문장」에 **단편 「蠢動」** 발표
	5월 「문장」에 수필 「淡淡記」 발표
	5월 「여성」에 **단편 「못다핀 꽃」** 발표
	5월 「청색지」에 수필 「逐放」 발표
	5월 16일 「조선일보」에 잡문 「幸福」 발표
	6월 「농업조선」에 **단편 「相剋」** 발표
	7월 「문장」에 **단편 「迷路」** 발표
	7월 「문장」임시 중간호에 **단편 「動搖」** 발표
	7월 「조광」의 설문 「餘白問答」에 응함
	7월 2일~4일 《조선일보》에 수필 「苑南町附近」 연재
	8월 「조광」에 **단편 「薰香」** 발표
	8월 「박문」에 수필 「拱手傍觀記」 발표
	9월 「조광」에 수필 「愛情其他」 발표
	9월 「문장」에 서평 「보리와 兵丁」 발표
	10월 「문장」에 서평 「新刊評 − 채만식 短篇集」 발표
	10월 「신세기」에 **단편 「感情의 整理」** 발표

11월 「문장」에 서평 「新刊評 － 박영희著 戰線紀行」

12월 「문장」에 서평 「新刊評 － 口傳民謠選」

12월 「박문」에 수필 「유미에론」 발표

12월 「조광」에 수필 夭折한 그들의 面影 －「불상한 李箱」
　　　발표

12월 「농업조선」에 **단편 「계절」** 발표

1940년　1월 「조광」에 **단편 「凡家族」** 발표

1월 「태양」에 수필 「Pola's Diary 〈미즈르카〉환상」 발표

2월 6일~9일 ≪매일신보≫에 수필 「朽木其他」 발표

2월 16일 ≪매일신보≫에 수필 「新理想의 樹立」 발표

2월 「여성」에 수필 「그리운 꿈」 발표

2월 「여성」에 수필 「正道」 발표

3월 7일~4월 3일 ≪동아일보≫에 **단편 「戀戀記」** 연재

3월 9일 ≪매일신보≫에 평론 「敎養의 德」 발표

3월 「문장」에 수필 「鈍感錄」발표

3월 「조선실업」에 일문으로 쓴 수필 「隨想」 발표 ✹

4월 「경성일보」에 수필 〈명멸등〉「外國俳優と私」를 일문으
　　　로 발표 ✹

4월 2일 ≪조선일보≫에 수필 「事實과 空想」 발표

4월 「농업조선」에 **단편 「家鄕暮色」** 발표

4월 「박문」에 수필 「映畵的 散步」 발표

4월 「신세기」에 **단편 「天使下降」** 발표

4월 「여성」에 수필 「窓」 발표

5월 15일 ≪조선일보≫에 수필 「精神의 放蕩」 발표

5월 18일 ≪조선일보≫에 수필 「奢侈(사치)」 발표

5월 「여성」에 수필 「混線」 발표

6월 「박문」에 수필 「D·W·그리피드」 발표

6월 「삼천리」 「作品愛讀年代記」에 참여

6월 「삼천리」 '畿湖'出身文士의 鄕土文化를 말하는 座談會
참여

7월 3일 ≪매일신보≫에 평론 「朝鮮文學特輯의 成果」 발표

7월 4일 ≪매일신보≫에 평론 「作品의 意圖의 不純性」 발표

7월 5일 ≪매일신보≫에 평론 「作中人物의 眞實性」 발표

7월 「문장」에 **단편 「業苦」** 발표

7월 「여성」에 수필 「至極한 地上의 戀情」 발표

7월 「조광」에 수필 「小說家의 아버지 ─ 아버지의 눈」 발표

8월 「여성」에 **단편 「헛되인 偶像」** 발표

9월 「國民新報」에 일문으로 쓴 **단편 「母」** 발표 ➤

9월 5~6일 ≪경성일보≫에 일군으로 쓴 수필 永日抄(上)·
(下) 발표 ➤

9월 「농업조선」에 수필 「고기잡이」 발표

9월 「조광」에 **단편 「憂鬱症」** 발표

10월 26일~30일 ≪매일신보≫에 평론 「十月創作評」 연재

10월 「조광」에 수필 「化粧없는 거리」 발표

11월 「조광」에 「作中人物誌 ─ 나와 그들」 발표

11월 「인문평론」에 수필 「孤獨」 발표

12월 「삼천리」에 **단편 「착한 사람들」** 발표

12월 「조광」에 「作中人物誌 2 ─ 나와 그들」 발표

1941년　1월 「문장」에 **단편 「旅愁」** 발표

1월 「인문평론」에 서평 「김남천 작 사랑의 수족관」 발표

1월 「조선화보」에 일문으로 쓴 **단편 「見果てぬ夢」** 발표 ➤

2월 「문장」에 **단편 「短章」** 발표

3월 「춘추」에 **단편 「扶桑館의 봄」** 발표

4월 「문장」에 평론 「詩人選所感 – 三月 「문장」 창작평

4월 「조광」에 **중편 「區域誌」** 발표

7월 8일~31일 ≪매일신보≫에 **소년소설 「鳳仙花」** 연재

11월 「國民文學」에 일문으로 쓴 **단편 「淸凉里界隈」** 발표

11월 「三千里」에 수필 「樂浪古墳群・其他」 발표

1942년 　1월 「綠旗」에 일문으로 쓴 **단편 「殼」** 발표

1월 「國民文學」의 엽서설문 「今後如何に書くのか?」에 참여

1월 「三千里」의 설문 「新體制下の餘の文學活動方針」에 참여
　　「國民文學에 領導」라는 글 발표 ➰

2월 「춘추」에 **단편 「幸福」** 발표

3월 「綠旗」의 설문 「私が国語で文学を書くについての信念」
　　에 참여 일문으로 「國民的信念」이라는 글 발표 ➰

3월 「國民文學」에 수필 「산과 마을과」 발표

3월 「조광」에 일문으로 쓴 수필 「書齋など」 발표

3월 「半島之光」에 수필 「엄숙한 의무」 발표 ➰

4월 「綠旗」에 「새로운 반도문학의 구상」 발표 ➰

4월 「國民文學」에 「作家の心構その他」 발표

4월 「國民文學」에 일문으로 쓴 평론 「新しい國民文藝の道」
　　발표

4월 「신시대」에 일문으로 쓴 **단편 「傘」** 발표

4월 「國民文學」에 일문으로 쓴 **단편 「色箱子」** 발표 ➰

5월 「동양지광」에 일문으로 쓴 **단편 「晩年記」** 발표

5월 「춘추」에 수필 「新綠雜記」 발표

6월 「조광」에 **단편 「이웃四寸」** 발표

6월 「內鮮一體」에 설문 「조선에서 징병제실시 발표를 어떻

게 생각하는지 ― 각 방면에서 듣는다」에 참여 ❧

6월 18일 《경성일보》〈석간〉에 일문 기행수필 「哈爾濱にて」 발표 ❧

23일 《경성일보》〈석간〉에 일문 기행수필 「千辰にて」 발표 ❧

25일 《경성일보》〈석간〉에 일문 기행수필 「牧丹江にて」 발표 ❧

30일 《경성일보》〈석간〉에 일문 기행수필 「延吉にて」 발표 ❧

7월 「國民文學」에 일문으로 쓴 수필 「旅·信·抄」 발표

7월 「國民文學」에 일문으로 쓴 서평 「新刊紹介 ― 寺田瑛氏著 話の不連續性」

7월 27일~29일 《매일신보》에 기행수필 「大地의 歷史」 연재

7월 「三千里」에 수필 「滿洲行前記」 발표

8월 2일 《국민신보》에 일문으로 쓴 보고문 「半島人開拓民の生活」 발표 ❧

8월 「綠旗」에 보고문 「滿洲開拓民視察報告」 발표 ❧

8월~10월 「춘추」에 보고문 「開拓民의 感情」 연재

9월 「新時代」에 「開拓農民視察座談會」 발표 ❧

9월 「新時代」에 수필 「沃土의 表情」 발표

10월 「조광」에 「開拓民部落長現地座談會 ― 座談會前記」 발표

11월 「國民文學」에 일문으로 쓴 **단편 「濃霧」** 발표

11월 「조광」에 **단편 「검은 흙과 흰얼굴」** 발표

12월 「신여성」에 일문으로 쓴 **단편 「一粒の種」** 발표 ❧

1943년 　　1월 《경성일보》〈석간〉에 일문으로 쓴 기행수필 「駱駝山に

て」 발표 ❖

1월 「문화조선」에 일문으로 쓴 **단편 「雀を焼く」** 발표 ❖

2월 「綠旗」에 보고문 「간도성 시찰단 보고」 발표

3월 「國民文學」에 일문으로 쓴 수필 「滿洲開拓地紀行」 발표

3월 「조광」에 **단편 「고드름」** 발표

4월 「半島之光」에 수필 「낙토에 충천하는 개척민의 意氣」 발표 ❖

7월 「조광」에 **단편 「東窓」** 발표

8월 18일~20일 「매일신보」에 「直靈의 開顯 – 禊練成會參加記」 연재

9월 「신시대」에 기행수필 「禊練成行」 발표

9월 「조광」에 일문으로 쓴 **辻소설 「不肖の子ら」** 발표

10월 「國民文學」에 일문으로 쓴 **단편 「かへりみはせじ」** 발표

10월 「綠旗」에 수필 「文化人의 軟性」 발표 ❖

10월 「文化朝鮮」에 「싸우는 기관구」 발표 ❖

10월~44년 3월 「半島之光」에 **단편 「建設」** 연재

12월 「춘추」에 **단편 「海邊」** 발표

12월 조선출판사에서 펴낸 「방송소설명작선」에 **단편 「나무의 一生」** 과 **방송소설 「淸香區」** 가 수록됨

1944년　1월 「국민총력」에 일문으로 쓴 **단편 「武田大尉」** 발표

3월 「조광」의 「엽서설문」에 참여

5월 「방송지우」에 **단편 「푸른언덕」** 발표 ❖

5월 「문화조선」에 일문으로 쓴 **단편 「連翹」** 발표

5월 『半島作家短篇集』에 일문으로 쓴 **단편 「愛情」** 수록

6월 「조광」에 **단편 「鵬翼」** 발표

6월 매일신보사에서 일문으로 쓴 장편 전기소설『半島の陸
鷲 武山大尉』를 발간
7월 「國民文學」에 일문으로 쓴 **단편「覺書」**발표
「조광」의 「엽서설문」에 참여
12월 25일 「문화조선」에 일문으로 쓴 수필「甲種合格」발표
12월 조선도서출판사에서 창작집『淸凉里界隈』발간 (일문
으로 쓴 **단편「美しい話」**, **「濱」** 를 추가 수록함)

1945년　　1월 15일 「국민총력」에 일문으로 쓴 수필「關大尉の顔」
발표 **
4월 22일 ≪매일신보≫에 수필「生死超越 人情의 곳」발표
4월 29일 ≪경성일보≫에 일문으로 쓴 수필「待避壕」
5월 「조광」5·6월 합병호에 수필「히틀러傳抄」발표 **

1946년　　5월 4일 ≪중앙신문≫에 콩트「박군과 그안해」발표

1947년　　2월 「백제」에 수필「雜記」발표
3월 「백민」에 **단편「黃鳥歌」** 발표
12월 3일~29 ≪제삼특보≫에 **단편「향수」** 연재

1948년　　5~6월 ≪새한민보≫에 **단편「畢孟」** 연재
5월 소설집『戀戀記』를 금룡도서에서 발간
5월~11월 「소학생」에 **소년소설「봄의노래」** 연재 **
11월~1949년 7월 「소학생」에 **소년소설「하얀쪽배」** 연재 **

1949년　　5·6월 합병호 「신천지」에 콩트「병아리」발표
9월~1950년 5월 「소학생」에 **소년소설「이름없는 별들」**
연재 **

1949년　　10월 「소학생」에 「시인 소설가 화가 좌담」이 실림 **

1949년　　12월 5일 ≪서울신문≫에 「북조선문학예술총연맹에 경고」
발표

	그림동화집 『난쟁이 세사람』을 동지사에서 출판
1950년	5월 5일~6월 26일 ≪자유신문≫에 **장편 『靑葡萄』** 연재 중 중단.

1) 우측의 ** 표시는 기존의 연보에 필자가 새로 찾아내어 추가한 작품이며, 특히 소설은 진하게 표기하여 다른 장르와 구분하였다.
2) 총 작품편수는 174편(일문 41편)이며, 구체적인 내용은 아래와 같다.

장 르		발표언어		계	비 고
		한글	일본어		
소설	단 편	37	18	55	중편 포함
	장 편	1	1	2	
	콩 트	3	–	3	
	소년소설	5	–	5	
	소설 계	**46**	**19**	**65**	
동 화		3	–	3	
수 필		48	15	63	기행수필 포함
평 론		17	1	18	
보고문		3	1	4	
설문, 잡문		16	5	21	
계		133	41	174	

3) 그밖에 단편소설을 엮어낸 작품집 3권과, 단행본 1권을 남기고 있다.

ㄱ

ㅅ

ㅇ

ㅈ

か

┃저자약력┃

박 경 수

전남 목포 출생(1959)
전남대학교 대학원 문학박사(2011)
(현) 전남대학교 일어일문학과 강사
　　　전남대학교 일본문화연구센터 겉임연구원

〈저서〉
『제국의 식민지수신』 제이앤씨(공저)
『조선인 일본어소설 연구』 제이앤씨(공저)
『日語讀本』上, 下 제이앤씨(공편)
『國語讀本』上, 下 제이앤씨(공편)

〈논문〉
「鄭人澤の日本語小說硏究」
「동화장치로서『普通學校修身書』의 '祝祭日' 서사」
「식민지기 만주정책과 국책문학에서의 明暗의 表象」
「『普通學校國語讀本』의 神話에 應用된 〈日鮮同祖論〉 導入樣相」
「일제말 전시총동원체제하의 〈後方小說〉연구」
「격동기 작가 鄭人澤의 사상변화와 방향전환」
「임순득, '창씨개명'과 「名付親」」
「1920년대 계급적·민족적 갈등의 표출양상」
「동물예화에 도입된 천황제가족국가관」
「鄭人澤 〈改作小說〉 硏究」
「일제의 식민지 초등교육과 〈曆〉」

정인택, 그 생존의 방정식

초판인쇄 2011년 6월 21일
초판발행 2011년 6월 30일

저   자 박경수
발 행 인 윤석현
발 행 처 제이앤씨
책임편집 김진화
배본영업 류준호
등록번호 제7-220호

우편주소 서울시 도봉구 창동 624-1 북한산 현대홈시티 102-1206
대표전화 (02) 992 / 3253
전   송 (02) 991 / 1285
홈페이지 http://www.jncbms.co.kr
전자우편 jncbook@hanmail.net

ISBN 978-89-5668-856-5 93810   **정가** 26,000원